况味

古时文无骈散之别，自六朝文尚骈俪，于是有韵及对偶者谓之骈文，反之为散文。

刘忠惠◎著

黑龙江人民出版社

图书在版编目(CIP)数据

况味 / 刘忠惠著. — 哈尔滨：黑龙江人民出版社，2017.2
ISBN 978-7-207-10958-3

Ⅰ.①况… Ⅱ.①刘… Ⅲ.①散文集—中国—当代 Ⅳ.①I267

中国版本图书馆 CIP 数据核字(2017)第 030089 号

责任编辑：朱佳新
封面设计：鲲　鹏

况　味

刘忠惠　著

出版发行	黑龙江人民出版社
地　　址	哈尔滨市南岗区宣庆小区 1 号楼
邮　　编	150008
网　　址	www.longpress.com
电子邮箱	hljrmcbs@yeah.net
印　　刷	北京万博诚印刷有限公司
开　　本	787×1092　1/16
印　　张	16
字　　数	300 千字
版　　次	2017 年 3 月第 1 版　2021 年 1 月第 2 次印刷
书　　号	ISBN 978-7-207-10958-3
定　　价	48.00 元

版权所有　侵权必究

法律顾问：北京市大成律师事务所哈尔滨分所律师赵学利、赵景波

散 而 为 文

（代序）

什么是散文？古时文无骈散之别，自六朝文尚骈俪，于是有韵及对偶者谓之骈文，反之为散文。宋《罗大经·鹤林玉露》二曰："山谷诗骚妙天下，而散文颇觉琐碎局促。"现代指与诗歌、小说、戏剧并称的文学体裁。

我认为"散"而为文，就是散文。虽说古人对"散文"有些贬义，其实也说到了点子上。它确实"琐碎而局促"。"琐碎"是什么都可以成文，"局促"只表现某一方面的人情故里、家长里短、阅景言情、小议脍炙。

撰写散文最好的方法是掌握"三散"，即散材、散题和散写。

"散材"是题材散，所取材料无处不在，可分为自然、社会及人生等多方面。自然界有宇宙中的星辰日月，风云雨雪雾；地球上的江河湖泊海，山川沙石地，花草树木植被，鸟兽虫鱼微（微生物）等，都是我们的写作对象。我曾写过：大山、丹顶鹤、月亮、春柳、小溪流、雪花、雾凇、紫丁香等。

作为人们生存、发展和生活的组织形式——社会，更是我们写作永不枯竭的源泉。要想生存，就得解决衣食住行；要想发展，就得进行有效的学习、工作和劳动等生产活动；而生活要想丰富多彩，人与人要相互沟通与交往，于是产生了友情、亲情和爱情。从柴米油盐酱醋茶，到房子、车子、服装、宴请等；再从琴棋书画、诗词歌赋的学习与爱好，到世界观、人生观、价值观等信仰、主义的修炼与追求，以及由此衍生的心理表象等。人们从小到大所经历的事物、事件、故事，都是我们散文写作的好材料。

如何把这些积累下来，就靠平时的日记、笔记了。假如你大学四年每年写100篇日记5本读书笔记的话，四年下来你就会在学习上达到"小康"哟！

"散题"的题，主要指主题而言。写作实践告诉我们，每篇散文都有其主题，但不要先入为主，即"主题先行"，也就是说，在确立每篇散文写作时，写作者不太知道要向读者表白什么样的写作意图。如我写《老爹的绰号》一文想表达什么思想事先并不清楚，只能顺着笔锋流淌吧！直到最后还和当今的"慢生

活"扯到一起,还蛮幽默的,其实此文的主旨并不在此。

其次,是在一篇文章里体现出主题的多样性。读者站在不同的角度去欣赏作品,都会有不一样的理解,这才符合人们对作品的审美需求。例如我写《北方的雪》一文,这里描写了北方的雪景,从童年的记忆到现实的沿革,具有赏雪的美学价值,也顺手写一段北方人的"雪性"及成长环境,没想到一位南方女孩在我的"博客"中留言说:"我爱北方的雪,无怨无悔!"好的散文给人的教益就是这样。

"散题"散到什么程度为最佳呢?在文章结构有序地进行前提下,由读者任意去感悟。他悟到什么就是什么,没有统一的定律,往往在争议与雄辩中找到真谛,才会证明"散题"真的到位了。

"散写"也不是胡乱而无序地乱写,只能说它不拘一格,在散文体的写作规律中见长。

小中见大,是就取材和剪裁而言。散文的取材以"小"为佳,因为一滴水可以映射太阳的光辉,一粒沙也能窥见整个世界呀!我写《母亲的眼神》一文,就从母亲临终前,因我没有在场,她从睁眼到闭眼,再到渗出两滴浑浊而瘦小的泪花,感知母亲一直在思念着我。散文的题目小、材料精,才好生发开去,也便于把握素材的本质,写深写透。

既露又藏,是指对感情的表述。散文的灵魂是真情实感。用什么方式、方法来表达其情感,实属写作的修养、经验及对技巧的把握程度。直抒胸臆地流露情感应该是在大悲大喜的情境下体现。如《哭我的妹妹刘香芝》一文,就是在悲恸之情达到欲罢不能时写的,因为一个好端端的女强人,突然被一场不明之火给活活烧死了呀!当时,我真的无法控制我的感情。另外,哪些情感要隐藏呢?作为初恋或刚刚萌生爱意的双方,情感自然要隐藏起来呀!如《赠言:祝青年幸福》一文,把所有感情都寄托到一些小物件上,当你见到或听到时怎能不动心呢?

自由表达,在散文写作中是最具有颠覆性的方式。因为自由的表达并不是散乱的起笔,也不是不讲结构的乱堆砌。从外形到内里都严谨自如,因此说散文是"形散神不散"的说法好不科学。没有哪种作品能以一种表达方式成文的。如摹写景物的"描写文",抒发情感的"抒情文",记写故事的"记叙文",杂感类的"品评文",以及书的"序"或"跋"为"说明文"等,是再自由不过的,但它们仍不愧为文学殿堂的骄子。

华而不腻,是语言运用问题。任何一篇散文都追求文辞美,方可纳入美文之列,但美的价值是因文而异的,那种纯唯美主义就容易跌入"或寄辞于瘁音,徒靡言而弗华"(晋·陆机《文赋》)的泥沼。所以要在字斟句酌上下功夫。如

《鹤鸣九皋》一文，开头就引出此句的来源《诗·小雅·鹤鸣》："鹤鸣于九皋，声闻于野。"《笺》中释"皋，泽中溢于所为坎，自外数九，喻深远也。"在《易经》八卦中，"皋代表水，多指曲折的沼泽、湖泊，或水旁地。"与此同时，我感到一篇好的散文还必须镶嵌一些诗句或辞赋形式，可以引用，也可以自创。这样才能让读者去青睐你的美文。在《山花烂漫》中，把生活比喻成一首歌、一本书、一片干净而纯粹的泥土、一种态度、一把伞等。

在学会"三散"中的写法时，还要注意"三不"技巧的运用和精磨。

画龙不点睛，是画家的绝妙之笔，省下空间，留有余白。一句话：给欣赏者留着思考的余地。让欣赏者去填补，不正是对欣赏者的信任和敬佩吗？撰写散文也是如此，不要把话说尽，尽量让读者自己去想象。如《玩自己》之文，作者淡忘年龄，不过生日，不享受公交免费待遇等怪现象，究竟是为什么呢？意蕴其中，仁者见仁，智者见智。这才是我完成此文的初衷吧！

片言不只语，好的散文把一些片言连接得天衣无缝，没有片言只语之嫌。引入的美词名句直接为文所需所用，它是整篇文章不可或缺的组成部分。晋·陆机《文赋》曰："立片言而居要，乃一篇之警策。"表现出片言的功力及其影响。我的散文《道之以德 齐之以礼》是篇一千多字的小短文，可引述古人的教诲达七处之多，句句都点到文章的命脉，大大增强了文章的说服力和感染力。

构造不臆想，无论是构思谋篇，还是结构成文，一定要按照文章的脉络推进，做到结构严谨、安排巧妙，决不能违背事物的规律去闭门造车。梁·刘勰在《文心雕龙·附会》篇曰：作为文章结构应该是"整脉者依源，理枝者循干。是以附辞会义，务总纲领。"近期写一篇《醉了丁香，醉了人》的散文，从丁香花丛中的年轻情侣，引出丁香树叶片上的红头小苍蝇，及风吹丁香树后的形象；第二段写它的气味，引用曹子建和沈括对丁香花的赞誉，又有蜜蜂和蝴蝶的流连忘返；第三段写它的自然属性与天地的关系；第四段写它瞬间凋谢了，但是涅槃后的重生与淡定；最后收尾到天地间万物永恒这一规律上。通篇的构造符合自然规律，保持文脉的逻辑推演自如，构思自然而不浮躁。

文章能让读者青睐，必须达到知识性、文情性和趣味性相统一的效果。

散文的知识性，主要体现在释解追源、举例引证、用典索句等方面。对古代的生僻词语要予以诠释。如《行高义明 出处同揆》一文是写风筝的。先写它的来历，古代战时的特殊用途，以及成为孩童们的玩耍工具。中间插入一段引文说明"题目"用语的出处，并显现着天气澄和、风物闲美的独特景观。又如二月十四日的"情人节"来历，是通过《向圣瓦伦丁致敬》这篇散文阐述出来的。

散文的文情性，指文辞和情思美。古人讲："闲樽向幽处，余论见文情。"文辞美是在达意的同时，要体现言语、句式的优美可人，并适当加入诗词、歌赋

的句式。如《雪花呀，雪花》，首先把它喻成"小天使"先写它"飞呀，飞！"的经历，及落地后的情境，再写它"飘呀，飘！"的姿态，及树木、草儿、鸟兽昆虫等对它的喜爱。结尾时扣题：雪花呀，雪花！喁喁嬉戏，熙熙恋空……你的勇气和精神，让人们知道大千世界里是多么的可爱与美丽呀！依依难舍，婀娜诉情，没有你，宇宙将会混沌，世界也将毁灭……其作者的情感必须真真切切地融入字里行间，就会显得文情并茂了。

散文的趣味性，指用语很风趣，读之有情味，最后达到津津乐道、耐人寻味的地步。例如《老一辈教授们的趣味杂谈》中"'羊氏母乳'养大的杨公骥教授"一节。写他出生后母亲难产而卒，靠吃一只老母羊的奶活下来，由祖父抚育长大。他五岁时，老母羊病故。祖父将它礼葬在祖坟边上，还立了块小石碣，正题是"异族羊氏乳母之墓"，右款为"受恩杨正午（杨先生初名）敬立"。后来引起族人公愤，并被告上"公堂"。他祖父把此地买下，并求人说和才私了。也许是吃羊奶长大的，才如此"叛逆"。首先背叛家庭去延安，其次在学术上敢于向权威说"不"，才有他的特殊贡献。

一篇文情并茂的散文，不亚于一首情境优美的诗，只不过它的语言更随和，更加贴近人性；一篇趣味横生的散文，虽没有小说故事情节之细腻、诱人，但在简约与豪放中见长；一篇语言精粹、情意奔放的散文，没法和喜剧以语言贯穿情节为目的，可它的语言是以一当十的锤炼和精湛到家的呀！故散文写成容易，写好难。真的愿我国散文发展走出一条属于自己的，既传统又非传统的路，让这颗文学中的奇葩在世界文学殿堂中，展现出自己独特的光彩！

刘忠惠

2014年7月28日 于齐齐哈尔

目　录

经典沉浮

学经论道　顿悟真谛 …………………………………………（1）
"温良恭俭让"释解 ……………………………………………（4）
上善若水　无欲无争 …………………………………………（7）
淡漠明德　宁静致远 …………………………………………（9）
不失中和　任其自然 …………………………………………（11）
清明在躬　气志如神 …………………………………………（13）
君子九思　尚仁达义 …………………………………………（15）
君子三戒　修己以敬 …………………………………………（20）
君子三乐　乐融于心 …………………………………………（22）
崇尚君子　鄙夷小人 …………………………………………（26）
香烟缭绕　敬畏天地 …………………………………………（29）
仁义之门　养正毓德 …………………………………………（32）
拜师求教　教学相长 …………………………………………（34）
八仙过海　逍遥快乐 …………………………………………（37）

情感礼赞

爱是一种"暗物质" ……………………………………………（40）
百年诞辰　母爱如山 …………………………………………（43）
"母亲""童年"和"故乡" ……………………………………（45）
故乡情深似海、意坚如山 ……………………………………（48）
故吾乡情　红颜意尽 …………………………………………（50）
敬仰天地　祭祀先人 …………………………………………（52）
同心如兰　兰薰桂馥 …………………………………………（54）

悼念故人　敬祈英魂 …… (57)
执手相依"挣"得爱 …… (59)
夫人安静地走进大海怀抱 …… (61)
情感 ABC …… (63)
一束鲜花　百年合合 …… (69)
爱情"涂鸦说" …… (71)
"性"的感悟与吸引 …… (74)
回顾是总结，更是愉悦 …… (77)

世间拷问

不按常规"出牌"的人 …… (79)
坤厚载物　德合无疆 …… (82)
"贫困"的后遗症 …… (84)
心理定式后的心理取向 …… (88)
传统习俗中的幼稚病 …… (90)
一枚银圆的正面与背面 …… (93)
何时能学会寂静 …… (95)
不拘一格降人才 …… (98)
豁然开朗　訾然洞然 …… (101)
对"心态"的悖论与假说 …… (103)
心愿背后的崇高与坦荡 …… (106)
"精神"养生之道 …… (108)
出国旅游你准备好了吗 …… (110)
文人、文及境界 …… (113)
活得只剩"钱"了 …… (117)
信息带给人们的欢乐与思考 …… (119)
学而不罔　思而不殆 …… (122)

生活辣味

从蛀虫想到的 …… (124)
帮闲媚骨　丧尽良知 …… (126)
"替课"与"陪练（恋）" …… (129)

生活没有怠慢我……………………………………………………（132）
发生在列车上的那些事…………………………………………（134）
留钱不如留债……………………………………………………（137）
零下50℃地带……………………………………………………（139）
健身固体　养心树德……………………………………………（141）
人瘦尚可肥　士俗不可医………………………………………（144）
公共意识与散户心理……………………………………………（146）
克木人的"野性"温良……………………………………………（148）
傣族习俗与"精神百合"…………………………………………（150）
孩子的事　大人少管……………………………………………（152）
白雪公主与七个小矮人…………………………………………（155）

人 生 情 趣

人生雨丝　绵密无声……………………………………………（159）
虚白人静　吉祥止止……………………………………………（166）
见素抱朴　少私寡欲……………………………………………（168）
钓鱼时的心灵锚铢………………………………………………（171）
江中独钓　虚壹而静……………………………………………（173）
四季周庄　情致陶然……………………………………………（175）
一块石材印章坯料的"来历"……………………………………（177）
师者，慧目、雕琢、赏识也……………………………………（179）
书为伴，终生相随………………………………………………（182）
茶、酒、烟与性格………………………………………………（185）
岁月如烟　嘉会年华……………………………………………（188）
相知有素　睦乃四邻……………………………………………（193）
洗妆·修容·革心………………………………………………（196）
童真·童趣·童年………………………………………………（198）

物 种 呼 唤

与天象交谈………………………………………………………（201）
风·云·雨·雪·雾……………………………………………（204）
秋云、秋雨和秋风………………………………………………（207）

草木春秋 ………………………………………………………………… (209)
岁寒三友　刚正风雅 ………………………………………………… (213)
赞美你——"忘忧草" ………………………………………………… (216)
梅花润色不了情 ……………………………………………………… (218)
醉了丁香，醉了人 …………………………………………………… (220)
碧草涕泣　青树悲伤 ………………………………………………… (222)
树木的叹息与无奈 …………………………………………………… (224)
树与风、露、鸟、藤的故事 ………………………………………… (226)
朱雀祥瑞　浴火重生 ………………………………………………… (229)
为小小蜜蜂唱挽歌 …………………………………………………… (231)
小小蚂蚁　趣事多多 ………………………………………………… (233)
化蝶入梦蝴蝶侠 ……………………………………………………… (236)
小小"诸葛亮"　八卦军中帐 ………………………………………… (239)
后　记 ………………………………………………………………… (243)

学经论道　顿悟真谛

世代文人学者都在深入研究和探讨儒学、佛学和道学。不管儒、释、道是三足鼎立，还是融会贯通，它都是中国哲学史、中国思想史、中国教育史及中国自然科学史等学科发展的渊源。不愧古人把儒学称为"显学"，而佛教（指天台、华严、净土诸宗）属"显教"。足以说明，它们在人们心目中的地位和影响。

两千多年来，儒、释、道的理论体系也好、教理教规也罢，都不同程度地根植于人们的心灵深处。尽管今人对上述派别的理念或体系构建有些不解、不懂，或越来越生疏，但它的存在和流传足以证明其学说的观点有不可动摇的合理内核。某种意义上说，它是中华文化、中华文明的"根"。根有深有浅，有粗有细，有曲有直，都会在人类社会延续和发展中不断展现"根"的基因变异的差别，可万变不离其宗，对自然、社会、人生及伦理道德的认识和规范不会有相悖之不同，只不过各有其发展脉络和独树一帜的特点而已。

"孔孟之道"根深蒂固，传播久远，思想博大精深。孔子是万世之表，以德服人的一代宗师。其中《大学》里的"三纲领"："明明德""亲民"到"止于至善"。作为安邦治国的方略，在于提倡和发扬正大光明的德行和德政，广泛地亲近民众和尊重民意，以至善至美为奋斗目标。"八条目"，即"格物、致知、诚意、正心、修身、齐家、治国、平天下"。以此方式与方法，才能使社会安定团结，和谐向上。到崇尚"仁"，推行"忠""恕""礼"，及在教育方面主张"有教无类""因材施教""学而不厌""诲人不倦"的教学态度，等等。后来曾子的"孝义行天下"。孟子的"仁、义、礼、智"，即"君子以人存心，以礼存心。仁者爱人，有礼者敬人。爱人者，人恒爱之。敬人者，人恒敬之。"墨子的平民教父哲思："名不可简而成也，誉不可巧而立也，君子一身戴行者也。"还提出用爱拯救世人："若使天下兼相爱，爱人若爱其身，犹有不孝者？"意思是，假如天下都能相亲相爱，爱别人就如爱自己，还能有不孝顺的人吗？又说："无言而不信，不德而不报，投我以桃，报之以李。"他相信世界上没有什么话是不

诚实的，没有什么恩德是不报答的，你送给我桃子，我回报给你李子。因此他在政治上提出"兼爱、非攻、尚贤、尚同、节用、节葬、非乐"等主张。

孔子和他的弟子们创建的儒家学说，至今不衰，就因它有普世的功用，让世人认可。孔子与苏格拉底、耶稣和释迦牟尼一同被称为人类的精神导师。由于受时代和历史的局限，不可能完美无瑕。有人说，他在政治态度上是保守的，有利于权势者维护旧秩序的要求。其实燕雀安知鸿鹄之志，何必对自己的古圣人如此的挑剔呢？人无完人，也是孔子的理念呀，何况今天，全世界建起一百多所"孔子学院"来传承他的不朽思想，也是在学习中华文化。此时要防止教条化、经验化，应该在发扬光大上下功夫，因为它是颠扑不破的真理。

佛学（佛教）公元前五六世纪由印度释迦牟尼创建，主张"众生平等""有生皆苦"，以涅槃（超脱生死）为理想境界。据说东汉时传入，从西晋到南北朝时佛教发展为鼎盛时期。智𫖮大师创造了"天台宗"，主要强调"止""观"并重。"止"是禅定。坐禅时住心一境，冥想妙理为"禅"；"定"是内心不动。"观"是般若。"般若"是智慧。同时还提出"一念三千"和"三谛圆融"等观点。唐初玄奘历尽千辛万苦抵达印度天竺取经，为中国佛学积累了大量丰富的资料。佛教禅宗六世祖慧能在他的《六祖大法师宝坛经》（死后徒弟整理）一书记载："思量人间的善事，心就是天堂；思量人间的邪恶，心就化为地狱。心生毒害，人就沦为畜生；心生慈悲，处处就是菩萨。心生智慧，无处不是乐土；心生愚痴，处处都是苦海。"从禅宗派的创始人菩提达摩，到六祖慧能时期，仍秉承"不立文字，教不别传，直指人心，见性成佛"的主旨。意思是通过日常的实践，感悟真正的智慧，从而达到自觉、自由、自知的境界。

佛教在我国源远流长，信众最多，影响甚广，与其他宗教相比，更能与儒、道相合，启迪人们的心性和灵魂。就以中国的四大佛山为例吧！陕西五台山供奉文殊菩萨，塑像头顶有五髻，象征大日五智，手持剑，驾青狮为民除害、防疾；浙江普陀山景仰观音菩萨，众生有难，闻是观世音菩萨，一心称名，观世音菩萨即时观其音，皆得解脱……四川峨眉山敬请普贤菩萨，乘白象安稳保民；安徽九华山钦慕地藏王菩萨，是使世人有亲者都报本荐亲，共登极乐世界，救众生于苦难。这些道场供奉的都是"菩萨"，梵语为菩提萨埵的简称。"菩提"意译正觉，即明辨善恶、觉悟真理之意。"慈心一切平等，真如菩提自现"。（南朝·梁宝志《大乘赞》）"萨埵"意思为众生。合在一起是：言能自觉本性，又能普度众生。

由于一些人愚昧无知，把信佛与迷信相连接，其实是把佛学、佛教、佛经给庸俗化了，并且大大地扭曲了佛学的宗旨。俗话说，心诚则灵，佛在吾心中。但是有些人拜佛的意愿是让佛保佑他升官发财、平安无事等私欲的满足，不能不说是亵渎了佛学的道义和传教意图。为此，必须为信奉进行正名，继续褒扬佛教的

传承与健康发展，使其成为中华文化、文明的宝贵财富。

《老子》的上篇《德经》，阐述了宇宙的根本和天地变化的规律；下篇《道经》，阐述了为人处世的道理和进退方法。以"道"解释宇宙万物的演变，认为"道生一，一生二，二生三，三生万物"。"道"就是"夫莫之命而常自然"，所以才有"人法地，地法天，天法道，道法自然"。认为"道"是自然而然，是无为而无不为，以自身为法的本质存在。对人生修为的要求是劝人要知足、"不争"，他认为人的善行就像水一样，去滋润万物，只有不图名利，停留在众人不喜欢的地方，更接近于"道"。而庄子继承并发扬了老子"道法自然"的观点，"泛爱万物"，崇尚自然。

从上古的阴阳、五行、《易经》八卦，到老庄的"道法自然"，是在两千多年前提出来的。当时没有任何高科技手段的帮助。他们把天象同人们的生活、生产经验结合起来，对宇宙竟有如此的解释，把人生同自然连接起来的观点，纯属智慧闪现。这种境界多么难能可贵啊！所以不要受概念、词语晦涩、难懂的束缚，也不要受"道"的神秘注脚所迷惑。要拨开其神秘的面纱，去理解老庄的哲学思想，同时让我们去亲切自然、理解自然、爱护自然和尊重自然；自然的规律不能违背，自然的法则必须遵守。包括我们今天提出的"保护原生态"的理念，应该都是老庄"道法自然"这棵大树滋生出的枝叶吧！

儒、释、道学说发展到今天，不仅为我国哲学、文学、宗教伦理学等开了先河，树立了丰碑，也为人类的文明播撒了殷实、丰满、清亮的种子，还为世界多元化政治、文化的融会贯通搭建了桥梁，做出不可磨灭的贡献。亘古以来，经过历代文人学者的培育、嫁接，已成参天大树，枝叶繁茂，覆盖全球；犹如强劲雄风，浩浩荡荡，漫洒五洲。

孔子天纵之圣，万世师表，周游列国谱春秋，世世敬仰。

菩萨佛海无边，普度众生，莲花盆里修正果，代代相传。

老子道生千古，尊天敬地，青牛背上画经纶，垂垂青史。

2016年4月28日　于齐齐哈尔

"温良恭俭让"释解

春秋时期,子禽问孔子学生子贡:为什么孔子每到一个国家都能听到该国的政事呢?子贡答:他老人家温和、善良、恭敬、俭朴、谦让,用这样的态度去对待别人,别人自然会把政事告诉他。这是他与众不同的品质,也是与别人听到政事方式不同的原因。温,和厚也;良,易直也;恭,庄敬也;俭,节俭也;让,谦逊也。五者,夫子之盛德光辉接于人者也。

这应该是待人处事的基本信条,也是为人的一种美德表现,至今应该歌之、颂之。但也有人发出不同的声音:在以阶级斗争为纲的年代,视为批判对象,认为是敌我不分,抹杀斗争精神。殊不知,孔子是以大智若愚的姿态,穷尽了这五个字的内涵,自然会引起人们的尊重和信赖。

温者貌和,温文尔雅。《诗经·秦风·小戎》:"言念君子,温其如玉。"指性情平和。古代多有主张"皆疾恶严刻,务崇温厚。仁贤之政,流闻后世。"(《后汉书·王畅传》)"恭敬而温文者,为内外有礼,貌恭心敬而温润文章。"(《礼·文王世子》"疏")由此可见,孔子教诲人们要温存、厚爱与人,乃为他老人家"尚仁"的一部分。无论是对人、对己,还是对社会,乃至国家政事,都是不可或缺的道德礼节,怎能不发扬光大呢?更不能说持此行为的人是没有主见、没有自己观点的庸人之辈。在《论语》中处处有其指教。如鲁哀公向孔子请教如何治理国家,让百姓拥护、佩服呢?孔子曰:"举直错诸枉,民则服;举枉错诸直,则民不服。"意思是把正直的人提拔上来,使他们位居不正直的人之上,则百姓就服从了;如果把不正直的人提拔上来,使他们位居正直人之上,百姓就不会服从。只有做到尚仁崇道、温厚待人,才是治理国家大政之根本。说得何等的鲜明、透彻,怎能说温厚者"无所失意,保身固宠,不能有所建明"矣!

良心易直,善善从长。《荀子·修身》强调说:"是谓是,非谓非,曰直。"《论语·季氏》:"益者三友,……友直、友谅、友闻多,益矣!"作为善良之人,以其美德,源远流长于子孙后代,也是孔子称道的重要观点。如"从善"说。子曰:"三人行,必有我师焉。择其善者而从之,其不善者而改之。"(《论语·述而篇》)"善则称人"说。子曰:"善者称人,过则称己,则民不争;善者称人,过则称己，则怨益亡。"人与人一定要和睦相处，誓死坚持善道的精神真可谓难能可贵。

善良之人就会美丑不分、善恶不明吗？绝对不是的。孔子在《论语》中旗帜鲜明地论述君子与小人的区别。子曰："君子周而不比，小人比而不周。""君子怀德，小人怀土；君子怀刑，小人怀惠。""君子喻于义，小人喻于利。"子谓子夏曰："女为君子儒，无为小人儒。"子曰："君子坦荡荡，小人长戚戚。""君子成人之美，不成人之恶。小人相反。"季康子问孔子时，子曰："君子之德风，小人之德草。"子曰："君子和而不同，小人同而不和。""君子泰而不骄，小人骄而不泰"等，都充分体现了孔子思想的博大精深，怎可为肤浅之人所释解呢？

谦恭礼貌，肃穆庄敬。《礼·曲礼》上："是以君子恭敬撙节"，"疏"引何胤："在貌为恭，在心为敬。"《荀子·修身》也指出："体恭敬而心忠信，述礼仪而情爱人。"都是对"谦恭礼貌"的最好解读。而敬慎安全也是治国之方略。《汉书·谷永传》曰："济济谨乎，无敖戏骄恣之过，则左右肃艾，群僚仰法，化流四方。"《论语·子路》云："居处恭，执事敬，与人忠。"更鲜明地教导人们达到"肃穆庄敬"的境界，可谓人上人也。

孔子的"事思敬""敬事""执事敬"，都是指以严肃、认真的态度对待工作。而"事思敬"应该成为每个国民的工作作风。这样国家才会发达昌盛。此外，孔子还把对人的尊重当作治国的根本大政提出来。例如，"孔子遂言曰：'昔三代明王之政，必敬其妻子也，有道。妻也者，亲之主也，敢不敬与？子也者，亲之后也，敢不敬与？君子无不敬也。敬身为大，身也者，亲之枝也，敢不敬与？……三者，百姓之象也。身以及身，子以及子，妃以及妃。君行此三者，则忾呼天下矣。大王之道也如此，则国家顺矣。'"（《礼记·哀公问》）这是孔子倡导的"推己及人"的政治主张：尊重自身，则尊重百姓自身；尊重自己的妻子儿女，则尊重百姓的妻子儿女。此主张是在人心的呼唤与引领上示范于民。可见，恭敬不是唯唯诺诺、盲目服从或崇拜，更不是对上司的溜须拍马、阿谀奉承，而是在恭敬之时莫忘其尊严。

俭者寡欲，朴素唯美。节俭是中华民族的美德。早在《后汉书·刘虞传》记载："初，虞以俭素为操，冠敝不改，乃就补其穿。"也可谓人的谦逊之貌，在《荀子·非十二子》中曰："俭然，侈然，是弟子之容也。"人格的修炼不能以穿着打扮来品评或定论，但可以映照出人们内心欲望的伸张程度，凡以朴素为美者，其心灵乃纯洁、敦厚也，至少与张扬、显摆不是一路人。三国魏·丁仪《励志赋》云："唯受性之朴拙，亮未达乎测度。"意思是只有天生的赋性，才不会改变其操守，那就像天上星星的亮度不够，难以测量了。说白了，是内在的品质一以贯之。

孔子个人生活简朴，且不赞同奢华。《庄子·鱼父》曰："孔子扶轼而叹曰'甚以由之难化也，湛于礼仪有间矣，而朴鄙之心，至今未去。'"《论语·学而》："敬事而信，节用而爱人，使民以时。"这里的"节用"是指节约用度，取信于民。孔子认为"安贫乐道，不义之富贵如浮云。"综上所述，节俭是人们生活方式的追求，跟奢侈与浪费相对应，表现出传统的良好习俗和风尚；朴素是人们情操的塑造，代表着人格的底蕴与崇高；寡欲是对灵魂的洗濯，超脱物欲、情欲或权欲等追求，乃心宽而平静，也使人的心灵境界得到提升。对那些视"俭朴"为笑柄的人来说，根本不懂得财富的拥有与利用乃为全人类利益之所需。贪得无厌者卑鄙小人也！

谦尊而光，允恭克让。《书·尧典》："允恭克让"。意为"推贤尚善曰让"，即"是以君子恭敬撙节退让以明礼。"（《礼·曲礼》上）谦逊忍让是中华民族最优秀的传统品质之一。人们耳熟能详的"孔融推梨""王泰让枣"等典故。史书很早就有记载，如《荀子·儒效》："志忍私，然后能公；行忍性情，然后能修。"可谓"让礼一寸，得礼一尺。"（曹操《令》）啊！

《论语·泰伯》曰："泰伯，其可谓至德也以矣；三以天下让，民无德而称焉。""小不忍则乱大谋"之语出自《论语·卫灵公篇第十五》。朱熹在《论语集注》解释说："小不忍，如妇人之仁，匹夫之勇，皆是也。"又说："妇人之仁，不知忍于爱；匹夫之勇，不能忍于忿，皆能乱大谋。"近人杨树达在《论语疏证》中提出"不忍"有三种含义："不忍忿""慈仁不忍，不能以义割爱""吝财不忍弃"。孔子认为忍"小"是为了成大事。所谓"小忍"，是指克制个人的怨愤和对小利小惠的贪求，以及容忍他人对自己不敬之言行。如果世界上人人都能克让一些，谦恭一点，人与人、民族与民族、国家与国家间的矛盾便可以缓和，关系自然协调，何必你争我呢？过上"晨行踏忍草，夜诵得灵花"的太平日子，是多少人向往的呀！

"温、良、恭、俭、让"这五个字高度概括了孔子的人品、德行、修养和作风，以及为人处世的态度及方法。态度温和、温文清雅，容貌也就显得端庄可人；心地善良、直率坦诚，就会让人感到可亲可敬；言行谦恭、谨而爱人，就能令人肃然起敬；衣着简朴、安贫乐道，心灵就会纯正干净；遇事克让、待人谦恭，自然就会引起别人的信任与敬重。温者貌和，良者心善，恭者内肃，俭者寡欲，让者正身，具备这五种品质，怎能不令列国之君信而尊之。至今重温"温、良、恭、俭、让"五字，必有新的认识、新的解读、新的收获。

2015年9月7日　于齐齐哈尔

上善若水　无欲无争

《老子》上："上善若水，水善利万物而不争。"南朝·齐·谢朓有诗云："上善叶渊心，止川测动性。"中国人两千多年来一直敬仰"水"的至善和它的灵动而完美的品格；效仿水凝聚着"从善如流，下善齐肃"的精神。为此中国各民族兄弟互通互助，显现"同胞共气，家园所凭"（《孝昭纪》）的气概，也同世界其他国家与民众友爱交往，让国人耳熟能详的"海内存知己，天涯若比邻"已成外交之重辞。

溪水潺潺无狂傲，江河平稳慢慢流。水从孩童起就学得乖觉、灵慧，喜欢与石卵拥抱，情愿同树木共枕。长大了，形成江河湖泊更显稳重、谦和，托起舟船遨游他乡，伴着鱼虾共生存。可见，它一直是低调的、谦逊的。"雅性谦克，不吝于利欲"。只有这样，方可"泽库其容，谦虚大也"。（汉·扬雄诗）

川流不息奔大海，亘古不休乃追求。水很有韧性。《礼·中庸》云："小德川流，大德教化，此天地所以为大也。"按自然规律来比照人生，看待世界，将会寻找出最佳的途径和方法，让宇宙清明，世界安详。老子提出："人法天，天法地，地法道，道法自然。"将自然置于至高无上的地位。作为"道"的规律体现就是水的永恒追求之境界。因为它的追求和不争，让天更蓝、地更灵、人更杰，万物永生。

水滴石柔克以刚，绳锯木柔韧为器。《汉书·枚乘传》："泰山之溜穿石，单极之绠断干。水非石之钻，索非干之锯，渐靡使之然也。"这种以柔克刚的毅力与耐性，是水所独有的，只要顽强地坚持下去，再柔弱的东西，也会将坚硬的物质穿透。我们中国人从来都不怕"鬼"，哪怕牺牲自己的一切，也会像愚公移山那样用毅力、恒心和不怕困难的精神把大山搬走。改革开放是多么的不容易啊！中国人在中央政府的领导下解决了多少难题，才有今天举世瞩目的发展愿景。这就如"水"一样，从点滴做起，持之以恒，努力奋斗，将会取得千百年来人们梦想的成功。

大海容纳百川流，会集英才乃宽厚。泥沙俱下，积水成海；风携云气，反哺大地。自然的循环互补，造化万物的生存繁衍。现出海这一水的骄子，"有容，德乃大"的情怀。而人在世上无时无刻不在"缘而葆真，清而容物"。只有"克宽克仁，彰信兆民"，方可达到开宽裕之路，以接纳天下之英俊，发展生产，施惠于民；更如大海那样，不计前嫌，携手共赢，创造世界和平、安宁、高雅、富裕，生态完美的"地球村"。"御气云霄近，乘高宇宙宽"。大海给予我们心灵的启迪，水的魅力让我们宽绰以容纳，也是"知者乐水，仁者乐山"的缘故。

　　水的最高境界是无欲而不争。它是无色、无味、透明的流动液体，没有任何欲望和私心。不与天争，当水被灼热的太阳煎烤成水蒸气时，被风吹拂到天空，以形状各异的云彩点缀着天空，让天际更蓝，宇空更净，也顺便给大地上的万物遮蔽阳光的灼热。有诗云："黄河中流日影斜，水天一色无津涯。"（卢仝《蜻蜓歌》）不与地争，云在天空凝聚成小水珠，以雨水的形式返还给大地，让山峦更青，草木更艳，呈现出"漠漠水田飞白鹭，阴阴夏木啭黄鹂"的美景，与此同时，还为小溪及江河湖泊增添新的伙伴和力量。然而，一路走来好不平凡。它不在乎泥沙的捣乱、山石的阻拦、尘埃的污染，日复一日、年复一年地坚持和欢畅地流淌着。不与人争，人筑造堤坝，它就去滋润禾苗，或与鱼虾共舞；人建造舟船，它就托起船只往返运输，默默地贡献着；水浸透到大地的深层，净化着自己的成分，为人类及动植物享用，从来没有过怨言，就连着火了，它还将赴汤蹈火去抢救，已成为人类忠实的朋友。更不与万物争，因为生命对它来讲都是弥足珍贵呀！在整个生物链里，水成为它们生存、生长所必需的，没有水源的地方，很少有生物存在。此种供需关系，对水来说，不求回报，只愿付出。

　　在水的世界里，不存在"争先恐后"这个成语，因为它从来没有"恐后"，也就不存在利益分配的概念，更没有争荣夸耀的习性，随着季节的脚步轻盈地走着，循环往复地莅临，从来不存特别之处。

2014 年 11 月 15 日　于齐齐哈尔

淡漠明德　宁静致远

老子曰："非淡漠无以明德，非宁静无以致远。"作为崇尚自然的老庄学派，两千多年前就把人的修炼置于淡泊、清静的生活环境、生活志趣及生活方式上，今日读来仍感思想恢宏、胸襟博大。犹如"淡荡动天云，玲珑映墟曲"（唐·王维《王右丞集》）之气魄；"仪范清冷，风神轩举"（北周·庾信《庾子山集》）之品行。

记得清代吕种玉《言鲭》（下）有段记载："有士人贫甚，夜则露坐，焚香祈天……忽闻空中神人语曰：'帝悯汝诚，使我问汝何所欲？'士答曰：'……愿此生衣食粗足。逍遥山间水滨，以终其身足矣。'神人大笑曰：'此上界神仙之乐，若求富贵则可以。'盖天之勒惜清乐，百倍于功名爵禄也。"此传说是告诫人们要诚心淡泊名利，不受功名利禄所诱惑，修养自己的操守，就会过上"云溪花淡淡，春廊水泠泠"（唐·杜甫《杜工部草堂诗笺》）的快乐生活。

淡漠是一种生活态度与生活方式，在生命发展的进程中呈现不同的形态。明·方孝孺说："君子之为利，利人；小人之为利，利己。""利人"与"利己"都属自身的修养问题。而有的人只为自己的私欲计算，甚至不惜伤害他人的利益。这样的人将生活看得好凝重，也好污浊。这与上天赋予人之生命的宗旨背道而驰，违反了自然赐予人生命的初衷。要知道地球就这么大，给人的空间是有限的，若超出范围，去占领其他生物的领地，就会威胁甚至灭绝某些物种，造成生物链的一个小环节断裂，就容易造成整个生物链的失调，于是什么雾霾、洪水、山体崩塌、气候变暖等不正常天象出现。这样的预兆比起什么人与人的争斗、对抗、诬陷等强烈得多。真若是想明白了，就性度恢廓、雅量高致，别再互相折腾了。

所谓的"淡漠明德"，就是指人对欲望的态度。古人讲："唯人者能泄，唯智者之泄。"意思是人的欲望就如流水似的，越是遏制它，它的力量越大。所以要像大禹治水那样，予以疏导，减少水的流量。对于欲望遏制不行，不遏制也不行。作为人格、情操的修炼，应该在淡漠的生活境况中，用高尚的情调、高雅的情趣、高洁的情怀，以心灵的充实代替物质的欲求。仁者爱人，为他人可以放弃

自己的某些欲望；智者明理，知晓欲望过度的危害。其实，仁者与智者是统一的，"非淡漠无以明德"。

庄子强调："夫虚静恬淡寂寞无为者，天地之平而道德之至也。"凡是有志于大事者，都是虚心向学的人。他们都有一颗虔诚、宁静的心。所以说，一个人在窗前听一夜的雨声，什么也不说，这就是一首"诗"；一个人在室外观看月亮的升起，心随月亮转动，这就是一幅"画"；一个人在荒远、僻静的小山村里生活一辈子，虽没有大富大贵，可他的执着、坦然和静谧就是他的人生，而且是凡人不凡的人生。正如汉·王子渊在《洞箫赋》中曰："潮露清冷而陨其侧兮，玉液浸润而承其根。"

古人云："大其心容天下之物，虚其心应天下之善，平其心论天下之事，潜其心观天下之理，定其心应天下之变。"要做到心如静止的水，方可看到月亮的倒影，否则水面摇动了，什么真正的影像都将成为破碎或虚幻，真实的世界就将渐行渐远。一个人心净得像玉一样纯洁，似日月那样明亮，即使在黑夜中也会健步如飞，因为内心只有一种声音。他人的劝诫、世俗的虚荣、物欲的诱惑、权利的胁迫，这一切都无法入耳、入心，只有入耳、入心方能达到"心中无物，此心贵虚"的境界。晋·陶潜的《陶渊明集·感士不遇赋序》说："怀正志道之士，或潜玉于当年；洁己情操之任，或没世以徒勤。"因为清净高远的操守来源于宁静之心。

人来到这个世界，对他的认识很简单，后来知道功名利禄对其诱导或一时的满足，就显得复杂多了。再加上对有限物资需求的争夺，及声誉、地位的招引和自身的虚荣心的增长，那颗原本单纯、平静的心开始骚动，使我们所处的世界变成酒、色、财无所不包的"万花筒"，而人们的心灵竟被这些污浊之气熏染。对此，只有在淡漠中修正自己的德行，在宁静里养正个人的精神，就像在大森林里呼吸新鲜氧气一样，把体内无用之味的负能量、负因子和废气，缓缓排出。最终让意志坚修、德品丰厚、智律聪敏，"树草栽木，颇有野致"。

2014年5月20日　于齐齐哈尔

不失中和　任其自然

"中和"乃儒家中庸之道，认为能"致中和"者，则无事不大于和谐的境界。《礼·中庸》曰："喜怒哀乐之未发谓之中，发而皆中节谓之和，……致中和，天地位焉，万物育焉。"人的情绪如能中和处置，则心态淡然，关系和谐。天地自然若可中和其位，万物方能生存、生长及繁衍下去，也就是我们常说的"生物链"决定我们人类的亘古永恒。

明·吕坤《呻吟语》中说："真字要如圣人燕居，危坐端庄而和气自在。草字要圣人应物，进退存亡，辞受取予，变化不测，因事宜施，而不失其中。要之同归于任其自然，不事造作。"古人崇尚中和之美。孔子论《诗》称赞它"乐而不淫，哀而不伤"。书法也是如此。楷书要写得像圣人在家独处，虽然正襟危坐、神志庄严，而又不失平和自在，即气韵流动，庄中有脉，自然方成。譬如宋徽宗铁画银钩，虽说自成一家，但终究太过生瘦，没有达到艺术的最高境界。而楷书大家，首推的毕竟还是颜筋柳骨，浑厚天成。草书要写得像圣人待人处世，或推辞或接受，或收取或给予，变化万端，难以预料，而又没有偏颇。从王献之创上下连接的草体，至唐·张旭、怀素，宋·米芾等又加发展，成字字相连的狂草，仍归于自然，相反相成，在随意、散乱中，其重心稳妥，章法有序。

自然界需要和和共生，社会更要和谐共荣。其实，"中和"是在此事物与彼事物相互矛盾、对立的情境中调和、发展与前行的。《国风·郑》曰："和之律以聪耳。"含有相反相成之意。我们的先辈早就总结出：以水在火中煎熬，并配以调料品制作的羹汤，是相反相成的结果。《书·说命》下："若作和羹，尔惟盐梅。"最美的羹汤须咸醋以和之，烹鱼肉而成也。比喻人与人的齐心合力治国理政。

可见，事物是在调和中获得再生，是将不规则的一面，定位于繁杂之中，听之绳也。

人世间有形的事物可不失中和，任其自然的存在与发展；无形的精神世界亦应如此。《书·舜典》："声依永，律和声。"是说，"声依永者，谓无声依附长音而为之，其声未和，乃用此律吕调和其五声，使应于节奏也。"做到和声入于耳、藏于心的效果。先人很强调和谐的音乐。《礼记·乐记》曰："正声感人，而顺气应之，顺气成象而和乐兴焉。"如果用它来比喻社会中的民心、民意、民情为"正声"，那么这种"正声"的亲和力、感召力及影响力，需靠好的传播手段和方法予以发布，即"顺气应之"；最后这种传播收到的良好效果，激发人们的正气能量，推动社会和谐稳定，其乐融融。正如《荀子·君道》所言："气血和平，志意广大。"只有和平之音，和谐之器，国家才会安澜康健，国际方可太平盛世。这里需要强调的是："中和"是在"不中和"里延伸与发展的；"自然"也是在"不自然"的境况下找到平衡或支点。

社会之音芜杂多变，"宫、商、角、徵、羽"俱在，清浊混合。若能将民声、民怨、民意之音统和为和谐有序的音律，必须配以相应的"乐器"，方可"感于物而动，故形于声"，"施之金石，则音韵和谐；措之规矩，则器用合宜"。也就是说，要规范人们的言论、行为自由的典章、制度、纪律、法规等，终能做到"清水音小"而长流不息，映照寰宇，哺育自然；"浊水音大"可实施防护、疏通、治淤、清浊，统归江河。

所谓"任其自然"，即《老子》："我无为而民自化，我好静而民自正，我无事而民自富，我无欲而民自朴。"这是典型的自然主义观。在两千多年前，人们还不能用科学的方法或态度对待自然界的一些现象时，只靠其自然规律来解读自然、社会和人生的一些看法，仍有可取之处。"人法地，地法天，天法道，道法自然"的人生宇宙观告诫世人"万物的生存与发展都来源于大自然，不在乎人为的力量，奉大自然为人类福祉的庇护神"，这一理念至今有用。

2014年3月31日　于齐齐哈尔

清明在躬　气志如神

《礼·孔子闲居》云："清明在躬，气志如神。"意思是："清，谓清静；明，谓显著。言圣人清静光明之德在于躬身。"今日重温此言，有着"问我劳何事，霑沐仰清徽"（南齐·谢朓《谢宣城集》）的感觉。

清静的环境像清澈的流水那样，心光一片，照见了自己，也照见了万物。正如汉·班固《西都赋》所描述的，"袪黼帷，镜清流，靡微风，澹淡浮。"做到天清、地宁，于是收到"静一分，慧一分"的效果，让人们自觉不自觉地与自然亲近，逐渐融于自然之中。按照老庄的"清净虚无"之说，"减想去意""不夺之事"，此乃神仙之境界。

人们尊重自然，也愿回归自然，但作为现代人未必如此苛刻自己。在"身静"的同时，如何做到"心静"则为关键。明·吕坤在《呻吟语》里说："把意念沉潜得下，何理不可得？把志气奋发得起，何事不可做？今之学者，将个浮躁心观理，将个萎靡心临事，只模糊过一生。"这就是俗话说的"心不静"。心不静，又怎能做到"耳目清，听视远"呢？

若能真正分辨万物，理清是非，明晓事理，只做到"心静"还不够，仍需记住晋·陶渊明在《感士不遇赋序》中所言："怀正志道之士，或潜玉于当年；洁己情操之任，或没世以徒勤。"靠一颗清明如镜的心，不受外物干扰，做到"晚餐以当肉，安步以当车，无罪以当贵，清净贞正以自虞。"（《战国策·齐》四）南宋思想家陆九渊曾经说过："苟此心之存，则此理自明。当恻隐处自恻隐，当羞恶，当辞逊，是非在前，自能辨之。"心志浮躁，就像镜面起了波纹，怎能映出客观准确的影像；欲火蔓延，犹如窗轴松动摇晃，心扉这扇窗就无法正常开关。心若不净，就无法正确对待周遭的任何事情，夜里做梦也会荒诞不经啊！

在清明中躬行，需要学习古人讲究的"静中真味，至淡至冷"。中国古代哲学各派都崇尚清静而淡泊的真景物、真性情的境界。

孔子说："仁者静。"诸葛亮告诫儿子，"非宁静无以致远"。道家更主"静"字，从老子"致虚极，守静笃"，到庄子的"夫虚静恬淡寂寞无为者，天地之平

而道德之至也"。然而静到什么程度，方能获得清静、淡冷的真味呢？

淡泊名利，"秉清修之节，蹈'羔羊'之义，尽心奉公，务在惠民"（《后汉书·王涣传》）。放弃"钱"的奴役，不为"权"所羁绊，摆脱"名"的诱惑，品尝做人的风采、风范和风骨的情操味。

崇尚自然，"天得一以清，地得一以宁"（《老子》），人得一以明。做到天人合一，崇天工之美；人接地气，敬地脉之灵。阴阳互补，刚柔并进。人与万物为伴，物的虔诚、俊秀、坦荡，是人生存繁衍的物质基础，更是生活中酸、甜、苦、辣的真滋味。

生活简单，"自兹遂隆，九野清泰"（晋·孙子荆《为石仲容与孙皓书》）。生存的世界是简单或是复杂，完全取决于你与万物相处的方式和方法。生活简单了，世界也不会复杂；生活纯粹了，万物也跟你相生相伴。从而，体会到简单、善良和充实的人性味。

真味是在淡泊中产生，但不能淡而无味；真味是在冷静中存活，可不能冷若冰霜。人，只有真味，才叫人；人，只有在静默中才能感受自身"味"的浓烈与甘美。由此形成的气质和志向可把人塑造成"心容旷朗，气宇调畅"。这种人与一般人的知趣、情调、追求和爱好是不一样的，其内在涵养更接近高山的俊朗、大海的豪放、鸟的精致、花的芳香。同日月同辉、共荣，星光永存；与四时变迁、轮回，生命高扬。

2014年4月9日　于齐齐哈尔

君子九思　尚仁达义

孔子在《论语·季氏》中指出："君子有九思：视思明、听思聪、色思温、貌思恭、言思忠、事思敬、疑思问、忿思难、见得思义。"充分地体现了尚仁达义的丰富内涵，这种崇高的精神道德境界和宝贵的思想情操，一代又一代地哺育着中华民族的子孙。就如2000年世界各国诺贝尔奖得主在巴黎集会时发表宣言那样，其中说："人类要在21世纪生存下去，就要从中国的孔子那里去寻找智慧。"我们又何尝不是如此呢？

一、视思明，明视远

眼睛是人们的心灵之窗，对宇宙万物及人生透视靠的是慧眼。如《论语·为政》曰："视其所以，观其所由，察其所安，人焉廋哉！人焉廋哉！"观察事物时聚焦于外形，不能只知其所以然，必当反复思考、穷究内里、探其本质，方可达到对该事物认识上的清楚明白，即"朔风饶指我先笑，明月入怀君自知"（唐·《温庭筠集·醉歌》）的明朗视野；严防"万事到头都是梦，休休，明日黄花蝶也愁"（宋·《东坡词》）的时过无影之心态。

明鉴万里，察秋毫之末，既要讲究观看事物的技巧，在细节上下功夫；还要高瞻远瞩，洞察其妙。从现代视觉思维的角度讲，我们所看到的人、事、景、物，只是一种表象的呈现，还需要从间接经验中寻找能代表它的正确意象。这里不能不让我们去思索、验证，然后才能体察到所看物象的内在意蕴。故在看清楚、看明白后，达到所感知的是真景物、真事件和真人物的目的。

二、听思聪，聪耳知

以耳视物，需要用心听、用神听，即精心思索，凝神默想者，为聪明之人。如听音乐，孔子击磬，有一位荷篑的人听闻后便说："有心哉！"打的钟、敲的磬与弹的丝弦其音不同，如果能够分辨，像庙宇里的一百零八种，以高低等音把情思表现出来，如击磬一般，谈何容易。只有目不能两视，耳不能两听者，才能体察乾坤，聪哲纯茂，远近禽然，望见太平。

唐·白居易说："从兹耳界应清净，免见啾啾毁誉声。"世界干扰我们聆听的杂音太多，若不能静下心来认真地去思考，我们可能早就蒙头转向——找不到北了。古人审案时以五声听狱讼，求民情：一曰辞听，即诉讼的呈文；二曰色听，观察神色以听讼。据说"观其颜色，不直则赧然。"三曰气听，听其呼吸的变化，察其真与假；四曰耳听，不仅听其声，还能听出"音"的背后所在；五曰目听，在用眼观测时，用心去揣摩。练到此功夫，办任何事情都可达到"弘敏而多奇，雅达而聪哲。"

三、色思温，温色泰

人的神态、气色是涵养的具体表现。《世说新语·雅量》云："谢大傅（安）盘桓东山时，与孙兴公（绰）诸人汎海戏，风起浪涌，孙王（羲之）诸人色并遽，便唱使还。"虽说有些畏惧，但还是泰然自若地返还回来。作为君子任何时候都要表现出"心气宽柔，其声温好。"（《大戴礼·文王官人》）性情平和，温其如玉。人们见知，感到亲切，作为操止，象类贤行；恭敬温文，内外有礼，仁贤温厚，流闻后世。如《礼·聘义》所云："夫昔者君子比德，于与焉，温润而泽仁也。"这种内质的修炼，是用己色观彼色，用自心量他心的长期实践，不断学习与总结而形成的。此乃人本之需要，更为社会和谐发展增添健全的精神细胞。

四、貌思恭，恭貌敬

一个人的容仪、容色，跟他的品德修养、礼仪讲究是成正比的。《礼·儒行》强调："礼节者，仁之貌也。"就是说，文明有礼节的人，他的仁爱之心在其容颜、相貌上是可以展示出来的。引何胤的话说："在貌为恭，在心为敬。"二者相辅相成。在中国自古以来都提倡"体恭敬而心忠信，述礼仪而情爱人"（《荀子·修身》）的优良传统。如晚辈要"仰而听之"，长辈要"俯而就之"，容貌必须思恭。

鞠躬、施礼、微笑是人们常用的礼节。我们一直视为貌相的最好恭敬，面对师长鞠躬致意，见其长老而敬礼之，待人先有三分笑，总让人感到施行者是有教养的人，也是一个族群，一个国家对外显示的内实力。笑于颜表是一种胜利喜悦的象征，还是人们期盼的心声，如古时"人以拯（包拯）笑比黄河清"，就是这个意思。

五、言思忠，忠言诚

言为心声，表里如一。一个人的诚实守信，很大程度上要看他的言语谨慎，不说大话、空话、假话和谎话,君子应该是"口含言语,身出礼门。"(唐·李商隐语)如一口古井,表面看起来是一潭死水有无风采,它都不起波澜。假如有一天,我们口渴了,掬水来饮,竟会发现:这古井的外貌朴实而深不可测,其水清澈、甘美。言语谨慎、忠于职守的人正如这口古井。他们没有华丽的言辞、招摇的行动,能忠实厚道地做人,实实在在地办事。

"诸葛一生惟谨慎",可谓"忠诚盛于内,贲于外,形于四海"(《荀子·尧问》)。谨慎绝不是谨小慎微,而是要不卑不亢地说自己想说的话,不违心、不做作而已。然而,在改革发展的今天,那些"言方行圆,口正心邪,行与言谬,心与口违"(汉·王符《潜夫论·交际》)的人大有人在。所以说,我们要时时刻刻对自己要说的话负责。古语说得好:"忠言逆耳利于行,良药苦口利于病。"千万不要被花言巧语迷惑,更不能道听途说、危言耸听、害人害己,又扰乱社会秩序。

六、事思敬,敬事行

做任何事都要博得别人的信任,才能得到众人尊敬。官府的公职人员其一言一行都受大众百姓的关注。战国时代的商鞅准备在秦国变法,唯恐老百姓不信,命人在咸阳都城的某一城门,立了一根三丈高的木柱,并张贴告示:"谁能把城门的那根木头搬走,官府就赏他五十金。"老百姓见到告示后议论纷纷,唯有一个年轻力壮的小伙子想去试试,以证明官府办事守信。殊不知,当这个小伙子把木头搬走后,商鞅立刻命令赏五十金。商鞅得到老百姓的信任后,才下令变法。商鞅"徙木立信"之事,正是孔子"敬事而信,取信于民"的治国方略的具体实施。

"思虑熟则得事理,得事理则必成功"(《韩非子·解老》)。我们做事前也应多想一些别人的看法,因为取得他人的支持,说明此事才有意义;多做些对别人有益的好事,多让利于人,这是品德的修养,更是做人的根本。"事思敬"中的"敬"字含义也就在其中吧!想起《礼记·学记》中的一句话:"一年视离经辨志,三年视离敬业乐群。""居处恭,执事敬,与人忠",有谁不亦乐乎?

七、疑思问,问疑灵

世上的事物不知晓者对我们来说是常事,只有向书本或智者请教、发问,才能破解难题。古人讲:"好问则裕,自用则小"(《书·仲虺之诰》)就是这个道理。"问"是在生疑的前提下进行的。若胸中有疑问仍去办事,那就会出错,这时应该"思问"。如果以问人为耻,来显示自己有学问,冒充知道,永远是愚痴。正像巴尔扎克说的那样:"打开一切科学的钥匙都毫无疑义是问号。"其实,

生活的智慧在于逢事都问个为什么。

汉·刘向在《说苑建本》中也谆谆教导我们:"士苟欲探明博察,以垂荣名,而不好问讯之道,则是伐智本而塞智源也。"今天,众人之所以在学业、事业、创业或就业之中欲成功反而失败者,关键在于不知道理,又少经验,还不肯问知而听能也。

八、忿思难,难忿平

怨恨、怒气作为人的一种特殊心理反应,常见于人们的学习、工作、生活之中。古人讲:"小不忍则乱大谋。"《孟子·离娄下》:"君子曰:此亦妄人也已矣,如此,则与禽兽奚泽哉!于禽兽又何难。"意思是此人已经是个无知狂妄的小人,如此与禽兽选择一起,那么你向禽兽问责还有用吗?一个真正有修养的人应该有"去忿恚之心,而成终身之名;除感忿之耻,而立累世之功"。这样的实例古今中外太多了,永远做到"恶语不出于口,忿言不返于身"。

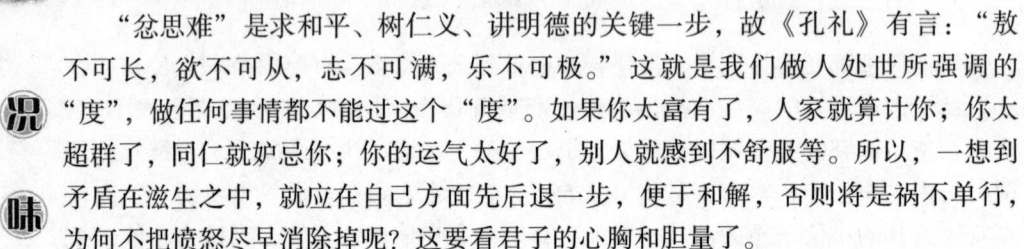

"忿思难"是求和平、树仁义、讲明德的关键一步,故《孔礼》有言:"敖不可长,欲不可从,志不可满,乐不可极。"这就是我们做人处世所强调的"度",做任何事情都不能过这个"度"。如果你太富有了,人家就算计你;你太超群了,同仁就妒忌你;你的运气太好了,别人就感到不舒服等。所以,一想到矛盾在滋生之中,就应在自己方面先后退一步,便于和解,否则将是祸不单行,为何不把愤怒尽早消除掉呢?这要看君子的心胸和胆量了。

九、见得思义,义门德功

人类的资源是有限的,如"蛋糕"就那么大,有的人得的多,就有的人得的少,或者没有得到。于是社会就出现贫富等级之差、贵贱名利之别、权势大小之利等。正像《庄子·外物》中说:"筌者所以生鱼,得鱼而忘筌。"此喻指有些人达到目的后就忘记了原来的凭借。这是何等的不仁不义呀!看来我们有时都不如蝙蝠:"远害全身诚得计,一生幽暗又如何。"(唐·白居易诗)《史记·淮阴侯传》曰:"乘人之车者载人之患,衣人之衣者怀人之忧,食人之食者死人之事,吾岂可以乡利倍义呼?"说起来,我们的衣、食、住、行哪样不是在享受别人的劳动成果呢?(当然我们也在为别人做事)所以,我们时刻不能见利忘义,更不能有"欲问义心义,遥知空病空"(唐·王维《王右丞相集》诗)的无知作为。

有些人总是在表面上讲理义,实际上在做着违背理义的事。秦始皇拥有天下,还是不满足,竟想要长生不老,派人渡海寻找神仙,还运用大量人力物力为自己建造庞大陵墓,好在死后享用,欲壑难填。做到"见得思义"义门德功的最好办法是牢记：有得必有失，在选择上，只能两善取其重，两害取其轻。鱼与熊掌二者不可得兼。

孔子思想博大精深，历久不衰。他以"仁"为核心，以"礼"为形式，重在修身达义。"君子有九思"的思想内涵深远，外延无边。在孔子的眼里，君子说话讲究忠信，但内心并不以道德高人一等而自居；行为效仿仁义，但并不露出神色；思考问题明白练达，但言辞并不锋芒毕露，这样的人觉得谁都能比得上他似的，这就是君子了。君子不同于庸人，更不能与"小人"相提并论，因为君子最大的特点是思考问题、研究事理、掌握规律，尤其在观人、处事上更为严谨、全面，不会轻易下结论，并且是自己先去示范，然后再去处人论事，可谓言行一致，躬自厚而薄于人的人。

2014 年 10 月 5 日　于齐齐哈尔

君子三戒　修己以敬

《论语·季氏》："君子有三戒：少之时，血气未定，戒之在色；及其壮也，血气方刚，戒之在斗；及其老也，血气既衰，戒之在得。"这种思想是多么的实际、实用呀！所以文中的"戒"字是"戒除"之义。而社会发展到今天，把"戒"字理解为"警戒"，应该是发扬光大吧！"君子三戒"之用意，在于修己以敬人。这对世间每个人来说，都是"子其意者饰智以惊愚，修身以明污，昭昭乎如揭日月而行，故不免也。"（《庄子·山木》）只有内在美，又重才能修炼之人，方可超拔。

孔子教导说，少年时，血气发展还不稳定，要警戒迷恋女色。作为少年期，身心还未成熟，对异性产生些好奇心，实属正常，加之我国对孩子早期的性教育比较贫乏，所以要懂得"用血气志意知虑，由礼则治通，不由礼则勃乱高慢"（《荀子·修身》）的常识，应对未成年的孩子多多善诱导教，或引导他们学习进取、崇敬养善、德才并行、修己以敬、奸究绝断。

年轻人虽说"皎洁玉颜胜白雪，况乃青年对芳月"，但实际与理想总是不谋而合的相互困扰着。此间，努力读书、务实敬业、打下基础，才能达到一生的理想追求。在恋爱、婚姻的殿堂里往往是红霞紫气氤氲，钦慕小艾蒙蒙。"树上已有少女微风，树间又有阴鸟和鸣。少男风起，众鸟和翔，其应至矣。"（《魏·管辂传》"注引"《辂别传》）作为青年人没有点色情趣味，非男人也。从心理学的角度讲，属于正常心理反应。当今社会男女间的那点"私密"，已被科学与网络撕得粉碎，没什么可以隐藏了。有人说，离婚是社会的进步，因为对"木偶"或"夜叉"的守候实在不近人情，但要相互尊重，特别是对未成年子女都要自觉地承担养护、教育和关爱的责任。也有人说，"同居"是对爱情的深刻体验，也无可厚非，但双方都要珍惜这段情感生活，不得把它视为小孩子"过家家"似的草率与轻佻，说散就散了，必须注意人格的自律和担当。古人都知道："彼色来授我，我魂往与接也"（张揖《索隐》）的道理，况且现代人乎！千万别像赵括那样"志大才庸，少不更事"。

孔子也勉励壮年人，血气方刚，要警戒争强好斗。其实"争强好斗"也有双重性。楚·宋玉《大言赋》云："壮士愤兮，绝天维，北斗戾兮，太山夷。"

某种意义上说，体魄健壮之士是民族的希望，也是国家强盛的标志。没有点"野性"的人，怎么能在战时冲锋陷阵呢？"神行埒浮景，争光益中天。"（颜延之诗）凡有血气者皆有争心。争没什么不好的，一个人不在学业、事业上奋斗，不在思想观念上打破传统陋习，那怎能与现代发展的社会相抗争呀？但我们要警戒"窝里斗"，与同学、同事、朋友之间不能相容、相谐，而是明争暗斗，甚至由嫉妒到陷害他人，纯属小人之举。一个好男人，应该是个善于跟自己斗、跟邪恶斗的斗士。

人到中年心存种种魔障，上至政客权贵之间的争权夺势，下至贪夫妒妇之间的斗财争色，保业守成之际，得失倚伏，胶胶扰扰，多想找个"出气孔"交涉，结果是云烟暗伏，或山火四起；在为朋友的所谓两肋插刀上，虽有担当而尚侠义，却不知其生死价值，成为惨烈的牺牲品，实感叹息。此类多半是无知而偏激、狭隘且自私的人。

老者，血气渐衰。"春尽绿醑老，雨多红萼稀"，不要在名誉、地位、物质等方面贪得无厌。正如中国杂交水稻之父袁隆平先生所说："用财富衡量科学家的价值太低级、太庸俗……钱是要的，因为要生活，但君子爱财有道；钱是拿来用的，该用则用，不要挥霍浪费，不小气、不吝啬。"诚哉箴言。像《庄子·缮性》所言："四时得节，万物不衰。"虽说桑榆晚景，明知人生不满百，已是来日不多，反之"朝露贪名利，夕阳忧子女"，此世俗之心态，恰是现代社会肌体的赘疣，悲哉！哀哉！白居易《自警》诗云："蚕老茧成不庇身，蜂饥蜜熟属他人。须知年老忧家者，恐是二虫虚苦心。"何不戒乎。

"莫羞老圃秋容淡，要看寒花晚节香。"保持晚节是人一生中的大节操、大境界。不仅给儿孙们树立了楷模与标尺，还会在历史长河的浪花中闪烁没有形与影的小亮点。这才是千古垂青史，万代驻芳名。千万不要把心思放在得失上，而忘记自己所处的位置。正如《庄子·山木》中描绘的那样："睹一蝉方得美荫而忘其身，螳螂执翳而搏之，见得而忘其形；异鹊而利之，见利而忘其形。"不能不成为老者们的警世之言吧！做到"老当益壮，宁知白首之心；穷且益坚，不坠青云之志。"（唐·王勃诗）

《淮南子·诠言》："君子修行而使善无名。"天地之大，无所不有。"人生坎坷何为来哉？往往皆作孽职。"凡人大抵少年轻狂、中年沉稳、老年苍劲。常人做事方式与年龄有关。但不要背上年龄的包袱，应凭借各自的优势，来圆满一生一世的渴望与理想。"天外凤凰谁得髓，无人解合续弦胶。"（唐·杜牧诗）只能"敬小慎微，动不失时，百射重戒，祸乃不滋"。（《淮南子·人间》）对"三戒"才能有深刻理解。

2014 年 10 月 24 日　于齐齐哈尔

君子三乐　乐融于心

孔子和孟子都提出："三乐"。可见，"乐"在人们的心中具有很高的期望值。"黄鸡紫蟹堪携酒，红树青山好放船"，可谓乐也。古语早就说过："乐天知命，故不忧。"（《易·系辞》上）其实"乐"具有很丰富的内涵：有快乐、喜悦、欣慰和敬重等对爱的心理流向；也有情绪上的满足、兴奋、自在等心灵对话的印证；还包括幸福感、成就感及奉献感等情感的集成。鉴于此，我们对"三乐"就可以做方方面面的解读和认知了。

孟子曰："君子有三乐，而王天下者不与存焉。父母俱在，兄弟无故，一乐也；仰天不愧于天，俯不怍于人，二乐也；得天下人才而教育之，三乐也。"孟子是从小家到大家，再到大自然，来讲述使人幸福、快乐的条件与范围，也算是他一生的经历总结吧！

家是每个人事业成功与发展的根。有了根，事业之树才会长青繁茂。所以，古代有"知君此去情偏知，堂上椿萱雪满头"（牟融《送徐浩》诗）的描述。它象征着父母虽已年迈，可精神矍铄气色好；见到儿孙时可将岁月倒流。父母康在的人，谁的心里不安定、愉悦呢！还有兄弟姊妹的手足情。"陛下推恩睦亲，以隆棠棣。"（《宋书·彭城王义康传》）连皇帝都承认，兄弟们无忧无虑、身体健康，都是吾辈的福分和情绪上的满足，况且庶民百姓乎！"家和万事兴"，怎能不高兴与欢乐。

巴尔蒙特有句诗："为了太阳，我才来到这个世界。"用古人的话来说，"从天而颂之，执与制天命而用之。"（《荀子·天伦》）孟子所说的"三乐"之一就是敬畏天地，热爱大自然。嵇康曾说："游山泽，观鱼鸟，心甚乐之。"纯自然之物种，是天地赋予的生命。它与我们人类一样，也是大自然以关爱、以生机、以善良的神话，才使得万古长青。记得泰戈尔有句诗："世界以痛吻我，我要报之以歌。""歌"就是回报，就是颂扬，就是快乐。有了这种品德，就不愁对人之爱了吧！"纾性和易，喜接后进。"（《李纾传》）爱人的人，也自然得到别人的爱，此乃其乐无穷。

《诗·小雅》："菁菁者莪，乐育材也。君子能长育人才，则天下喜乐之矣。"孟子所以把得到天下优秀人才，并进行教育，视为第三桩乐事。见出其大视野、大胸怀、大抱负的崇高境界与品格。龚自珍有诗云："我劝天公重抖擞，不拘一格降人才。"此意也说明人才对于国家强盛、民族兴旺的负任担荷。在《菜根谭》里有句名言："平民肯种德施惠，便是天的卿相；士夫徒贪权市宠，竟成有爵的乞人。"此话，说明教育英才之重要，唯有孟大人眼光深远，为国家献以良智及愿景。其乐融融，其行昭昭也。

《论语·季氏》孔子曰："益者三乐，损者三乐。乐节礼乐，乐道人之善，乐多贤友，益也；乐骄乐，乐佚游，乐宴乐，损也。"孔子告诫世人，"乐"分为有益和有害两类，二者绝不可以等同或混淆。这对当今中国转型期的一些人向"钱看"，唯利是图；争"权势"，心为形役；求"名利"，阿谀奉承，所得的欢乐，绝不是道义之乐。因为真正的乐是取决于大公、大爱和大我，取自于他人的幸福与快乐，而盲目地为一己私利津津乐道，是狭隘、自私的，也有损于他人。

"乐节礼乐"是用礼乐调节自己为乐。"道之以德，齐之以礼，有耻则格。"（《论语·为政》）善待贤人，延揽群士，非礼莫属；"效师之礼法，以为正义。"遵纪守法，规范行为，有礼可鉴；"遇友则修礼节辞让之义。"讲究礼节，颜色和顺，以礼度人。由此可见，礼法可以禁乱，如堤防可以止水。用此来调教、节制自己的言行，使社会秩序井然，人与人之间安泰友好，乃为何等的欣慰与自豪。

"先王以作乐崇德。"（《易豫》）音乐的法度，可以"使其曲直、繁省、廉肉、节奏，足以感动人之善心，使夫邪污之气无由的按焉。"（《荀子·乐论》）柏拉图认为，音乐是连接灵与肉的桥梁。我认为它更是上帝唤醒人们心灵的摇篮曲。卡拉扬才说过："与音乐忠诚相伴一生的人是幸福的，犹如与上帝相守一世，如此，罪恶才会离我们远去。"从它的作用来看，音乐不仅鼓动了时间，占据了空间，更让人们恰如其分地去欣赏时间，去享受飘荡在天宇里的天籁之声。音乐的创造是整个民族的，或者说是几代人努力的结果。我们怎能不为之景仰和欢乐呢！

"乐道人之善"是指以称道别人的好处为乐。"与善人居，如入芝兰之室，久而不闻其香，即与之化矣。"（《孔子家语》）与友善之人相处，你也会"善善也长，恶恶也短；恶恶止其身，善善及子孙。"其亲仁善邻，国之宝也。这是一种吸收之乐。花儿靠着土壤和水分而微笑，鸟儿凭借树林而欢愉；大海没有江河湖泊的流入不称其大海，高山需要平地来显现自己的巍峨。作为人，哪能不借助他人的美德而使自己更加完善与超脱呢！可谓"诗人美乐土，虽容犹愿留"之

故吧!

"乐多贤友"指的是一个人有很多好朋友而感到快乐。孔子早就说过:"有朋自远方来,不亦乐乎"(《论语·学而》),结交朋友要不蒙尘世上的繁文缛节,更不要花天酒地。而要的是那份真诚、默契和相投。犹如皎皎明月,风尘雾气不减其辉。以诚交友,以信待人。这样的一颗心才会超脱世俗沧桑而明媚可人。纯洁的人性、高尚的品德,就像清晨的朝阳,良朋自然而至。闻香知人、识人,就凭借这种内在的潜质和情操,才使灵魂永远芬芳。此乐为心乐也。

有害之乐,也有三种表现:

"乐骄乐"是以骄纵享乐为乐。《抱朴子·行品》云:"捐贫贱之故旧,轻人士而倨傲者,骄人也。"那些炫耀富贵的骄人,或夸大自己地位、权势的骄人,或卖弄学问的骄人等,都会自以为是、旁若无人、自夸其能,饱尝孤芳自赏之嫌;妄自尊大、忘乎所以、得意忘形,更具骄纵放肆之厌。曹雪芹在《红楼梦》第一回云:"惯养娇生笑你痴,菱花空时雪澌澌,好防佳节元宵后,便是烟消火灭时。"对人对己都是有害的,发展下去,竟会骄奢淫逸、飞扬跋扈,还有什么自娱自乐呢?

"乐佚游"是指出入时不加检点,反而还很得意。《汉书·杜钦传》记载:"防奢泰,去佚游,躬节俭。"有些人不论是出行,还是入住,都很放任不拘。如外出旅游时,到处乱刻、乱画、乱扔废物;在公共场所大声喧哗,打手机时也不避对左右的打扰,旁若无人;走在路上不考虑公共交通秩序,乱闯红灯,攀爬栏杆,并且还自我欣赏。如《列子·杨朱》云:"……肆情于倾言,纵情于长夜,不以礼义自苦,熙熙然以至与诛,此天民之放纵者。"我国是礼仪之邦,国民应是站有站相,坐有坐派,谈话悦耳,不妨碍他人。否则你的快乐是建立在别人的痛苦之上,那怎么能对得起列祖列宗呢?

"乐宴乐"是以宴饮作乐为乐。"英灵如过隙,宴衍顺投胶。"(唐·杜甫诗)与宾朋宴饮为乐,应该是中国酒文化的重要表现形式。然而,那些以"宴乐"为名搞一些什么学子宴、生日宴、婚丧宴、乔迁宴、得子宴等,五花八门,目不暇接,愈演愈烈,苦不堪言。如果说让亲朋好友、同学同事等,借此团聚并欢乐也未尝不可,但在其背后是千方百计地敛财,以此大捞一把,就显得不妥了。有些人喝出了"将军肚",喝出了脂肪肝;喝的找不着北,喝出脑血栓。是苦,还是乐;有益,还是有害,自己去分辨。

孟子的"君子有三乐"充分地表现出仁爱敦厚,德品纯正,乐藏于内;孔子的"益者三乐,损者三乐",从"益者"方面是提倡礼乐规范,净化心灵,乐融于心;从"损者"方面是让人注意行为规范:不要骄人自乐,不要出入随意不俭，不要宴饮作乐。一句话，不要把自己的快乐置于别人的不悦上。应该记住：凋落了自己的青春年华，芬芳在别人的生活和世界里；苦难在自己的身躯里折磨，愉悦在别人的心中荡漾。一个人如果只是为了自己乐着，即使乐得喜若鲜花，也只能瞬间即逝，或凋后霉烂；一个人如果能为别人乐着，能为大千世界乐着，那他就是君子。

2014 年 10 月 31 日　于齐齐哈尔

崇尚君子　鄙夷小人

就自己的家境来说，祖宗三代都是地道的勤劳、守信、朴实、忠厚的人，在他们身上我是耳濡目染地接受了较好的家教和家风；上学后，凡是教过我的老师也都是我终生景仰与钦佩的儒士师长。在我的一生中，虽然经历了一系列的政治运动，耽搁不少宝贵时间，可在一贫如洗的生活中，学会了"干净"和自知。所以说，我不是君子，但也绝不是小人。《论语·子路》："故君子名之必可信也，言之必行也。"自觉不自觉地成为我做人处世的准绳。然而，对那些行为不端或见识浅薄的人，打心眼里鄙夷，也似乎成为我与人相处时的信条。《管子·牧民》："信小人者失士。"此话真也。

孔子一生教诲弟子无数，但他总是把君子与小人加以对比进行说教。例如：

子曰："君子周而不比，小人比而不周。"

在交友处事上，德行高尚的人，以忠诚为本，从不相互勾结、猥琐。《小雅·鹿鸣》："人之好我，示我周行。"而品行卑下的人，往往是狼狈为奸，互为利用。屈原《离骚》："背绳墨以追曲兮，竞周容以为度。"用其"小言"，欺骗他人，成为整个社会机体中的那个毒瘤。其行为既影响了自身的健康发展，又会损害他人，甚至整个社会。

子曰："君子怀德，小人怀土；君子怀刑，小人怀惠。"

人的心是肉长的。他的情操、情感、情怀和情义，应该是以立德行善为其本，遵纪守法为其度。由于利益的驱使、行为的膨胀，在处理利与义的关系上，君子心怀"德人无累兮，知命不忧"（《贾谊传》）；小人怀恋的是自私的小圈子。君子关心的是刑法与法度，以此量己度人；小人以获得利益为满足，处处考虑的是个人。真可谓人心相悖，品差万里。

子曰："君子喻于义，小人喻于利。"

人要讲道义、仁义、信义和情义，"义心多苦调，密比金玉声。"（明·颜延之诗）这是做人的根本，那种只为自己私利，蝇营狗苟的人，实在是鼠目寸光，让人唾弃、厌恶。诚然，出于人的生存、生长和生活的需要，没有物质的保障也不现实，更重要的是不能见利忘义，更不能丧失人格去贪占索要，否则就失去公正、公理和公信度，那样的人生还不如草芥或禽兽。

子曰："君子坦荡荡，小人长戚戚。"

坦荡、宽广是知人、阅世后形成的人生境界。它如大海无边无际，似高山耸立天涯。其视野的博大，能洞察世间秋毫之末；心胸宽广，可容纳天下诸人。"虽斯宇而既坦，心犹凭而未摅"（张衡《西京赋》）这就是君子的世界。而心地局促并带着烦恼的心理，就像那闭塞的魔窟阴暗秽气。这是小人以此出世入世，但真正的希望遥遥无期。

子曰："君子泰而不骄，小人骄而不泰。"

安详、坦然而不骄矜凌人，是人的品质修养，应该和他的阅历、经历和历练有关。读书使人充实，践行让人老练，交友叫人精明，固其根本，枝繁叶茂。一个不骄不躁的人会不断前进，取得成功。反之，"损贫贱之故旧，轻人士而倨傲者"（《抱朴子·品行》）的小混混、小白痴、小地痞、小优越们怎么能知此仁德呢！

子曰："君子上达，小人下达。"

一上一下就把进化了的人类予以质的区分。上达通仁义，"气血和平，志意广大。"（《荀子·君道》）追求做人的高意识、高气节和高境界。向下通财利，无疑把人推向动物的本质所需。上达之人可谓"穷不失义，达不离道"，成为人们学习的楷模，行为的典范；下达之人喻为豚犬，更有甚者被视为豺狼猛兽。就因"义"与"利"的追求不同，把人区分为高低与贵贱呀！

子曰："君子和而不同，小人同而不和。"

志同道合者有之，志不同而道同者也有之。《礼·学记》："和易以思，谓善喻矣。"人与人之间的学识、修养、能力不尽相同，但能在不同中找到相同的地方，就可以和谐相处。有时在价值观念上也有差别，只要能做到求同存异，也可以相得共事。这在大千世界里都是人人熟知的事实，没什么可奇怪的。只要不拘泥于盲目附和、违心迎合就是正常的关系。反之"上下交引而不和同，故处不安而动不威。"（《管子·五辅》）那些追求与别人等高、平身的人，在虚荣心或别有用心的指使下，当然就无法与人求其和平。那些以小人之心，度君子之腹的是大有人在焉。

孔子曰："君子有三畏：畏天命，畏大人，畏圣人之言。小人不知天命而不畏也，狎大人，侮慢圣人之言。"

《易坤》曰："君子敬以直内，义以方外。"敬畏自然的规律，敬重德高的贤圣，敬仰高人的恒言。这才是成为君子的标识，否则不知道自然规律，不去敬畏生命，独往独来，又无视圣贤的品德修养，侮慢高人的言说、教诲，可谓小人之见。社会发展了，君子的"三畏"仍是警戒后人的通言、启示人生的忠言、步

入仕途的箴言、提醒迷失的信言。《易·系辞》下说得好："小惩而大诫,此小人之福也。"

"君子"与"小人"不能直接与某某人相对号。它只是做人处世的标尺,某一方面的言行表现得高尚敬德者,可视为"君子";而某一方面龌龊、鄙夷者,可谓其"小人"。其实在社会群体中各种形形色色的人都会存在或出现,既有君子,也有小人,更多的是既不是君子,也不是小人的庶民百姓。如果在家庭树立起良好的家教、家风,多多注意生活细节对孩子的不良影响;在学校强化崇尚仁德,培养学生正确的观念意识和文化修养,教师要言教笃行;在社会上所有官员、商人及各种公务人员不贪不占,腐败之风有所遏制,那么一种强大的公正、公平、公开的正义之风竖立起来,就如季康向孔子问政时,说:"假如杀掉坏人,以此来亲近好人,怎么样?"孔子说:"你治理国家,怎么想用杀戮的方法呢?你若是好好治国,百姓也就会好起来。君子品德如风,小人品德如草,草上刮起风,草一定会倒。"此话很让我们反思呀!俗话说,上梁不正,下梁歪,就是这个意思。

2014年10月17日　于齐齐哈尔

香烟缭绕　敬畏天地

小时候祭祖敬香，只能按妈妈的教诲，把香点燃，再拜三拜，才能把香插到香炉里，接着把衣服上的灰尘拍打一下，跪在地上磕三个头，带着崇敬的目光，慢慢起身走人。长大后，到过我国几座大佛山，走进寺庙，也要这样虔诚地去拜天地、敬鬼神。其实，作为东方的古老民族，这种习俗、礼仪已经成为没有条文规定，人人都在尊崇的一种信仰礼仪，或者说是人们祭礼的特殊文化追求。

香烟升腾后，人们向天诉说。《楚辞》汉·王逸《悯上》："思佛郁兮肝切剥，忿悁悒兮孰诉告。"生活中遇到的愤懑和忧郁向老天诉说一下。如果说是让老天客观评判，莫如说是一种心理解脱，获得心境安稳与和平。

人们对天景仰。汉·苏武《诗四首》曰："愿君崇令德，随时爱光景。"《史记·天官书》记载："天精而见景星。景星者，德星也。其状无常，常出于有道之国。"从古到今，人们所以敬畏日、月、星辰，因为"日月丽乎天，百谷草木丽乎上。"(《易离》)没有"阳德之母"，"日升月恒"，五星连珠，事物怎能方兴未艾、蒸蒸日上呢！人类及万物也就不复存在了。

人们敬天祈福。《抱朴子·明本》："儒者祭祀以求福，而道者履正而攘邪。"二者"敬天"的出发点不同，但终极都是求得天下太平，福降人间呀！面对天灾人祸，如果说老天能够行善保佑你，那就是让你心灵洁净，不要违背自然规律，更不能做损害他人的恶事。说白了，就是让人们灵心豁达、宁静、善始善终，人类才会永恒地存在与发展。

人们慕天企望。丰衣足食、婚姻美满、儿孙一堂、国泰民安等，老百姓的心事就是如此简单。《诗·大雅·卷阿》曰："如圭如璋，令闻令望。"心怀恋慕，渴仰于天。只要我们对自己的企望建立在一种平常之心上，少些欲求，多点淡然，生活中就能处处体现出福星高照、安康自在了。

香炷的根是地，因为大地是万物之本源，更是"天母"的骄子。《老子》："无名天下之始，有名万物之母。"作为道家的鼻祖，他对大地给予至高无上的肯定。宋代学人黄庭坚的《豫章集》十四《观世音赞》："八万四千母陀臂，接引有情到彼岸。"人们对天的敬畏虽有"虚怀博约，幽关洞开"之妙意，但仍寄

托为"化息双林，终归实际"的境界。于是人们把自己的心灵，融入具有象征意义的实物上。"仰登冥仙台，虚想咏灵人。"（《灵笈七签》）道家称蓬莱山为灵山。左思《吴都赋》记："巨鳌贝员，首冠灵山。"况且人间的仙人、圣祖也都是上天给予众生的"天使"。我们对他们的敬拜，就是对天地的仰慕呀！

先秦诸子有道家，魏晋之后，凡崇尚黄帝、老庄之说者，皆为道教。道教的理念是尊天敬地，要人们淡泊、宁静、无为而无不为。"其实易行，其辞难知，其术以虚为本，以因循为用。"（《史记·太史公自序》）道家是个方法论者，规劝人们认识事物的根本为"道"，而"道"又是既无又不无的心灵感知的载体。"大道"的根本是"恕者，人之术也；正者，义之要也，圣哉！此为道根，万物有焉尔。"（汉·荀悦《申鉴政体》）把立天之道归于阳与阴，立地之道曰为柔与刚，立人之道称作仁与义。他倡导自然无为、柔弱不争、崇俭节欲的思想，像一盏明灯两千五百多年来一直照耀着中华大地。

佛教的创始人为佛陀。佛陀亦为菩萨，其"净觉"的本义为：一自觉，即所谓自悟本性；二觉他，即所谓说法度人；三叫觉行圆满。具备这三点方能成佛立说。佛教徒认为佛法有救济众生之功力。《广弘明集》："宜承佛力，弘兹宽大。"她像太阳一样普照大地，关爱众生。唐·张九龄诗云："上界投影，中天扬梵音。"要像菩萨那样慈悲为怀，盛诸光明，觉悟众生，仁爱天下。也像"如来"那样，"如来者，无所从来，也无所去。"（《金刚经》）他以宽厚仁慈的面容，"如实到来而成正觉"。佛教讲究因果轮回论，所有万事万物都有"灵心"，必须尊重其生命价值，结果是善有善报、恶有恶报，让众生更好地修炼自己，死后步入天堂，否则地狱之门当仁不让地为你敞开。

儒家作为"九流之一"，秦汉以孔子为宗师的学派。《汉书·艺文志》《诸子略》称："儒家者流，……游文于六经之中，留意于仁义之际，祖述尧舜，宪章文武，宗师仲尼，以重其言，于道最为高。"他的学说为历代统治者所尊崇，因为它是治国安邦的典章，是齐家修己的风教，"往往表贤显善，不醇用诛罚。"（《汉书·张敞传》）孔子的思想，涵盖天地，通亘古今，博大精深，历久弥新。他以"仁"为核心，以"礼"为形式，重在修身养性。"仁"是种精神境界、思想情操、道德范本，也是个人与他人或群体的价值取向和观念模式。所谓"仁政"，即为政为德，取信于民，勤政为民，节用恤民，以民为本，一切为民众所想、所忧。

由此可见，道统与儒、释之学有异曲同工之妙。他们都受天意来拯救、教化俗民。所以到宋代理学，二程、朱熹以儒家为主，兼容佛学思想，完成儒、释、道合一的中国宋明理学思想体系。人们对他们焚香祭拜，就是要感谢天地的恩泽与福祉。香烟缭绕，明德惟馨。犹如唐·陆龟蒙《华阳巾》诗云："须是古坛秋

霁后，静梦香炷礼寒星。"表达虔诚、忠厚之心。香烟可通天入地，是民众仰青天、接地气、敬世祖、拜神佛的高贵礼品。香烟袅袅升，香盖飘飘行，以无声曲线之气体，横贯天地中。中国的古篆，恐怕与香烟缭绕大有关系，因"香篆"可谓天文。

人的灵魂与日魂月魄相融，"九凝缤兮并迎，灵之来兮如云"（屈原《九歌》）；与圣人的灵性相通，"与君言语见君性，灵府坦荡消尘烦"（唐·元稹《长庆集·去杭州》）；与仙人的灵光相映，"灵光独耀，迥脱根尘"（《五灯会》）。以香炷的灵烟为媒介，受天之感应，地之灵验，最后达到圆满、通达……

2015年1月31日　于齐齐哈尔

仁义之门　养正毓德

《荀子·大略》云："仁有里，义有门。"仁者为，"己欲立而立人，己欲达而达人。"（《论语·雍正》）做人处世必施以"仁爱"；义者为，"乘人之车者载人之患，衣人之衣者怀人之忧，食人之食者死人之事，吾岂可以乡利倍义乎？"（《史记·淮阴侯传》）讲究情义、恩德的人是高尚的仁人君子。千百年来，中国的仁人志士、庶民百姓都会遵循这样的理念在一起共事，犹如和谐相处的门族、义友那样求生存、谋发展。

作为一个单位、一个企业要想做好、做大、做强，必须有一支高效率的团队，人人都要施以无私的团队精神。好比一艘乘风破浪的大船，只有船长、大副、舵手及水手们各司其职，齐心协力，方能驶向胜利的彼岸。于是我们联想到"水泊梁山"结义的情景。他们个个都是慷慨大方、见义勇为、疏财不惜的有恩、有义的兄弟。然而，"有情有义"这一黏合剂首先要来自一个单位、一个企业的头头们。宋公明的"义气"不是单向的奉献或救助，而是一种人格力量的"投资"，一种因果关系的前期铺垫。他与梁山泊第一任寨主——白衣秀士王伦相比，王伦因心胸狭隘、嫉贤妒能、不可容人，将他的恩人柴进推荐并主动要求入伙的林冲都拒之门外，这样不仅有碍于梁山泊的发展，自己也终于被火并掉，连"强盗"也做不成，并为后人耻笑。

"义气"与"仁爱"还是有区别的。"仁爱"有种道德的普世性，可将"施舍"放在里边，它不求任何回报。像《水浒传》里的鲁达救助金氏父女，宋江赍助卖糟腌的唐牛儿，送给卖药汤的王公一副棺材等，都不叫"义气"，可谓道德伦理中的尚仁、至爱方式。"义气"因它是一种精神投资，一种情感的另类感召或吸引，很讲究"报"。《荀子·在宥》中曰："为善者天报之以福，为不善者天报之以祸。"这种"报"的结果不在期待之中，而是必然的结局。俗话说"种瓜得瓜，种豆得豆"，不必刻意追求。作为"义气"是在群众的认同、赞许和共赢之中开辟更为广阔的空间，共谋发展的人文理念，"多一个朋友多一条路，多一个对手多一道山"。就是对"义"的中肯释析。

说起"义气"人们会单纯从"江湖义气"中予以片面解读，认为它狭隘，或是局部自私的。我不那样看待，因为这种"义"和"气"是养正毓德的结果。例如林冲遭劫难，最后发配沧州，鲁智深暗中千里相随以保护林冲的安全。他说："杀人须见血，救人须救彻。"对此，作者施耐庵称赞说："最恨奸谋欺白日，独持义气薄黄金。迢遥不畏千里路，辛苦惟存一片心。"这里就没有一点私利相交，体现出人性的正义之美。古人讲："义路闭则利门开，利门开则义路闭。"（《后汉书·李固传》）就是这个道理。

现实社会中，人与人的交往必须秉承修养正道。《易蒙》云："蒙以养正。"《疏》解："能以蒙昧隐默自养正道。"《抱朴子·嘉遁》曰："虽无立朝之勋，即戎之劳，然切磋后生，弘道养正，殊涂一致，非损之民也。"此话已说到家了。以德感人，"德行谓之人才堪任之优劣"（《易解》）。所以，《庄子·天地》中强调："德人者，居无思，行无虑，不藏是非美恶。"可见，作为单位或企业的员工来说，应该在"养正毓德"上加以修炼，只要在本岗位上能够发挥自己的作用，哪怕是一颗小小的螺丝钉，也要把自己拧牢、拧紧。做到"志在守朴，养素全真"（魏·嵇康《忧愤》诗）。

自古以来有"劳心者治人，劳力者治于人"之说，但随着时代的变迁，文化教育的普及与提升，"劳心者"与"劳力者"的外在差异与内在等级已经越来越小。精神劳动与体力劳动只是个分工问题，而不再有高低、贵贱之分，所获得的"剩余劳动价值"按市场的杠杆来分配，是以贡献与"缺失"（有的劳作很多人不愿意干的）进行补偿。这里边都有个"大道"修炼问题。汉·荀悦在《申鉴正本》中解释得好："恕者，人之术也；正者，义之要也，至哉！此谓道根，万物存焉尔。"有了基本的道义修养，无论什么事情，即可"德宇天覆，辉烈光烛"（汉·张平子《东京赋》）。也就是我们常说的：是金子，在哪里都会发光的。

2015年3月31日　于齐齐哈尔

拜师求教　教学相长

在中国有拜师求教的光荣传统，一直在传承和光大着。早年，《荀子·性恶》曰："夫人虽有性质美而心辩知，必将求贤师而事之，择良友而友之。"虽然一个人天生丽质与教养都不错，要想成为有用的人，还必须求教于贤良之师的教诲，选择善良之友的帮助。

在教与学的双向互动中，师和生如何做到"教学相长"呢？《礼记·学记》明确指出："是故，学然后知不足，教然后知困。知不足然后能自反也，知困然后能自强也，故曰教学相长也。"通过学习知道自己很无知，故努力学习；通过教学晓得还有好多困惑没有解决，方可促进自己不断提高。即教者和学者在教学活动中都需要不断积累知识和经验，从而使整个教学活动蔚然成风。

唐代大儒韩愈的《师说》云："师者，传道、授业、解惑也"。只是对教师职业操守的精辟规范和诠释，无可厚非。但要知道，真正的"好老师"也必须不断学习，向书本学习，向"先人"学习，向"高者"学习，更要向自己的学生学习。韩愈还说："弟子不必不如师，师不必贤于弟子，闻道有先后，术业有专攻，如是而已。"向自己的教学对象学习，不好落实到行动上，因为在自我的观念中，这是一种悖论。

在小学，孩子们的童真与幼稚、天性与顽皮，有多少老师能进入孩子们的内心深处，并与之共鸣呢？中学里的学生们，从性开始成熟，到观念对接时的叛逆与强烈求知时的渴望，时而统一，时而矛盾。我们的师者们有充分的准备，做他们的知心朋友吗？大学里的学生们观念趋于确立，知识积累也丰富起来，但缺少对人生的历练，而对创新意识追求强烈。我们的各级、各类导师们能做到"青出于蓝而胜于蓝"，把"接力棒"递过去再送一程呢，还是让弟子们登在自己的肩膀上向更高的领域攀登呢？问题就在这里，因为它体现出教育的崇高与神圣。

如何"相长"？怎样"胜于蓝"？东西方的思想理念不完全一样。

古希腊的柏拉图拜苏格拉底为师的理由只有一个。那年柏拉图只有20岁，苏格拉底已经68岁了。他听完苏格拉底的演说后，决定拜苏格拉底为师。他来到苏的住处，敲开苏的门说："尊敬的苏格拉底先生，我是柏拉图，我想成为您

的学生。"

苏接见了他，并问道："年轻人，你的名字我早就听说了，你已经是个学识渊博的人了，为什么要拜我为师呢？"

"您有一句话，我记得很清楚，那就是'认识自己'，如今我就是来学习如何认识自己的。"

"你既然知道我这句话，那么你也应该知道我对自己的评价了——'我知道我一无所知'。"

"神都认为您最聪明，可是您却这样评价自己，这正是我要学习的地方。一个人不知道自己的无知，那才是双倍的无知呢！这才是我为什么拜您为师的理由。"

柏拉图是苏格拉底最好的学生，从公元前407年，整整学习了8年。就是这样一种拜师求教的理念，使柏拉图站得更高，看得更远。而柏拉图的学生亚里士多德，公元前367年，17岁那年选择了柏拉图创办的阿卡德米学院求学。柏拉图是一个非常重视数学的人。他认为数学能把人的心灵带上真理，并能把人的思想境界提高到哲学的高度。所以，该学院的大门上刻着一行大字："不懂几何者不准入内。"

亚里士多德就是在这样一种学术氛围中学习的。此间，有时对老师的学术观点持有不盲目跟从的态度，有时还将老师的理论驳倒。这样一来，许多同学对他非常不满，并责备他不尊敬老师。他告诉大家说："吾爱吾师，但吾更爱真理。"

先秦时期的诸子们，从老子的"天道观"到庄子的"道法自然"；再从孔子的"仁者人也"，到曾子的"君子立孝，其忠之用，礼之贵"。相传《大学》是孔子的学生曾子所作，《中庸》是孔子的孙子子思所作。后来有宋代哲学家朱熹将《大学》《中庸》《论语》《孟子》并称为"四书"。

东西方的理念不同，西方人的思维方式注重逻辑，即演绎推理；东方人（主要指中国）的思维方式强调形象，即想象、比拟，如老子的"上善若水""淡泊明志"，庄子的"逍遥游"等。美国人登上月球好多次了，而中国人还在传唱月球里的嫦娥与玉兔的故事。

东西方的学习方式、方法不同。西方人思考的学术方向是延伸和多样化，所以学子们愿意站在"巨人"的肩膀上，高瞻远瞩，在空间上做文章，立思想，创造独树一帜的哲学理念和方法；东方人喜欢播种式的传播，所以学子们都要接过教者的"接力棒"向前奔跑，在时间上找竞争对手，只要"棒"不掉下来就是成功，愿景总是在想象的空间里运行。

东西方对待主体与客体的关系也不一样。西方人把老师永远视为"师者"和朋友来对待，既不伤师者的尊严，又能平等、自由的朋友式的切磋琢磨，从来

没有学生不如师的说法。东方人把老师称为"圣者"。远比"圣人"不可侵犯；近比"父母"不能逾越。师道尊严这道墙只能垒高，不能损坏扒掉，那叫"颠倒是非"罪名一辈子也洗不掉。故有"程门立雪"的成语典故世代相传。

自古就有"不入师门，无经传之教。"（汉·王充《论衡·量知》）名师出高徒也是至理名言，问题是什么叫"名师"，又何为"高徒"呢？

有人说，在"百家讲坛"上"夸夸其谈"的人，或在电视上经常露脸的人，是"师者"。真正有学问的人不是炒作出来的，而是在某领域同行们公认的专家或学者，因为他是某一学科的国内外领军人物。目前，有些大学的研究生导师，自己的藏书还没有高中生高考前的补习书多，也没发表过什么像样的学术文章，更没参加过本学科的全国性学术会议，就评上教授，就可以带研究生。可想而知，若研究生没点基础的话，恐怕连碗饭都找不到。

更有甚者是中小学教师中的"名师""特教"呀，相当一部分是靠权利关系和金钱弄到的。但家长就愿意慕名把自己的孩子送到他们班上学习，结果是学校收高价学费，或暗箱操作收"红包"。班级成了超超名额，"领导们"非常愿意玩这些"小游戏"，因为"有来头"。另外，较为普遍的现象是一些学校大搞校庆时，把有头有脸的"高徒"请到主席台上就座，其实这些人"当官"跟你学校的培养关系不大！

对此，我的意见是：有条件的还是到国外一流大学去深造，学点真东西回国，如老一辈那样，也算为报国之恩储存点本钱。

2016年7月12日　于齐齐哈尔

八仙过海　　逍遥快乐

"八仙"是道教在民间广为流传的八位神仙。有关八仙的神话故事，如"韩湘子戏皇帝""吕仙化度曹国舅""张果老倒骑驴"等。自从明代吴元泰小说《东游记》问世后，八仙的名字基本确定为：铁拐李、汉钟离、张果老、吕洞宾、何仙姑、蓝采和、韩湘子和曹国舅。

铁拐李，传说生于唐朝开元年间，仪表堂堂，在终南山学道。有一次他元神出窍，肉身被老虎吃掉，无奈之下投身于一个跛脚乞丐，于是就成了一个蓬头垢面、丑陋无比的汉子。他经常背个葫芦，传说里面装着仙丹妙药。

汉钟离，也叫钟离权，相传他一出生就有三岁孩童那么大，天生福相，天庭饱满，地阁方圆。成人后，他官居朝廷的谏议大夫（相当于办公室主任）一职，后来隐居终南山，经常袒胸露乳，手摇大扇，头上扎两个小髻，悠然自若，自称天下散汉，也叫散人。

张果老，本名张果，因年纪高，尊为"张果老"。过着隐居生活，自言生于尧丙子年。武后时遣使召见，他装死不从。后来在恒舟山（今河北定县）中，背负道情筒，倒骑白驴。开元（唐李隆基时）中遣使迎至东都（京城的东面），不久还山，赐号通玄先生。一生云游八方，劝化度人。

吕洞宾，传说为唐京兆（今陕西省西安市东至华县一代）人，名喦，咸通中及第，两调县令。后修道终南山。道家正阳派号为"纯阳师祖"，俗称吕祖。此人英俊潇洒，手持宝剑，仗义执言，化度他人成仙，很有人情味的一位道人。

何仙姑，传说生于北宋。一出生就紫云缭绕，头顶上有六道霞光，从小智慧敏捷，聪明过人。13岁时上山采茶，偶遇道人吕洞宾，吃了吕洞宾赠送的一只仙桃，从此不饥不渴，身轻如燕，并能预知人生祸福，经常是手挎花篮的清秀姑娘。

蓝采和，相传为唐末逸士（隐居之士），常常似狂非狂的行乞讨饭，破衣烂衫，一脚着靴，一脚跛（光着脚）行，夏则衫内加絮，冬则卧于雪中，手持三尺多长的大拍唱板，在城市里边走边唱，歌词是："踏歌蓝采和，世界能几何？红颜三春树，流年一掷梭。"

韩湘子，据说他是唐朝韩愈的族侄，生性放荡不羁，还戏谑过皇帝。当韩愈贬官潮阳，来到蓝关时，他冒雪迎接，并有诗云："云横秦岭家何在，雪拥蓝关马不前。"意思是还能走到哪里呢？后来吕洞宾化名官无上，前来传道，点化他成仙。

　　曹国舅，传说他是宋朝皇帝宋仁宗曹皇后的长弟，名景休，志在清虚，不慕虚荣，不喜富贵，后来因弟弟枉害人命，羞愧之下，隐居山林。经常头戴纱帽，身穿红袍官服，手持玉板，堂堂正正的公子哥形象。在吕洞宾的几番考验与点化下，终于列入仙班。

　　八仙的外在形象、衣着打扮、爱好习惯，可分别代表男、女、老、少、富、贵、贫、贱；他们身带的宝物有：檀板、扇、拐、笛、剑、葫芦、拂尘（玉板）、花篮八物被称为"八宝"，代表"八仙"之品。具体说来：贫困潦倒型、洒脱散汉型、幽默顽童型、仗义执言型、仙女散花型、玩世不恭型、放荡不羁型和看破红尘型。这也是他们遁入仙门的内在思想基础，作为当世最能解脱他们思想情绪、符合他们人生归宿的理念，当然这就是"清虚""自然"的道教了，秉承"无为，而无不为"，即顺其自然不妄为的宗旨。于是人们把进入平和、清净的太平世界，寄托在八位仙人身上，让他们代表民众去修身、养性，逍遥自在地去生存、生活吧！

　　至于"八仙过海"是怎么回事呢？

　　据说八仙到终南山以后，每日修身论道，总是提不起兴趣。吕洞宾看在眼里，就说："咱们能不能到蓬莱仙岛去走走、看看呢？顺便散散心呢？"这一说，正中八仙们的下怀。于是仙人们腾云驾雾来到东海边上。他们很快乐地站在丹崖顶观看海景。此间是汉钟离提议是否去海中看看蓬莱岛，大家一致同意。可是没有船，吕洞宾说："必须渡海，显显各自的本事吧！"紧接着铁拐李顺着山崖扔下铁拐，镇住恶浪说："我先走了。"众人看到铁拐李乐悠悠地坐上由铁拐变成的小木舟上，眉开眼笑地驶入大海。汉钟离拍拍肚皮说："看我的。"说着，就抽出扇子，吹了口仙气，说声"变"，扇子一下子就变成一丈多长。他坐在扇子上，哈哈大笑地追逐铁拐李去了。张果老也不示弱，赶忙投下葫芦，何仙姑放下花篮，吕洞宾扔下宝剑，韩湘子甩出箫管，蓝采和拿出拍板，曹国舅擎起了玉板。八仙们驶向海面，嬉闹一阵，就开始各显神通向海岛奔去。这就是成语："八仙过海，各显神通"的由来。

　　我感到，不只是"各显神通"，而是一种快乐的逍遥。这种安闲自得、自娱的超脱，自古以来为人们所向往。《楚辞》屈原《离骚》："欲远集而无所止兮，聊浮游以逍遥。"应该是很美的大境界。庄子的《逍遥游》其意为天地之间，万物能够任性而自然地生存着，就是逍遥自乐也。这正是道家"无为"哲思的延

续。当时社会中不同程度地掀起"逍遥热"。如江西南昌市新建县西南，道家封为第四十福地的"逍遥山"，高峻幽辟，人迹罕至；北周韦敻号称"逍遥公"；肥水渡口谓之"逍遥津"。还有逍遥园、逍遥楼、逍遥台、逍遥馆等，逍遥自在成为时尚。

　　不能消极地认为"逍遥"，即清闲无为、无物、无意蕴，而应在精神层面上做到心灵明澈入镜，空豁宽广；在容貌、举止上，"融合可亲，好像冰在解冻；淳厚朴质，好像未雕琢的素材；浑朴沌和，好像浑浊的样子。"（《老子》今注译）简言之，把人恢复到本来、自然的面目，才能与万物共生、共存。这应该是道家的本义。八位仙人的外在形体、言论与行动，应该是最好的佐证。因为快乐逍遥更体现了人们无欲、不争的超度内化心理，在与权势、富贵、名誉不相干的同时，以其"玩世不恭，抱不平"，消减专权的腐败与不正；"看破红尘，遁世外"，反击社会浑浊、人性冷漠；"放荡不羁，反邪恶"，戏谑人生苦短又漫长；"浪漫如花，知祸福"，打破人间常有无；"仗义执言，明事理"，潇洒人生，激活真情；"幽默顽童，显童心"，内生傲骨，笑傲江湖；"洒脱散汉，不拘节"，犹如烈火藏于灰烬中；"贫困潦倒，疯癫癫"，似鬼非鬼，讽刺"天道"和鬼神。这种积极的、乐观的心理应该得到提倡。

2016年5月1日　于齐齐哈尔

情感礼赞

爱是一种"暗物质"

人们常说"大爱无疆""爱情神圣而伟大",之所以"无疆"或"伟大",就因为爱是一种"暗物质"。借用物理学上的名词来解释它,是再恰当不过了。在宇宙中,暗物质是指无法通过电磁波的观测,又不与电磁波产生作用的物质。目前,人们只能通过引力产生的效应得知。它在宇宙中是大量存在的,意识是依靠物质在人脑中的存在反映,因而我们把爱比喻成"暗物质"也就自圆其说了吧!

爱在整个自然界和人类社会,无时无刻地存在着。就人与人的关系而言,主要表现在友情、亲情和爱情三个方面。但是,此方面的爱的"暗物质"反应是什么形态呢?我们暂时把它视为"灵心"(林语堂语),即"灵心"潜质的延续、释放、空灵和超越。

风云并行载友情

古称:"同师曰朋,同志曰友。"此"师"可理解为广义的师,"志"乃是志同道合了。普天下皆朋友。在朋友相处中,作为官与百姓的关系更微妙些,在社会秩序中是领导与被领导,是服侍与被服侍的关系,要做到平等、公正、和善、真诚实在不容易。

三国期间的官渡之战,曹军大胜,袁绍仓皇逃走。曹操的部下从袁营里缴获一批书信,其中有不少是曹军官兵写的,涉及不少机密,都想为自己留一条后路。面对这种吃里爬外的叛逆行为,本应点名予以重罚。曹操说:"当时袁绍强大,连我能否自保都是个问题,又怎么能怪了他们呢!"他对那些书信连看都不看,命令部下全部烧毁了。

曹操焚烧书信之举,表面上看是笼络军心,为后来霸业打下坚实基础,其实是爱将领、爱士兵、爱人民的灵心延续、释放的结果。这种内心深处的东西不受任何个人私利所驱动,不为任何传统经验所干扰,是注入骨子里的灵心之光熠熠生辉。曹操不是完人,当他"东临碣石,以观沧海"时,也许想到的是:"滚滚长江东逝水,浪花淘尽英雄。是非成败转头空,青山依旧在,几度夕阳红。"(明·杨慎诗)那种人生真谛吧!

友情也会发生在大人物与小人物的相处上。晋国大夫俞伯牙与荒野山村的樵夫钟子期知音的故事,千百年来一直是中华民族表达情谊的典型形象。二人一见如故,结拜兄弟,并约定第二年中秋节相互见面。当俞伯牙来访时,得知钟子期已经过世。俞伯牙悲痛万分,来到钟子期坟前,整衣跪拜,放声恸哭,然后心手应和,真情弹奏起思念朋友的曲子。但围观者不理解,于是"俞伯牙摔琴谢知音"。这种爱的"暗物质"碎片,一旦两厢相遇就会迸发出巨大的火花,越燃越烈,当得知一方不在时,另一方会将爱的情感燃烧到更高的境界,而且永世不会熄灭。老百姓是摸不着,看不见的,只能视为一种"绝唱"的现象,怎能领会人间的大爱、大美就在这精神的凌空和时间的超越上存在呢!

接引亲情到彼岸

作为亲情都带有远、近的血缘关系,如兄弟、姊妹、父子、母女等,但最能体现爱的"暗物质"的灵心之处,莫过于伟大的母爱了。古今中外这方面的例子不胜枚举。我举一个以子爱母的特殊故事。来显现母亲心灵的召唤,在破除一切世俗的前提下,表现出母子心心相印,并永远在一个波段上共振、共鸣和共知的。

英国首相丘吉尔的母亲詹尼拥有惊人的美貌,琥珀色的眼睛,暗褐色的头发,窈窕的身材,即使四十多岁依然楚楚动人。然而詹尼要再婚的消息传出后,立刻遭到亲友们的反对,因为她要嫁给25岁儿子一般大的男人。此时儿子丘吉尔握着母亲的手说:"亲爱的母亲,就是全世界所有人都反对您,我也会勇敢地站在您身边。"这桩婚事没有维持多久,悲切万分的詹尼每天以泪洗面,可儿子还是站在她一边。

十几年过去了,近60岁的詹尼再次迎来自己的婚礼。此时,丘吉尔凭借自己的才干和实力已经步入政坛。他的反对派以此来说事,并嘲笑和污蔑他。詹尼犹豫了,怕影响儿子的发展,做好孑然一身的准备。然而,儿子再次握着母亲的手说:"亲爱的母亲,如果让我在我的仕途和您的幸福之间做出选择的话,我心甘情愿地选择后者。请您不要有任何顾虑,母亲幸福,我才幸福。"于是詹尼又一次步入婚姻的殿堂,可那位新郎比儿子还要小十多岁呢!

有人说,从十月怀胎到一朝分娩,从咿呀学语到顶天立地、玉树临风,母亲一直是我们内心的宗教和上帝。从细胞核的分裂到生命的诞生,母亲一直在爱着、护着。我想丘吉尔所以能"一直站在母亲一边",就因他一直接收着母亲那

爱的灵心的呼唤，经受着那爱的"暗物质"的洗濯和鞭策，早在母体里就被母亲爱的灵心所吸引、所沐浴，在他的心灵深处，这爱已经不是一个附加物，而是一种无与伦比的能量和终身受益的精神寄托。

无花果其实是开很小的花，而且悄悄隐藏在新枝叶之间，一年春秋两季开花结果。可见，花本是果的母亲，伟大的母亲往往隐藏在儿女的身后，只靠那不被发现的灵心，永远地感染着你，爱着你。更多的时候是不被人所知道的，因它是"暗物质"。

"孽海情天"达境界

宋·李新《跨鳌集》诗云："百年誓拟同灰尘，醉指青松表情愫。"千古情种，情爱甚笃。对于爱情来说，不论是现实生活，还是文学作品都是人们展望和信仰的永恒主题。正如梁晓声所说："女人存在的意义，不是为世界助长雄风，而是向生活注入柔情。"诺贝尔物理学奖得主杨振宁先生对一些人质疑他和翁帆的婚姻，说："我对我的年龄很坦然，因为我觉得爱情本身就是跨越这个障碍的最佳方式。别人看到的是一个80多岁的科学家杨振宁和一个30岁的学生翁帆，但我们在爱情里，身上没有那么多符号，只有老公和老婆，一切都简单了。"杨振宁先生认为爱情用某种方式延长了他的生命。他是物理学家，自然懂得"暗物质"的特殊作用。而爱的"暗物质"在灵心深处被年轻的老婆所吸引，自然从身体到心灵都会找回几十年前的荷尔蒙释放时的反应，有谁不会年轻呢？

梁实秋的老婆韩菁青十几岁就在娱乐圈闯荡，当她遇到梁实秋时，爱火顿时爆发，经过这场炼狱的考验，她深深地懂得：历史是人家的，传奇是人家的，世间嘈杂的耳语，不过是他人自说自话。她这个遇到真爱的女人，经过爱的"暗物质"吸引、碰撞，及在自己内心的醒悟，终于坚定了执子之手的信心和勇气。让我们给自己所爱的人插上翅膀，让她像小鸟一样在蓝天上飞翔吧！

《七佛述意》云："不生意树，未启心灯。"作为意念中爱的分子无不如此。对于爱，我们时时刻刻都不应忘记，因为爱里面有责任与担当，有义务相伴。把朋友想在心里，在惊涛骇浪中穿行时不至于感到孤独、无助和迷茫；把家人装在心里，不忘担起责任，让爱陪伴我们胜利穿过人生的弯道；把爱人放在心里，不忘担当和义务，永远成为她平安幸福的保护神。记得纪伯伦在诗里说："如果你心中充满爱，你可以不说：'神在我心中。'你可以说：'我在神心中。'"因为爱这种"暗物质"就是空灵的"神"，就是我们要追求的一种意念、理想或梦境，只要用心，它就会被吸引、被发现、被挖掘……

2014年6月15日　于齐齐哈尔

百年诞辰　母爱如山

天高云轻，阳光明媚。在北方的秋天，一片金黄。树叶绿意浓浓，五谷精锐灿灿；小溪哗哗流淌，陂草静静闻香。2015年10月3日我和女儿们驱车赶到克东县城，为已故的母亲祭祀诞辰一百周年。到城里后，我的兄弟姊妹，侄男外甥女们都准备好了，分乘6辆小轿车奔赴东门外，向二克山脚下的墓地驶去。到达后，在坟头的周围插上黄白菊花各100枝，还有子孙们献上的鲜花、花篮和花束，同时将一百只手叠金纸鹤和一百个手叠金元宝有序地摆放在墓碑前，再点燃两支红蜡烛和两束香，呈上各种供果后，由我来宣读《百年诞辰祭文》：

乾坤永在，母爱如山。六十甲子二载殁，百年诞辰一世缘。

亲爱的妈妈，您一生含辛茹苦地生养我们11个兄弟姐妹（只活下来6人），省吃俭用为儿女，操劳终身为刘家。您17岁离家出嫁，敬孝公婆任劳任怨，相夫教子勤勉豁达；里里外外一把好手，亲戚邻里赞许有加。母亲那巨大的火焰，燃烧在儿女们心田。

尊敬的妈妈，您为人善良朴实，办事精致有序；家教尽心尽力，家风承传承载，是儿孙们立业的楷模。"世界上有一种最动听的声音，那就是母亲的呼唤。"（但丁语）我曾两个春节未能回家过年（下乡接受贫下中农再教育，要脱胎换骨的自我改造），您每天往西北方向的火车站望一会儿，似乎在喊："长海啊，你在哪里？"念儿之意燃心头，可谓"儿行千里母担忧，母盼儿归心里愁"。

想念的妈妈，您没过上一天像样的日子，拖着疲惫瘦弱的身躯操持家务，为儿女们操碎了心，盛满了情。我都工作十多年了，没向家寄过一分钱，在三年自然灾害时，您的腿部开始浮肿，还坚持着给我缝制一件时尚的小皮袄，攒钱买了一辆自行车。我太愧对您老人家了，让不孝儿一辈子感到愧疚。"哀哀父母，生我劬劳。"（《诗经小雅蓼莪》）

妈妈呀！妈妈，在您的心里，我们都是您的心头肉。我的生命是从睁开眼睛，爱上您的面孔开始的。乡里乡亲没有不佩服您那种知书达理，对人情意满怀；家里家外有谁不怀念您那种淳朴贤惠，对子女关爱备至。从我记事起，没见您穿过一件新衣服，没去过一次饭店就餐。竟把您的儿女打扮得水葱般靓丽，把那贫穷的家收拾得一尘不染。把幸福让给了儿孙，把困难留给了自己。没有您无私和自我牺牲的精神，我们的心灵将是一片荒芜。

今天，在您诞辰一百周年之际，让您的儿孙们跪下吧！给您磕头，祝福您在天国里平安幸福，安息吧！妈妈，呜呼哀哉！尚飨。

2015 年 10 月 3 日

母亲是1977年过世的，38年间，山河依然在，儿孙容颜改。虽说我们现在四面八方，但敬母、恋母之心鲜活、清澈。这是中华民族的传统美德，也是五千年文明的激扬与承载。它如一册史书，记载着岁月沧桑、轮回，也映照着人世间的大美和大爱；它像永恒的记忆，总能点燃儿孙们心中的烛光，勇往直前。在本地居住者深感故土的温热，溪水的光鲜；走进大都市里的人们在车水马龙中穿梭，可恋乡之心未变，忆母之情永在。

这样的行动，可谓见者不怪，举者无憾。它在儿孙们心中播下一颗小小火种，希望香火不断；它在儿孙们生活里点亮一盏青灯，照得辈辈知礼仪，敬父母，尊祖先。这是一种特殊的文明符号，也是一种最纯洁的文化标签，让我们记住它、承袭它，永远挂在心上。

2015 年 10 月 7 日　于齐齐哈尔

"母亲""童年"和"故乡"

人的一生，最信赖、最景仰的人是"母亲"。母亲是一泓清澈见底的甘泉，不仅给予我们生命，还用那甜美的乳汁哺育着我们、滋润着我们，让我们成长、成熟。世上唯一没有被污染的爱，就是母爱；世上最伟大的人，就是母亲。

人的一生，最好的时段、最美的光景是"童年"。童年犹如一只雏鸟，幼稚可爱，嘴丫蜡黄；童心纯净，朴贞无邪。心灵之光无瑕，反映的物象也真真切切，凝聚到记忆的底片上，恒久不能泯灭。如唐代赵嘏在《江楼感怀》中曰："独上江楼思渺然，月光如水水如天。同来望月人何在，风景依稀似去年。"

人的一生，最值得留恋、向往的地方是"故乡"。故乡是我们的出生地，土壤里浸透着我们和母亲的血汗，怎能忘却这块沃土呢！故乡是我们成长的摇篮。她让我们认识这个世界，更教会我们如何为人、做事。真可谓"此夜曲中听折柳，何人不起故园情。"（唐·李白《春夜洛城闻笛》）

"母亲"这棵树，从我们呱呱落地，一睁开眼睛就看到她如此苍翠欲滴，从枝干到叶脉都绽放着她那甜美而朴实的笑脸，蕴涵着对儿女们的希冀与心愿，看到了新的"物种"开始诞生、延续和传承是她不朽的信念。

"母亲"这棵树，枝繁叶茂时，我们可以与她比肩了。也就是说，我们也当上了母亲或父亲的时候，更加珍惜母亲对我们的付出和真爱。那一针针，一线线；一口水，一口饭；一声呼唤，一声呐喊；每次嘱托，每次期盼，都深深地镌刻在脑海里。她亲自给我们搭建的"鸟巢"，虽经风雨的侵袭，仍是毫发无损地保留着，那里有我们小时候扎头的红线绳，童年过生日时赠送的红腰带，吃饭时用过的粗瓷豁口饭碗；还有那顶她亲手缝制的狗皮帽子，连露出四个手指头的线手套她还保留着……她不知道"古董"的意义，但她晓得，这些东西有儿女们的体温，小时的形象，更有那天真烂漫的记忆。

"童年"这只"雏鸟"，从童蒙无知开始，张着小嘴渴求待哺，到自己走路、玩耍，应该是最幸福的时刻。"众雏烂漫睡，呼起沾盘飧。"（唐·杜甫《彭衙行》）童年时期的孩子是无忧无虑的小天使。对他们来说，野性十足，活泼好动是一种本能。跳到脏兮兮的池水中弄一身泥巴，这是好玩；光着脚、赤着身到处

乱跑，从不感到羞涩，只知道痛快。其实，他们脱离母体后，一直延续着"物种"的原始美，即一切都是自然的，不需任何修饰，可谓"童蒙不知东西，貌不羨乎情，言不溢乎行。"（淮南子·齐俗）

"童年"的逸闻趣事最让人怀念和珍惜。无论是男孩子弹玻璃球、"斗鸡""老鹰捉小鸡"，女孩子跳皮筋儿、丢花手帕；还是坐在大树下看飘云、观星星，或是到野外捉蝴蝶、捕蜻蜓、抓蚂蚱，蹲在地上琢磨蚂蚁搬家等，都是那样的鲜活。更有趣的是甲乙双方"攻防战"，及夏天到小河沟里抓泥鳅，冬天打雪仗、堆雪人，回到家里最喜欢和小狗、小猫或小兔子一起嬉戏。这一切无不跟大自然有关。他们不理解自然美，但知道与自然为伴是快乐的。

"童年"总有一种神秘感：鸟儿为什么会飞？小兔子的眼睛怎么总是红红的？鱼儿在水里能呼吸吗？……记得有一幅画，是外国的两个小男孩和一个小女孩（四五岁的样子），其中，一个小男孩光着屁股撒尿，而小女孩歪着脑袋站在旁边看。这个未成熟的果子，虽然好生涩，但它很美，美就美在无知与神秘上，多让人们怀念自己的童年生活啊！"百鸟乳雏毕，秋燕独蹉跎"（唐·白居易《晚燕》）之后，童年、童趣、童话也戛然而止了。

"故乡"对于我们每个人来说，是无法忘怀的。那清蒙山影里的宁静与和平，潺潺流水的小村落；那里的树是弯弯的，却苍劲葱郁；那里的田畴是平坦的，却土质肥沃；那里的牲畜悠闲而肥硕，山雀在犁后自得地蹦跳着；早春的野花静静地开放，蝴蝶和蜜蜂是其常客。我们的多数人是在这样的环境中出生或成长，根就在这里深深地埋着。一方水土，养一方人啊。这里的一景一物，每家每户都饱经风霜雪雨，艰辛与忧患被岁月一一涂抹，但不改本色。"故乡何处是，忘了除非醉。"（宋·李清照《菩萨蛮》）

也许几年，或十几年没回去过了，再回到故乡，"人归落雁后，思发在花前。"（隋·薛道衡《人日思归》）当年锄地时"打头"的伯父们已经走了，大鞭一甩嘎嘎响的车把式们也不在了，给我们这些孩子接生的"刘姥姥"早就离开了人世……他们生前用自己的最后一滴汗和血液滋补了泥土。小时候，趴在我们臂弯里的小黄狗没了，跳到我们肩膀上的小花公鸡也不见了。祖祖辈辈都这样轮回、繁衍，生离死别。静默的小村落没有历史，只有悠悠的岁月，那历史都写进了泥土的深处。还记得，太阳落山时，青蛙在池塘里哇、哇、哇的叫声一片。此刻心里便有无法言说的充实和张狂，似乎那生命的意义与细节都镌刻在小村落的每个物件上。

"近乡情更怯，不敢问来人。"（唐·宋之问《度大庾岭》）对故乡的感情是复杂的，唯"乡愁"二字达到了极致。因为有家不能回，有乡不敢回，才会产生如此强烈之情。席慕蓉说："故乡的歌是一支清远的笛，总在有月亮的晚上响起。""离别后，乡愁是一棵没有年轮的树，永不老去。"余光中也说："小时候，乡愁是一枚小小的邮票，我在这头，母亲在那头。""长大后，乡愁是一张窄窄的船票，我在这头，新娘在那头。""今日月明人尽望，不知相思落谁家。"（唐·王建《十五日夜望月寄杜郎中》）可见，沧桑百劫的故乡是有大美而无言的，只有她的子孙们在呼唤她、想念她、铭记她。

　　"故乡"是我们"童年"时的摇篮，在甜美的梦中走出去，又回到梦里，如果说是一种感情的返照与叠加，莫如说是多年的磨炼，在沉淀中结晶出的美玉再现；故乡如一坛老酒，在"母亲"与父老乡亲们的酿造下，浓浓的、香香的，喝了让你熏醉……

2016 年 1 月 22 日　于齐齐哈尔

故乡情深似海、意坚如山

近乡情更怯,离乡背影新。"路远难能念乡曲,年深兼欲忘京华"(唐·白居易《长庆集·种桃杏》诗)。思念的是那碗老井水,望着白云泪湿襟;企盼的是重走童年路,雁飞给我捎口信。一生一世怀念你,我的故乡,我的妈妈……

故乡是杯浓浓的酒

《荀子·礼论》曰:"越月逾时,则必反讼;过故乡,则必徘徊焉,鸣号焉。"意思是月亮逾过时,必须反向寻觅;路过故乡时,必须徘徊、呼唤呀!正如唐·李白《春夜洛阳城闻笛》诗云:"此夜曲中闻折柳,何人不起故乡情。"

故乡是每个人成长的摇篮。小时候,妈妈哼着摇篮曲,与树上的翠鸟和弦;爹爹捧着山芋香,我流着涎水好馋。而对那些"少小离乡老大回,乡音无改鬓毛衰"的老人来说,更是乡愁深深,"取醉他乡客,相逢故国人"(唐·杜甫《上白帝城》)啊!久居台湾不能返回大陆的余光中先生的《乡愁》云:"小时候,乡愁是枚小小的邮票,我在这头,母亲在那头……"对于不能回乡的人,真是"见雁思乡信,闻猿积泪痕"(唐·岑参《岑嘉州诗》)。有谁能理解其思乡、念乡、盼乡之苦呢?

借酒消愁也好,饮酒放怀也罢,都是"人著旨酒之德"。浓浓的酒燃烧着故乡的稻谷情,"酒军诗敌如相遇,临老犹能一据鞍"(唐·白居易《和令狐相公寄刘郎中兼见示长句》诗);浓浓的酒染上故乡的高粱意,"烛光低映珠辉丽,酒晕徐添玉颊红"(宋·陆游《宴西楼》);浓浓的酒伴着故乡的甘泉水,"少年气与节物竞,诗豪酒圣难争锋"(宋·黄庭坚《和舍弟中秋月》)。"酒干倘卖无""没有天,哪有地;没有地,哪有家";没有家,哪有酒。

故乡是本厚厚的书

故乡这本厚厚的书,有文字记载的如家谱、族规、屯话、村志等;更多的是"无字书",像山涧、水渠、寺庙、村屯、生活习俗、方言土语等。而"家"是乡书的一页,每家有每家的特殊传承符号,多为耳濡目染、身体力行。

小时候，我似懂非懂地开始读《三字经》《百家姓》和《弟子规》。家风染一族，训导励先行；遵规守教常，昌盛家道丰。北周·庾信在《哀江南赋》序中说得好："潘岳之文采，始述家风；陆机之辞赋，先陈世德。"古今中外名人如此，普通老百姓的家规、家教与家风无不对后代的人生起到奠基的作用。

记得六岁下乡那年，看着舅舅这个车老板，头戴狗皮帽，脚蹬靰鞡鞋，身披大皮袄毛朝外，在零下四十几摄氏度的冬天，赶着四套马的花轱辘车送"公粮"的情景，至今历历在目：大鞭儿一甩，马儿咴咴，铃儿叮当响。他甩出了中国农民的气派和尊严；晶晶的稻谷是农民的血汗啊！它伴着人们的喜悦和大气，随着马蹄的嘚嘚声飘向远方，飘向世界。可谓奉扬仁风，仗义疏财，黎庶慰藉也。它是一幅画，画的是大写的"中国人"；它是一首诗，抒的是壮美的"中国魂"。

在沧桑的岁月里，这本书流淌着民族血，饱含着国人的泪。它很厚很厚，因为它是大地，其作者为千千万万个普普通通的百姓，可谓恢宏而伟大。只要苍天在、大地在、老百姓在，故乡的书永存。

故乡是座巍巍的山

中国是个以农耕为主的民族，祖祖辈辈靠那块土地、那片山林和那条水流长大的。尽管我们的故乡少有宫殿式的楼阁，也不尚豪华的装饰，人们生活在低矮的土草房里，可一代代文人墨客、贤士官人却出生在那里。这就验证了一句老话：山不在高，有仙则灵。"仙"就是各族群、各村落遗存下来的民族文化或人文精神。

魏·王仲宣《赠文叔良》诗云："先民遗迹，来世之炬。"所谓"炬"是指火光照耀，承传承载的民心、民意的道德规范。每一片瓦砾都镶嵌着先人的勤劳与智慧；每一个足迹都印证着正道无邪、仁义满径。凡是遗留下来的，哪怕是一棵古树、一口老井、一块石碑、一片遗址，都记载着先民的故事，游走着先民的魂灵。而那些旧书、遗言，更是后学者们的宝贵财富；那遗教、遗风乃是后代永远效仿做人处世之根本，怎能不继承和发扬呢？

多少年的追求和向往，都离不开故乡这座山的意志、气度和风范；多少次的叩问和缅怀，都浸透着故乡那亘古不衰的历史遗存和文化厚重。村落文化的逻辑不需要演绎和推理。它是时代的映衬和佐证。对于我们的人生来讲，不能没有这座看似低小，实为高大的故乡之山。

酒不醉人，人已醉，游子望着故乡美；书载魂魄，魄已飞，子孙手捧故乡灰；意志如山，山精粹，后代永记故乡泪……

2015年2月27日　于齐齐哈尔

故吾乡情　红颜意尽

南朝鲍照《拟行路难》诗云:"红颜零落岁将暮,寒光婉转时欲沉。"2008年我从南方返回故里后,乘车辗转回到20世纪40年代末下乡的小村屯——玉华村。看看我多年不见的舅妈,还有我童年留下足迹的河套、田埂、水渠和老宅,甚为感慨,不能自已。至今还在指缝间流淌着岁月的跷蹊,梦境中几回童趣缠绵,醒后如昨历历。我的乡情没有余光中的深沉切切,更不如古人的望景抒怀,只是些小小的记忆碎片,不时让你流连而已。

自然之物本天化地造。如宋·王安石《临川集·老子》曰:"本者出于自然,故不假乎人动而万物以生也。"作为在城里出生的人,一到乡下,感到什么都新鲜,眼睛里有摄不完的一幕幕小图景。时间荏苒,虽不见那些逸闻趣事,但仍让我思绪不宁、遐想联翩。唐·李白《春夜洛城闻笛》:"此夜曲中闻折柳,何人不起故乡情。"旧时故乡是个什么样子呢?

春风吹过,积雪眨巴眨巴眼睛就不见了。农民叔伯们扶着牛犁杖将黑土地翻成一条条垄地,就像姑娘们的秀发黝黑锃亮,整齐匀称。黄雀在犁后吃着刚睡醒的小虫儿。夏天来了,只听玉米地或高粱地里唰唰作响,一片单调而宁静,时而有野兔、山鸡、地鼠哧溜地奔跑着;池塘或河沟里的鱼吐着泡圈,一会儿跃出水面嬉戏玩耍。天高云清,瑞气感应。谷穗沉甸甸地低着头,高粱的脸羞得红红的,唯有向日葵龇着黑亮的牙向人们点头微笑。秋实壮骨人不老,一年辛苦到头赢。家家户户乐滋滋,人畜兴旺数星星。冬天是白雪皑皑,北风刺骨寒。忙碌一年的人们待在暖屋里歇息了。你看那淡白色的袅袅炊烟,直入天际。小村子里除狗不时地狂吠几声外,一切都是祥和、太平的景象。

小时候,有一年冬天夜里,听到狼在嗥叫,凄凄惨惨的,好瘆人啊!我钻进奶奶的被窝问她:"狼,为什么这样叫呢?"奶奶说:"它家族有的狼可能被孙五炮(村里的猎手)打死了,能不悲叫吗?"这一夜,我很晚都睡不着,觉得狼太无辜了。我若失去亲人,不知该哭成什么样子的。第二天清早起来吃完饭,奶奶给我讲述了我姥爷的一段亲身经历:以前,你姥爷去河北(指乌裕尔河北边,而姥爷家住在河的南面)给你二姨相亲,走在一人来高的河套草丛里,突然听见身

后有什么跟着他，回头一看，几步远有一只大灰狼。他顺兜里掏出一个大饼子（苞米面做的锅贴饼）扔了过去，见那只狼叼起来就跑了。当天傍晚从河北返回来时，招呼了半天，摆渡人不在，正感到无奈时，见那只大灰狼在对面的河岸边来回地蹦着。这时你姥爷指了指小木船。它似乎明白了什么，跳到船上把系船的缆绳咬断，跳到水里把小船推到彼岸。你姥爷上船后，它又把小船拖回对岸。这时大灰狼跳上岸，抖抖身上的毛走了。这件事村里人一直敬畏地传说着。谁家的小猪被狼背走了，小鸡被狼叼吃了，大家都不会说什么的。总之，狼和人相处得很和谐，直到前年来了个"孙武炮"，小村子就开始不安定了。

后来，当我离家去七八里路远的邻村高小读书时，走在堤坝上，经常看到两种地鼠活动。一种叫"大眼贼"（土名），每当太阳升起或正午，它都会拱着两只小前爪去拜太阳；另一种叫"瞎目楚子"（土名）眼睛很小，只在地里拱起一个个小土包，甚为好玩。堤坝的两边草丛或矮树上，总会听到：滴滴、答答，滴答答的鸟鸣声；不时还有野兔、山鸡或松鼠钻出来。那种情景好原始的，作为孩提时的我，既感到好奇，又感到与动植物相处的日子是多么的惬意与快乐呀！

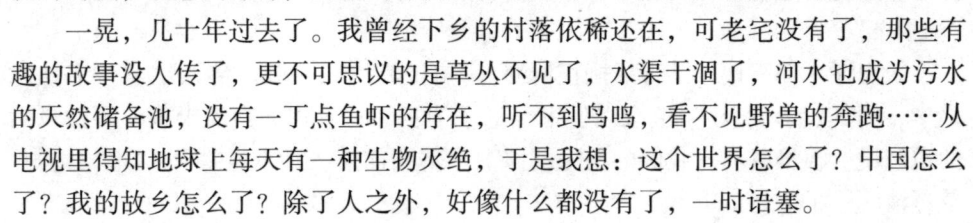

一晃，几十年过去了。我曾经下乡的村落依稀还在，可老宅没有了，那些有趣的故事没人传了，更不可思议的是草丛不见了，水渠干涸了，河水也成为污水的天然储备池，没有一丁点鱼虾的存在，听不到鸟鸣，看不见野兽的奔跑……从电视里得知地球上每天有一种生物灭绝，于是我想：这个世界怎么了？中国怎么了？我的故乡怎么了？除了人之外，好像什么都没有了，一时语塞。

2015 年 7 月 20 日　于齐齐哈尔

敬仰天地 祭祀先人

清明节，英文译名 Tomb – sweeping Day，每年的阳历四月五日。古代的劳动人民用它来安排农事活动，按《岁时百日》的说法："万物生长，此时，皆清洁而明净，故谓之清明。"而"寒食"是在"清明"的前一天。相传起于晋文公悼念介子推一事，从春秋战国时代起（即介子推死的那一天）被定为"寒食节"，不许用火，施以怀念。清明节最早始于古代帝王将相"墓祭"之礼。后来民间仿效，成为百姓祭祖、扫墓的日子，并将"寒食"与"清明"合为一起，视为"清明节"。

敬山谢水仰天地，踏青插柳正清明。《史记》六三《韩非传》："喜刑名法术之学，而其归于黄老。"道家以皇帝与老子为祖，一直倡导崇尚天地，回归自然的道统说。很早以前，我们的祖先就留下"清明前后，种瓜点豆"；"植树造林，莫过清明"的农谚。

古代在祭山活动中，以游岱宗，祭泰山是清明节必做的礼仪，声势浩大，自愿访问者居多。《淮南子·地形》记载："中央之美者，有岱岳（泰山的别称），以生五谷桑麻，鱼盐出焉。"除此之外，各大名山大川在清明节之际都有祭祀活动。

四川都江堰放水节的祭祀大典，祭祀李冰父子清明会，足以说明老百姓啥时都不会忘记天地给予他们的恩德。晋·谢淑源《游西池》诗云："景昊鸣禽集，水木湛清华。"多么虔诚而恭谨地赞美啊！

相传大禹治水，人们用"清明"之语来庆贺水患已除，天下太平。于是"踏青"从唐代就开始了。人们就在清明节到来之时，走出家门，既欣赏大自然的美景，又敬畏天地之教化。宋·吴惟信在《苏堤清明即事》一诗曰："梨花风起正清明，游子寻春半出城。日暮笙歌收拾去，万株杨柳属流莺。"真真切切地抒发了人们对春天的向往和对清淡明智的追求。而植树、插柳：一是纪念"教民稼穑"的农事师祖——神农氏（炎帝）；二是表示对忠贤好人介子推的永志缅怀。所以说，清明节是"自滋遂隆，九野清泰"的标志。

年年此日思先祖，岁岁坟前念故人。在清明节来临之前，老百姓纷纷走出户外,持着祭品,如供果、香烛、纸钱,或花圈、鲜花等,来到坟前、墓地怀念已去的亲人。犹如南宋·高翥诗云:"纸灰飞作白蝴蝶,泪血染成红杜鹃。"在悲恸、思念之际,还要叩首或鞠躬三次,向列祖列宗回报传承家教、家风的情况,并表示对已故亲人的养育之恩予以谢孝和敬礼。这也是后辈人的一点承传承载的心意,或是对中华古文明的一种延伸与继续。

不仅要对家族的恩情不忘,还要对为国家、民族捐躯、献身的英烈们永世追悼。因为他们"有品藻人伦之志,有清平天下之心。"(北周·庾信诗)所以,我们后人应该"咏世德之骏烈,诵先人之清芬。"(晋陆机《文赋》)就近代历史来说,为抵御倭寇的入侵,或在抗日战争中英勇战斗,功业未遂,不幸早逝者,我们必须对他们"秉清修之节,蹈羔羊之义,尽心奉公,务在惠民"(《后汉书·王涣传》)的崇高品德代代敬重,世世悼念。来到墓碑前,"问我劳何事,霡沐仰清徽"(南齐·谢朓《谢宣城集》诗)。

祭祖承宗寻根脉,同吟共舞纪中华。每年清明节都会在陕西省黄帝陵举行盛大的祭祀典礼,来自海内外的炎黄子孙参加祭祖扫墓活动。两千多年来,一直是中华儿女祭祖承宗的重要仪式。今年的祭祖活动尤为隆重,人们伴着古人的服饰,吹奏古代的乐章,行以道法之礼节,亦步亦趋地去敬拜黄帝墓,彰显中华儿女对祖先的钦敬之心,承载着践行先人之意。这已经是中华文明中的重要组成部分。既是凝聚人心之举,"敬慎威仪,维民之则"(《书·大雅抑》);又是中华民族崛起的象征,"惇信明义,崇德报功"(《书·武成》)。让世人汗颜以对,倍感中华文明之根深叶茂,举世无双。它如玉液浸润我们的心田,则永承其根。

记得2010年在中国上海举办世博会的中国馆,将张泽端描绘北宋徽宗年间清明时节,东京汴梁(今开封)汴河两岸的人物盛世景象用立体动漫画的形式展现给各国来宾。表现了中国很早以前,老百姓的安居乐业、商业发达之情景!正如南宋裴松之对《诸葛亮传》"注"所云:"若使游步中华,驰其龙光,岂夫多士所能沈翳哉。"显示其华光永照,不可遮蔽也。

除此之外,清明节这一天,还有山东曲阜孔庙大典。各民族的各种祭祖仪式暨活动在中华大地繁花似锦、相得益彰,可谓"逮奉圣朝,沐浴清化。"(晋·李令伯《陈情表》)

亘古以来,中华文明从古老的社会朴素文化,敬山敬水敬鬼神开始;到宗教文化的繁盛,儒释道各派鼎力,与宋明理学的统一,使国民的信仰得到了修炼;再到近代工业革命开始的科学文化发展,使人们对自然、社会的认知更为全面合理,但它并不排斥其他文化的发展而发展。

让"清明节"更加清明、自然、丰富而多彩吧!

2015年4月11日 于齐齐哈尔

同心如兰　兰薰桂馥

自古以来，人们为什么如此青睐、欣赏和赞颂兰花呢？因为蓝色在"三原色"中比较庄重、典雅，加之兰花多生长在水泽皋地，又与杂草共生共荣，尤显其资质芳洁、性情温顺。有诗云："幽兰奕奕吐奇芳，风度深大泛远香；大似清真古君子，闭门高誉不能藏。"（文嘉《兰》）相传孔子当年自卫反鲁，隐居谷中，见兰花茂盛与众草为伍，自伤不逢时而托为此操。于是思索在野之贤有未出者，故拟作篇：

> 兰生幽谷兮，晔晔其芳；
> 贤人在野兮，其道则光。
> 嗟兰之茂兮，众草为伍；
> 于乎贤人兮，汝其予辅。

人与人之间相处、相交，能不能做到像兰花那样呢？《易·系辞》上："二人同心，其利断金；同心之言，其臭如兰。"知心朋友，能做到义士相交，就像"与善人居，如入芝兰之室，久而不闻其香，即与化矣"（宋·苏轼语）；心意相合，则做到"挹兰言于断金，交蓬心于匪石"（骆宾王诗）；情趣相投，可谓"志合者蓬心可采，情谐者兰味宁忘"（唐·骆宾王《上梁明府启》诗）。

近阅读〔美〕米奇·阿尔博姆的情景剧故事《相约星期二》一书，颇受启发与教诲。此书，写一位老人，他叫莫里·施瓦茨，社会学教授，已到年迈，并染上 ALS 绝症。病重期间接受一家电视台的"夜线"节目采访，被他十六年前的学生米奇·阿尔博姆看到。米奇匆匆赶来探望即将离世的老师。而病魔缠身、体质羸弱的老师却宣布要给他上最后一堂人生课。米奇欣然接受。就这样，米奇每星期二乘飞机飞行七百英里，赶到老师的病榻前上课。故事就从"一个老人、一个年轻人和一堂人生课"开始的，内容涉及死亡、恐惧、衰老、欲望、婚姻、家庭、社会等方方面面。课堂上没有教案、书本，也不评分；学生只是聆听和录音，并要按摩老师的身体。

有谁能说明白什么是"人生"呢？多数人是谈家长里短，或讲一些浅陋而造作的小故事；那些有学问的大家们更喜欢高谈阔论，用豪言、警句示人，与生活实际相去甚远。只有一些老人在临终前方可吐出箴言，但又怎会让他顺心表露，并面对值得表露的对象呢？唯有教师最愿意向自己的学生倾吐，可又有多少学生会与一位病危的先生心照不宣呢！米奇作为莫里的莫逆之交，他真的做到了。

W. H. 奥登有诗云：

> 命运屈从于
> 无数个种类：只有一个
> 会危及它自己

莫里最喜欢这句话，他解读了，实践了。

当我把此书读完，慢慢地合上书页，放在写字台上时，它多像一盆"兰花"烨烨生辉。正如宋·赵以夫在《咏兰》诗描绘的那样：

> 一朵俄生几案光，尚如逸士气昂藏。
> 秋风试与平章看，何似当年林下香。

从第一个星期二"谈论世界"开始，到第十四个星期二"道别"结束。莫里躺在病榻上，消瘦得像个婴儿，时而哭，时而笑。他说："人生最重要的是学会如何施爱于人，并去接受爱。""把自己奉献给爱，把自己奉献给社区，把自己奉献给能给予你目标和意义的创造。"他把大诗人奥登诗中的"相爱与死亡"当成祷文铭记，因为家庭是支持一个人成长的根，爱是至高无上，"爱是永存的感情"。正如唐·孙顾《清露被皋兰》中的诗句："的皪添幽兴，芊绵动远情"；"为感生成蕙，心同葵藿倾。"兰花那样的赤诚如镜，莫里老人对爱的执着和认同又何尝不是如此呢！

关于"死亡"，他说："一旦学会了去死，你也就学会了怎样去活。"又说："死亡终结了生命，但没有终结情感的联系"；因为"境界，让死亡充满了韵味，让人生归于纯净"。多么富有哲理的思考啊！说得通俗易懂，又对人生价值的看法赋予新的内涵。用唐·李群玉的诗点评为："隐石那知玉，披沙始遇金。兰秋香不死，松晚翠方深。"真是恰切不过了，把大写的人生表现得"度量宏远，坦率无私，为士流所爱"（《北宋·李广传》）。跟圣雄甘地的名言："每天晚上，当我睡着时，我便死了。第二天早晨，当我醒来时，又复活了。"没什么大的区别。

什么是人生最困难的事？米奇问，莫里说："与生活讲和。"当又问他，你有没有害怕变老？莫里坦然一笑："我乐于接受老。"因为对一些人总愿意变得年轻来说，他认为，那是对"生活的不满足，生活的不充实，生活的无意义"。老有老的乐趣，开始得病时，也恐惧过、害羞过，当需要别人给自己擦屁股、洗脸、穿衣服时，我就像婴儿一样去接受它。这就是生活，生活总需要别人引领的。他说："许多人过着没有意义的生活，即便当他在忙碌于自以为重要的事情时，他们也显得昏昏庸庸。这是因为他在追求一种错误的东西……""禀天然不渝之操，体兰石芳坚之质"（《艺文类聚》晋·潘尼《益州刺史杨恭侯碑》）。这就是莫里·施瓦茨。

莫里给自己拟定的碑文是："一个终身的教师。"他做到了，做得干净、彻底。他与米奇像父子，可又超出父子间的血统与真爱；他们是师生，可又打破师生间的尊严与成见。亨利·亚当斯说得好："教师追求的是永恒；他的影响也将永无止境。"明·刘伯温云："幽兰花，为谁好，露冷风清香自老。"

千古幽贞是兰花，不求闻达只烟霞。
同心如兰映阶庭，兰薰桂馥德泽佳。

2015年2月5日　于齐齐哈尔

悼念故人　敬祈英魂

悼挚友李有才兄千古

2014年5月19日，惊闻有才兄殁于当日凌晨三时，乃能衔哀致诚，含泪忆往撰悼文，敬祈兄长之灵。

呜呼！兄长五十一年前，献身于边疆，青春无怨无悔；扎根黑土地，雄鹰展羽翅。树严谨风范，承教育精髓；俊德累其身，品藻清明最。桃李天下，滋兰植蕙；焚膏继晷，陋室生辉；筚路蓝缕，傲骨青翠。

风风雨雨数十载，春夏秋冬，与松柏齐威；岁岁年年一生聚，东西南北，同杨柳共晖。星光恒恒永照兮，操场足迹温热，教案泛黄锦葵；路途漫漫憧憬兮，博闻强识致远，师范风骨不坠；流水荡荡不停兮，沈体俊才彰表，史册芳名秀美。一代骄子陨落，仙鹤哀鸣卜奎！

呜呼！吾与兄长共事校园，何尝不驱驰径路，款曲襟抱，岂期一朝成千古也。孤心茕茕，靡所低垂，夙夜永怀，感怆落泪。静言思之，躬自悼亦！瞻栋宇昌兴慕，抚身名驻心扉。临焚永别，怀旧尽哀，千古永垂！永垂！

同仁为之惋惜，弟子闻之恸悲；细雨沉沉飘落，乌云朵朵不归。黑土埋忠骨，草木伴长睡。所谓天者诚难测，而神者诚难明矣！所谓理者不可推，而寿者不可知亦！兄长走好，含笑西归。

呜呼！言有穷而情不可终，兄长其知也邪！其不知也邪！呜呼哀哉！尚飨。

2014年5月21日　于齐齐哈尔

祭贾淑琴女士文

贾淑琴女士，1948 年生于齐齐哈尔市，于 2014 年 11 月 17 日 14 时 15 分溘然离世，享年 66 岁。乃能衔哀钦敬，超时空之差而撰祭文，敬祈您一路走好，含笑九泉！

您 1968 年毕业于嫩江地区萌芽学校（克山师专前身）。先后在克山县西建乡、古北乡及克山镇的四所小学任教。

几十年来，您忠诚教育，勤奋耕耘，在小学教育的摇篮中，努力教书，真挚树人，像一支红烛，为孩子们照着前方道路。不为得失计较，更不吝啬付出。一路走来，虽为辛苦，却桃李天下驻。春蚕到死丝方尽，蜡炬成灰泪始干。为您的事业钦佩，为您的精神传承。

您的一生是模范妻子的一生。理解丈夫处世，尊重爱人躬行；相夫教子，道远任重。承受妻子担当义务，分担家务不辞兼行。

您的一生是子女钦敬的一生。含辛茹苦教子，迎风避雨身躬；言说不息，慈爱为重。南望渤海惦记女儿，心系重洋外孙学成，关爱小女身体充盈。

您的一生是让人敬仰的一生。严以苛苛律己，宽厚大度重情；生活节俭，友谊长青。为人正直不失其度，讲究礼仪大方谦恭。

您的一生是亲朋榜样的一生。为家为人操劳，让人三分先行；晚辈效仿，同辈尊崇。有老大的身份风范，是晚辈的言行引擎。

呜呼！同仁为您惋惜，子女闻之哀鸣，弟妹速来敬挽，朋友真诚相送。阳光烈烈永照，冰雪晶晶透明。黑土埋风骨，大海扬心声；风送您一程，鹤飞哀魂灵。所谓天者诚难测，而神者诚难明矣！所谓理不可推，而寿者不可知矣！女士走好，安详西行。

呜呼！言有穷而情不可终。女士其知也邪！其不知也邪！呜呼哀哉！尚飨。

2014 年 11 月 19 日　于齐齐哈尔

执手相依"挣"得爱

《易·咸》云:"柔上刚下,二气感应以相与。"夫妻之间的相依、相爱饱含着真诚、信任和尊重,不存在谁强谁弱、谁高谁低的等级观念。在恋爱期间更多的是直觉上的认知、情感上的碰撞,一旦步入婚姻的殿堂,在广阔的生活领域中,就呈现出一种责任与担当,让夫妻走向相互依赖、共同承担的家庭构想层面。

从史前的母系社会,人类生存的目的是为了繁衍生息、接续族群,女性理所当然要受到特殊的关怀与尊重;到了阶级社会,男人是主要执行者,拥有至高无上的权力,不仅要主宰社会,还要统治家庭,于是上层阶级可以三妻四妾地玩弄女人;现代社会,男女平等,无论是受教育程度,还是社会地位,应该是在一个层面上。男女之间必须保持相互包容、互敬互爱的关系。就像花与叶不分彼此,风和云是共生的载体。夫妻又何尝不是如此。

苏联流亡女作家安·阮德(Ayn Rand)的三部有影响的小说,曾多次提到女性和男性。她认为真正的爱情是"挣"来的。所谓"挣"(earn)就是彼此花时间,用经历去发现爱、珍惜爱和储存爱。有价值、有质量的爱情应该永远主动去"挣"得。正如严歌苓所说:"'挣'的过程,是成长、成熟、纯化的过程,是辛勤和真诚地付出的过程。"

宋·张先有词云:"天不老,情难断,心似双丝网,中有千千结。"我和已故的妻子生活了四十多年,越到最后,相互依赖、相互尊重的情感越浓烈,真的感到彼此的另一半是何等的重要。"文革"期间,一般的女孩子宁愿嫁给工人、当兵的,也不会跟一个家庭出身不好的子女、"臭老九"去谈情说爱。可她不顾社会潮流的压力,毅然决然地和我结婚。这不仅是一种勇气,更是一种道义上的认同。说实在的,她不比别的女孩子漂亮,也没有什么特殊的爱好,只有一颗善良的心,就"挣"得我对她钟情始终。她是一名小学教师,无论是对学生,及其学生家长(特别是贫困学生家长),还是同事之间,一直交往得真真切切,没有丝毫杂念;与邻里相处,亲朋往来,都做到了至真至诚。如此的情感连铁石之心也会溶化的。

她与我相依的前提是信任和尊重。我们家的大事小情她都听我的。女儿的升学、就业、婚嫁，只要我同意了，她会百分之百的支持。我们先后搬了五次家，从装修到置买家具，她从不多言，用她的话来说，有位有能力的丈夫，还用我操心吗。她的纯化像泉水一样透明，她的真诚如日月星辰般永恒。谁能不去爱惜这份情缘，珍视生活的美满呢？如《孔雀东南飞》所云："君当作磐石，妾当作蒲苇，蒲苇韧如丝，磐石无转移。"

　　对于她来说，短短的一生，大部分是与病魔做斗争的。先后住过十多次医院。27岁那年因车祸，三天三夜不省人事，中级脑震荡，在家休息半年。四十多岁就得了类风湿，关节变形，只好在不到五十岁时因病退休。当第一次脑出血住院时，白天由我妹妹护理，晚上我来值班，这时她会又拉又尿的，因为她对我是最放心的。近几年，她因高血压、脑出血，加上类风湿等病加重，有一次她不能自理了，一天内我从床上抱她十几次去卫生间。尤其在她去世前的两个月，每天晚上我都要给她换尿不湿。每当我出去办事，若晚一点到家，她就会打手机问我在哪呢，在我坐在地上擦地板时，她会哭着说，好心疼你的。"白首相知犹按剑，朱门先达笑弹冠"（唐·王维《酌酒与裴迪》诗）。当她真的"走"了，我最大的失落是没人陪我，没人用那钦慕的眼神望着我从超市买回的东西，没人让我给她倒水、吃药、按摩、量血压了……这在人生的舞台上是何等的孤独与寂寞，再也享受不到护理她时的那种情趣与快乐。至今一提起她，我就像痴情的小孩子似的默默流泪。

　　没有任何东西能像疾病那样把我们牢牢地拴在一起。我常常在想：也许是上帝把这样一个优秀的女子赏赐给我。我们之间所做的一切，不存在谁欠谁的，也不把对方的爱看成"该着"，而是双方在相濡以沫中去"挣"爱，在相敬如宾时珍视爱，在相互依存里获得爱。让爱如月光一样，即使背着你，也会想到它的存在。

　　雪花飘落人憔悴，夜里无声眼落泪。冰雪掺泪酒一杯，半是清醒半是醉。思念你，我在家里装作什么也看不见，可瞬间你的影子就在我眼前；思念你，我用瘦瘦的笔涂抹那些不着边际的文字，不经意间你就在我的字里行间出现。我想慢慢适应挥袖从容，满脸笑靥，可想你之情无法填补那份缺残；我想继续写诗填词，可又有谁能对它倒背如流，赏心言欢……

2015年3月8日　于齐齐哈尔

夫人安静地走进大海怀抱

2015年7月4日,在大连渤海湾给妻子举行海葬仪式。这是逝者用自己的骨灰向大海致敬,愿做一粒细沙或一个小气泡那样融入大海的怀抱,也是她生前的夙愿呀!

渤海湾那深蓝色的海水如一面镜子,在晨曦的阳光照射下粼粼碎碎,泛起晶莹的花瓣,让人多么陶醉与向往啊!当游艇驶出海港时,还有几朵白云遮住太阳。我和送葬的亲友们心情沉沉的,深深地感到,作为一个人,几十年的成长过程,其身躯有孩童时的青涩稚嫩,青年时的丰满照人,成年时的坚实及老年后的衰微,其实就是瞬间之事,而他(她)的心灵及灵魂是永垂不朽的。

她的一生平凡而普通,没什么可歌可泣的壮举,但为人善良,对同事、朋友、亲戚及子女的关怀是一般人很难做到的。邻里和睦,晚辈尊敬;同事礼让,从不争宠;关心儿孙,细致入微。在她临走之前,几乎每天都要打电话给她所认识的人,问寒问暖,竭心倾注。对中国哲学"海纳百川,有容为大"的包容精神有自己独到的践行方式,就像一条小溪那样毫无怨言地与大家走在一起,流向更深远的大海。这颗小水珠生前就恋着大海,逝后按她的遗愿把她送入海的怀抱,是最好的纪念了。

十几分钟后,游艇到达7海里处,当大女儿把装有母亲骨灰的粉色莲花形陶罐慢慢地沉入海水时,阳光刹那间明亮起来。葬礼主持人让参加的亲友们将带来的五百多朵红、黄、白色的菊花,及金色的纸"仙鹤""元宝"等抛向海面时,海天一色,阳光明媚。小小的海域一片鲜花盛开的景象。吐放清芬,香气浓烈,沁人心脾。此时,飞来几只海鸥绕着花香的海面低飞盘旋,鲜花静放,色彩斑斓,光波耀眼,与天相接。落花飞舞摇曳,随波摆动,轻盈柔顺。细浪怀抱花朵,感受凄清之意;大海浮花数百朵,壮观堪比想象酷。

逝者的灵魂冲出海面,升临宇空,驾着神鸟和天神一起,去享受另一个世界的美景,万物也如此的欣慰呀!这种殊圣洁美的境界,甚为惊艳。此次活动,既是文明的体现,又是环保的象征。对逝者来说,走向大海,回归自然,乃为灵魂的洗礼与升腾;对于生者来讲,把沉重的情结化为淡淡的思念,是对自己心灵的

敬畏与超脱。于是，让我想起司马相如的一句话："下峥嵘而无地兮，上嵺廓而无天。视眩泯而亡见兮，听敞恍而亡闻，乘虚亡而上遐兮，超无友而独存。"

2015 年 7 月 4 日　于大连

情感ＡＢＣ

"情缘"是偶然相遇，更是必然缘分

钟表滴答地走着，我打开窗子长长地吸了一口气，想起我教过的万千名学生，能记着名的已经无几，物是人非，天地轮回。虽然岁月是残酷的，但也更为成熟。能在茫茫的人海中相遇，是缘的分享呢，还是偶然中的必然，一时说不清楚。

心情平静，方能坦然自若，就像秋天里的江水，平平静静的，虽保持静好，但往事的艳美连连、情感跳动，彰显情愫斑斓，犹如天上的彩云，端端倪倪，虽没有述说，但内心的故事串串。

说实在的，我越来越能理解你，了解你的心。这也许是"爱情合伙人"的开始吧。其实这种感情的升华是你给予我的。你每次流泪都像甘露一样润泽我干枯的心田，像高山流水不断，显示大自然对每个人的洗涤与呼唤；你的笑声温暖我理性思维的"短板"，如天使般的温柔，磨碎我那看似坚硬的风范。

慧心之恋是从传统的"排他性"向"协调性"转变。也就是包容性、理解性和相互尊重性，在恋爱中得到提升，从而达到两人走向真正的幸福彼岸。其方式、方法为积极互动，以诚相待；面对面促进，以人为镜；善于倾听，勇于承担；顺其自然，不压抑自己……愿你开心、静心、慧心！

你是我心中的"小月亮"，没有月亮的夜晚是难熬的。一个月之中，它由小到大，由亏到圆，再由圆到亏。这种关照是多么的体贴入微呀！从审美的角度讲，月牙是缺失美，让我们去追求它的完美；月圆是整体美，让我们去感受它的真实存在。然而，它是在隐与显中完成的，此过程体现着大美与大爱。愿你永远驻在我的心中。

二人的世界，就如一个人的手指紧紧地握着另一个人的手指，这样才不会有空隙，才能结为一体，永不分离。刹那间体温由指尖传到心房，感到一种特殊的温暖，会让你的周身由温热到燃烧，爱的晶体瞬间晶莹剔透，将在两个人的心灵中释放出五色的光芒，在永恒中存在，在逝去里沿着历史的轨迹存活。

"情镜"观照你现在，也回忆你过去

家是你童年的窝，一缕阳光、一丝细雨、一股清风，都跟你有肌肤之亲；加上兄弟姐妹的嬉戏与玩耍，父母唤着你的小名，那该是多么温馨的记忆呀！愿你永远也不要长大：纯真、执着、甜蜜、简单……

二十多年前，一只蝴蝶带着纯真的梦想和希冀，从大山深处飞出来。从她那深邃的眸子里闪动着对知识的渴望。从二十多岁的青年到中年岁月的"静好"，更显出其优雅、沉稳和地道的品格，在当下是多么难能可贵啊！

两年的学习生活，让你的翅膀更加坚挺，会飞得更高、更远。但在校园的小路上，布满了你的足迹；大教室后排的座椅仍反射着你青春的倩影，在你的脑海里记录着老师们的特长"小吃"，同学们的玩偶形象。这就是青春，一段美好的记忆。

在毕业的时刻，你的心情五味杂陈。纪念册上将定格着永不可召回的大学生活的印记，在行李包裹中藏着墨迹未干的作文和笔痕，更有师生间的亘古情义。当火车的汽笛拉响时，你的眼睛湿润了，把手拼命地摇向窗外：再见了！校园；再见了！老师；再见了！同学……多少个"再见"中憧憬着感恩、思念和敬意。这个悲欢离合是多么刻骨铭心呀！在岁月中长流不息。

当你每次带着微笑走向讲台时，面对几十张稚嫩、单纯、可爱的面孔，一位母亲的责任、师长的担当油然而生。母爱对所有人而言，因为她伟大，所以对让人以不屈不挠的精神去维护她、敬仰她和永世地承袭她吧！

你如水一样清净透明——上善若水；似云淡淡飘忽——素洁坦诚；像林郁郁葱葱——高雅闲静；若月默默无声——内蕴芳馨。清、淡、雅、韵是你的本色。

一只孤独的导雁在蓝天中翱翔，遇到同类他不屑一顾而在苦苦地寻找他导过的小雏雁啊！多少年过去了，突然有一天夜晚，他与她在苍茫的海天中相遇，但不见身影，只听见鸣叫，于是他们每天晚上都企盼时针快快地指向九时，开始述说各自的经历，相互如此的信任、体贴、问候，直到谁也离不开谁……可一觉醒来，感觉好似梦境。老天呀！您不会在开玩笑吧，我是真真地爱着她。

在与您第一次对话中，语音的质感与激越建构着一份陌生而谙熟的"旧日"；当我们将怀念视野投向逝去的岁月时，一个难于穿透的迷离与雾障，恰是别后想回首，又找不到一点影子的事实。当怀旧的小船逆时针行驶的时候，二十多年中几乎没有提供一处可以停泊的港湾，也许思念一天天地淡去。然而，在2015年"五一"前的某个夜晚，突然间在网络里相遇，不管当时是为了更新或色诱，抑或是单纯的慰藉，到后来，只剩下眷恋……

"情思"念你绵绵长，跌宕起伏向往

日出东方红胜火，杨柳飘扬泛清波。铸有大山之魂，融会林海之魄；这是你的为人，也是你的性格。聆听春草喁喁，伴随瑞雪飘飘；这是你的向往，更是你的生活。愿你顽强地奋进，叙写人生的放歌。

没有清晨，没有良宵，没有依靠和拥抱；没有来过，没有走掉，没有眼泪和微笑。愿你在逆境中看到顺境，顺境的到来绝不要忘记逆境。勇敢地向前走吧，前面摇着鲜花的是大山，敲着锣鼓的是小河，还有蜂儿、蝶儿为你跳舞，虫儿、鸟儿为你唱歌……不要犹豫了，因为犹豫过度就是慢性自杀。

清晨雾里看花，晚上水中捞月，景色美好，但内心沉重。相思伊人难入睡，脑中情结未打开，月亮弯弯笑，星儿眨眨眼。人能活出自己来，那才是情与境融合后的真正人生。

想象的云朵从天上坠落，在你心灵的花园中挖一个洞，把它珍藏。一年后，你把它拿出来，原来是终生的遗憾。现实的阳光从东方升起，在你那迷蒙的睡眼里留个缝，把它觑见。隔天后，你睁开双眼一看，原来世界如此灿烂。

愿你的生活多一些兴趣、禅意、期盼和思念，都可以变为你人生中的安慰和依托，然后进入其中，萃取最珍贵、最美好的部分，抵达自我。愿你的思想多一些思考、思辨、哲理和美奂，把你带入更自觉的感性互动之中，在"批判"（首先是自我否定）与"革命"（是指始终保持蓄势待发飞跃状态）的前提下，获得新生。

有人说，笼中之鸟，如果把它放出来，它都不会飞了。可我知道你这只鸟，是有追求、有抱负，有爱、有恨、能爱、会爱。现在正在蓄势待发，一旦机会成熟，就会撞出笼子，飞向属于自己的那片天空，而且会飞得很高、很远……

情感的交流犹如雨露落到荷叶上，润泽无声，体味无穷，可能只存在一个晚上，或者说一瞬间，因露珠被风一吹就滚落到池塘里，或清晨阳光一出来就蒸发掉了。但是，叶子的叶绿素在雨露的光顾下，使之变得青翠欲滴，并且无怨无悔地渗透到叶脉之中，让它永存。我们之间的上千条短信互动，超过几百小时的语音交流，这是一种什么样的效果呢？你知、我知，生命不息，往复存在，乃自然天成也。

声音是物种传递信息的符号，不同声音的发出有不同的信息感受。而人类信息的传递不仅有语言文字，还有言语声音。当一对恋人在语音对话中，他们享受的不仅仅是说什么，还有磁石般的语义吸引着你。她为人忠厚、耿直、内向和她那磁性的语音是成正比的。她的发音宽厚、凝重，具有穿透力，真是爱与美结合的享受。我的语音没有她的语音那样富有张力，但清晰、明快，亦真亦幻地也会

让她着迷，这就是相得益彰，雪映朗庭吧！

"情波" 情感可起伏，波折孕育坚果

早晨红日旦出，晴空万里，让人好舒服的，但昨晚还阴云密布、雷电交加呀！其实生活也是如此：往往在困难与艰苦过后，就是一片和谐与安然，向前奔走吧！把不幸甩在身后，也许人生就是这样，绝不能畏首畏尾，踯躅不前。

充实的人生，独特的人生，有意义的人生是一项难得的成就。但那不会因为你是好人就从天而降，也不会因你不另类而安然获得。与其说人生只能活一次，不如说人生无法重来。就像真爱一样多少人苦求终生没能得到，而遇到了又不珍惜。当他或她满目沧桑时，只能对着镜子去赏看自己的泪花，而一切晚矣！

只在一条路上往返的人很执着，虽然乏味，但她有幸福的满足感；只是一根筋的人很单纯，虽然只往前看，但她转过身来时很恐惧。是福是祸，结论为时尚早。

一个很少懂得爱的人，只有本能的爱，很难接受别人对她的爱，也不愿意把爱赠予别人，其实这是得了"爱的贫乏症"，治疗的方法只有一个字——"爱"！

有的人很现实，却被现实所累，很难自拔；有的人很浪漫，却被浪漫所淹没，处境尴尬。这两种人可以成交，但道路很曲折……只有各自去把握机遇吧！

爱是在沉寂中燃烧，在孤独里历练，在记忆的碎片中找到自我，是痛定思痛时的一声呐喊，一切都在惘然中诞生。在你的人生中遇到如此的情感纠结，是你走向更高情感境界的阶梯，不是坏事，每一滴泪水都饱含着心酸，是心灵净化的过程。唐僧取经还要经过九九八十一难呀！最终解脱了，幸福定会光顾于你。这就是人生，你会得到属于你的那份幸福。

生活中总是有"变数"的，但操纵"变数"的是我们自己，只有用一颗潜耐、淡定和认真、执着的心，没有过不去的坎。不要想得那么多，也没必要为他人给自己带来的苦恼而苦恼，抓住时间就一定是个胜利者。

我很孤独、寂寞而又惆怅。这段日子是我一生中最最难熬的，其症结是无法承受找不到"真爱"的痛苦，也许这辈子也找不到了。但我还是顽强地挣扎着，直到我有一天离开人世也不会后悔的。请你不要在我身上付出什么了，因为不值得。愿你过好每一天，争取早日从传统世俗与现代理念的夹缝中走出来，那时就真的解脱了自己，也完善了自我，千万不要苟活呀！

你我两个多月的"爱情涂鸦"，也可上吉尼斯世界纪录了。有时涂了半天，尽管线条是凌乱的，可从局部及枝节上显示出色彩与光的微妙结合，其整体还是美轮美奂的；有时涂的线条、痕迹或斑点等符号交错产生的抽象美，无论是几何抽象画，还是抒情抽象画，都是一种发自内心的艺术情境，别人是无法知晓其内

心的神秘和强烈的动感效果。因为作为成熟的你我,这种"爱情涂鸦"是情感与理性的结合,愿你能接受这一理念。

你不想见我,又时刻放不下我,多像19世纪经院中的素女呀!一百多年过去了,竟在大山深处开掘出你这样的爱情"精品",从考古的角度来讲并不稀罕,但作为新世纪的女性来说,仍是奇特的社会现象。我对你已经认可了:只有爱,没有恨。不管你怎样去想,就以你昨天见不到我时,表现出的焦虑、担心、惆怅及百般的纠结,就够我在后半生享用了……看来,我对你的认知还是很有慧眼的,绝不会因得不到而悔恨,更不能把你在我的内心排除,虽有遗憾,记忆永远是鲜活、靓丽的。

"情恋"亘古且长存,谱写悲喜壮歌

五月是北方的季节,它迎来小草的窃语、树木的新绿、燕子的鸣叫……我又重新放飞我的风筝,但愿她别再跌落下来,永远陪伴着我,更祝她在空中自由自在地翱翔吧!尽管翅膀有点潮湿,并不妨碍她的本性施展,因我有股强大的风助推她,愿她永远美丽动人。爱你的是我的心,而不完全是我这个人。

我愿做一阵清风,吹散你心中的雾霾,让你的心境清纯、洁净;我愿做一泓泓水,冲走你身边的污垢,让你洁身自好,昂起头来阔步向前;我愿做一颗星星,每天晚上陪伴着你,让你醒来时用笑靥去迎接新的一天……

我愿站在你的身后,为你遮风挡雨;我愿来到你的身前,为你前进时清除障碍和荆棘;我愿守护在你的左右,成为你的护花使者,让你更加安全与美丽。这就是一个男人的责任、义务与担当,也是必须的、应该的……

晨风是我吹给你的,让你轻松;温暖是我捂给你的,让你舒服;眼泪也是我给你揉出来的,让你激动;影子还是我留给你的,让你永存……

病魔是对人心灵提升的再次验证:它是健康的对手,还是健康的朋友,任何人都要面对的,只要乐观地轻蔑它就可以了;它还是磨砺人性情的双刃剑,在痛苦与恐惧中能有一点微笑,那才是最美的刹那写照,爱就从这瞬间拓展了。

在两人相爱中,创造了好多个第一:第一次给自己心爱的人作《生日赋》;第一次收到所爱之人的珍贵礼物;第一次两人在夜间一次聊了5个小时,把手机打爆了;第一次听到自己所爱的人那样悲悲切切地哭;第一次发给她那么多的祝福短信;第一次在她的吻和抱中,让我感到如此的甜蜜与着迷……

爱上一个人就像遇到可口的饭菜,怎么咀嚼都有滋味。我喜欢的饭菜不是大鱼、大肉、山珍海味,而是那道"素菜",是自然的、清纯的,还有点苦涩的味道。如能享受终身该是一件多么酣畅淋漓的事呀!上帝是相信我的,他会将"小天使"送给我。

你我相处已达无话不说的地步，这种信任超出任何人与人之间相交的维度，因为彼此的心灵空间里装满了彼此，在人世间实属罕见，只能去珍惜，没有别的。爱是唯一的出路。

2015年8月19日　于齐齐哈尔

一束鲜花　百年合合

　　花团锦簇，怀抱衷情；伊人闪现，沐浴香风。此刻，我僵在那里，好像仍在梦中，无法相信我的眼睛，更不知道是黑天，还是黎明。托以性灵，花好人境。"花气袭人知聚暖，鹊声穿树喜新晴。"（宋·陆游诗）行人匆匆如过客，眼前一幕佳人景。花魂迷春招不归，梦随蝴蝶牡丹飞。相见难矣，不恨晚；路径不远，陶人醉。九十九朵鲜花奉恋人，仍感内心翻转无言对。收下吧！亲爱的。这是我一生的情义汇聚，也是我对天地的报答与敬畏。枝叶上注入我多年的血汁和汗水，还有那花蕊中积蓄我淌不完的眼泪……

　　想起她二十多年前在大学读书的情境。一位沉稳、内向、宽厚、素朴的女孩，高高的身躯，白里透红的脸颊，彬彬有礼，又情感执着。她热爱学校的每一棵树木、每一座花坛和草坪；更加尊重教过她的老师，眼里总是闪现出倾倒和敬慕；她也非常珍惜同学间的情谊，哪怕是一次不经意的交谈，都似待发的种子在心田里生根发芽，以满腔的热血与激情呵护着。所以，把她二十多年前的时光喻为"玫瑰红"。唐·白居易有诗云："菡萏泥连萼，玫瑰刺绕枝。"如同一美玉，色泽如珠，精湛绝超。这就是我今天献上的这束鲜花的花蕊，为23朵玫瑰花组成的花心红润，鲜亮为璧吧！

　　毕业后的7年，她亭亭玉立在讲台上，稳重自如的身姿，吸收着先生们沉稳、准确的传授知识的风格；从容不迫的教态，采纳着先生们豁达、幽默的讲课技法，用她那精湛的语言、磁性的声音，开始了自己毕生教学生涯的探索与实践，向学生们灌输新的知识理念，解惑孩子们对人生的探求。你看呀！学生们张着欲予待哺的小嘴。他们不仅欣赏着人间的"美玉"，更在享受精神的盛宴。就这样，一批批高中学子带着对老师的怀念走进属于他们自己的大学学堂。而教他们的老师如郁金香，唯美绵长。唐·李白在《客中行》里赞美曰："兰陵美酒郁金香，玉碗盛来琥珀光。"七年虽短，又很长，人生路上郁郁苍苍。把这7朵郁金香置于玫瑰花的两旁，这不是点缀，而是另种别样的年轮向往。

　　三十而立，犹如康乃馨枝繁叶茂，花色浓淡有致，更为成熟且练达。就在步入中年时期，虽然遇到不少工作上的、生活上的种种不幸与麻烦，可每当她走进

课堂，多像一名技艺高超的演员，面对微笑，心无旁骛地上好每一节课，细致入微、真诚坦率地与学生们交谈，忘却了烦恼，留下了余香。正如古代诗人描述的那样："点录斜蒿新叶嫩，添红石竹晚花鲜。"（《王建》诗《题花予赠渭州陈判官》）多像香石竹（康乃馨）的品性：花色娇艳又芳香，体态玲珑，斑斓洁雅，端庄大方，香清幽幽。用16朵康乃馨汇聚在红玫瑰和郁金香的周围，构成花的鲜美、骄人的大派对，体现对生活的赞美，彰显爱情的圣洁与圆满吧！

　　当一个人走完人生旅程一半的时候，会对前半生进行一下小结：有兴奋、愉悦，也有彷徨与惆怅；时而孤独寂寞，时而潇洒倜傥，应该是有滋有味地生活过，满足也好，遗憾也好，却都是过眼之云，可以回味，不要留恋。宋·陆游《北窗·偶题》记："尔丛香百合，一架粉长春。堪笑龟堂老，欣然不记贫。"我们的后半生应如香百合那样，从叶到花，再从花到姿，自然成就，不须任何粉饰，可淡可浓，有盛开就有凋落，只要当你存在时，做到诱人心魂，给人以真趣和深邃之美就足够了。越到末期，越要与世无争，静静地挺立在大山深处，静静地开在人们的心中，也许没有人知道你的存在，唯有我这个"流浪者"，在孤独的路上看着你默默地微笑着，于是我好情愿地采撷一朵插在我的胸前，永藏于心。百合花素有"云裳仙子"之称，也是"百年好合"的象征。今天我把99朵花的剩余部分，都让给了百合花。愿她的未来像百合花那样，姿态优雅，叶片青翠娟秀；茎干挺立，笑傲整个人生。

　　花是人品的象征，不论花的颜色深与浅，花朵的大与小，或花姿的妖与协。人们都会从不同角度去欣赏它、赞美它。有一首歌词写道："花儿为什么那样红？"其实在颂扬"人为什么那样美？"（指外貌与内质）自古以来，人们都会手持鲜花在节日里赠送给老人、师长或朋友，也会给自己最心爱的人，以表示友情、亲情或爱情。对于相爱的人来说，第一次见面，送一朵红玫瑰不算少，因为他的情在花心中闪耀，让人看得心跳；奉上999朵玫瑰也不算多，因为祝福的词语深深地埋藏在其中，既神秘又可人，怎么不让人心动。古人讲："花红利市多多赏，富贵荣华过百秋。"（《清平山堂话本快嘴李翠莲记》）有谁不去向往或践行呢！我想把这句诗改成："花红草绿多多赏，富贵贫寒过百秋"，是不是更人性了呢！要知道，花开花落乃自然，世态炎凉总是秋。生活的跌宕起伏是一种自然规律显现。老百姓常说："三十年河东，三十年河西。"命运与机遇对任何人来说都是等同的，没有固定的"角色"，也没有不变的"差别"。合合相处，不减自己的本色，都会是花草中的"王者"，人又何尝不是这样呢！

　　接花人那！你在想什么？请记住：过程比结果还美。

2015年7月1日　于齐齐哈尔

爱情"涂鸦说"

爱情是个古老而又不断创新的命题。从孩提时的爱欲萌生，到离开这个世界，都有爱和情相伴。作为男女之间的爱情，一直是很神秘，也很让人纠结的一件既简单，又复杂的故事。佛教以爱火比喻情欲，如"爱火烧世间，缠绵不可舍。"（《法苑珠林》）"苦流长汎，爱火永恒。"（《艺文类聚》）尽管佛家摒除情欲，认为那是祸水，但人类仍以自己的需要来提升"爱情"的品位及其崇高的境界。

爱情有种种假说，如钟情说、邂逅说、随缘说、追逐说、生死说等，可你从来没听说过爱情"涂鸦说"吧！

例一：

一位大学教师的妻子去世后，他很想在晚年找到一位能了解自己的理想女性作为伴侣。有一天，在网络上偶然间遇到他十年前教过的一位优秀的女学生。两人在QQ上格外激动、亲切地交谈着。事后听她们班的同学说她已经离婚了。当第二次聊天时，女生说自己哭了一宿。于是二人越走越近。后来，老师竟公开向自己的学生示爱。又过两天，学生说自己未离婚，断然地拒绝了老师的宠爱之心。误会本应到此结束，可女生痛哭流涕地要跟老师和好，于是二人继续相处，达到无话不说的地步。可一提到"见面"，学生就开始犹豫，或表示困难。当老师对这未有结果的婚恋提出质疑时，女生总是不情愿的离开。

客观地说，他们的恋爱是有基础的（师生关系），外加女生的丈夫在外面已有了情人，与自己的妻子分居七八年了（女生自己说的），她还有一个患有抑郁症的十来岁的小男孩，对她不是打就是闹，精神上的摧残已接近崩溃的边缘。此时，有人爱她，又可以减轻她的负担，何乐而不为呢？但是，他们不具备相恋的条件，因为女方是有家室的人。这种"涂鸦"是不被提倡的。

在中老年人的婚恋中，受到制约的是观念上的不平衡。对爱情与婚姻的处理，时而是自觉的理性占上风，时而是不自觉的情感占了上风，左右摇摆、自相矛盾，其结果很难说是哪种因素在起作用。一旦"爱情"的自觉失败了，那他（她）们的悲剧角色就会愈演愈烈。其实，他们的爱情图景已经清晰妩媚，犹如

西方印象派画家就某一自然的、社会的景象的局部或枝节以粗放的笔墨表现着整体的效果时，是多么美妙诱人的画卷呀！可对那些不懂得爱的艺术的人来说（此指恋爱着的双方），如果在此期间随便地加上一些不必要的笔墨或色彩的涂鸦，那真的什么也不像了。

例二：

当今的社会发展，无论是政治、经济或文化都显得多元性，再加上互联网＋和云计算，把人与人的距离大大地缩短，他们相处也更实际、更直接。在爱情上，当然仍以年龄匹配、经济充裕、人格相貌相当为多数。可有些年轻的大学生们竟愿意寻找比自己大的男人为伴侣。我曾经访问过这样的女孩。她们说，年龄或职业不是重要的参照。只要人格好、有能力就可以了。找比自己大的男人，可以享受"父亲"的呵护、兄长的体贴，有什么不好呢？在"乡亲乡爱"的节目里，一位50岁漂亮、未婚的女博士，毅然地让一位离婚的、其貌不扬的小学校长牵手领走了。当然，也有人不赞成杨振宁与翁帆的婚姻。其实，说这种话的人是多么的乏味与无聊呀！其醋心与嫉妒更显得文化上的缺失与低下。

事实上，在局外人看来，"不可能"的恋爱与婚姻，其男女二人却毅然决然地走到了一起，执手相依，义无反顾；而认为"可能"的男女二人，却突然分手，既没有遗憾，也不存在后顾之忧。"二人"的世界有谁能说清楚呢？从物理学的角度讲，在"1"和"0"的博弈中，只要把二者的关系处理好，"可能"与"不可能"要看二人的能力态度了，即从内在因素或"灵性因素"上着手书写爱情的"神话"。

要记住，只要两人心投意合，即使披件破棉袄，戴顶破草帽，踏双破草鞋，昂起头颅向前走吧！生活在向你们招手……管别人怎么说呢，因为人的嘴除了吃饭就是说话，学会说话难，而学会"闭嘴"更难。那些在别人的恋爱与婚姻的印象画，或抽象画上竭力"涂鸦"的人，是永远也长不大的"孩子"，绝不能让"小孩子"的小把戏玷污我们神圣的爱情。

例三：

有一位中文专业的大学教授，在QQ聊天里偶然遇到一位内地省会城市的白领妙龄女孩。女孩说在高中时酷爱文学，因受到语文老师的不礼貌行为，使她转学并改为学理的，毕业时以高分被一所著名财经大学录取。大学期间又特别敬仰一位教外国经济史的教授。大学毕业后留在省城工作，因有恋师情结，不愿意找同龄男孩为友。不长时间，女孩给教授寄来了棉睡衣，教授也把自己的著作寄给了她，并告诉她自己的实名制"博客"。从此，这位女孩非常欣赏和敬重这位文学修养较好的"教授爹"。从女孩寄来的照片可知：她身材高挑匀称，脸颊白皙俊俏，礼仪甜蜜可人，是属于人见人爱的那种"靓女孩"。两年的时间交往甚密，女孩受教授之邀，几次买了火车票，又因事不能成行；教授买了三次飞机票，也因某种原因退了票。最后，实在无法遮掩自己的身份，又没退路可走，"女孩"现身为男孩。

可能有人要问，教授真的那样痴愚吗？不是的。他曾多次质疑，或不继续交往，都让"女孩"哭着拉了回来；而声音也辨不出是男生。更重要的是他以学者的思维方式——没有事实就不能做肯定或否定的结论，况且他们不涉及钱财的往来，才酿成如此荒诞不经的苦酒，自斟自饮吧！

这样的事例并不罕见，如一位四十多岁的已婚白领女士，性情高雅，体貌靓丽，在网上认识一位二十多岁的帅小伙，当她们相互依恋得如痴如醉时，女士约他见面。"帅小伙"无奈地说："是我七十几岁的爷爷跟您聊的。"还有潘长江的小品，说一对夫妻在日常生活中总是别别扭扭，话不投机半句多。于是二人分别在网上去找"知己"聊天。男的找到一位女性朋友，女的也找到一位男性朋友，聊得非常开心、畅快，情感跃升到终生不离不弃的程度，于是相约在某地见面，结果发现是自己的另一半。

如此的情感错位，情节荒诞的人和事在网上屡见不鲜。原因是：科技的迅速发展拉开了与人文进步的距离，由此派生出背离真、善、美的道德尺码。真与假的互换，善与恶的混搭，美与丑的颠倒，造成真实、真诚、真心的人感到巨大凌辱；善良、善意、善感的人备受心灵的煎熬；美德、美感、美观的人遭到莫名的挑战。这种不按规矩的乱"涂鸦"，实属文化上的一种毒瘤，是当前人们情感上的重污染，如雾霾一样，到处可见。

对于"爱情'涂鸦说'"，可从两个方面理解：其一是，相爱的男女双方应该是撰写现代或后现代爱情"童话"的高手，像印象派画家那样，将光线与色彩进行微妙的变化，从局部去体现整体的美好爱情图景；也可视为抽象派画家，将线条、散点及错乱的符号，在粗放的笔触中，或横线与竖线的结合上形成"冷的抽象"或"抒情抽象"，让人们在神秘莫测的氛围中领悟爱情的神圣与伟大。其二是，对于旁观者来说，只能加深自己的艺术修养或灵魂净化，方可进入难得窥见一斑的爱情意境，否则你将会什么也不知道，只能从无知的角度乱抹乱涂，这有愧于时代赋予我们的美德。

2015 年 7 月 17 日　于齐齐哈尔

"性"的感悟与吸引

性是生物体的本能差异与反应。在封建社会里,人们是"谈性色变",把一种正常的心理反应封闭起来,并予以神秘化,不仅造成部分人对性的差别显得无知,也使性感悟一直处于蒙昧和朦胧之中,造成对男女认识的偏执,也使性知识匮乏,甚至相互不理解、不和谐而产生情感危机和隔膜。殊不知,中国古代哲学思想中的阴阳说,就谈到男女之间是特殊的阴阳关系。由此才能使人类生存和繁殖,因为"天下万物皆生于两,不生于一"。《易》曰:"大哉乾元,万物资始!至哉坤元,万物资生!资始资生,变化无穷,保合太合,各正性命。"此种朴素的哲学观,奠定了男女之间的二维关系是天经地义,没什么力量可以阻止其性的感悟与吸引。

性的感悟从20世纪王尔德之类,一面喊着男人千万不能和女人生活,又在唠叨不能无女人而生活。就像四千年前印度《创世纪》的作者,描述上帝创造女人时,像花的美丽、鸟的歌唱、虹霓的色彩、风的英姿、水的欢笑、羊的温存、狐的狡黠、云的飘忽不定和雨的变幻无常,将它们交织成一个叫夏娃的女人,而让她做亚当的妻子。亚当很快乐,几天后,他向上帝说:"请你将这女人带走,我实在不能和她过下去了。"上帝答应他的请求,将夏娃带了回去。于是亚当又觉得寂寞,依旧不快乐,又请上帝把夏娃还给他,可没过几天又去"退货",一连四次,最后上帝说,必须你们两人同甘共苦,永远过下去,用两人的智慧在世界上共同生活。此类景象,直到今天也心有余悸。究其原因,可能被以下三个方面所困:

从生物学的角度讲,男女成为夫妻后,本应知道如何过生活,但人们从来就没有学过,只靠生物体的本能或动物之间交配的启示,很大程度上对性生活是无知的,结果造成对性行为的恐惧或无奈,当然也就谈不上什么快感和愉悦了。当男女到了性成熟期时,荷尔蒙(hormone)增多,必然产生对异性的渴望、冲动和需求。这种生理上的反应若不能用科学的方式引导,只会走进误区,或造成性认识的偏颇与疏忽。

夫妻在一起是生活美学的一部分。从心理因素来解释,它是夫妻情感交织过

程的一种美的升华。某种意义上说，没有感情的生活，既谈不上责任，又不会承担义务。它是人类文明的蒙昧阶段，只为了性的释放，纯属个人主义的利己行为，作为文明社会必须制止和批判。因为这种高级的文明生活行为是建立在道德基础之上，百分之九十的夫妻关系是人类生活中最亲密的一部分。从心理上的感觉、感知和感受，得知其夫妻或男女双方的共同性、同生性及差异性的存在，然后才能找到彼此之间的切合点，一旦离别，造成"日色欲尽花含烟，明月如素愁不眠"的相思之苦；燃起"换起两眸清炯炯，泪花落枕红绵冷"的恋情之痛。

性的感悟还涉及物质方面的利益。由夫妻组成的家庭，要面对一家人的衣食住行等实际问题。虽说穷过富过都不会太大地影响夫妻关系，但物质的基础会将家庭更好地延续下去。当今社会处于高效率、高物质、高享受的进步期，对夫妻的生活关系带来巨大的考验和纷争，至少在物质生活无忧无虑的境况下，会使性的感悟更为深刻或提升，从不自觉到自觉的深水处，从简单的性刺激到色彩丰富的性激越、性满足，激发永不衰竭的性感召或性动力。所以，不要小视物质利益的追求，但又不能因物质利益把自己视为"性奴"。

性的吸引从男女双方考察，女人更多是艺术化、本能性，而男人多半是道德化、成就感。

世上没有一个人能完全脱离女人而生活。人一出生就躺在母亲的怀里进行母乳。从生到死，他的四周没有一天没有女人，如母亲、妻子、女儿。可见，这种本能的生活方式，让男人都在为女人的性吸引而活着，反之亦然。

女人在家，以服务安琪儿的精神做她的主人。通常情况下，她飘然往来于厨房客厅之间，像一只不动声色的蜜蜂以其勤劳与专著，闪烁着女人的光芒。有多少个"贤内助"吸引丈夫对妻子的依赖与呵护啊！这就是常说的"男人的一半是女人"。那么，男人主外时，想到的是责任与义务，他那宽厚的肩膀是女人的靠山，而那健壮的肌肉、酣畅的嗓音、雄健的气味，也都是最吸引女人眼球和胃口的地方。

女人的外表（容貌、体态和服饰等）永远是一道靓丽的风景线，那飘逸的长裙、紧身的牛仔服，把她那特有的曲线美，包装得让人心动，并使男人享受较大的艳福。于是女人们（特别是外国女人）喜欢拍粉点脂，染烫头发，进行各种各样的美容、健身，目的是讨得男性的喜欢，也让"女权"得以更大空间的展示，并把这种特质深印于现代恋爱和婚姻上。而男人内在的品质、粗犷的行为，将会把小鸟依人的女伴呵护得淋漓尽致，体贴得无微不至；这种异性的吸引是天性赋予的互补内涵，让女人向往与着迷吧！

女人特有的矜持、细腻、温柔和谨慎，也是女人性吸引的主要方面。一个眼神、一个微笑、一个干净利落的动作，都会让男同胞刮目相看。在办公场所或某

些社交场地，她们的声音更为柔和，色彩也比较鲜艳，办公桌上更为整洁，确实增添了不少动人的点缀和礼貌。此种造化所赋予的性吸引力，或感召力，使人类这一特有的群体更为文明，更有新鲜生活的气息，是社会前进的动力。

　　性的吸引也是男性的专长。在女人眼里，那种绅士风度，情操上的严谨、仗义、豁达及忠诚，永远成为女人选择配偶的重要条件。这些都来自他们家族的遗风、遗训，更是文化、教育上的修养或拔擢。一个好男人永远都是女人靠得住的精神支柱和物质基础。其担当、责任和义务不仅为父母、妻子、子女所享受，还是对国家、民族的尽忠、尽力。由此可见，性的吸引是男女双方互动的支点，也是权衡利与弊的警戒线，故要以传统与现代相结合的方式、方法进行传承与延续。《红楼梦》里的才子是一个极富情感的男人。他曾说，女人是水做的，而男人是泥做的。水渗入泥土而使之成形，泥土盛了水而使之有质。假如《创世纪》的作者变成贾宝玉，让"上帝"抓一把泥土捏造个"亚当"，可泥土不易凝结，必须与水合作。这样渗入亚当的生命之水，就是"夏娃"。二者不分彼此，只有同乐同在，才能共同创造世界。今天男女婚姻的特别意义至少是如此的，而性的吸引也就可见一斑了。

　　值得注意的是，自从脱离母系社会之后，男权一直占据牢固的统治地位。女性的吸引力偏重于艺术化、商业化的倾向较为严重。走上舞台的女性，多半以特有的姿容来打动观众，使其获得审美的享受，艺术家管这叫艺术美；只有老板和经理人称之为性吸引力，以此来广告世人、招揽生意。这种艺术的欣赏，或商品利益的驱动，使女性似乎作为商品或工具娱乐他人，也使女人的性吸引变得庸俗或价值低下。造成女人天性的不成熟和不完备的理念，影响了恋爱及婚姻的性质，若女性还下意识的不觉醒，认为是对美的世界的一种贡献，就显得肤浅与难懂了。现今在择偶上的标准是：男生要求：高、白、美；女生要求：高、富、帅。这里都缺少"品德"二字。古人讲"郎才女貌"，都有些不公允；现在是"郎富女美"，用"财富"作为换取"美女"的当然条件，实在是社会的畸形肿瘤呀！

　　说了半天，还真的需要对性的感悟与吸引加以深入地理解或探讨，想要男女在一个社会舞台上表演，并且是公平的、公正的还需要各方面的进一步努力啊！

2014年4月9日　于齐齐哈尔

回顾是总结，更是愉悦

米兰·昆德拉在《认》中这样写道："永远不要认为可以逃避，我们的每一步都决定着最后的结局，我们的脚正在走向我们自己选择的终点。"

一年前的四月下旬，突然在网上与 B 相遇。她见到我时有点不能自已，立刻在 QQ 上打出自己的名字。我也像小虫子在心中钻出个洞一样——痒痒的。当一个孤独无助的人，在茫茫的大海中霍然见到一只小船靠近你时，其感觉不仅是兴奋，更有无法自控的惊喜与向往，因为这只"小船"是我最亲近、最能接受的呀！不知不觉地就把我们用一条旧红线绳拴到了一起。两心若能长久连，何故是朝朝暮暮。金风玉露乃重逢，胜似人间执手书。

在"母亲节"到来之际，我把已出版的"论文集""散文集"和三本"诗集"寄赠给她，并附书信一封，以表别后的情思漫漫。她把山林中的野生蜂王浆及灵芝草等回赠予我。我的心如春天里来的燕子呢喃雀跃。二十几年来，唯有春的记忆，清晰地承载着我们的年华，述说着青春的靓丽，编织一段段情话，烙印一场场甜蜜。五月十五日是她的生日，我用最真挚的感情，拿起永远不停歇的笔，书写一篇《生日赋》，其开头是："天地大德，阴阳相生。乾元深远，坤舆恢宏。庚辰四月暖融融，鸟闻丁香醉，鱼翻小荷萍。家家灯火举戍辰，北斗七星亮，凡家降雏凤……"往事箴言微粒子，缘分彻天寰霞红。

之后的日日夜夜里，经常嘘寒问暖，事事相互通报。几千条短信语丝绵长，似小草早春喁喁翘盼，犹小虫破土蠕蠕闻香。那不是时光的流逝，也没有功利互见，若是一种情感交流，莫如自然物种的相惜再现。私语漫话如繁星闪亮、晶莹透明，它是两颗鲜红的心在波长上刻下了无形的语言和光束底片。红颜如歌，如梦如痴；意切清芬，似水流年。缘是一种乞求，分是一种理想，二者合一，乃是爱的神圣与力量。此时，心绪谁可知，小小屏幕锁爱河，摇一摇、拨一拨，卿卿我我……

夜深深，居静静。嫩北一只孤寞猴，搔首挠腮夜难瞑。夜阑忽闻翠鸟叫，惊得星星直眨眼，气得路灯暗暗明。意林林，情总总。心潮助推波澜，思浪掀起穹隆。深夜闻听铃声响，原来无声胜有声。一年来，电话聊天已破吉尼斯纪录，一

般都超过零点挂机，总有说不完的话要唠，叙不清的事再表，这已经成了惯性习好，无论走到哪里，这个"节目"都要上演耳膜中庭。心儿跳，血沸腾，夜夜唠叨，堪比夜空繁星永恒。谁说爱不受缠绵，它比春蚕吐丝还坚挺；谁说爱必有唠叨，因为"唠叨"中显示出丰满的个性。

"慕天愁听思归乐，早梅香满山郭。"（温庭筠《河渎神》词）杜鹃的鸣叫声，让人们相思、相望、相盼之情悠然升起，时刻的思念犹如弯月无声。它沉积着心底的放歌，可以鸣唱，也可以寂寞。一年来，我写了《冷月无声胜有声》《但愿她……》等诗篇，还有散文《情感ＡＢＣ……》《秀水杰出 诞日盈盈》《一束鲜花 百年合合》《爱情"涂鸦说"》等，把情感注入笔端，把记忆留在纸上。它是岁月插曲中的音符，还是惺惺相惜的信物。在积累中展示人性的韶华，是一种历史的见证吗？也不一定，至少是人间大美的一撇一捺。江柳一棵垂岸香，荷莲一朵浮塘面。一瞬间，一小域，能掯出美来也就算是永垂了。玫瑰丹漆翠托蕾，杜鹃赤金血染脖。我愿做红花的配叶，更喜欢红鹃的杂色。

睡梦中一轮鲜红的月亮入怀，它是如此的虔诚、宽厚而敞亮，正是我的追求与向往。沧海明月珠滴泪，蓝田日暖玉更莹。梦沉沉，眼惺惺，每当梦里见到她，是那样的沉稳、朴实和执着。本该见面说点什么，又被搅散而惊醒，堪称雾里看花，水中捞月，总在现实与梦想中徘徊。虽说没有蜂蝶的到访，朱槿花仍会欢心地开着，但却失去了春天的含义。既有真心并蒂莲，不如幽谷一枝兰。生活就是这样的捉弄人，也给人们留下多么珍贵的想象空间啊！银河迢迢暗呼，鹊桥飘飘搭路，浪漫的梦游幻影是真情的再现。蓝天翔飞一鸿雁，鸟群脱俗乃白鹤。绿茵丛中花一朵，杏红墙外唱牧歌。夜曲虽短，是精神的浓缩。生活也好，爱情也罢，人就是要这样地活着。

杨柳伸腰绿铺地，游丝飞絮相依依。北方谷雨弄情晚，候鸟迁徙恋旧栖。丁香吐蕊花来早，一年弹指春又去。回顾是个总结，更是节点；回顾使人愉悦，也是企盼。甘愿来年春更暖，夏日华艳情漫漫，气爽天高人长久，冬围暖炉笑开颜……

2016年4月25日　于齐齐哈尔

世间拷问

不按常规"出牌"的人

这种称谓我已经习以为常了。从年轻时,因穿戴时尚,生活有点前卫,理念喜欢"叛逆",到今天在我夫人去世时不收任何礼金(包括所有亲属)和实施海葬,尤其是在夫人出殡后的第三天晚上,我向女儿、女婿及晚辈们深深地鞠了一躬,表示对他们的谢意。不难有人一直说我是"另类"。其实,我不是很另类的那种人,说得明确一点,我属于不愿走世俗之路,敢于人先的人,是在做制度与文化的博弈。

时尚是人们追求审美的心理要素之一。在古代男女为俊俏之意,无不对自己的服饰、颜面进行一番特殊的打扮。《唐诗纪事》中的朱庆余《闺意》记载:"妆罢低声问夫婿,画眉深浅入时无?"

我年轻时就喜欢穿戴。20世纪60年代初期,尽管阶级斗争风起云涌,还是偷偷摸摸地买了一条西德制造的真丝领带,系在白衬衣的领口上,外穿一件鸡心领的宝蓝色羊毛开衫,去照相馆摄了一张黑白相,并放大四寸,上了颜色。说实在的,我喜欢穿西服系领带,感觉不仅是时尚,更有一种发自内心的时尚美。一直认为服装没有国界,更不受民族世俗的制约。1982年赴深圳参加中国写作学年会时,在"中英街"买了三件套(上衣、马夹和裤子)英制西服。回到学校后,穿上这套西装上班,真的在校园内出现了不大不小的采光点,让我也感到好帅气,不久也就在校园里流行起来。到了中年(20世纪80年代)更喜欢绅士一些,秋天是皮礼帽、皮风衣;冬天为紫貂帽、裘皮夹克,直到现在也不落后。自认为:任何美都是心灵洁净的外射。

在生活的大潮中,能够激流勇进也不是一件容易的事情。我从来没有领先的意识,只不过在一个封闭的小县城里,做任何一件不合时宜的事情,人们就认为你是别出心裁了。1985年学校唯一的一栋二层"讲师楼"和几栋平房建完后,搬进去的老师们借助房前的水库,外加周边的荒地、土埂,纷纷刨起镐头地,以满足一年的蔬菜自给问题。可我没有一垄园田地,只能在那二层小楼里(一家是

上下两层）埋头读书、写文章。当1987年我评副教授时，已经公开发表学术论文二十多篇。有位老同志给我提意见说："忠惠哪样都好，人们就说你骄傲……"我说："毛主席教导我们说，'骄傲使人落后，虚心使人进步。'近几年，我发表了那么多论文，我认为我进步了。"我一直认为自己没有任何骄傲的资本，靠的是勤奋和努力才把生活打造得与众不同，绝不接受用嫉妒的眼光对我说三道四。

后来我又搬了三次家，每次装修都是别出心裁的。尤其在1998年搬进教授楼时，装修材料和室内家具全是在哈尔滨购进的，过十年都不会落后的那种。对于装饰不求华丽，而讲究雅致、实用的原则，主要体现出主人的个性与风格。这就不同一般了。因为家居是一个人的追求、爱好和品位的综合试验场。

我还有个习惯："扔东西"。在我女儿们都在家时，我就说，争取每天平均扔一件东西。我先后搬了四次家，住的都是新房，每次都是把原先的旧东西送给亲戚朋友。这个习惯还真让我的女儿们继承了，她们也和我一样"扔东西"。其实，这也是一种别样的消费形式。这种革故鼎新的思想理念，警示人们绝不能做钱和物的奴隶。

在观念上我喜欢"叛逆"。这一点受东北师大老前辈们的影响颇深，用他们的话来讲，学术论文应该在本学科中达到前沿或超出前沿的水平，才算是"学术论文"；而学术专著是在某一领域能另辟蹊径的"专门著作"。我的70多篇发表的论文中，有七八篇被《人大复印资料》全文复印或《新华文摘》摘编，应该属于学术论文吧！主编全国高等师范专科学校中文专业写作教材时，把写作练习直接纳入章节进行教学，并提出"立体写作教学模式"，也是首创的，故台湾丽文文化出版公司出版了我的《写作指导》（上下两册，繁体字竖排）给予充分肯定。

有了这种思想观念的基础，在写作散文集《枫叶绿又红》里也得到了充分地印证，因为我对散文有了自己的理解，那就是："'散'而为文"。生活中也是如此，当人们翘着嘴巴贬斥杨振宁与翁帆的婚姻时，我持相反的意见，因为真正的爱情与婚姻是不受年龄限制的；当有个博士对鲁迅研究有些捉襟见肘时，我同意有人提出：若能"骂鲁迅"，是可以大有作为的，因为鲁迅不是"完人"，那我为什么不可以从一些小事或细节上去研究他的另一面呢！

值得注意的是"叛逆"不是胡来，不能像泰戈尔描写的"蛀虫"那样，因不懂就认为是糟粕。我们的老祖宗几千年留下的文化精髓，只能去继承和发扬，对于那些维护封建专制思想的，应该在实用的同时加以区别，不应随便地否定，应认识到某些思想观念是受时间和空间的局限的。

古人是如何理解"常规"的呢？《魏书·韩麒麟传》曰："入粟者与斩敌同

爵，力田者与孝悌均赏，实百王之常规，为制之所先。"把谷物送给官吏并与敌对者同饮，农官们与父老善田者均享官府给予的耕具，实属当时王爵们的常规事，因它是治理所必需的。对这段话的解释，我认为在那个时代是受"常规制度"所囿。这里对"常规"一词的解读，应该在"利己"和"利他"上加以区别。凡是"利己"的事都不应以常规去做，如今的各种"宴请"让人们目不暇接，美其名曰："礼尚往来"。真正的友谊不讲"往来"，更不提倡回报。而有利于他人的事，那才是常规。一个社会人人都想着别人，自然人人也会关心你的。可见，面对世俗风气如此弥漫之时，不按常规"出牌"主要目的是有利于社会和他人，而不是在利己上的。

2015 年 1 月 7 日　于齐齐哈尔

坤厚载物 德合无疆

《易·坤》曰："至哉坤元，万物资生。"万物的生存、生长及延续基于大地之德，故有"德均载物，比大坤维"（《晋书·后妃传序》）之说。实为"昭灵积厚，混混坤舆"（《宋史·乐志》八《熙宁祀皇地祇乐》），接纳百川，乃大地之博爱，厚积之果也。

大地哺育了人类，人类以其厚貌深情反哺大地母亲的厚爱，做到"有貌而益，有长若不肖，有顺懁而达，有坚而缦，有缓而釬"（《庄子·列御寇》）"平一宇内，德惠修长"（《史记·秦史皇记》三十七会籍刻石）。

十年前，王家的孙子在我任系主任的中文专业求学，后又专升本去哈尔滨师范大学继续完成学业。毕业后正赶上国家不包分配，而自行择业。此间，孩子祖父和外公等老一辈虽在县里做过文教界的领导，那时都已经离世，只能让孩子的父母为儿子的择业犯难。思前想后，孩子的母亲——"小珍"想起了在北京的"二姐"，电话打过去后，"二姐"二话没说，一口答应下来，让孩子去她那里报到。

所谓的"二姐"，就是当年"小珍"家邻居的一位女孩。1957年"二姐"因父亲被划为"右派"，从北京举家来到北大荒落户，进行脱胎换骨的思想改造。开始时，是在农村劳动。县城的克山一中急缺教师，当时孩子的祖父正在一中当书记，于是向县里打报告，申请将"二姐"的父亲暂借到学校教书。进城后就居住在"小珍"家的隔壁。天寒翠袖薄，日暮依冷墙；饭食不习惯，江南人（此人祖籍湖南）感伤。此间，是"小珍"家对其无微不至的关怀和照顾，将自家的细粮节省下来给"二姐"家用；其母亲又亲自帮助做棉衣。三年后"右派"摘帽，"二姐"家返回北京。

20世纪80年代初，"二姐"的老父亲得以平反昭雪；在90年代中期离岗退休后，就想起当年搭救过的一些人。来到他下放工作过的克山一中，没想到当年的一些老同事、朋友已经走了。可为了报答恩德，走访时打听到"小珍"家，一见面就眼含热泪地思念起好朋友、好邻居来，并对"小珍"说："我这次领你'二姐'回来就是报恩，没别的意思呀！"他的二女儿也说："只要用到我时，说一声就行了。"

　　这则真实而感人的故事，说明善良是生命对生命的同情，是人性大美的象征。这在当时以阶级斗争为纲，"敌人"与"朋友""二分法"的特殊年代，该是何等的勇气与力量支撑啊！我们知道，连接是一种智慧，分享是一种美德。可在那特殊的年代，贫下中农出身的"小珍"父亲与公公，又是新中国成立初期的中共党员，介绍"右派"教书，又与"右派"为邻，而且过往甚密，绝不是什么"觉悟"或单纯的"仁慈"，而是家族遗留下来的善良与厚道。"忠果正直，志怀霜雪"（《文选》汉·孔文举《荐祢衡表》）；盛德在木，春日朗朗，雅道相传，知命不忧也。记得巴特尔在《关于人生的格言》中说："奉献的人生是桥，是梯；发光的人生是烛，是炬；不朽的人生是旗，是碑。"这桥与梯，让他们的子孙走得踏实；这烛与炬，一直把子孙们的关系照得光明灿烂；这旗与碑，始终树立在子孙们的心中不朽而长存。

　　佛教认为，一切事物从因缘而生，有因必有果，所谓的因果说是指过去、现在和未来，谓之"三世因果"，也就是"已做不失，未做不得"的因果说特征。

　　一个人的德行、德化、德操和德泽是家族几辈人积淀的家教遗风。《韩非子·解老》曰："有道之君，外无怨仇于邻敌，而内有德于人民。"即为"德厚者流光，德薄者流卑。"（《谷梁传》僖十五年）"小珍"家的父母与公婆真真地达到了"德人者，居无思，行无虑，不藏是非美恶"（《庄子·天地》）的崇高境界。今天他们在九泉之下，仍笑慰终生无怨、无悔、无憾。"二姐"的父亲在上天与五十多年前的领导、同事和邻居相见，还会记得《荀子·劝学》中的一句话："生乎由是，死乎由是，夫是谓操德。"

　　厚德者能受多福，忠肝者壮美人间。没有大爱，人与野兽无别，人就不是人，社会就不是人待的地方；没有大道，人皆成小人，残暴、恐怖和厮杀等行为，终将把人类社会变得更加刁蛮不堪，最终将导致自然、社会及人生混沌无序。我们必须自觉或不自觉地避免呀！

2014年3月28日　于齐齐哈尔

"贫困"的后遗症

"贫困"一词不仅指物质生活贫困潦倒，还指精神境界中的无知和乏味。在困难时期，每个中国人都为吃饭而竭尽全力，并含辛茹苦地期盼着，讨饭、逃荒和偷渡的人不在少数。在精神上更是战战兢兢，恐怕一失足，就掉进"深渊"里，在"文革"那段现实社会中，一不小心就会被打成反革命，丢进监狱里等死。于是乎人们总是提心吊胆，不断地扭曲着自己的心灵，为生命的延续而绞尽脑汁。至今，这种"贫困"留下的后遗症还处处可见，不同程度地成为当下中国物质文明和精神文明的绊脚石，不能不让我们去深思与警惕。

一、饥饿症

新中国成立前是民不聊生、饥寒交迫。新中国成立后的三十年仍留有饥饿的阴影。那时的小孩子们特别盼过年，过节可吃顿饺子或肉菜。直到 20 世纪 80 年代后，取消供应的票证，各家才不饿肚子了，而且是想吃啥就可以买啥。于是家里的老人总怕儿孙们吃不饱，就让他们可劲地去吃吧！于是青年人吃出了"将军肚"，小孩子们有相当一部分变成了胖墩或胖妞，老年人也多检查出脂肪肝或糖尿病（美其名曰：富贵病）。这些病症的出现是不能节制食欲，缺少荤素搭配及不懂健康养生知识，是吃肉、吃糖过多引起的。其根源是上一代人或前半生饥饿症所留下的后遗症。饥饿是对生命的直接威胁，若是天灾人祸造成的家破人亡而出去乞讨要饭，是让人们有所同情和理解的；若是懒惰造成的缺吃少穿，而到外面偷盗或干些不知耻辱的勾当，失去人的自尊、品格和志气的话，就是件好恶心的事。有人说，"穷则思变"。这应该是一种智慧，一种集体的智慧。作为个体的人来说，改变其命运的最好方法是勤劳和节俭，某种意义上说，也会培养一种勤俭的品德，可是，代价是很高、很高的呀！我们绝不会让我们的国家和人民再穷下去了。

二、打扮单调症

由于贫穷和传统思想的束缚，老百姓只要穿上遮体的衣服就满足了，还能讲究什么样式或颜色。即使可以买得起一些像样的布料，因受极"左"思潮的限制，人们只能以蓝、黑、灰颜色的衣服为基调，否则就是追求资产阶级生活方式。我在20世纪六七十年代时弄一套仿军装衣服，就感到相当地荣耀。直到八九十年代人们已经讲究穿戴了，西装革履也司空见惯。孩子和年轻人做到了与时俱进，一些老年人也不甘落后。花色衣服满街点缀得如艳丽的花卉，耀眼夺目，什么"乞丐服"、超短裙、旗袍、高跟鞋等，应有尽有，随着生活水平的提高，减肥会馆、健身房、美容院等比比皆是，真的标志着中国老百姓彻底地"翻身"了。可在其背后显示的不是内在的高雅，而是浮躁的形式美追求，如穿金戴银者有之，出国时买名牌是一种时尚等。其打扮如此的单调、俗气，它的后遗症是对美的理解过于表面化、形式化和新的单调化。李叔同有幅字叫"知止"。知止是自己看到了某个程度，伸手去挡住，说："我不要了。"能够正确地摆正自己的位置，那是心灵的自控，也是道德的自我规范。它是对"欲壑"的遏制，对痛苦和烦恼的另一种解脱与释放。记得但丁曾说过：道德可以弥补智慧的空白，然而智慧却无法填补道德的空白。

三、妄言症

什么是妄言？《管子·山至数》解释说："不通于轻重，谓之妄言。"20世纪50年代的"大跃进"，导致人们说大话、假话和空话，直到"文化大革命"从上到下这种妄言症已经发展到了登峰造极的程度。报纸、杂志及广播天天报道形势大好，处处莺歌燕舞，殊不知老百姓已到苦不堪言、难以温饱的程度。一些无知妄为的人欺上瞒下，为了保官、保命，"门庭之间犹可诬欺，而况于千世之上乎。"（《荀子·非相》）到十一届三中全会，邓小平提出"解放思想，实事求是"，改革开放发展到今天让人瞩目——东方的雄狮苏醒了。可别小看妄言的阴影对后世的影响，那种报喜不报忧，尤其在上级面前不说实话、真话的情形还没有绝迹。妄言症的后续影响表现在：有些企业造假，不按市场规律办事，还是大有人在的；一些官员们虚报成绩，捏造事实，不能公正、公平、公开地处理政务也是让人头痛。苏联教育家马卡连柯曾经说过："人类欲望本身并没有贪欲，如果一个人从烟雾弥漫的城市来到一个松树林里，谁也不会说他是过于贪婪。贪婪是从一个人的需要和另一个人的需要发生冲突开始的，是由于必须用武力、狡诈、盗窃，从邻人手中把快乐和满足夺过来而产生的。"尽管现在中央政府铲除腐败的决心很大，动作不凡，可滋生其妄人之言行的土壤仍然存在，后遗症的影响不可低估。多么希望像宋代诗人陆游所希冀的那样："少年妄想今除尽，但爱清尊浸晚霞。"

四、世俗症

当今中国见识浅薄的鄙俗之人还很有市场。一些不问学、无正义,以富利为隆者很难消减,因为权力和金钱往往是世俗的主要靠山。一些俗气的人,主要表现为"跟风",不考虑主客观条件,别人做的所谓"时尚"之举,自己也立刻跟上。例如养宠物,本是一些消遣、高雅阶层的另类消费或生活方式,结果人家都大养特养起来,显示其阔绰或绅士,但没几天,因买不起狗粮或猫粮而弃之。更有甚者,一些不识几个大字的老头、老太太也玩起了手机上网,或在"遛弯"时挎个DB机来听歌,音量放到二里地外都可听见,好烦人的。不仅不以为耻,反而觉得光明正大、理直气壮。还有一些俗骨之人,自身就缺乏分辨和判断能力,还总是对小道消息热衷;对人生见识无知,还去多嘴多舌,对人白眼或嫉妒,根本不懂"穷途反遭俗白眼,世上未有如公贫"(唐·杜甫《杜工部草堂诗笺》)的道理。此"世俗症"还未根除,其后代就去效仿前代,在官场、职场上去献媚上司,一身媚骨让人感到恶心。因为他的子孙是看他爷爷是如何混过来的,当然要辈辈相传了。此后遗症不知要延续到何年何月啊!秋景这边独好,"恨为俗氛所蔽翳"(宋·惠洪《冷斋夜话》)。

五、攀鳞症

攀龙附凤在中国的纲常理念中根深蒂固。选婿求女是门当户对,结友从业也强调出身、学养相符。如汉·扬雄《法言渊骞》中说:"攀龙鳞,附凤翼,巽以扬之,勃勃乎其不可及也。"此种观念在中国普通老百姓心目中一直挥之不去,因为"龙生龙,凤生凤,老鼠的儿子会打洞"的思想比比皆是。封建社会是这样的,现代社会里也有这些影子,让你去攀附吧!否则就没有升官发财的机遇。于是在机关里边要靠你的顶头上司这棵大树,你的顶头上司要靠他的顶头上司,一直是这样靠上去,方有出头之日。从孩子一上学就开始找靠山,工作后自然是"七大姑""八大姨""干爹""干妈"的认着,而且一直有用,只要沾上点"亲属"边,哪怕是小学同学的舅舅的同学的朋友,也能攀上去,钱和礼品也就好送了。俗话说朝内有人好做官的。可谓"举而察之,又似乎和风吹林,偃草扇树;枝条顺气,转向比附"(《晋书·索靖传》)。这又何乐而不为呢?!

然而,人的身心随外界事物纷驰而多变,如猿猴攀附树枝摇曳不定,谓之攀缘。其实攀附的病根,就在攀缘。如果没有所得,谁还去攀附什么呢!这就是攀鳞病的后遗症。结果人与人的依附关系给扭曲了,不是一种志同道合的情谊延伸,而是关系的互相利用或提升。你给我安排我女儿在你政府大院工作,我将你的小姨子安排做我的秘书,走动起来更方便了。目前的这张关系网太庞大,也太

复杂,真是牵一发而动全身,打个喷嚏能震动所有线上的人。其结果是攀附权贵以提升高职,相比财富一显高贵。就忘掉了《论语》所曰:"君子周而不比,小人比而不周。"

六、妒忌症

《荀子·不苟》曰:"小人能则倨傲僻违以骄溢人,不能则妒忌怨诽以倾覆人。"虽说古人早已告诫,但当今有不少人仍然传染上"妒忌症"去损人不利己的。通常表现为嫉贤妒能,明明自己做不来,或达不到某种程度,也不希望别人做到或达到,总是用一种固定的、静止的眼光对待别人,如十年前咱俩是在同一起跑线上,十年后我还要和你比肩同坐(尽管对方比你高出好多),这样才会使我不卑微和下贱(是嫉妒者心里认为),于是就到处贬损别人。如某某大学毕业,但他能力不行;某某虽有能力,可他太骄傲了,等等。此类人不一定是在抬高自己,而是让自己心理平衡一些,也好继续混下去的。这恰恰是无知、小气和自私的心理反应。更有甚者,在极"左"的年代里,专门向领导打"小报告"(所谓的思想汇报)来损伤别人,表面是显示自己的"进步",实质是些"不耻淫逸之过,不拘妒忌之恶"(《晋纪总论》)的小人伎俩。这在一个教育还不普及与发达的国度里,造成人与人之间不正常、不协调,导致今天的仇富、仇官、仇学等一系列的后遗症,严重时可以进行肆无忌惮的报复,除了背后中伤外,如放火、投毒、谋杀等犯罪行为的出现。说明白一点,妒忌很容易让别人疏远你,也容易让自己的心理失去平衡。实际上,与其花费心思去妒忌和排挤别人的成就,还不如静下心来自己去努力争取。

"贫困"及贫困后遗症的原因,只有两个字:"无知"。中国封建专制的长期延续是国民的无知,近现代的贫穷落后,也来自国民的无知。某种程度上说,精神上的贫穷比物质上的贫穷更让后果难以预料。所以说,从现在起在孩子们的心灵中,通过各方面的科学知识树立起科学的、优良的、现代的社会价值观体系,即忠诚祖国、热爱民族、尊重他人,时时刻刻保持诚实守信、格物致知的良好心态。按照目前的经济发展速度,25年后,中国的大学教育达到普及时,这种"贫困"的后遗症就会不断消减。当中国人在眉宇间闪烁着字花,满脸布满思辨的符号,言语和行动展示着家风、家教的遗存,方能真正显示出是个高尚的人、有品位的人、有内涵的人和不为私利的君子。

2014年9月12日 于齐齐哈尔

心理定式后的心理取向

心理定式（Mental Set/Mind）是指某种特定心理活动所形成的准备状态，影响或决定同类后继心理活动的趋势或形成的对象。通俗地讲，"定式"是人们按照一种固定的或经验积淀的倾向、意志及判断力去反映现实、认知事物，而表现出来的心理趋向性、专注性和自我规定性。

认知的心理定式包含早期的经验、需要、情绪、态度和价值等因素。它对一个人的成长、成熟和以后的发展都起着不可或缺的作用。如马克·吐温在41岁时，脑海里还不断地闪现出童年时密西西比河畔恬静的小镇、聪慧的小伙伴，及善良朴实的农民们……这些对他创作《汤姆·索亚历险记》起到了明显的诱导和定势作用。所以说心理定式有其积极的作用。但同时心理定式也存在束缚我们思维取向，走向"先入为主"的消极定势，以经验为先导的固执观念，在片面和狭隘的空间里去钻"牛角尖"等后遗症。

在我们的学习、工作和生活中，凭借自己的主观认知，以早已获得的结论去套用现实中的人或事不乏其例。如在招聘现场，一见到×××是名牌大学的毕业生，立刻就产生可以考虑录用的心理定式。其实，一般院校的毕业生也有佼佼者。在写文章时，也有"主题先行"的情况，不考虑写作者所掌握的素材及思考视角，先来个"定调"。这样的文章只能是口号式的政治附属品，不会有生命力的。因为它违背了写作的一般规律——生活的本质是蕴含在各种事物之中的。

经验先导者们把经验当成感觉和表象的总称，对过去的人和事有点一成不变的心理暗示。我有一位老同事，当他提起×××时，总会立刻想到他是1963年××大学毕业的。这个人在中学教书也不是什么顶尖者。我看过他写的一本小册子，也就是中学生感想文水平。对于人的学历认识，有种根深蒂固的门第偏见，那就是好大学可成为你一生中值得炫耀，别人也跟着敬畏的资本，殊不知，随着时间的延伸和空间的扩展，原来的那点闪光处，若不能继续努力"充电"，早已锈迹斑斑了。

在科学研究与发明上更要反对这种思维定式。比如，圆珠笔漏油问题，一般人是从分析圆珠笔产生漏油的原因入手去寻找解决办法，得出的结论是要增强笔珠的耐磨性，但漏油仍然无法解决。而日本中田先生从逆向去思考，他采用减少笔芯容量的办法，解决了这个问题。

"钻牛角尖"的人也属于心理定式后遗症的一种。他们的思想方法偏颇，固执己见，不撞南墙不回头，甚至撞了南墙也不回头。正如晋·庚阐《断酒戒》曰："子独区区，检情自封。"在为人处世上显得另类，很不合群。"骑驴觅驴但可笑。非马喻马亦成痴"（宋·黄庭坚《寄黄龙清老》诗）。在做学问时墨守成规，一孔之见，"一叶障目，不见泰山，两豆塞耳，不闻雷霆"（《鹖冠子·天则》），自以为得意，岂不成愚也。

据《韩非子·五蠹》记载：战国时，宋国有个农夫，在田里劳作，过着清苦的生活。有一天一只野兔奔跑过来，他去追抓，野兔躲避不及，竟撞到一棵大树而死去。农夫喜出望外，拾起兔子高高兴兴地回家了。家里的老婆给他炖了一锅兔肉，他一边香香地吃着，一边想：天下竟然有这样的好事，就不用干活了，等着捡兔子吃吧！于是农夫每天都守在那棵撞死兔子的大树旁，可是一天天地过去了，再也没有捡到兔子，地里的庄稼早已荒芜，结果什么也没有得到。这件事很快传遍宋国，变成人们的笑料。后来，人们就用"守株待兔"来比喻死守狭隘经验，不知变通的人。

心理定式后的心理反应，自古以来人们都去尽量地避免与防范。例如"刻舟求剑"，比喻拘泥成例，脱离实际；"邯郸学步"，比喻生硬地模仿别人，丢掉自己的长处；"郑人买履"，只相信教条，不相信实际，等等。社会发展到今天，我们既要遵循思维活动的自身规律，继承并发扬前人积累的经验，又不能生搬硬套过去的模式，重走前人的老路，必须根据客观实际，走创新之路，在学习、工作或生活之中，充分体现出时代的风范和拓展崭新的思维空间，为整个人类社会去发明创造吧！

2015年3月13日　于齐齐哈尔

传统习俗中的幼稚病

中国两千多年的古老文化，确实给中华民族创造过灿烂的文明，但社会发展到今天，有些风俗习惯早应该去其糟粕取其精华了。如果还按农耕时人们的视野和习惯进行为人处世，那就成为一群永远也长不大的"孩子"，并给社会、人生带来诸多负面影响，让世人以鄙之。《荀子·儒效》告诫我们："习俗移志，久安移质。"注："习以为俗，则移其志；安之既久，则移本质。"这话真的说到家了。不仅会丧失志气，还将有损于人的本性理念。"兹乃不义，习与性成。"（《书·太甲》上）形成不被世人看好的陈规陋习。

"我去过，我比你强"

一些中国人出国观光，返回后有一句欲说不能的话："我去过，我比你强。"那种显摆、俗气、自满自足的浅薄心理态势，表现得如此幼稚可笑。当你在法国的埃菲尔铁塔前留影时，确实有种自豪感，但这个著名的铁塔的来历及象征意义是什么，你知道吗？结果什么也说不出来，那跟去与不去又有什么区别呢？更有甚者，到国外去疯狂购物，证明自己的价值观非同一般，结果买回来的所谓美国产品，或其他国家的东西，都是中国制造的，遗憾的是不懂外文，上当受骗是常事，反而让异国的人只能背地里偷着笑——中国"暴发户"来了……要记住一味跟别人比，迟早会成为"物化"的俘虏。

昨天的《新闻联播》报道，一位102岁的德国犹太老人英格博格·西尔姆-拉波波特，因二战期间没有机会进行论文答辩，70年后，她重新整理资料，经过一番艰苦的努力备考，最终通过了标准答辩，拿到了迟到77年的博士学位。其人生价值，或者说心灵的完美塑造，可见一斑了吧！正如《次韵刘景文见寄诗》所云："烈士家风安用此，书生习气未能无。"看来，人生的习惯或追求是有品位的，对庸俗的、错误的东西相习既久，不能矫正，反以为是，那真是小孩子常犯的幼稚病，当前急需摘掉"东亚玩夫"的帽子。

"吃"的时尚与尊严

"人以食为天",这句话既实在又经典。在中国的传统文化中可以大书特书一笔——中国饮食文化。过去的饥饿时代实在让我们一提起就有些战栗。记得20世纪50年代末学生体检时,一位15岁的小男孩体重只有25公斤,大夫特别记上一笔——营养不良。在温饱都难以解决的特殊年代里,还谈什么吃喝呀!改革开放至今,中国相当多的人真的"富"起来了,于是受传统饮食文化的引领,去饭店,进高级餐厅已是家常便饭。

父辈们对孩子的"关怀"更是宠爱有加。不到10岁的小孩就成为"胖墩",体重一百斤左右,大多是腆着"将军肚",行动起来如企鹅。到了成年之后,更是把"请客吃饭",当成一种重要的社交手段,结果是山珍海味无所不吃,吃出了"三高"(高血压、高血脂、高血糖),加上无节制的饮酒,酿成一出出悲剧。民谚说得好:酒过三巡不累,喝得酩酊大醉,回家找不到北,老婆跟别人睡。在北方到处可见一些中老年人喝得眼歪嘴斜,走道跛脚抖瘸,哪里还有时尚与尊严可谈。还是古人评论得好:"常人溺于习俗,学者沉于所闻。"若人人都闹成这个样子,那不是对传统饮食文化的亵渎吗?

只知"健身",不知"养心"

中国人很注意"身"字,如自身、本身、健身、出身等。我不反对"健身",只是在健身的同时,更要在乎心灵与灵魂的完美。不要一味强调"身价"(多指物质待遇和社会地位方面)或"身份"(即职务高低、出身名门等),更不能因自己的退休金和"三保一险"是白得的,于是乎保护"肉体"竟成为重中之重,要求必须吃得好,玩得痛快,而不考虑别人。如公园里散步的老年人边走边听歌(声音很大);大叔、大妈们从扭大秧歌,到跳广场舞,不管舞姿多么拙劣,只要能伸胳膊扔腿就行,对自身的心灵及他人的反应很少关注。阿尔诺曾经说过:"如果人类长生不老,那么人类将思索很少,当人类少思索时,生活也就不妙了。"在中国尽管有些人也去吃斋念佛,只是祈求上天或佛爷保佑他平安无事、人财两旺,一切都要求现世有所报偿的。

面对这种有意无知和有意迷信的做法,反感到自豪与快乐。在社交上,不在意别人怎么看,更多地表现出独往独来的个人至上主义。思维方式也多是发散性的多维层面,不受"二元论"的对立思维影响,也打破"二人结构"的家庭模式束缚。伏尔泰曾告诫我们说:"人生是一艘沉船,但不要忘记了要在救生艇上高歌。"西方人把肉体和精神看成一个整体,只需肉体能保证自己心灵的提升和灵魂的完善即可。于是可坐热气球周游世界,攀爬世界屋脊,跨越大峡谷等所谓

冒险行为。

  传统习俗中的幼稚病，体现在方方面面，其原因可追溯到20世纪四五十年代出生的人。他们正赶上当时中国的特殊背景：三年自然灾害让他们尝到了苦头，能活下来的就很庆幸，到了晚年追求一些物质上的享受很自然；在精神上，除了崇拜偶像，参加对立的阶级斗争外，那就是学会了说假话、大话和空话来自保，还有"十年动乱"造成教育和文化的贫困，没办法对自身的心灵进行净化与洗涤，也是可以理解的。问题是，不能让这些低级的世俗再去影响或腐蚀下一代。因为一个永远也"长不大"的人，看自己的孩子或别人也是永远也长不大的。那样对国家或社会的发展进步都会有阻碍，为什么不能自省呢？有的人感到自己的子女已过三十岁还未成家，就会说这些孩子不成熟等，是多么的狭隘与自私呀！看到别人离婚了，就背地里指手画脚，说三道四的，又是多么的低俗而无趣！所以说，人要像树一样必须按自己的本性来生长，否则，即使活着，也是"死去"。

2015年6月13日 于齐齐哈尔

一枚银圆的正面与背面

人犹如一枚银圆或一枚铜币,面值有大、有小,并不重要,关键是它的正面与背面合起来之后,才能完整地体现其人格的"价值"二字。一个"迷人"或"魔人"的人究竟是怎样的呢?

1. 一个独立性很强的人竟怕孤独或吵闹的生活。自古以来,那些独善其身、独立不惧的人都有些傲视群雄,志节高尚,不去随俗浮沉的。但在他们的骨子里,既不愿受"皆信必然之尽,捐朋党之私,挟孤独之位"(《史记·邹阳传》)的寂寥之苦;又怕"喧腾鼓舞喜昏黑,昧者不分听者惑"(唐·刘禹锡《聚蚊谣》)的喧闹沸腾之状。这就是独立与兼容互包的真实人性。

2. 向往帅气,又很爽直的人,但在交谈中不和自己的口味。这里不仅存在是否有共同语言的问题,而是内在涵养无法相切、相融,其内心隐藏着"自言猥贱,独不相识"(《北齐书·杨愔传》)的浅卑之意,也会使人心烦。其实,人的外表与内在的统一是一种长期修炼,由诸多因素(如家风、家教、教育、经历等)构成,无法求其完美。例如,一个落落大方的人,往往不拘小节;而一个谦虚谨慎的人,常常畏首畏尾。只能是人格互补,做到相得益彰。

3. 喜欢深层次的交谈与友谊,胜过呼朋引伴的兄弟姐妹淘。人的一生之中,"知音者希,真赏殆绝"。(沈约《郊居赋》)能够交到"真朋友"(包括伴侣)实在不多,有几个人会真的为你两肋插刀呢?只要"勿谓虚幻,故说为实"(《成唯实话》)也就足矣。"当真之言果,悉离于因缘。"(梵语)找到深深体味,直言心交者,远比那些"酒肉朋友"和嘻嘻哈哈的"哥们"强得多。世上也不是没有可以深交的人,如母子、师生、同窗等,问题是要相互以诚相待,抛弃一切私心杂念,方可入围"真朋友"圈。

4. 为人做事严谨、细致而有序,又有情感超越的浪漫与执着。按理说,这好像是个向背而行的论题。其实不然,因为人的理性与情感是在同一圆规中运行的。它们总是向背、相近、相交叉。现实如手足,乃客观存在,更实际、更实用,必须"化息双林,终归实际。"(《中岳嵩阳寺碑》)这是一种"真如""法性"的境界。而情感的超常演进与起伏,也是人们的正常心态。老杜有诗云:

"霏霏云气重，闪闪浪花翻。"若比喻人们的浪漫之旅、开怀之情，也是不为过。尤其作为现代的情侣们，没有一点情感的起伏和笑傲人生之气节，那还能对得起当今的网络空间和云计算吗？

5. 作为女人性格的细腻、温柔、和善等传统的特点，毋庸置疑。这是她的正面，而背面由正面衍生出来的是：办事小心谨慎、有时还自相矛盾，举棋不定；待人能处处替别人着想，而自己却很局促，特别在交男朋友上，更为小心，不能畅所欲言，严重时即成了心理障碍，很难达到平和、自然相处。也有一种女人，生来就具备豪放、仗义及大度的男人品性。在古代如花木兰、杨门女将等，那些叱咤风云的人物，当她们脱下战袍，竟成贤妻良母的大家闺秀。这是时代造就的特殊女性。当今社会也不乏其例，一边工作或支撑着一个公司的女强人，回到家里照样奏起"锅碗瓢盆"交响曲！女人如此，男人在性格修养上也在不断地向女人学习，无论是接人待物，还是观察周围的人情世故，正在逐渐改变那种粗糙、任性和大咧咧的习惯。

6. 在是与非，对与错之间，不愿做完全肯定与否定的断言，总愿给别人或自己留有一定的空间去选择。这种人多半是善解人意。《孔子家语·六本》："故曰：'与善人居，如入芝兰之室，久而不闻其香，即与之化矣。'"可见，有道德人的魅力所在。可是在好品质的背后也会隐藏着弱点，即有时分不出好与坏，在吃了苦头之后，仍不知其因果在哪，显得有些痴愚。好人有好报是其至理名言，管其君子还是小人呢！总会看到他的人性发光一面。

《淮南子·修务》云："人性各有所修短。"在社会这一大背景下，人与人的关系中，更多地受利益驱使，都有自私的一面，或者说是为了更好地生存、生活，而出现其损伤人格的底线。有的人为了自己的"积极自由"去损害别人的"消极自由"，不论是自觉的，或是不自觉的。都暴露出其人性丑恶的那部分。在大千世界里，完全统一在某种规矩或制度下，也是很难做到的。这就需要各种法律、法规来约束，运用各种规章制度来制衡，不然就会乱套或无法行动了。对此，必须清醒地认识到人这枚钱币的价值所在，是从其正面和背面相协同的，世上永远也不会有"完人"，都是有血有肉的自然人而已。

2015 年 8 月 25 日　于齐齐哈尔

何时能学会寂静

"寂静"在汉语词汇中有不少说法，如"寂寂"表示清静无声。"寂寂扬子宅，门无卿相与。"（晋·左思《咏史》）"寂寞"多指空廓、安静。"巡陆夷之曲衍兮，幽空虚以寂寞。"（汉·刘向《叹忧苦》）还有寂寥、寂历等解释。说明在很早以前，人与人、人与社会、人与自然之间是在和平宁静的氛围中存在着，多让人向往啊！直到近代工业革命开始，人们似乎一点一点地远离了寂静，而自觉与不自觉地跟喧闹、嘈杂为伴。正如诺贝尔奖得主细菌学家罗伯特·柯赫在1905年提出警告说："人类终有一天必须极力对抗噪音，如同对抗霍乱与瘟疫一样。"如今，"寂静"像濒临灭绝的物种一样已不多见了。无论是城市、乡村，湖泊、山峦、公园、室内，都无法摆脱噪音的侵袭。总之，整个地球村好像没有可安静的地方，真让人感到恐惧、不安、烦恼又无奈。

城市的噪音主要来自汽车的喇叭声，商铺、小贩的叫卖声和人们的吵闹声。我住在三线城市，住宅是临街而居的楼房。每当夏天气温在30多摄氏度时都不能打开窗户，因汽车的嘶叫声让你无法学习或休息。更有甚者，一位七十多岁的老者骑自行车过马路，突然听见汽车的尖叫，他情不自禁地向右拐，结果被汽车当场撞死。还有一例是一个牧马人牵着一匹马沿着右侧行走，此刻一辆宝马牌小轿车从后面突然鸣笛，马受惊，一尥蹶子把车体踢坏，交警认定马无责任。

自从个体商铺爆满以来，无论是药店、粮店、食杂店，还是服装店等，门前都要放个扩音箱，常年不间断地叫卖，或播放流行音乐，简直把人都烦死了。这还不算，就连小区里边，一些小贩骑着摩托车用高分贝的扩音器叫喊：卖耗子药、定做纱窗、收购陈旧米面等，每三分钟就过来喊一遍，你说闹不闹啊。

坐在公交车上，更让人堵得慌：好像几辈子没见到面，粗声粗气地闲聊；某些人接听手机是边喊边骂；还有的小青年跟情人毫不掩饰地大谈特谈不堪入耳的淫话；加上车厢里的视频广告，交织混杂在一起，有谁不难受呢？到了傍晚想到社区公园散散步，锻炼一下身体，也好放松、放松。还没等走进公园就听到啪、啪、啪……甩钢鞭的巨响，震耳欲聋，你说烦不烦的。就在我想离公园广场远一

点，向四周的林荫道走去时，听见后边一位老哥，把自己打扮成西部"牛仔"模样，戴个大蛤蟆镜，身挎个小兜，兜里装着播放器，距离你50米远就可以听到说书的、唱评剧等高分贝的声音，让你不能自已。就连去医院看护病人时，临床的两个中年妇女一唠就是半宿。我真的服了，在城市里很难找到一个安静的地方。

　　于是，我想起四十年前在县城里教书的情形。骑着自行车上下班，沿途能听到马车嗒嗒有节奏的马蹄声，时而，马还会咴咴地打两个响鼻，是多么壮美的一首和谐进行曲呀！每当下起雨来，雨水从屋檐哗哗地流下，还伴着几声轰隆隆的雷声，这样的协奏曲把你带入大自然的怀抱，惬意极了。到了夜晚，偶尔还能听到墙角处老鼠嘶嘶地叫，蟋蟀在灶台边呲呲相咬，生活在这些小动物之间是多么的得意和有趣味。

　　出于这样一种心情和思念，在今年的端午节回到我阔别五十多年的小镇——克东县城过节，本想解脱一下乡愁，释放我多年在城市中压抑的情绪，没想到，也让我好失望。北方的夏日，白昼很长。晚饭后步行去登山，当来到山脚时，一个不到两百平方米的休闲广场，挤满了临时的小摊床，一片嘈杂声让人喘不过气来。再往里一看，山根底下的松林里坐着一堆又一堆的人，悠闲自得地烧烤着牛羊肉，时而又唱、又闹……此种自由精神给绿树罩上沉重而阴郁的面纱，似乎一种不可预兆的残酷即将到来。顾不上这些让我眼球发涩的景观，径直地从阳坡的水泥台阶向山顶爬去，约二十几分钟就来到山的顶点，极目远眺，原来落日时伴着红霞的小镇，袅袅炊烟引长空，时有小狗汪汪叫的景象不见了；小心翼翼地在松林中穿越，虫鸣和林木的呼吸声交织成一片，不在耳边回响了；那些绿背的山雀和红胸鸡的啁啁啾啾、拍拍扑扑的声音，再也不会给寂静的山林增色了；小鹿奔跑时的憨样，山兔跳跃时的姿容，也只能在梦乡里幻化。在返回的水泥马路上，奔驰着一辆辆的摩托车，像世界末日来临一样地号叫着，还飘着阵阵撕裂音符的歌曲，让人们恐怖极了……

　　有句话说得好：耐得寂寞，学会聆听。在聆听的过程中，达到"虚静恬淡，寂寞无为"之境界。其关键是：聆听什么？怎样聆听？美国声音生态学家戈登·汉普顿和约翰·葛络斯曼追寻19世纪谬尔的步履，去聆听世界的声音。譬如蝴蝶鼓动翅膀的声音，瀑布如雷的轰隆声，一片漂浮的叶子细微的声响，鸟儿充满热情的鸣啭等。在这无言的聆听中，可接收到最真实的印象。因为从天上的日月星辰，到地上的山山水水及动植物等，它们是有生命的，更有灵犀。一只画眉发出竖琴般的歌声，仿佛是给聆听者们的虔诚祝福。

　　在社会转型期的中国，各种噪音和喧闹是不绝于耳的，如何做到在寂静中学

会聆听，把自己主动置于虔诚的生态文明者行列，应是人们要追求、向往的目标。记得特蕾莎修女说过："看大自然的花草树木如何在寂静中生长；看日月星辰如何在寂静中移动……我们需要寂静，以碰撞灵魂。"

2015 年 9 月 30 日　于齐齐哈尔

不拘一格降人才

清·龚自珍在《五言杂诗》中谆谆教导说："我劝天公重抖擞，不拘一格降人才。"这样才会治国兴邦，民富国强。无论是封建社会，还是后现代的今天，各个国家或民族都在千方百计，使出浑身解数去挖掘人才、招聘人才、培养人才或正确地使用人才。曹操为了建功立业，紧迫地网络各方面人才，实感人才难得，岁月蹉跎之苦闷。他把对人才的渴望比作少女对意中人的追慕，又畅想着"我有嘉宾，鼓瑟吹笙"的人才济济一堂之景象。

改革开放以来，中国急需人才。可是我们不得不承认有两点是制约我们引才、用才的瓶颈——一是以经济为杠杆的"硬环境"；一是以人文为核心的"软环境"。

所谓"硬环境"是指缺钱少设备，致使大批人才出国留学后不能及时返回祖国效力。（目前"海归"人员已经愿意回国了）就以国内情况而言也是如此。记得20世纪90年代报刊登载这样的报道。贵州省首次培养两名博士研究生，毕业时省委组织部长为了把他们留在贵州工作，亲自设宴，结果这位不胜酒力的领导喝得酩酊大醉，也未能奏效。原因很简单，就是因为贵州太穷。当我2006年去贵阳时，它的城市建设还赶不上沿海发达省份的三线城市，怎能留住人呢！另一则报道是北京师范大学的一位校级领导"六下长春挖走两位院士"。当谈及待遇时，院士们说，对于住房、工资、家属及子女的安排都好办，关键是研究资料和设备。可见，"硬环境"是多么的重要。

就以我工作过的克山师专来说吧，应该是窝藏着一批有用之人。20世纪五六十年代以支援边疆名义来了不少名牌大学毕业生，80年代初返乡走了一批，大庆市诱招去一批，就没剩下多少了；特别是20世纪80年代分配来的本科毕业生和留校生也纷纷考研不归，加上90年代后期南方招人可以不要档案。大部分的骨干教师外流，在一个偏远的县城怎能办好大学呢？（后来与齐齐哈尔大学合并）八一农垦大学在黑龙江省密山县被大庆市"招安"；东北石油学院也从安达县搬迁到大庆市。唯独遗憾的是东北重型机械学院在齐齐哈尔的富拉尔基区，也被秦皇岛市"买断"，成为现在的燕山大学。如此的变迁就是一个字"穷"，养不起大学，更养不起人才。

所谓"软环境"是指各级领导们对本地区、本部门人才的重视、培养和使用问题。从理论上谁都可以讲："任人唯贤""任人使能""礼贤下士""求贤若渴"，但真正做起来就不那么容易了。一般地说，有点才能的人都很有棱角。他们有自己的、独特的思维方式，对那些飞扬跋扈的领导、软弱无能的上司，从来都是不逢不若、不屑一顾的。圣西门曾说："只有有天才的人，才能发现天才，发展幼芽，并善意地给予他们必要的援助。"记得20世纪30年代青岛大学招生时，文学系主任闻一多先生发现一位考生数学零分，而语文的两个作文题（一大一小作文）都得满分，虽总分没达到录取分数线，可他被破格接收了。这就是后来著名的作家、诗人臧克家先生。华罗庚先生是初中毕业，后来被清华大学破格聘为大学教师，不是也成为著名的数学家了吗！

在用人上肯于招贤纳士，并认认真真地听取有能力的人的意见，还能委以重任，做到弃瑕取用。屈原在《楚辞·卜居》中曰："尺有所短，寸有所长；物有所不足，智有所不明。"其喻义是人才各有长短，在使用上不必求全。清代顾嗣协在《杂兴》中也说："骏马能历险，犁田不如牛；坚车能载重，渡河不如舟；舍长以就短，智者难为谋；生才贵使用，慎勿多苛求。"形象而生动地阐明了用人之原则：扬长避短，因才施用。

以"德"识才、储才、用才是各级领导们的终身之计。清代袁枚有诗曰："人才那得如金铜，长在泥沙不速朽。愿君爱士如爱尊，毋使埋渣嗟不偶。"此话已经说到家了，必须以高尚的品质面对各方面的人才。

识才是件很难的事。首先"识才者"必须是个有才能的人，方能在泥沙俱下的大千世界里发现人才。高等院校是鸾翔凤集之地，但作为边疆省份仍难求麟凤之才。20世纪50年代末，哈尔滨师范学院（今哈师大）就截流一批从北京下放劳动改造的优秀知识分子使其声望顿时四扬。这是靠有智慧的领导不避政治风险，而显现出的谋略与胆识。其次是在基层发现人才做到披沙剖璞，从砂粒中区分出金子，从石头里剖出美玉，并加以呵护与锻造，这需要前瞻性的眼光，还需做到不怕才、不压才、不弃才。人与人相处不能计较某些人身上有这样那样的缺点或过失，更不能担心有的人会超出自己。

得到人才之后，尚需培养、涵养，好好地储备起来，就像药笼之物，达到取之不尽才行。其中，优化他们的治学环境，鼓励他们的创造精神，花大力气让他们成长起来是高风亮节的表现。正如管仲所说："一年之计，莫如树谷；十年之计，莫如树木；终身之计，莫如树人。"有时培养一个"大家"需要几代人的不懈努力，方可完成一桩大的事业，乃至创造举世闻名的科学成果。

对于人才的使用做到各尽所能，各从其志。"人才者，求之者愈出，置之则

愈匮。"（清·魏源语）还需知道"求则得之，舍则失之。"（《孟子·告子》上）求得后在使用上要加以细致地关照和耐心地培养。怎样关照呢？主要是对人心的关照，在工作、生活的细节上让他们感到温暖；在学习、科研上让他们有着上进和探究的奔头。有些院校教师来源主要是自己培养，对学历不达标的一律出去进修或考研，让青年教师既增长了知识，强化了能力，还开阔了他们的视野，充分发挥他们的年龄资源和学术优势，一定会把学校办得红红火火。

"德"是治校的根本，也是求才、用才的法宝。某大学校长外出开会从不乘飞机，而老师们参加全国性学术会议乘飞机往返报销无误，（20世纪80年代就这样）更让人佩服的是员工们因工作与他争吵，他从不放在心上。有的教师要求调转工作，他不放人，在回家的路上，扯着他的衣领硬是拉回学校；有的年轻人要求走人，竟把自己的办公椅子搬到校长办公室用铁链锁在校长的办公椅子上，整天坐在校长办公室进行软磨硬泡。他从不恶言以对，耐心地讲道理。他说，你们是学校花钱送出去的定向委培研究生，我们共同签了合同，如果你们考"满天飞"研究生我不阻拦，或者继续考博士，学校也不会埋没你们的。学校的工人、职员没人怕他。最后赚个"以德治校"的好校长美名。

对各级各类人才，要做到政治上保护、生活上关照、工作上锻炼、学习上鼓励，将心比心，心心相印。有了人才就有了一切的道理，人们早已认知，在关键的时候爱护它们吧！没有任何功利的领导或上司，什么人与其相处都是福气。归根结底，千里马难求，好的伯乐更难遇。

2015年10月12日　于齐齐哈尔

豁然开朗　訾然洞然

2015年10月28日去江苏省常熟理工学院参加"中国文章学研究会第三十届年会"。会议结束后结伴去无锡市玩了两天。11月4日下午去"梅园"游玩时，突然在一座小山的脚下看见犹如"防空洞式"的洞穴，名为"豁然洞"。洞口已经很不规则，乱石堆积，而且僻陋难看。踌躇片刻还是和朋友走了进去，是有"巨石潜山怪，深篁隐洞仙"（唐·宋之问《下桂江龙目滩》诗）的胆怯之感。里边有二十来平方米大小的空地，方不方、圆不圆的样子，好让人思索，真可谓"浅深三四尺，洞微无表里。"（唐·白居易《瓢止水》诗）既让人感到神奇，又不明主人之意趣。当我们仗着胆子往里走时，在拐弯处发现一道亮光，原来是在向阳处凿个洞口，只是用来采光（已经没有窗框），而不是通道。再往里走几米处远，见到头顶上已经露天，似一个圆形的"天井口"，可视为"天窗"吧！又拐了几道弯竟有个出口，可以爬出去了。

在我们走进荣德生先生的陈列馆时，方知这是他在兵荒马乱的1927年，继公益工商中学受形势影响停办后，创办了"梅园豁然洞读书处"，用以子女及其他人读书讲习之用。该读书处采用旧时书院式教学方法，延请名师执教，本着"复样其中恂恂敦笃之志，读书数十人，别设讲帷于梅园，专治国文、英、算、自然诸科。"荣德生的三子伊仁、四子毅仁、五子研仁和外孙蒋天基、丁宜生等，都是在这里完成中学阶段的学业后，分别考入大学或出国留学。

荣德生先生从办"公益工商中学"，到"梅园豁然洞读书处"，一直本着注重"人格训练"这一宗旨。他继承并发扬了古代"参书院精神"的办学理念。宋代朱熹在为"白鹿洞书院"制定的《白鹿洞规》中说："熹切观古昔圣贤，所以教人为学之意，莫非讲明义理，然后推己及人，非徒欲其务记览，为辞章以钓声名，取利禄而已。"明代顾宪成为"东林书院"制定会约时也说："今滋之会，专业道义相切磨，使之诚意、正心、修身，以求驯至乎圣贤之域。"虽说在历代教育中对"明理修身"有着不同内涵的侧重，但在强调知识、义理的同时，绝不忽视人格训练在学生们成长中的作用。荣德生先生有感于"人性日益浇薄，道德渐就沦亡"的现实背景下，在1934年梅园豁然洞读书处同学会成立大会上所

作的训词中，曾归纳本校与普通学校不尽相同的办学特色最显著者：一是同学人数不求众多，俾可增进教育效能；二是办学宗旨注重人格训练，其能免除时下青年一切浮嚣之恶习。

荣德生先生为什么一再强调人格训练呢？恐怕跟那时的中国实际现状有关。中华民族的兴亡匹夫有责，其关键是对下一代的教育培养。作为和他同时代的人梁启超，1900年2月10日在《少年中国说》中曰："今日之责任，不在他人，而全在我少年。少年智则中国智，少年富则中国富，少年强则中国强，少年独立则中国独立，少年自由则中国自由，少年进步则中国进步，少年胜于欧洲则中国胜于欧洲，少年雄于地球则中国雄于地球。"此教育理念，他们二人是相通、相融的。

然而，荣德荣先生在办公益工商中学时，是在光天化日之下建学馆，置于宽敞明亮的学习场所和优雅清静的读书环境。可他为什么要废弃原来的办学条件，而掘洞进学，又起名为"豁然洞"呢？

首先，和当时的国际、国内形势有关。国际上，西方列强东进，不断侵扰中国，蚕食领土，涂炭人民；东方倭寇垂涎我国大好河山，攫取资源，觊觎文化。国内是清政府闭关锁国，腐败无能，内战频仍，民不聊生，一旦打起仗来，国将不国，民不堪命，只能把孩子们的教育场所隐蔽到地下，因为未来的希望就在他们身上，这不能不是上算。

其次，古人很早就把"洞穴"视为读书怡神的好地方。《晋书·郭璞传》中记载："无岩穴而冥寂，无江湖而放浪，玄悟不以应机，洞鉴可以昭旷。"虽然环境幽暗，并不妨碍内心通达、清澈。可做到"探微集逸，思心动神，论道属书，篇章光觌。"何不为之。

读书的场所光亮明媚是需要的，更需要的是摆脱世尘的喧嚣和浮躁。而在这如此深透、明澈之地读书，既有心窗豁然洞开之喜，也有心境充裕自高之貌，真可谓"訾然洞然"也。

2015年12月3日　于齐齐哈尔

对"心态"的悖论与假说

对转型期的中国人来说,"心态"无时无刻不在变化着、演绎着,于是人们遇到什么事,从专家学者到庶民百姓都会把"心态"二字放在嘴上。碰到问题了,会说:"把心态放平些。"看到某人脸色不佳,忙不迭地问:"你心态是不是不好啊?"等等,已经成为口头禅。对于精神上的"传染病","心态"似乎成了良方或秘籍。实际是对"心态"一词的不解与不恭。

"心态"就是对事物发展的反应和理解表现出的心理状态和思想观点。世间的万事万物你可以用两种对立而又趋同的观念去对待它,即正面的、积极的;负面的、消极的。其实,人们的心态往往界于正面与负面之间,没有绝对相持或对立关系。假设"1"为正面,"-1"为负面。它们之间有若干个小于"1"的0.9、0.8……和大于"-1"的-0.9、-0.8……的数,但"1"和"-1"的趋近值都是"0"。从模糊数学的角度理解,越模糊就越准确而明晰。如下图:

$$1 \quad \diagdown\diagup \quad -1$$
$$0$$

人生是一场戏,有时成功,有时失败。可以在富有的条件下过生活,也可以在贫穷的环境里无忧无虑的存在。情感上有快乐,也有悲哀,有喜悦,还有痛苦;情绪上,一会松弛,一会紧张;一会执着,一会轻慢。总之,人的一生不会太平静的,如果说"平静"的话,一是睡觉无梦,一是死前昏厥。否则,你一直在导演着各种角色,或是主角,或是配角,或是场外的观众。无论从什么角度去理解自己都能说得通,因为掌控你自己的是那个"心理平衡点",所以一个人一生都在寻找和践行这个"平衡点"。那么,什么是平衡点呢?郑板桥有句名言:"难得糊涂"。作为理性如此聪慧,情感极其丰富的人来讲,实在是难能做到。然而,社会上那些装疯卖傻,故谓平和不争的人,表面视为"糊涂",目的是掩盖和修饰其猥琐、鄙夷的虚荣心及中饱私囊的功利心。他们的心理就从来没

有平衡过，千万不要让此种人用心态平和来麻醉我们。

我们提倡"小糊涂"，糊涂一点点，那就足矣。关键是在大于"0"又小于"1"，小于"0"又大于"-1"的两个数轴线上，寻找邻近的两个点为"契合点"，例如"0.1"和"-0.1"，那才是心理状态的最佳处。以"富有"与"贫穷"为例吧！若让两极分化，将会导致社会矛盾加剧，国家及民族遭殃。那怎么办呢？富有者把一部分钱捐给社会，主动去救济贫困人家；贫困人家得到接济，要奋发努力摆脱贫困，让二者贫富指数缩小，已成为世界各国发展的共识。尽管在财富分配上"平衡点"尚有距离，也会让人们理解的，因为机遇、天资不同，不可能在平均上去用气。越是文化、教育（包括宗教信仰）较高的民族，越能在差距面前找到心理的平衡指数，若做任何攀比、豪取、贪赃枉法的事都会感到耻辱和不安，因为上帝（社会）是公平的，所以印度人不仇富。

以"成功"与"失败"这对悖论为例，成功有大成功、小成功、连连成功，靠的是天时、地利、人和，也不能少了才智、谋略及决策等主客观因素；失败也有大失败、小失败、连连失败，其原因也是多方面的。但要记住：成功后又失败，失败后又成功，其案例不胜枚举。"没有不败的英雄"，"失败是成功之母"等成语或谚语耳熟能详。二者总是在相互转换着，其中重要的是找准心理平衡点，接受教训，总结经验，定能出奇制胜、化险为夷的。诸葛亮的"空城计"，说是一场赌注，不如说是一次心理较量。

心态的平衡不能完全置于平静，心无挂碍，该急时要急，需忿时就忿，但不易于外流。它像一只老鹰只需在自己内心盘旋。记得2015年女排世锦赛的决战期间，郎平执教的中国队在关键时，以惠若琪为首的三员大将意外受伤。郎导用替补队员上场最后一搏，结果卫冕成功。比赛结束时，队员们抱头大哭，五十多岁的郎平也是满脸泪水；当场落败的日本队员也默默地流着眼泪与观众告别（在日本主场）。此刻有谁能心如止水呢！可见，心态没有好坏之分，也不是取胜的万金油。它是冲出软实力枷锁的一张隐形名片，也是打破寻找利益砝码的无重量天平。某种意义上说，心态是文化品位的内在象征，人格素养的再现温床，平常心理的延续体现。

心态的健康实践，还需人性的回归与召唤。对于狱中服刑的犯人来说，在洗刷他们灵魂深处污垢时，不要连人与脏水一起泼掉。因为只能叫他们罪人，而不能视他们为敌人。一字之差可涉及一个国家或民族的文明程度及文化内涵。有篇文章记载说，瑞典监狱里创造出浓厚的文化氛围，用一位女监狱长的话来说，希望关进这里的人，不管过去罪行如何，一旦服刑，就有做人的平等权利，不该被歧视，更不能被虐待。这里的犯人可以写诗、作画、钓鱼、相互串门等。曾有一位外国贩毒、吸毒者，一下飞机后主动向瑞典警方自首，希望在这里服刑。诸多事实说明心态要时时刻刻闪烁着人性的光辉。

那么，怎样才能做到心态自然平和呢？

对人要谦恭友善，坦荡无私，不骄不躁，不媚不厌。仰慕时，敬畏中带有雅性谦克，心无成见；俯视时，爱惜里含有尊重互勉，虔诚共进；相处时，将心比心，做到琴瑟和弦，视同手足。人与人之间没有过不去的坎，让人性在升华中显现真谛。

在事件发生时，无论结果怎样，要对事不对人，防止先入为主的片面思维方式，尽量在事件的过程中寻求其规律，查找主客观因素，不断调整自己的方略和做法，以平常心避开近忧的障眼法，达到远虑而大谋。人在生活或各种事件里会尝遍各种酸、甜、苦、辣的滋味，但它却为把握事件的走向奠定了牢靠的基础，何乐而不为呢？

敬畏生命，视万物为挚友而和谐相处，关爱有加。山山水水为伴，鸟兽虫鱼为友；与草芥树木共患难，与日月星辰同命运，时刻把人类置于天地间的一个普普通通的物种，绝不违背大自然给我们的恩赐与照顾，其良知和道义就在每个人的心里。

走好自己人生路，平静无私天地宽。

2015 年 12 月 15 日　于齐齐哈尔

心愿背后的崇高与坦荡

心愿是人与人之间的希冀和企盼。仰高希冀,望子成龙,人人有之。自古以来,中国人就很讲究"家教",来实现父母对子女的心愿,长辈对晚辈的渴求。"养不教,父之过。"其"教"字有很深的内涵:一般是指教其做个"好人",如何在社会上"出人头地"。尽管在"家教"上暴露出对孩子的管、卡、压等不近情理的伦理因素,但几千年的家族传统文化还是承传承载下来,至今不能忘怀。如新会的梁家、常熟的翁家、德清的俞家、海宁的查家、无锡的钱家等,把中国的文化气质和根脉一代代地传给后人,不能不说是中国文化的一笔不可多得的财富。

费孝通先生曾说:"中国的家是一个事业组织。"它不仅具有传宗接代的功能,同时还承担着对下一代的经济、教育、政治及宗教的认定责任和义务担当。从诗书传家、官位承袭,到立志做人,报效祖国与人民,可谓最优良的民风。近百年来,国家遭遇外敌入侵,内患残暴,个体的小家庭也跟着千疮百孔,但每个家庭仍以饱满的热情、强大的精神力量,不牺牲任何代价地把最好的祈盼注入自己后代的心灵中。对那些诗书礼让、祖辈传承的家世就不说了。我想说的是一个普普通通的底层老百姓的事,作为管中窥豹,略见一斑。

2015年12月19日晚,天上的星星格外闪亮,鹤城的大街小巷仍是车流滚滚,在一片橘红色的灯光照耀下,来到"1+1海鲜"大酒店,参加我女儿的好友——黄高家(丈夫姓黄,妻子姓高)送女儿出国学习的家庭晚宴。宴会也是很普通的,既没有乐队,没有特别讲究的包厢,也没有高官雅士出席,大约七八桌的样子,可菜是很标准的,如阳澄湖大闸蟹、渤海湾野生大龙虾、旅顺口野生鲍鱼等,极为名贵的海鲜佳肴。席间黄先生和高女士特意把我这棵"高草"向在座的宾客们介绍一番,说女儿的名字——黄艺璇,是我给起的,并让女儿向我深深地鞠一躬。接着向客人们解释说:"孩子出去,没什么特殊的想法,学什么样都没关系,至少她出国会打开眼界,长见识的,能实现自己出国学习的心愿就值得了……"说到这里,让我的内心好震动,也好让人回味和深思啊!

黄先生20世纪70年代出生在浙江省的台州乡下,因父亲英年早逝,靠母亲一人把他和姐姐拉扯大的。当他十几岁时就辍学来到东北闯荡，曾在中俄边界口岸绥芬河市打过工、背过包，挣一点生活费。据他讲，父亲临死前，把积攒多年的几十块零钱在一方小手帕里打开，交给十多岁的儿子说："这是爸爸给你攒的学费呀！"没等说完就离开了人世。黄先生两眼流着泪，一句话也说不出来，就跪在地上当、当、当地磕头，把前额都撞红肿了。可想而知，十多岁孩子的心是种什么滋味呢？

生活不负有心人，就在绥芬河期间偶遇这位贤淑豁达的高姓女孩，二人命运类似，情趣相投，一拍即合，就走到了一起。后来，黄先生来到高女士的家乡克山县城开了个服装店，过些年又到齐齐哈尔市做起卫浴器材买卖。一晃到了中年，他们17岁的女儿黄艺璇喜爱绘画，初中毕业后，来到北京的近郊学习。今年高考时直接填报意大利罗马美术学院，经过半年时间的外语补习和训练，准备2016年1月出国学习。

在当今"海归"变成"海待"的特殊时期，如此坚定地让自己孩子出国学习，是怎么想的呢？他们没有光宗耀祖的期盼，没有跟着潮流显示自家高贵和荣耀，也不是为了"镀金"，将来回国找个好工作……说白了，就是为了实现两代人的共同心愿——开阔视野。然而，在其背后却蕴藏着中华民族的高贵品德，即将中华文明与世界文化融会贯通，彰显国民的无私奉献。以当今每年几十万人出国留学来说吧，20年之后，不仅国民的素质将会整体性地提高，而且文化水准也不同程度地跃升，将引领世界各民族了解或学习中国文化，此间，各方面的大师、巨匠会在中华大地上蜂拥而出。这份愿景不需各级政府直接参与，也不用国家付出更多储备基金，是老百姓省吃俭用后的无怨无悔的付出。真可谓大美超度，大爱无疆的。

此刻，让我们说句公道话吧，中国的老百姓的无私、无畏和大美、大爱之精神将会永垂青史。

2015年12月24日　于齐齐哈尔

"精神"养生之道

在人们的物质生活得到满足之后,不但要追求吃得营养、喝的营养、穿的时尚、药的滋补等,还必须知道在精神上如何养生。因为它也是中华文化瑰宝的一部分,而且是更高级的境界。

狭义的"精神"养生之道为顺应天地之气做事,也叫清静勿乱去养心。"心"是身体最忠实的奴仆,可人们在世上更多地关注物质上的享受,很少替"心"着想。可曾想过:心一恐惧,再时尚的裘皮大衣也很难遮挡身体的颤抖与惊厥。那些贪官们可以拥有上亿元的财富,可一听到警笛叫,他们的心就在哆嗦,心脏设多少个"支架"也没用。心一慌乱,再好的美味佳肴也咽不下去,因为内疚的心绪一直受到谴责,不敬、不孝是人人喊打的过街老鼠,不会让你一刻宁静和安稳。心一焦虑,再豪华的住所及其装饰也筑不成安稳的梦乡,人性的感召力一直在煎熬着你,让你寝食难安。

"精神"养生之道,重在养心。"养心"是静养与动养互补的,缺一不可。黑格尔在自己的著作中曾强调说:"人的本性有一种精神,它在牺牲狭隘的生理利益去追求一种超越生理利益的目标和原则为满足。"作为"精神载体",必需恰到好处地处理生理及自然限定的自由的约束,方可得到那种精神上的至高规范,或大彻大悟的心灵美。

"精神"上的修炼在于"静",除了摆脱社会中的嘈杂、喧闹外,更多的是清除内心的杂念、杂事和杂务,尽量做到无为、清静、淡泊和无忧无虑。其中,良好的睡眠时段和不受干扰的学习、生活和工作环境是静养的必备条件。记得宋代的人们把睡觉叫"黑甜"。夜色浅淡,则世气不宁;浮光乱渡,则心神难束。所以古人静养倡导"亥时"(9时至11时)就寝。此时黑夜的遮蔽给人营造出一种社会文化:个体感与隐蔽性。黑夜把一个人的"自我"还给了自己,而且私人的精神生活领地会在夜幕中降临。

静养的另一种方式是"静坐"。明代哲学家王阳明说:"静坐要省察克治,静坐能使人心清静以敛,从而克服自我私欲产生,通过静坐能顿悟明心见性,得道成真。""静坐"不仅是一种姿态,更是一种境界。《庄子·大宗师》说:"堕

肤体，黜聪明，离形去知，同于打通，此为坐忘。"说到这里，真有点神了。其实，就是排除任何干扰，做到心无旁骛，该思索时还要思索。思考是人的天性，关键在于思考的目的性有助于自我成长和精神提升，才是正道。

广义的"精神"养生之道叫作"练脑"。一个精神世界健康的人，是长于思考、善于思考的。我们知道大脑是支配人的言行举止的总机关。总机关不乱，运作自如，身体的各个部件才可按部就班地执行自己的职责。

"练脑"重在思考。如何思考、怎样思考，将取决于阅读和实践。罗宾逊在写给《赫芬顿邮报》的一封邮件中提到："我截取了一些我最喜欢的作家的作品，然后让这些语言成为我新的想法和灵感的跳板。"可见，阅读不仅丰富了自己的知识，还会使一个精神通达、愉悦的人视野愈加开阔，思维愈加深邃，会使一个人从感性幸福跃升为理性幸福。那就是不投机取巧，不吃攫来之食，不贪得无厌，不嫁祸于人……在柏拉图看来，人的精神世界（包括灵魂）是由理性、意志和欲望组成。理性是人类身体上的崇高部分，充分体现出对真、善、美的追求。欲望只要满足生存需要，就能使人具有健康的身体作为理性的载体物。意志的作用是调节理性与欲望，使欲望的发展不至于湮灭人性。然而这种精神世界的崇高性来自于理性的高度提升，即受教育程度和逻辑思维方式。那就是在大量阅读与实践的基础上使思考具有全面性和前瞻性。只有活得"通透"，才会把自己看得真切。赏一番春花，看几番瘦月。一切得失与荣辱，来得安静，去则泰然。只有知深浅，方可无悲喜、无忧急，恬淡自然，冷暖适度。

说到这里，还有一个观点需要阐述，那就是物质与精神谁更重要。我认为二者都重要。没有物质人不能存活，没有精神只是由肉包着骨头的"稻草人"，也没啥意义。所以，人们要有信仰——精神支柱。不论是中国的儒、释、道也好，还是外国的基督教、天主教，都会让人们有着普世的信念。可想而知，一个没有信仰的群体、民族或国家，将是一盘散沙，还有什么凝聚力和可信度呢？偏重物质追求的人，只能求"长生不老"，在物质享受上养生，看好的是肌体外形的所谓饱满；注重精神完善的人，愿意去挑战自己，往往活得有滋有味，敢于人先，强调的是心灵的内在美。

2016年1月25日　于齐齐哈尔

出国旅游你准备好了吗

为什么要出国旅游，你准备好了吗？可能有人说，"老子有钱，还问为什么？"说此话，或有此心理的人，还真有点像近代土豪的架势，让人有些害怕，又不无厌恶的。有钱就是大爷？有钱就能使鬼推磨吗？别忘了你是"中国人"，你是全球70亿分之一的"世界公民"。这个称呼应该是很沉重的，也会给你些许自豪或自信什么的。

三十多年来，中国的改革开放真的让国民不同程度地过上了好日子，"腰包"也鼓了起来，出国旅游观光无可厚非。目前一些国家对中国人实行免签，也可短期停留，有钱者还可以移居。庆幸外国朋友对我们的礼遇，总算摘掉"东亚病夫"的帽子。可话又说回来，你在外国人的眼里真的那么可爱吗？当你在国外抢购"高档"商品时，人家说，"中国的暴发户又来了"。暗自在嘲讽你，内心也有贬斥的味道。他们的眼神与动作你没感觉到吗？"暴发户"是什么意思？如果一夜暴富是天方夜谭，不如说是在投机取巧，偷税漏税，或钻一时的政策空子，而弄得盆满钵满了。

二十几年前，中国人出国留学、办事，西方人都认为是"日本人"，压根就想象不出中国人也会走上世界舞台。现在的观念变了，从穿戴上一看就知道是"中国大妈"到此一游。她们穿红戴绿，披金挂银，胖得肚子鼓起来，腮帮上的赘肉红红的，直奔高档商品柜台，也不问价，看好就掏钱。如此大方，让人惊讶！其实，"大妈"这个词是褒中带贬的。

这些人出国后，给人的第一印象是没有准备好，或者说她们也不知道出国要准备，根本不懂这个理儿。

出国旅游观光最重要的准备不是钱，而是一种精神状态，或是一种文化的碰撞。这其中语言的交流十分必要，没有交流的游玩实在显得肤浅和狼狈。至少可在出国前学点实用英语吧，否则你走路都不知道方向，参观也是"哑巴"闻花，不知其香在何处；吃饭也会"中西"不适，消化不良；购物就更麻烦了。因为你进入了"托"的世界，不被人宰可能吗？这时，你真的成了"哑巴"一个，连手语都没学过，多么憋屈呀！

旅游免不了要观光，可你没有准备好自己的眼睛，就算去看埃菲尔铁塔，或卢浮宫等名胜古迹，也无法将任何东西装进自己的脑袋里，因为你很"近视"，又没戴"眼镜"，再好的古迹、美景，也看不出真、善、美来。在那些无知、无趣、无情人的眼里，只见过喧闹、批判和斗争的场面，对别的事物已经不习惯了，因为"不懂"，所以对什么都不感兴趣。

就听觉来说，耳朵也是无法辨别任何美的旋律或铿锵的节奏。在音乐厅里，听到贝多芬的古典钢琴奏鸣曲"悲怆"或"月光"，莫扎特的钢琴协奏曲，巴赫的键盘协奏曲，就不会有感动、愉悦，更谈不上音乐冲击心灵的那份享受。在你的听觉里，诸如大话、空话、假话、脏话等杂音早已充斥你的耳膜，根本静不下心来聆听自然之音，感受不到音乐之美给人们带来的启迪和向往。

归根结底是有些人的心已经"残废"，长年的"高血压"（"文革"的漩涡中，不是整人，就是被整）一直让你心律不齐，既不同情他人的痛苦，也无法让自己喜悦，实在顾不上别人的感受了，也把自己同世界隔离开来。长年的"高血脂"（近年来生活好了，吃得满嘴流油，开轿车，乘电梯等，"血稠"是自然的）血液黏稠导致头脑混沌。现实对这些人来说都是带有浓浓颜色的。除了攀比、摆阔、争宠，别的什么都不知道，活在这个世界上，只做"金钱"的奴隶，还能有人的尊严吗？记得丰子恺曾经说过："这个世界不是有钱人的世界，而是有心人的世界。"

作为准备出国的人员，无论你的身份如何，都要有3～5个月的精神准备。具体事宜如下：

1. 要学点英语，至少要记住上百个常用的句子，如果可能的话再学会几句或十几句所到国的日常用语。如您好、再见、学习了、做朋友吧！等等。

2. 要了解一下你要去的国家的主要景观或古迹（在网上可以查到的），及各地的风土人情，还有交通路线图，等等。

3. 要注意旅游国的自然景观和人文习惯，要向他们学习点什么，这很重要的。在世界一体化的进程中，相互接纳、包容是最好的礼物。

4. 要体现国人的风度与品质，装容打扮要有自己的民族风格，吃住要严格遵守当地的习俗、习惯，在细节上表现出高雅和儒气。

5. 要带点小礼物，如本国书籍、小古董、小玩具什么的。

6. 要记住自己是"中国人"，在世人面前要以"中国使者"的身份出现；还要体现出你是"世界公民"的责任与义务，对贫困的群体，特别是儿童要肯于施舍，不留姓名，只让他们知道你是中国人就行了。

旅游观光是一种文化交流。它是国与国、民族与民族之间相互学习、相互包容、相互敬慕的自觉、自悟行为；还是充分体现文化精髓中的心灵感应与撞击的最佳形式，在互通有无、协作发展的当今世界里，更应讲究文化品位、精神锤炼过程中的方式、方法，使世界更加和谐、进步与发展。这是各个民族的共同追求与向往。

2016 年 3 月 1 日　于齐齐哈尔

文人、文及境界

"文人"简而言之，读书又有学问的人，即追行孝道于前世文德之人；推而广之，通晓人文礼仪，明白天文地理等自然规律的人。故认为"文人"应具备读书、践行、交友三个基本条件。

李玉洲先生说："凡多读书，为诗家最要事。所以必须胸有万卷者，欲其助我精神耳。"只有通过读书不断扩大知识面，拓宽视野，方可对人世间的各种人或事有个清晰的认知和了解，体现在文章中才会真真切切、生动感人，从典型的人物中表现出普遍性，其寓意也更深刻、超前。曹雪芹的《红楼梦》所以成为世界瞩目的不朽名著，就因为作者太多地通识封建社会的各方面知识。书中对每个人物的认识都不游移、不模糊、不浮浅。如果说是作者的深知熟虑，莫如说是作者阅读后的一种修养。

古人讲，不仅要读万卷书，还要走万里路。作为文人既要游览名山大川，鉴赏各种景观，还要全面了解社会、人生，从中磨砺自身的性情与人格。傅雷曾说："不经过战斗的舍弃是虚伪的，不需磨炼的超脱是轻佻的，逃避现实的明哲是卑怯的；中庸、苟且、小智小慧，是我们的致命伤……"就文人来讲，践行要到人群中去，主动接触社会中形形色色的人物，了解他们人性起源的背景，人格发展的时空脉络。这样才能把人物写得丰满而鲜活。践行对于"文人"来说，可不是一般的游山玩水、嬉戏怒骂，而是如鱼得水，树木与阳光的关系，是文人成长的必然因子。

《论语·颜渊》："君子以文为友，以友辅仁。"这在古代是仁人君子不可或缺的修行之道。可有人说，自古以来"文人相轻"又做何理解呢？文人相轻是"通病"，也很正常。只有认识到与自己观点相悖，文辞相左的人，才会独树一帜，创作出佳品力作来，并不妨碍交际友好及人情礼节。而更多的是在交友过程中，寻找相互借鉴、相互学习、相互提携的人脉资源。因为在群体里得不到各方面的滋补，是无法正常成长和发育的。伯牙与子期相遇，使高山流水化为琴音，闪烁自然的澄澈，荡涤世俗的尘埃。张爱玲遇到炎樱，如一把火，照亮她孤芳自赏的漫长岁月。林语堂与胡适的友谊像老酒醇厚芳香；藤野先生对鲁迅的无私帮

助，犹干草沐浴春露之中。

那么，文人写出的"文"又会是什么样呢？

文人之文，不但要做到"五色成文而不乱。"（《礼·乐记》）而且要避免"质胜文则野，文胜质则史。"（《论语·雍也》）的毛病发生。从人文的角度来说，就要达到：追求真理、体现人性、做到和谐。

追求真理是指文章表现的思想理念、意识形态应具普遍性、时代性和人类及自身的特性。它是绝对的，也是相对的。19世纪俄国在沙皇惨无人道的统治下，杀害了追求真理的伟大诗人普希金，而莱蒙托夫更加彻底、义无反顾地用诗歌向沙皇宣战。在《诗人之死》中写道：

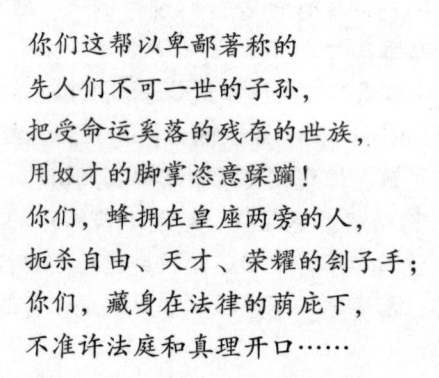

> 你们这帮以卑鄙著称的
> 先人们不可一世的子孙，
> 把受命运奚落的残存的世族，
> 用奴才的脚掌恣意踩蹦！
> 你们，蜂拥在皇座两旁的人，
> 扼杀自由、天才、荣耀的刽子手；
> 你们，藏身在法律的荫庇下，
> 不准许法庭和真理开口……

他用诗来为真理呼喊，为真理而战。临死前还说："真理永远是我的圣物。"没有莱蒙托夫的文章及死，就没有后来的别林斯基和托尔斯泰，也不会有更多的俄罗斯人民的觉醒并去捍卫真理了。

"人性"是人类固有的特征，严格地说，"善良"是人性美的标志，但"自私"也是人性本质中不可回避的一部分。那种把文学作品中的人物区分为正面和反面进行相互冲突的情节，无疑是狭隘的、封闭的、主观的御用文人的文学观。在我国有一段时间把正面人物塑造成"高大全"，把反面人物描写成"矮小残"，显然是不合乎事物的本来面目的。年龄大一点的人都知道中国有著名的"四大地主"：黄世仁、南霸天、周扒皮和刘文彩，其中黄世仁和南霸天连原型都没有，后两个人有原型，但没有小说描述中的那些事。虽说文学作品要高于生活，但不能超出人性进行无限制地拔高和粉饰呀！任何肯定一切或否定一切的观点都是对人性的不敬。

《老子》："和其光，同其尘。"王弼注："无所特显，则无所偏争也；无所特贱，则物无偏耻也。"这在中国传统文化中注入不少儒家中庸理念。它对社会、人生都是一剂良药，因为协调比什么都重要。在文的形式中，其语言的形式美要

让读者有种"通识"的认知感。在接受的过程中，悟到中华文辞的优美、准确和朴实，在欣赏时迅速获得快感享受。文章的外表如人的服饰一样，需要在传统标识的基础上，做到时尚、精美和受用才行。有的文章结构只讲开头、布局、过度、结尾等显然过于俗套，也就是说，好的文章必须做到内容和形式的高度统一与协调，还必须与社会、经济、文化发展和谐一致，并要适应广大读者群的审美需求和观念变化。

文的境界属于美学的更高范畴，尤其作为诗词歌赋还特别讲究其境界说。

"四时可爱唯春日，一事能狂便少年。"王国维是春天的拥戴者。他把春天喻为人的少年期。春天之美，乃人之渴望，就因为它是生命的初始阶段，有萌动、滋生和狂喜，而少年时的热情奔流、青春狂放，不正是冲破人生霜雪，无所畏惧、茁壮成长的大好时机吗？其浪漫之美，乃为春风、春雨、春草疾，绿树、绿荫、绿意浓，好一片春色满园，人回少年意气发。

司马光非常赞赏黄金花："更无柳絮因风起，唯有葵花向日倾。"随风飘扬，没有固定方向，这种自由自在的舞动姿态很让人向往，飘逸、轻游的感觉也很美。可葵花的习性是跟着太阳转，如此的执着和坚持也让人感动，因为它的生活习性是与太阳为伴，没有阳光就不存在葵花。可见阳光的力量和感召是通过葵花传递给人们的，有谁不去赞美它、企盼它呢？

"采菊东篱下，悠然见南山。"道出陶渊明此时的一种平静、祥和的心路。岂不知，更表现了秋天的收获及耕耘后的喜悦，也是享受时的回顾与总结。凭其自然规律，走自己的路，不是更值得追求和寄托吗？以淡然的心态去面对得与失，再大的成就也不会张狂、妄为；再好的时节也不能自喜、偏执。做好当下事，岂不是更加现实、壮美的境界吗？

白居易与朋友的饮酒诗："晚来天欲雪，能饮一杯无？"下雪天寒地冻，甚为凄凉，若是在红泥小炉上暖上一壶酒，邀朋友共饮，会是什么感受呢？关键是这个"无"字，要继续喝下去。人的生命是不以人的意志为转移的，就像冬天来临一样，可我们不会割舍"生"的欢愉，要给"生"以温暖、快活与浪漫，是人生一世最好的乐趣与梦想，其"无"就产生了巨大的动力和快感。

诗词是一幅画、一首歌。它的意蕴深远与豪放，给人们更大的思索和联想空间，充分体现了文人诗词的境界，然而，作为文人的文章（包括作品）也是如此。就说中国的四大名著吧，它们在时间的节点上，留下了历史的片断，人们不仅对那段历史进行演义，更为那段真迹予以常思常想，直到几百年过去了，它们的实录或创造仍是后来历史进程中的一个沉重的符号在引领着你，或是社会中一个缩影在提醒着你。这种超时空的文学作品是可贵的历史文化遗产，更是现代文明精神延续的中流砥柱。故此，怎能忽视文人之文的深厚境界和传承？

"文人"也是人，他是知识与经验的集结者、归纳者和塑造者；文人之"文"是代表民族用语言符号对历史及现实的承载形式，更是记载人们思想意念、生活积累的字符画面和生动情景；文的"境界"是文章内在意蕴以传统或现代方式所表达的更高水准和最佳的表现手段。文如其人，文人与其文章所表现的思想境界、艺术境界是一致的。

2016年4月4日　于齐齐哈尔

活得只剩"钱"了

"钱"是什么？钱是货物交换的"凭证"。通过自己的劳动，生产出产品，兑换成钱，然后再由钱去换回别人生产出来的产品，即生活必需品。因钱能在市场中流通，于是就显得十分珍贵和有用，钱还是人生的"信物"。它忠实于主人，也会欺骗或诱惑主人。为了钱有多少人沦丧了道德，背上了"包袱"，走上不归之路。

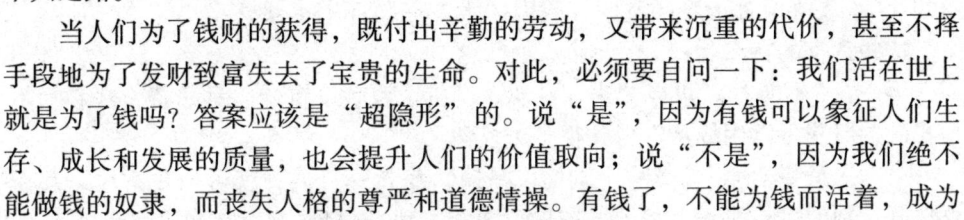

当人们为了钱财的获得，既付出辛勤的劳动，又带来沉重的代价，甚至不择手段地为了发财致富失去了宝贵的生命。对此，必须要自问一下：我们活在世上就是为了钱吗？答案应该是"超隐形"的。说"是"，因为有钱可以象征人们生存、成长和发展的质量，也会提升人们的价值取向；说"不是"，因为我们绝不能做钱的奴隶，而丧失人格的尊严和道德情操。有钱了，不能为钱而活着，成为害群之马；没钱了，也不能违背社会公德，应该懂得随遇而安，清贫也能乐道。

由于人生观、价值观的不同，对钱的认识与向往也不一样。不妨对"活得只剩'钱'的人"，做个简单的剖析。

有的人是一辈子靠自己的辛勤劳动，省吃俭用为了家族和子女积攒点"过河钱"，一直舍不得花销，临到晚年，丧偶孤单一人在家，儿女们都在外地工作和发展，也不需要他们的钱。临终前给自己唱的挽歌是："我活得就剩钱了。"

平时在家里，没事时去看看自己的存折，摸摸自己做的和买来的小物件。有人说，他们是颓废潦倒的"守财奴"。我不那样看，那是他们汗珠子落到地上摔八瓣积攒来的，浸透着他们的心血，铭记着他们人生中的酸甜苦辣，也展示着他们生活中的小浪花及趣味悠长，有谁不去珍惜和爱护呢？更充分地体现了大多数中国劳动人民高尚的道德意识和对资源的珍视，是种优良的家风在延续，是种艰苦奋斗的人格象征，只能继承和发扬。尽管与有些炫富、臭美的人相比显得不够时尚、不会浪漫，但活得还是有滋有味的，应该给他们"点赞"吧！

有的是靠投机取巧成为一夜暴富者。钱来得容易，花得也"大气"，吃喝嫖赌无所不好，表面上是享尽人间"清福"，可内心空虚无助，临死前给自己留下的哀歌是："我穷得就剩钱了。"

吃着山珍海味，弄成肥头大耳"将军肚"，到头来，成了躯壳饱满的走肉行尸，什么都没了。他们曾喝着名酒，吸着高档烟，弄得头昏眼花，"三高"（血脂、血糖、血压）攀升，脑血栓、心支架，走路抖动哆嗦，面部眼歪嘴斜。也是嫖娼老手，弄得家庭不和，感染梅毒，性病缠身。赌场找刺激，过境装大款，回来无分文，赌得老婆跟别人睡，闹得孩子有教无类。最后，英年早逝，害得妻儿无依靠，父母没人管，只好白发送青丝。因为这种人"缺德""少智""短见识"。

还有种人靠玩权术，摸透社会中的"潜规则"以屈尊投胎换取名利地位。溜须拍马为其本能，学会鹦鹉唱颂歌，潜心钻研上级所好，侍弄主子胜过太监小子。一旦权势到手，拉着"同学帮"，扯着关系户，打着"负责任""为人民"的口号，官商勾结，不遗余力地索要钱物，一个小科长在沿海有别墅，父子双开奥迪车，50多岁卸任后，领着老婆逛世界。这样的人数不胜数。所以不会东窗事发，就因他的上头，或上头的上头的人比他更厉害。官官相护自古有之，可想而知，"小苍蝇"如此嗡嗡乱叫，就因"大老虎"还逍遥法外。

这些贪官的特点是：

第一，"不懂"就可以胡来，乱扒、乱拆、乱伐、乱建、乱投资，钱和物不是我的，但我可以用权从中得到很多"实惠"。

第二，只要学会"念经"。上面说一遍，我念一百遍，就可保住官位，甚至再提升，别的事与我不大相干（或做点面子工程），只要上边有人认可就行。

第三，精通"潜规则"。会收礼，也会送礼；自己喜欢什么，也晓得上级的喜好。这里边没权、没钱不行。钱从哪来？卡要、勒索，行贿受贿，抓住机会收红包。同时要相互分配资源，安插亲信，形成家族连锁，共同升迁的封建世袭惯例。

"小苍蝇"张狂，有点本性难移；可"大老虎"就稳重得多。不想让自己这个保护伞塌下来，就千方百计去维护一定层面的话语权，不时露露面，发个言，显示自己还很安全，即使退下来，也不会寂寞，做到无权胜有权。这些人为"钱"而活着，奉行有钱就有一切的道德理念。在他们眼里，钱可使鬼，钱可通神，钱眼内窥为相星。这样就能神通广大、财喜临门、富贵万代了。其实都是自私、丧志、唯吾独尊的心病作祟。

俗话说，人往高处走，水往低处流，是自然之规律。可要记住，面对利益的实际情况，当爬到山顶中间处就不要再上了。因为这个地方向上看，密林深处悠然而神秘，是个好景观；往下看，潺潺流水，绿地一片也是心旷神怡的。一旦登到顶端也没什么好看的，何不驻足自赏自乐呢！"钱"够花也就足矣。

2016年4月25日　于齐齐哈尔

信息带给人们的欢乐与思考

欢乐是属于情绪与情感方面的心理反应。它主要体现在程序与过程之中，而非单纯的效果征兆。一般说来，积极的条件刺激是产生欢乐的主要因素。但人们的生活境遇及工作条件不完全受制于主观想象的制约，所以说欢乐是可以间歇的，即有时欢乐些，有时不一定欢乐；欢乐也区分为短暂的和长久的（相对而言）。短暂的欢乐是消极情绪的一时抑制、缓解，也可能是一点点的淡化或忘却。如家里突然发生天灾人祸，立即抑制自己的欢乐情绪，就属于此种类型；而长久的欢乐，只能说此时的正能量更多一些，相对比较平稳、顺畅，情绪、情感波动比较小。如家庭婚姻比较美满和谐，工作条件、环境也更适合自己的性格、情趣，人际关系还较为通达、自如等。

欢乐不同于快乐。快乐是指个体的喜悦、高兴，追求快乐是人生的目的和道德标准。古希腊的亚里斯提卜认为，人们的行为原则，应提倡恣情纵欲。这在当时是很有创意的见解，让人们保持一点原始的"野性"。后来，伊壁鸠鲁在《论快乐》一书中说："快乐对于我们来说是善与美的结合，正因为这样，我们往往不是选择一种快乐，而是偶尔放弃很多快乐，因为这些快乐可能会带来更多的不快乐。"中国古代《列子·杨朱》中的"人之生也，奚为哉，奚乐哉，为美厚尔，不生色尔。"也表现出对享乐的向往与追求。为此衍生出：乐天知命、乐不可支、乐不思蜀、乐羊子妻、乐此不疲等成语典故。而欢乐是注重群体的行为艺术，如欢迎、欢聚、欢送、欢跃等。从心理学的角度讲，欢乐这种情绪演变、表现和维持，是一种多成分、多维量、多水准相互整合的复合心理过程。此类情绪的产生，都兼容生理和心理、本能与习惯、自然与社会诸多因素的叠加。例如当前盛行的"广场舞"而言，是最好的佐证。

本文的重点是讨论信息时代给人们带来的欢乐与思考点关系。任何一种情绪行为的诞生、发展和演变，都不能离开理性的思考，否则，社会就走向另一极端，使欢乐不仅褪色，还可能造成乐极生悲、乐而生厌，那将对人类的整个文化造成不可预测的冲击或毁灭。

英国作家阿道斯·赫胥黎的代表作《美丽新世纪》中认为，当前的文化成

为一种滑稽戏。他警告说，在一个科技发达的时代，造成精神毁灭的敌人，更可能是一个满面笑容的人，而不是那种一眼看上去会让人心生怀疑和仇恨的人。

当今的中国，投身于电源插头带来的各种娱乐消遣，通过电视、电脑和手机，随时随地都可以参与进来。我有一位朋友的小孩今年考上重点高中了，可他就是迷恋手机游戏。和一群小孩子玩游戏，可以不睡觉（通宵达旦）、不洗脸、不换衣服，甚至一天就吃一顿饭，更为严重的是，当他母亲把他的手机藏起来，不让他这样玩下去时。他的精神崩溃，手持菜刀，连哭带闹地去要手机。这真比"大麻"对青少年毒害更严重。

当下，网上的朋友圈是杂乱庞大、五花八门，以同学、同事、邻居、玩伴、病友、舞友等各种名目组成的网友群、微信群，在一起"打鸡血""抢红包""玩猫腻""互点赞""晒幸福""贴面膜""装正经"等，种类繁多，不一而足。其结果，每个人都不同程度地感染上时令流感病、红眼病、"富贵病"（养尊处优）、帕金森病、"狂犬病"（乱伤人）及夜盲症、唯美症、炫耀症、失忆症等。人们把大量时间浪费到网络空间的一场闹剧之中，图个啥呢？有谁真正想过。

近期看到一段讽刺小幽默，说一个青年人路遇一个乞丐，顺便给了他一块钱。乞丐追上他说："再给我一点钱，可以吃一顿饱饭。"青年人听罢，掏出手机，递给他。乞丐一愣说："你想把手机送给我吗？"青年人笑着说："你想得美，只是让你看我的红包记录，昨晚花了五个多小时，才抢到刚才给你的一块钱。"想想看，如果五个多小时看看书，写点文章，全国数千万人加起来，这笔财富还了得吗？不至于经济上去了，可读书、写作的人还在"贫困线"以下吧！

目前，我国的教育家、伦理学家和政治思想工作者们，只注意人人皆知的人性恶习的行为规范的宣传和治理，而对网络和手机游戏还没有纳入任何思想体系及道德教育方面。就说有些电视台的脱口秀节目和真人秀节目，真是热遍了全中国，不论男女老少及各种职位的人都在看，收视率远超其他有意义的电视节目。回过头来仔细想想，除了看的当时哈哈一乐，还有什么收获呢？有人说，这就是颐养天年。如果都这样地陶醉于如此的游戏与娱乐之中，我们国家和民族不愁不被第二次奴役，因为网络模式中的技术变化更能影响人们的意识形态。

把字母带入一种文化，会改变这种文化的认知习惯、社会关系、社会概念、历史和宗教。但如果把图像或游戏引入文化，其后果真是难以想象。当然，要限制电视播放时间，这是不可能的；取消电脑的一些游戏软件，也是不可取的；在手机中做一些手脚，更是荒唐的。问题是，技术发展之快，让我们对有些问题还未来得及思考。例如，"什么是信息"和"信息怎样影响文化"，既没有更好地研究探讨过，也未达成起码的共识，只知道信息表现的形式、内容、容量、速度和背景发生的变化意味着是某种形态的出现。除此之外，没人想得过多。所以

说，不要头痛医头，脚痛医脚，应在标本兼治的同时，注重本的治理。那么，什么是本呢？"本"就是因信息的出现，所带来的问题的思考。粗浅感觉到应该有如下方面：

第一，什么是信息？它有哪些不同形式？它在文化传播中有正面的、积极的影响，也有负面的、不良的影响。如孩子们迷恋手机游戏，家长不但要讲清各种利弊，还要以身作则，潜移默化地通过读书、吟诵经典诗文，转移孩子们为了玩而玩的兴趣；同时在中小学里有目的、适当开设一点有关这方面的常识讲座。

第二，信息和理性的关系是什么？什么样的信息最有利于思维？这应该是教育部门和媒体多多思考的问题。不妨在电视、广播中少放些广告，多插播些这类节目，让广大受众更为全面地了解在"信息爆炸"的今天，增加些理性思考的重要性。不至于总在"跟风"。今天"抢红包"，明天"喝鸡汤"，后天"奔跑秀"……把人们绑架在那辆"驴车"上，脑袋不被驴踢，那就怪了，于是总也找不着北，只能感觉，而缺少认知和思考。

第三，"信息爆炸"和信息过剩是什么意思？当今世界无论是自然的、社会的、科学的、人文的各方面信息，只要发生，都会迅速传播全球。但有些信息对某些人是无用的，有些信息是虚假的。有的所谓新舶来的信息，在发达国家已经过时，或被淘汰，而我们的电视制作者总愿不费力气的"拾人牙慧"，毫不选择的盗用。这不仅有损自我尊严，更与一个大国的崛起不相称。同时，这种紧步后尘，嚼人家剩下的馍，不仅没有味道，多了还会"腹泻"，百害而无一利。

第四，信息是文化软环境中的一个"骄子"，骄子如果不学好，你可否进行鞭笞？或者抛弃？对如此严肃的问题，我们的传播部门、管理部门和制作部门等，绝不能手软，宁可放弃一时的商业利益，也不要为子孙后代留下糟粕或遗憾，而要留下点有价值、有意义的遗产，总比一时的点赞率或收视率更有生命力。

无论奥威尔说文化成为一种监狱，还是赫胥黎说文化将成为一场滑稽戏。他们认为，我们正处于教育和灾难的竞争之中。试图在《美丽新世界》中警示我们，人们感到痛苦的不是他们用笑声代替了思考，而是他们不知道自己为什么笑，以及为什么不思考。

2016 年 8 月 7 日　于齐齐哈尔

学而不罔　思而不殆

《论语·为政》："学而不思则罔，思而不学则殆。"读书学习要勤奋，不可懈怠，但在此过程中必须勤于思考、善于思考，将学到的知识、技能派上用场，才不至于迷惑、失意。楚·宋玉在《神女赋》中曰："网兮不乐，怅然矢志。"可见，人的励志向往是在学与思中获得的，二者不可偏废。

近期看到个励志公式：$(1+1\%)^{365}=37.7834$

"1"，每天在这个基础上，多努力1%，即比别的同学多读1%的书，或多思考1%的问题，一年下来，那就是"1+1%"的365次方，坚持后的收获从原来的1%增加到37.7834。从量上来看1%是个微不足道的数字，但它可是一个人成绩单上增长的实际参数。记得宋·范成大《石湖集》云："学力根深方蒂固，功名水到自渠成。"只有不断积累知识，增长才干，拓展思维空间，方可积累为人处世的本钱。

对此，有人会说，我的基础不好，超过别人很难，此话诧异。这时你可以再加把劲，把1%升到1.5%或2%，延长学习时间，或增强深入思辨，还是能够做到的。我原来工作的克山师专有个年轻人，"文革"期间在嫩江地区萌芽学校（克山师专前身的中师）学习生物，毕业后留校在校办农场管理农工。学校升为高师后，大部分留校生都调出了。他没有走，去哈尔滨师范学院进修化学专业，并考取了硕士研究生，又读博士、博士后，作为访问学者去过美国，现在是华东师大博士生导师。只要努力谁都可以达到预期的目标。这就是鲁迅所说的，什么天才呀！利用别人喝茶、聊天的时间自己多看点书而已。

更多的学生进入大学后，开始放松、懈怠自己，于是不太用心上课、贪玩、谈恋爱等。我们不反对"玩"或谈恋爱，但要把它放在适当的位置，作为苦读后的一种消遣。《管子·弟子职》云："先生施教，弟子是则，温恭自虚，所受是极，见善从之，闻义则服……朝益暮习，小心翼翼。一此不解（懈），是谓学则。"否则，你的励志公式就变成 $(1-1\%)^{365}=0.0255$。若是每一天懈怠一点点，少学一点点，结果就大不一样，成绩将会缩水。努力和懈怠的差别就在2%左右徘徊，一年的时间下来，就比别人少获得 $37.7834 \div 0.0255 = 1481.70$ 的知识点。四年下来，少学多少知识和本领，你自己是胸中有数的。

可能有的同学会说，我们的毕业成绩都差不多呀！其实，一个人的潜能或能力很难用分数衡量，更不能用文凭和学历所代替。大数学家华罗庚先生初中毕业，被清华大学聘为教师，后来让他去英国剑桥大学进修，并拿文凭回来。他说，我是来学习知识和本领来的，拿什么文凭呢？不是照样成为科学家吗？"百川学海，而至于海，丘陵学山，不至于山，其故恶乎画也。"就是说，百川行流不息，所以能至海；丘陵不动，所以不至于山。比喻学习勤奋才有进步，停止不前则无成。

每天要读点书，写点文章，思考点问题，一直坚持下去，也不是一件容易的事，除了毅力之外，还需要有个读书学习的环境，而学校是最好的学习场所，在此养成读书、学习、思考的良好习惯，一生受益。一般来说都是带着任务和压力去读书的，给自己规定一个小小的目标，如确立一个研究方向，提出一些问题，或根据自己的爱好，写点应急之作，激情上来就写点诗，回忆一下过去的岁月写一些散文什么的。一句话——有感而发吧！自 2008 年暑期我返回故里，每天晚上看点书（不看书睡不着觉），坚持下去，共写读书笔记 80 多万字，写散文 120 多篇，诗歌 200 多首，自感到好充实，也很好玩的，这就是努力那么一点点的收获。不积跬步，无以至千里。《左传》云："夫学殖也，不学将落。"殖生长也，言学之进德，如农夫殖（植）苗，日新月异。

2015 年 3 月 14 日　于齐齐哈尔

生活辣味

从蛀虫想到的

印度著名作家泰戈尔在《蛀虫的逻辑》中说：《摩诃婆罗多》书中有条蛀虫，在封面封底之间，啃了黑洞。学者翻开书揪住它的脑袋怒斥道："你为何恣意破坏？磨砺牙齿填饱你肚皮的粮食，泥土比比皆是。"蛀虫说："你何必大动肝火，书里除了黑斑还有什么？不如让我里里外外吃个痛快，反正我不懂的都是糟粕。"

这则寓言故事好让人哭笑不得，因为"蛀虫"说得好在理："不懂的都是糟粕"。按此逻辑，中国三千多年的历史文化古迹，经过八国联军进北京，日本侵华战争，外加"文革"动乱的除"四旧"，烧毁、抢掠，所谓的"糟粕"也就残缺不全了。如果李白活到今天，也无法"冶城访古迹，犹如谢安墩"（唐·李白《登金陵冶城西北谢安墩》）了吧！只能是"昏昏但思向壁卧，虫臂鼠肝宁暇恤"（宋·陆游《剑南诗歌·书病》）。

过去的就算过去吧！"古春年年在，闲绿摇暖云"（唐·李贺《李贺诗歌编》）。今朝应珍惜，华章铸乾坤。遗憾的是，古的"糟粕"没多少了，近现代的历史遗存在某些"不懂"的官员手里，照样颠倒黑白，以改革用地等诸多名目，进行搬迁、改造，或毁坏，不能不让我们的子民俗士有些惋惜自叹，爱莫能助啊！

在我工作过的学校旁边有一座烈士陵园，是东北抗日战争时死难烈士遗骸的纪念地，大约有几百具尸体葬在一起，并竖起十几米高的纪念碑，正面镌刻着"抗日战争烈士纪念碑"九个鲜红的大字；背面是死亡战士的部队番号及名字，在周围还有些单独坟茔，最醒目的是在纪念碑和坟冢的右侧，有苏联红军某位将领的墓和碑，上面用俄文书写，也很让人们敬佩。正如《水经注》云："听鼓鞞而永思，庶先哲之遗光。"每当清明节到来之际，踏着刚刚融化的冰块，迎着乍暖乍寒的春风，伴着鼓乐队的乐曲，我们都会带领学生排着队去敬献花圈、花篮，或题写挽联，追思前辈们的爱国之志和勇于献身的精神。几十年来，学生们每逢夏季就到庄严肃穆的"烈士陵园"去背诵诗词、温习功课，尤其是当毕业之际，必到此留影纪念，似乎心中有某种热血在沸腾，其记忆的深处仍保留中华民族的风骨和遗爱。

　　2008年我从南方返回故里，特意来到"烈士陵园"瞻仰时，发现它的面目全非。真可谓烈士名古邈，羁旅病年侵。距今已有七十多年的大片苍松和垂杨不见了，"抗日战争烈士纪念碑"也没了踪影。晚清时生活、居住、操练、镇守的"将军府"，由市里搬迁到一个小江心屿上。如果这些将军们在天有灵，只能撅着胡子唾骂这些无知的"蛀虫"们。"为文属思精壮，长于碑志，世所不逮。"（《新唐书》一二五《张说传》）这是历史，也是文化，怎能随便更换地方，遂使碑表芜灭，却丘树荒毁，人人痛之。《汉书传·叙传》记载："淑人君子，时同功异，没世遗爱，民有余思。"将军边陲上，古貌又古心，后人应景仰，怎可动其容。悲哉！

　　古人曰："凡善怕者，必身有所正，言有所规，行有所止。"一个人只有敬畏历史，才能慎初、慎微、慎行。反之，目无史纲，必然迷心智，乱言行，丢操守。说到此，还是想到"蛀虫的逻辑"："不懂的都是糟粕"。而现代的"蛀虫"是啃了黑洞，还在黑洞里拉下虫屎做成"贡果"去充填了黑洞，并献给那些翻书人。因为它们又知道：不懂的就可以"胡来"。

2014年8月9日　于齐齐哈尔

帮闲媚骨　丧尽良知

帮闲也叫"清客"，是专门侍弄官僚、富豪的清闲作乐者。在中国古代比较成功的仍属高俅。他陪着当时皇族端王赵佶玩鞠蹴，即踢球等消闲娱乐。当端王做了皇帝——宋徽宗，帮闲高俅也跟着成了高太尉。《水浒》二曰："俺道是什么高殿帅，却正是原来东京（今洛阳）帮闲的圆社高二！"

从一些门下的中下等人，以闲事而食于人的"帮闲食客"；到乘机偷懒，逢迎凑趣，耍弄乖巧的"帮闲钻懒"；再到受有钱、有势家族的豢养，专给人家装门面，效劳打诨的"帮闲文人"。在中国历来都是变着法子的帮闲、帮闲、帮帮闲……

当"帮闲"帮到奴颜媚骨的程度，人的尊严丧尽、品格低下。鲁迅先生对帮闲这个群体既厌恶憎恨，又显得无可奈何。在他的眼里，犹如一群群绿头苍蝇，让人心烦意乱，甚至恶心，就是挥之不去。他们中的多数人是无主见、随大流、碰运气，纯属社会中的庸俗小人之辈。但也有些人是有目的、有算计的，非常懂得社会上的各种"潜规则"，知道上头领导需要啥，天天琢磨上司老子的"心理落差"，只有满足其需要，才能求得对自己的好感，最后弄个一官半职。

在当前，处于资本积累、社会转型的后现代工业化时代，帮闲之人，也大变脸谱，各显神通，其表现形式虽为殊异，但更为露骨与卑污。

官场的"帮闲"就是一条狗。这条狗的明显特征是会"变脸"。看见上级来了，就摇头晃尾的赔着笑脸，满嘴恭维话，行动轻捷而迅速；遇到老百姓来找领导办事或评理，他们会不问青红皂白地左推右挡，不让你越雷池一步。20世纪80年代初期，我去省政府大院找省长给学报题个名，值班的门卫知道我的来意后说："某省长是从来不题字的。"我说："某某学报就是他的题字。"接着辩解，"我不是看他为省长来高攀，而是因为他是省书法协会会长，字又写得好，才请他的。"后来，我把学报直接给省长寄去，并附了一封信，没费吹灰之力就办成了。

商业领域的帮闲更是司空见惯。从20世纪80年代起，在商店等场合就出现"商托"。你若想为家人或孩子买件衣服时，立刻就上来几个想为你试衣服的

"托模",千方百计让你掏钱买走。后来,发展到各个领域,药店或医院有"药托";旅游公司有"游托";还有"化妆托""房产托""车托"等,一律为商家尽力孝忠,坏事做绝,是一群社会上的害群之马,汪汪乱叫的"巴儿狗",和没有廉耻的"屎壳郎"。

他们以各种骗术为商家推销商品,有不择手段的传销、假广告、假商标、假药、假酒、假烟、地沟油、过期食品等到处都是,毫无掩饰地进行坑蒙拐骗;对上是偷税、漏税,走私商品,或用钱拉拢、腐蚀官场人员下水。一个目的,就是为了"钱",无恶不作。

其实,帮闲的人并不白帮,最终连给领导开轿车的司机,都可以提个科长、处长什么的。人们做事都有利益跟着,否则,也就没人为你点头哈腰了,一旦离岗退位,当年围着你屁股转的人,见你视同陌路,也真够寒酸的;不过那些被你提拔起来的人,也不见得怎么领情,因为给你送礼了,偶尔见到也会跟你打下似有似无的招呼。可见,那些丧尽良知,只有媚骨的人绝不是"好饼"。"好事"是他们为你做的,坏事也都出在他们身上。这种"癞皮狗""软骨头"必须要认清和识得,小则会败坏上司的名权利,大则会丧权辱国,那就不是"帮闲"所能做到的,而是为虎作伥的帮凶了。

古时候,传说被老虎吃掉的人,死后会变成伥鬼,专门引诱人来给老虎吃,替老虎做伥鬼,以比喻愿当恶人的帮凶。在民间"帮凶"的另外一些名称为"汉奸""狗腿子""走狗"等。帮凶的一个共同特点是:出卖良知、良心,而求虚荣。他们一身媚骨、自私自利,往往是狂妄自大、目中无人,还有一定的社会或家庭背景,和比较显赫的身世与地位。相传在百姓心目中他们是"应声虫""爪牙""吸血鬼""墙头草"和人们的"眼中钉"等,放在这些人身上,有过之而无不及。

帮闲也好,帮凶也罢,都是社会这块土壤里培植出来的"寄生虫",一种通常人们都认得的"杆菌",分布广泛,种类繁多,滋生的根源也复杂,任何群体都有这类人种的存在,只不过有的是冠冕堂皇一些,实为披着人皮的狼;有的是鼠肚鸡肠之辈,干些鼠窃狗盗之事。这些人靠吹牛拍马爬了上去,表面装得温文尔雅的样子,实则一肚子男盗女娼,卑鄙得如老鼠,只可在黑暗处寻食弄欢。

究其根源,有文化教育上的疏漏,也有民主法制的欠缺,更与社会大背景下的贫富差距过大和贪污腐败盛行有关联。往往在政治上过于专制、独裁、民主法制薄弱的国家与群体中,这类人物或事件会蔓延和滋生。只要在一个国家或民族中充分体现社会民主、平等、自由,加上健全法制,抵制贪污腐化堕落,这类帮闲、帮凶的人就会少一些,但绝不会灭绝。

说到这里,值得深思的是那些自我标榜民主、平等、自由的国家,帮闲、帮

凶的人和事更让人胆战心惊。如英国作为美国的帮凶，以假情报——说伊拉克有大规模杀伤性武器为名，美英联军去侵犯一个主权国家，吊死萨达姆先不说，到目前为止伊拉克国内四分五裂，内战频频，死伤几十万人，由谁来负责，还有公理可言吗？可见公道很难找到，因它被把持在独裁与专权的人手里。

2016 年 7 月 31 日　于齐齐哈尔

"替课"与"陪练（恋）"

在我短短的几十年大学学习与生活中，听说过"罢课""逃课"，关于"替课"与"陪练（恋）"还是第一次听说。

"替课"不完全是我们想象中找个熟人替你听课，避免主讲教师点名时因缺课造成某门专业课或选修课不及格。"替课"是一种有组织、有酬劳的半职业化，又按市场规律运作的"新型产业"。首先，要有个"中介"，替课人在中介备有姓名、联系电话，男女都有，校内、校外的一些适龄青年，每替听一节课是一百元、五十元不等。如果有的学生因事、因病或不愿学习，就去中介找个人替课，中介也会尽量搭配和"逃课人"相似、相近的男生或女生进行替代。

说到这里，会有人问，请假或缺席不行吗？何必走这个邪门歪道……其实，各大学的院系或授课教师们都有自己不成文的规定，若不上课几节就视为本门课程不及格（有些课程不适于考试，只进行考查），才造成如此后果。也有人问，不怕同班、同寝的同学揭发告密吗？如果说"罢课"是为了正义，"逃课"体现某种侠义，而"替课"却保留着同学之间的仗义。同学一回，怎么会那么小气呢！犹如西方社会的价值观，只要不损害自己的利益，别人的事是不会管的。

造成"替课"的原因是多方面的，但不可避免的问题是，我们的一些管理部门、政工干部及教师，仍保留着很深的传统教学理念，如牧羊人一样，只希望这群小羊在他规定的牧场进行吃草或活动，不能越雷池一步，否则狼叼去怎么办。岂不知，大学是科学、民主、自由的殿堂。学生的学与不学是既矛盾又统一的关系。若在对学生学习的问题上，只讲管、卡、压，就像流水，只是堵塞，必定要造成严重的洪涝灾害，最好的办法是疏导。大禹做到了，成为名垂青史的伟大人物。因为人性的特点，或者说弱点，尤其是年轻人，最愿意另辟蹊径，靠一时的无知或梦想，走的不一定是"正路"，可在他的人生中，萌生出一些不同凡响的特殊理念。至少，他知道了"市场"原来就是这么回事，体会到了不被"绑架"时的痛快淋漓的感受，也充分地明白了没有任何人喜欢被人役使的道理。

另一方面，教育者与教授们总以良好的愿望、呆板的教学模式，希望自己的学生成为什么什么样。这又犯了主观主义的不确定性心理毛病。萧伯纳有一句名言:"人们永远无法被'教'会。"学习是一种自动、自主的活动过程,更多的知识获得或能力培养来源于自觉、自愿的读书和实践。如果能下决心掌握书本中的某些原则或技巧,就必须在客观实践中加以验证,做到手脑并用,才会使课堂里学到的知识牢牢地扎根于脑海。所以说,任何灌输式的填鸭教学模式,学生不会喜欢。我们的教学工作者们何时在学生不愿意听课时,做过认真、仔细地思考呢?

当前,大学是普及教育,大众化。学生考入各类大学并不难,因此良莠不齐,知识和能力差别很大。一个没有学习习惯,学习基础又较薄弱的学生,很难在短时间内把他提高上来;如果他自己在这方面又缺乏自制力,也只能顺其自然。只要人品端正、心地善良,经过大学教育的耳濡目染,走上社会也不一定是个"孬种"。作为学生自己也应该正视自己与别的同学的差距,但在某一方面不能放弃,不要浪费自己的青春,最终也会成为社会中不可或缺的某方面人才。所以说,大学中的教育主要是理念教育,必须把学生的观念提升起来,让他们知道或预想到未来世界是个什么样子,人们如何去适应它、发展它,远比阻止学生自由发展强得多。

"陪练(恋)"在大学的校园里五花八门。一些帅哥、美女们靠着自己天生的资源和魅力,以求得别人的陪伴或陪伴别人为己任。陪玩、陪吃、陪学或陪睡都是"陪练(恋)"的范畴。多半是男生自愿出钱、出力,情愿自我"牺牲",就算是人生一场梦也无怨无悔。

作为青春期的男男女女,现实与浪漫相济也没什么不好的,但是如果把四年时间都无聊地花在这方面,确实有些不值得。竹篮打水一场空,那还有什么味道呢?对此实在不敢恭维。可有些人不以为然,自认为体验到的就是收获,过程总比结果好,真的有些罗曼蒂克式的浪漫因子,似乎也有些道理。所以,现今的大学里类似的情景也就见怪不怪了。校园周围的钟点房、出租屋比比皆是,已成为一道无须言语的特殊风景。

经济的市场化、全球化,固有的伦理道德受到冲击与变革,也是自然而然的事实,一切在法律允许的框架下运行,也就没有别的条条框框的限制了。既然大学生可以在就读期间结婚生子,那么他(她)们的恋爱与体验也就无足轻重,只能说是人类社会又一次进步和发展。但我还是希望一些男女学生们在此过程中多一些责任和义务,少一些盲目与儿戏。

综上所述,"替课"所以如此容易,就因为背后有个经济利益伴随着它。俗话说,有钱就是"大爷"。其实,这个"爷们"当不得,它腐蚀了你的灵魂,浪费了你的宝贵青春。一生之中,除了钱,你还有什么值得留恋的呢?一旦步入庸人、小人的行列,想做个纯粹的人,实在概率有限。劝君昂首前行路,莫要在死胡同里栖息。

　　"陪练（恋）"在校园里蔓延，应该认真予以思考。青年人应该在混沌与丰富的世界里找到自己的人生定位。你知道，当你很容易找到所谓爱上的人时，从婚姻经济学中可以体会到，难与易的概率取决于爱情的价值。那种不干净、不纯粹的爱情，到头来只会剩下一地鸡毛，还谈什么意义与否呢？

　　我们决不能盲目地去追求某些时尚与新潮。记得王尔德说过："绝大多数人都是他人，他们的思想是某个他人的意见，他们模仿他人的生活，他们最爱引用他人的话。"（正确的理念与做法还是要学习的）这是没有自我观念价值的表现，实在是糟糕透了，也是对生命的不敬。

2016 年 8 月 29 日　于齐齐哈尔

生活没有怠慢我

人一出生就面临着生活。正如法国思想家蒙田所说："生活本身既不是祸，也不是福。它是祸福的容器，就看你把它变成什么。"因为世界上最难的学问，莫过于懂得自自然然过好自己的一生。

星星眨眼笑，萌动恋生活。刚入初中，因我在班上年龄最小，比我长五六岁的班长就向班主任老师推荐我做生活委员。我并不知道这个"小干部"是干啥的。班长说：你就管咱班教、寝室的卫生和生活纪律。心想谁能听我的呀，就干点实际事吧！别说，我们班在全校卫生检查中还不错，流动小红旗一直挂在教室的门上。后来按校医老师（兼生理课）的布置，每天晚上睡觉前，顶着亮晶晶的星星奔走在各寝室之间，给男生冲洗沙眼。这项工作一是要坚持经常，二是要学会翻眼皮。一干就是一年，我们班患沙眼率由50%降到27%了。另一件事是在1957年春季全校发生大流感，我们班80%的人都感冒了。当时我的任务是送水、送饭和让患者按时吃药，两周后同学们渐渐康复。从此，我的生活委员一干就是三年，真真地喜欢上这个角色。每当夜晚看到星星时，似乎悟到了什么……

狂风暴雨骤，黾勉新生活。在我们国家暂时困难时期，我去临县求学。记得有天晚上和同学们驾着大轱辘车出去拉土粪，一不小心滑倒了，膝盖骨破皮裸露出来，半月板有点损伤，但背我去医院的是农园的一位"工友"，后来才知道是当年被打成右派的老师在此进行改造的。我的心有说不出的感激。此后经历了"社教运动""文革"风暴，虽说心灵一次次受到煎熬与阵痛，但它让我懂得了底层农民生活的艰辛，社会变革又如此的剧烈，人生道路是漫长的，可也很新鲜，在知识的海洋里我像一条小鱼游得欢快自在。殊不知在批判"智育第一"的疾风暴雨里我遭到批判，然而批判并没有让我却步，仍在继续读书，只是更小心，更自觉罢了。生活的路是弯曲的，在拐角处总能有春风与骄阳相伴，会有新的生活向你招手。这也许就是命运吧！当理性与直觉互通时，大脑与心灵永远切合在一起，所以我走过来了，也走得好欣慰的，"是非成败转头空，青山依旧在，几度夕阳红"。

网破蜘蛛在，历练真生活。有人说"生活是一张横贯深渊的蜘蛛网"。其实,我没有那么大的野心,对于经商、从政也有机会,但感到"三尺讲台"中的自生、自存、自娱、自乐更适合我这类的小人物。所以我的"网"只架在树枝之间,即使人们不自然地把它摧毁了,再重新编织起来就是了。蜘蛛拉网是它的本性使然,没有网破就不能编织新网,也就没有了它的生存、生活空间。人岂不也是同理吗?有谁能知道自己的一生中什么是有意义的,就像鱼儿在水中游了终生,又知道什么呢?我从大学的讲师到教授,晋升时也有阻力和打击;工作过四所院校,也曾遭到过骄傲、狂妄等绯闻的纠缠与干扰。虽然丝断过,网也破过,但我挺过来了。就像电影《托斯卡纳艳阳下》,知道与明亮的阳光相伴,不必追悔过去,更无须忧思未来,只要坚持到底,我们头上永远有托斯卡纳阳光的照耀,总感到暖暖的舒适。这也就是我们所追求的真生活、真滋味。《诗经》云:"靡不有初,鲜克有终。"就是说,一件事开始容易,坚持到最后很难。蜘蛛珍惜的是拉网的过程,过程越惊险,越感知美;破损只是其行为过程的一个小小目标。它不怕破损,因为永远保持拉网的韧性和坚守,才是它一生的追求。

花开引蜂驻,享受慢生活。不论是春花还是秋花都会吸引蜜蜂的驻足。蜜蜂在花间采集花粉真可谓不慌不忙的,慢悠悠地享受其大自然赋予它们的超然之幸。人的一生也有与蜜蜂相似之处,只是忙碌着把自己打扮或装点得更好,这也是我们人人追求的美好生活吧!无须质疑问难,作为向往远离一点"尘埃"的人来说,不要过多考虑生命有多长,更应想着给自己一个心灵拓展的空间、放松的空间、创造的空间,让生活在漫不经心之中,更加自由,更加浪漫,更加诗情画意一些,多优美呀!真正慢下来的是"退休"后的几年,能把"慢"当成某种担当、责任,就会活得有滋有味;能把"慢"过得智慧些、勇敢些,就能在生命的最后阶段,释放出人间大爱、大美的境界,此乃真享受也。记得梭罗说过:"我已确信,有了信仰和经验,一个人若想在人世间生活较为简单而又精明,那并非是一件苦差事,倒是一种休闲活动。"从现在起,在智慧的引领下,去过那种"慢生活"吧!

中国古代哲学家老子早就说过:"知人者智,自知者明;胜人者有力,自胜者强。"而梁漱溟解释得更为具体,他说:"深深进入了解自己,而对自己有办法,才能避免和超出不智与下等。"我好感谢生活,因为生活没有怠慢我。

2014年8月2日　于齐齐哈尔

发生在列车上的那些事

20世纪80年代初,国门刚刚打开,人们就迫不及待地琢磨赚钱,或到外面走走看看,大千世界是个什么样子。于是作为主要运输工具的火车真是人满为患。我当时经常出差,学报在省城印刷、发行,加上参加一些学术会议,每个月都要出去的。遇到各种奇闻趣事也就不感到意外和震惊了。下面将沉淀在脑海中的几个碎片捡拾出来,作为时代的一点见证吧!

扑哧一声:笑了

一次从省城开往齐齐哈尔的列车上,我旁边坐着一个小伙子,人长得干练,爱搭讪,还挺幽默。火车哧哧、哧哧几声就开动了。坐在他对面的是位留着齐耳短发,白净脸颊上镶嵌着一双水汪汪大眼睛的女孩。一眼见到,就有种不愿离开的感觉。小伙子实在耐不住寂寞,就开口和女孩搭讪,知道那位女孩的名字后,说自己的名字中有一个"中"字,并将左手的拇指和食指合拢成一个"口字",再用右手的食指在"口字"上一竖,接着又将右手食指往"口字"里一插,说:"中国的'中'"。女孩见了之后,有点不是滋味,不一会儿拎包就走了。良久,她和一位乘警回来,乘警绷着脸对小伙子说:"你名字的中字是中国的'中'吗?"小伙子不慌不忙地应酬,"是呀!"并把右手食指放在左手的"口字"上。女孩急了,说他在有人时就把那一竖放在"口字"外边,没人就伸到"口字"里边。乘警笑了笑,也做了同样的动作,丢了一句话说,"不伤大雅",转身走了。接着就听那女孩扑哧一声:笑了,又迅速用右手把嘴遮上。火车继续咣当、咣当地向前跑着。幽默与习俗相撞后,在文化的架构下,也可以融合的。

带孩子出行的女人

1983年的暑期去佳木斯参加东北三省的学报工作研讨会,在绥化火车站转乘由哈尔滨开往佳木斯的火车。上车后已是晚上九点多钟了,过道上像撞黏豆包似的坐满了人,行李架上还有人躺着。好不容易找到自己的座位,见对面的大嫂

让她的七八岁的女儿把座位腾给我（其实是我的座号）。火车轰隆、轰隆地向前开着，车厢里一片寂静，时而听到几处鼾声与车轮滚动声相撞；每当到站时，都有扛包拎兜的人，像过地雷区一样小心地挤到车门口下车。零点过后，火车将到汤原火车站，对面的大嫂小心地把大女儿唤醒，麻利地将行李架上的两个大布包拿了下来。接着她恳求过道的旅客帮帮忙。这时，不知谁喊了一嗓子："别睡了，帮人下车！"女孩抱着像睡猫样的小弟弟来到过道，但怎么也过不去。就听一位长者说，你们躺在我们手上，把你们传过去吧！说时迟，那时快。大嫂把腰哈下从自己的座位底下拽出个小女孩，接着又在临近的座位底下拽出两个。三个小女孩都在三至七岁之间。她们都像睡猫那样，有的眼睛都不睁一下，有的揉着眼睛，似乎还在梦游着，过道人仍用"传送带"把她们送到车门口。最后是大嫂背着包，好不容易挤出去，领着孩子艰难地走出了车门口。在夜幕下，她们一行6人消失在夜幕之中。车厢秩序井然，人们仍在车轮的滚动声中昏昏欲睡。可我的心却怦怦地跳着。有人说，女人是生孩子的机器，可这位大嫂还是生活的领跑者呀！古人云："咬得菜根，则百事可做。"

小偷与警察

　　有一次去大兴安岭旅游，下午三点钟由齐齐哈尔开往加格达奇的火车徐徐开动。闷热的夏天，人们都似睡非睡地晃荡在座位上。这时我看见斜对面的三人座位上，中间是位中年汉子，两边坐着浓妆的女人，三人亲热地聊着。不一会儿，来了个二十几岁的男青年，身着藏蓝色西服，没系领带，挺随意的，就去摸挂在衣钩上的衣兜，如入无人之境。此时乘务员和乘警都不在。我下意识地想：一定是他们一起出差的。我对座的老者，花白头发，满脸红光，目光锐利。他随便递过来一句话："只能看，不能说，这是山沟里的规矩，大戏还在后头呢！"弄得我丈二和尚——摸不着头脑。到了晚上，斜对面的两女一男在腿上共搭一条线毯有点睡着的样子。一伙"玩杂耍的"停在我座位的过道上，其中有个人搭在我的椅边。这时乘警过来提醒说："要看管好自己的衣物，不要总是睡觉。"过了一会儿，玩"杂耍"的人走了。我对座的老人问我你兜里有钱吗？我一摸十几块零钱不见了，立刻有些紧张。我问他看见了吗？他说，干了几十年警察啥没见过呀！天快亮了，乘警又过来喊叫："醒醒吧，看好自己的东西。"这时斜对面的男子惊叫起来，说放在裤衩兜里的五千元钱不见了。我一看，那两个"小姐"模样的女人也不知啥时走了。快要下车时，对坐的老者说，哈尔滨有个黄癞子，就专门让女人掏男人的裤衩兜，这次你见识了吧！我看过外国电影《警察与小偷》，此次见到中国式的"小偷与警察"，真的好开眼界……一个人看透生死很容易，可要真正看透利益，抛却邪念，那就难了。

让座后的收获

还有一次，我和学报编辑部的小王去哈尔滨校对清样，在返回的列车上，见到一位清瘦的老人拄着拐杖在车厢里走了两个来回，看样子不像乞讨，等第三次过来时，小王就上前询问："老大爷，您找谁呀？"老人说："腿脚不好，想找个座位。"小王立刻将自己的座位让给他说："您坐吧，我还年轻的。"老人推让了半天还是坐下了。落座后方知他是抗美援朝时的老兵，一次战役中不幸失去了右腿。听后我们都好感动。顺便问他去哪里。他说，自己外孙女在克山师专读书，去看看她的。原来，我们是同路。就这样半夜里一起下了火车，并让小王回校后将老人家安排到校招待所住下。第二天，老人领着外孙女到编辑部来感谢我们。方知他外孙女叫单萱萱，是数学系的大三学生，身材高挑，皮肤白里透红，一双聪慧迷人的大眼睛，真不愧是"校花"呀！

老子道德经：主张自然而为，以善上若水喻道，后其身而先身，外其身而身存。时间过得飞快，一晃五年过去了，小王考上了重点大学的研究生。有一年回来看我，竟领着单萱萱一道携手而来。哇！好幸运呀。原来是那位老兵一眼看中了小王，毕业后二人决定共同考研。从这件事上我真切地感受到：人与人的机缘不知道在什么地方遇到，但好人总是有好报的。

坐过火车的人就像一个大家庭，在有序、有规的车厢里相处融融，相互接济，彼此侃谈也都是真诚而愉悦的。当然，不排除在这样松散的、临时的小社会里，有些人的行为不端，或内心丑陋，其实也属正常，社会就是由"各类人"组成。但我一直相信拉丁谚语所说："才智与贫穷，富豪与痴钝常常相伴。"文化的差别与财富的迥异，都会在人性上得到统一，即精神世界总是在美好的追求中得到安慰与产生自信。上述的几个小故事都发生在凡人、俗子身上，却折射着时代社会的烙印，记忆与深思是最好的解读。

2015 年 1 月 20 日　于齐齐哈尔

留钱不如留债

2016年1月初,我回老家探亲并给已故的父母祭祀扫墓。一天晚上与我已故的妹妹家的女儿在一起就餐。她感慨万分地说:"一旦父母走后,留钱不如留债。"这句话出于一位善良、豁达的职业女性之口,让我有些浮想联翩……

我这位外甥女是老家临县的人民医院的护士,她单身抚养女儿生活了十几年,如今女儿已经上班了。她就姐弟两人,弟弟在本县开"校车",弟媳打工,家中一个小女儿,房子是已故的母亲给买的,就连因糖尿病双目失明的爸爸的工资也给了他,应该说生活还不错。当2013年他母亲意外去世后,为遗留下的"老年公寓"的继承权,姐弟俩闹得很僵。原来弟弟想全部继承遗产,但法律规定姐姐也有份时,问题就出来了。最后经协商姐姐高姿态地要了一小部分破损的房屋,弟弟得了一大部分好的房屋。在接管"老年公寓"时,弟弟和弟媳干了一个多月就不干了,让他姐姐干,并提出每年要她给自己4万元,还得照顾、护理残疾的父亲,并负责其医药费。姐姐一口答应下来,还每年多给1万元钱。三年下来姐姐停薪留职,没挣着钱不说,弟弟一家人把姐姐当成了"仇人",于是才有前面的那句话。

记得恩格斯的父亲去世后,留下一笔价值不菲的遗产。但他弟弟让他放弃遗产。母亲患有重病,为了母亲他放弃了继承权。尽管朋友们有些不解。他说:"我不能让母亲因家里的纠纷而悲伤,没有什么事比我母亲安度晚年更重要。我以后还有机会有很多财产,但是母亲永远只有一个。"此例虽没有可比性,但它体现的李敬父母的精神是后人赞许的。

金钱可以交换安逸、保健、服务等,但法国女设计师香奈尔对金钱的看法是:"它使我获得了独立性是很有价值的。"绝不是为了享受、荣誉而不择手段。金钱的伦理性本质,就是一个人对自我价值认同并提升的过程。可有的人把它当成万能,最终被其毁灭得只剩下一根芦柴棒,其精神空虚得一无所有。如何能做到与金钱抗衡(不做其俘虏)、妥协(不受其制约)及平等(互为需要)共处,方能达到彼此取悦的历程。这种精神上的超越和物质上的满足是在知道"舍弃"的意愿中获得的。

"多余的财富只能购买多余的东西,人的灵魂必需的东西是不需要花钱购买的。"梭罗的著作《瓦尔登湖》百年的余音,在物欲横流的今天,仍显得深刻而中肯。当人们获得"金钱"时,尤其是父母留下的钱财,也许会使儿女们大脑分泌的化学物质多巴胺一时升得很高,但随后因分配问题,而迅速回落。这时的他们早已把父母之恩及兄弟姐妹之情忘到脑后,什么亲情都化为乌有,剩下的就是"孽债"。有人说,人生的账簿,记录爱与被爱,两数相加就是成就。无论是亲情、友情或爱情,对于"情"的呼唤、珍惜或发扬,都是一种义务、责任和担当,又怎能斤斤计较,或不知羞耻,不知脸红地去亵渎它呢?

面对亲情,因一点点利益上的冲突就闹翻了脸,见面如同路人,实在让人心里堵得慌,可又有什么办法呢?俗语说,一母生九子,九子各不同。先不说"不同",只谈"亲情"吧!看在父母的份上,只能让这段不愉快的事埋在心里,逐渐地沉寂下来,让人生做一次短暂的小憩,等爱的意志跃升起来时,应该相信:石头都会发热。从而使自己的灵魂更舒适,也更容易秉持与传导"善"的引力与感召。

应该记住,用物质填洞的人是可悲的,因为物质欲望的洞越填越膨胀,总有一天会发现自己为了满足这种欲望,已经失去了自尊、快乐与安全,短时的喜悦变成终生的遗憾,哪里还有幸福的存在呢!而且由于你的贪婪和自私,造成了一家人及后代也是如此,其"怪圈"轮回到你的头上时,晚矣!悲矣!

至于"留债",也是一个很纠结的词。虽说对父母留下的债,儿女们不会挣得六亲不认。有良心的儿女会知道这些"债务"是父母为自己成长与发展欠下的,即使在晚年治病用的钱,也是为儿女操劳一辈子得的病,理应还是儿女们欠下的。只要不是"孽债",就理所当然地应由儿女们来偿还。可又有多少人会如此理解呢!就算是为自己的父母尽点孝道,留下"美名"总还可以吧!绝不能因债务的分担打得头破血流,恼羞成怒。这点"弦外之音",必须告诫大家:"留钱""留债"不是好事,也不是坏事。

清人袁枚有首《咏钱》诗:"万物皆可爱,为钱最穷趣。生时不带来,死时带不去。"何为"穷趣",因为追求金钱的人是无趣、乏味,及品位低下的,只做"钱"的奴隶。它会极大地伤害人与人的感情,视友为敌,骨肉结仇。可话又说回来,钱是通过劳动兑换物质的凭证,生活中毕竟是不可缺少的。所以他又说:"人生薪水寻常事,动辄烦君我也愁。解用何当非俊物,不谈未必是清流。"钱是生活中的"俊物",有谁不需要呢?问题是,靠自己智慧和能力赚钱才好,同时更需真爱。

2016 年 1 月 27 日　于齐齐哈尔

零下50℃地带

"文革"中期的一个冬天,我有幸跟随《黑龙江日报》采访团来到漠河以北的一个小山村,那就是人们称为"零下50℃地带"。这里最大的特点是一个字——"冷"。那么能冷到什么程度呢?据说20世纪60年代的一位作家曾这样描述过:说一个小男孩白天到户外撒尿,需带根小木棍,一边撒尿,一边把尿冻成的冰柱敲打下去,否则就尿不出来。这似乎有些夸张,但那里确确实实冷得很。听一位当地的鄂伦春族老人讲,在新中国成立初期一次上山打猎,因为风雪太大,迷了路,夜间走了好长时间,也走不出森林,实在太累了,就将随身携带的狍皮铺在雪地上,打了一个盹儿,等醒来时,嘴张不开了,原来是上下胡须冻在了一起。

冬季里,白天很短,下午两点多钟太阳就开始下沉,那种"斜阳外寒鸦数点,朵朵白蘑映孤村"的景致,让人感到凌冰沐雪,不依禽兽之顾;劲阳杀节,不凋寒木之心的"大写意"画面若然呈现,其美的境界是无法用语言来描述的,因它是大自然馈赠给人们的最好礼物。尽管是白天,也十分静谧,放眼望去,寒门闭户,雪压门深,银装素裹,雪地无痕。冰寒碛际遍荒野,行摇孤飞叹老鸭。

人们说一方水土养一方人。在这高寒地带生存、生活着的人们,可谓以苦为乐身在此,冰魂雪魄铸精神。知关东情的人,都会听到这样的说法:东北有三宝,人参、貂皮、乌拉草;东北有三怪,身穿皮袄毛朝外,大姑娘叼个大烟袋,养活孩子吊起来(睡悠车)。

"乌拉草"也称靰鞡草,是一种三棱草,约一米多高,秋天把它割下来阴干。冬天用时,攥一小把用小木槌子在外面的冻土地上反复敲打,直到把它打成麻样,达到又细、又软,又不会折断的程度。穿靰鞡(用牛皮制作的,鞋面上有褶皱)时,先把粗麻布放在里面作为裹脚布,然后絮上槌好的乌拉草,再光着脚伸进去,用麻绳绑好就行了,既方便,又暖和。至于"身穿皮袄毛朝外",我推断不仅是习惯,更是种节省布料,方便缝制的缘故吧!显然这都是很原始的,但也很实际。在一个封闭的小山村里,生存、生活的基本条件就是自给自足。正如南朝·陈江总《再游栖霞寺言志》诗所云:"静心抱冰雪,暮齿通桑榆。"人与自然是融为一体的。

庄子《知北游》中记载:"汝齐戒疏瀹而心,澡雪而精神。"意思是经过冰雪的洗涤,其心是坚强的,心灵是纯洁而崇高的吧!在零下50℃地带的人们不仅造就了自身的果敢、勇猛,体魄强劲,而且更具执着、忠厚、热情,特别崇拜自然的优秀品格。这里的鄂伦春人信奉萨满教,确立万物有灵的宗教观,对山川树木、风雨雷电和日月星辰非常景仰。出猎时遇到古树、高崖、洞窟等都视为"白哪哈"(山神)的栖息地,不能喧哗,要叩首、供肉,祈求平安丰收。敬畏熊,并视为"雅亚"(祖父)、"太贴"(祖母),或"阿马哈"(舅舅),不能直呼其名。连服饰上的图案都以几何纹、植物纹和动物纹为主,体现出整个民族自古以来对大自然的信赖与尊重。

这里的夏天很短,只能种植燕麦青稞,作为各家自养牲畜的饲料。其物产相当丰厚。据爷爷、奶奶辈的人讲,曾有棒打山鸡,笊篱捞鱼的习惯。盛夏时节,一般人家都把灶台临时搭在外面,当烟火和蒸气升腾之际,一些山鸡顺势飞过来。这时,女人们用烧火棍等家什把山鸡打下来,处理好后,炖一锅香喷喷的鸡肉,好吊人的胃口哟!如果想吃点鱼,就拿笊篱(北方人用细柳条编的,用来捞米饭用)到河沟或池塘捞两下就能抓到鱼,回到家里把鱼打理干净,就可以做成美味的菜肴了。此种生活是大自然赋予人们的恩惠呀!充分体现了"如冰之情,如玉之洁,法而不威,和而不亵。"(曹植语)自然且安稳的高尚情操。

零下50℃地带,是我国的一张特殊的名片。从自然到人文都显示出它的独特之美。旧思牵云叶,新念凝雪泥。还是苏东坡具有真知灼见。他说:"人生到处知何似,应似飞鸿踏雪泥。泥上偶然留指爪,飞鸿那复计东西。"人们往往也会就此托之梦寐,回味童年的往事。

2015年5月13日　于齐齐哈尔

健身固体　养心树德

人活一世，不论是养家糊口、传宗接代的庶民，还是建功立业、造福一方的贤良、儒士或伟人，都要做到健身固本，养心树德，方可为不朽之人生，垂史之百代。

《庄子·秋水》记载："此其比万物也，不似毫末之在于马体乎？"是说人的身体应该高大健壮，体貌闲丽，体质丰伟。要做到这一点，首先要保证身体的各个器官运转正常，"部件"灵活自如，锻炼身体是固本蓄精的最好方法；其次是做好食物链的营养结构配置，劳作与休息在缓解体能方面也在健身固体之列。《孟子·尽心》下："养心莫善于寡欲。"意思是陶冶自己的心灵，一定要追求淡泊，少些利益追求及不正当的欲望所得。做到"养志者忘形，养形者忘利，致道者忘心矣。"（庄子语）所以说，人除了有个好体格外，还必须养心寡欲，方为人上人也。

说到这里，忽然想起上古神医扁鹊。《史记》扁鹊仓公列传第四十五记载：

> 人之所病，病疾多；而医之所病，病道少。故有六不治：骄恣不论理，一不治也；轻身重财，二不治也；衣食不能适，三不治也；脏气不定，四不治也；形羸不能服药，五不治也；信巫不信医，六不治也。有此一者，则重难治也。

就说这六种难治之病吧！其中三、四、五属于"身病"；一、二、六属于"心病"。相较而言，"心病"更难以治疗。

为人骄傲放纵，不讲道理，一不治者。《韩非子·六反》："夫富家之爱子，……亲爱之则不忍，不忍则骄恣；侈泰则家贫，骄恣则行暴。"娇惯的孩子，从小就在心灵深处埋下了傲慢放纵的病根，长大了也不知道"俭财用，禁侈泰"，（管子语）到头来变成一个不可救药的贪大喜功、不劳而获的骄奢之子，其灵魂也空虚无物，最后必然走上不归之路，断送自己的卿卿性命。

轻视身体，看重钱财，二不治者。钱财本是身外之物，自古至今凡贪财成癖的人没有一个有好下场的。俗话说："有钱能使鬼推磨。"说明"钱"在某些人心中的地位何等的重要啊！当今社会贪官层出不穷，动辄几个亿，乃至十几个亿，捞取老百姓的血汗钱。有人说，他们一听到警笛声响，心就在哆嗦。尽管有些贪官还没有被法办，成为漏网之鱼，也会因心脏病或脑溢血而死掉。验证一句民谚："人为财死，鸟为食亡"。

　　迷信巫术，不相信医术，六不治者。《论语·子路》："南人有曰：'人而无恒，不可以做巫医'善夫！"古代就认为巫师等是低贱之职，可人们为什么得病后去求巫，而不去看医生呢？一是，有些人无知而愚昧，只求神灵保佑，不相信自己是实体匮缺，内在有病，确保精神上的一种寄托或虚中。二是，心存邪念，为自己的腐败行为、欺诈掠夺，寻找心理平衡，或借助神灵来宽慰自己。

　　上述三者，都属于"心"之病。心烦意乱，良知丧尽；心惊胆战，祸从心起。"终身履薄冰，谁知我心焦。"（三国魏·阮籍诗）"神躁则心荡，心荡则形伤。"（北齐·刘画诗）治疗的办法应该还有的：内心虔诚，心明入镜；心获超远，心胸旷达。苏东坡有诗云："要知玉雪心肠好，不是膏油首面新。"做人要排除一切思虑和欲望，保持心境清静纯一。《庄子·人间世》云："若一志，无听之以耳，而听之以心；无听之以心，而听之以气。听之于耳，心止于符，气也者，虚而待物者也。唯道集虚，虚着心斋也。"此话，我们现在听起来是多么的入木三分呀！

　　衣着饮食不能调节适当，三不治者。不能因季节更换衣服，造成感冒，因小病而引发并发症，伤体后果难料；饮食单调，营养不良，身体发育不会健全，而暴饮暴食，损伤胃肠，长此下去会使内脏功能减弱，危及整个身体。虽为日常小事，不能掉以轻心。特别对饮酒、吸烟要严加控制，否则烟酒不仅伤身，酒后也无德。讲究衣着得体、适时，饮食卫生，养成良好习惯是保健的最好方式与方法。

　　阴阳错乱，五脏功能不正常，四不治也。古代以阴阳解释万物化生，凡天地、日月、昼夜、男女以及脏腑、气血皆分属阴阳。《易·系辞》上："阴阳不测之谓神。"疏："天下万物，皆由阴阳，或生或灭，本其所由之理，不可测量之谓神也。"人的内脏有肺、心、肝、脾、肾五脏外，还有胃、膀胱、大肠和小肠。这些部件的运转活动之目的是造化为人所需的气血。如果有任何一个部位功能失调，会影响整个人体的正常运转，也会自然地消耗或削减气血的供应，那就会使人危在旦夕。

　　形体非常羸弱，不能服药，五不治者。当身体不适，疼痛难挨时，仍要坚持治疗，拒医不服药者是自己把自己送上不归之路，只能下场可悲。虽说生与死乃自然，但人要活得明白、有意义，不能苟活；死也要死得心知肚明，不能糊里糊涂地离世，那样的痴愚和怠惰与动物有什么两样。

　　健康的身体是人一生中学习、生活和工作的最大本钱，也是心灵与灵魂提升的独一无二的条件。切不可忽略外部条件对人体的袭扰，如风寒、水淋、暴晒、噪音及物击等的侵害；也不能随便打乱人体"生物钟"的正常运摆，做到工作、休息两不误；特别在吃与喝上要适量、讲究卫生，防止病从口入。与此同时，更要注重个人品质的修炼与成长，绝不能在追名求利、损人利己上，让荣誉与地位耗尽自己的心血；让金钱与美女玷污自己的心灵。作为一个国家、一个民族来讲，每个国民都身体强健、心灵纯洁，才会在世界之林中享有崇高的威望，才能让人们更多地去景仰你、学习你和喜欢你。

　　　　　　　　　　　2015 年 7 月 23 日　于齐齐哈尔

人瘦尚可肥　士俗不可医

宋·苏轼《于潜僧绿云轩》诗云："人瘦尚可肥，士俗不可医。"此话好就好在，把当今人们的浮躁、轻佻、攀比、庸俗之风气告诫到家了。我的上辈人，无论他们是工人、农民、干部或教师，各个心地纯洁、善良、勤劳而且忠诚，在他们身上我学到了为人、做事的本领，够我一生受用了。至今回忆起来，还是那样的鲜活、亮丽，永远也不会磨灭的。

而今，社会进步了，人们的生活水平也不知翻了多少番，很少有人愁吃、愁住。相比之下，人们兜里的钱也越来越宽绰，住楼、买车、出国旅游、出国深造等，在一些人心中都不太犯难。可就在我们奔小康、圆复兴中国梦的紧要关头，一些人真的有点俗不可耐。他们眼俗、耳俗、身俗，心更俗。

轻佻摆阔，不拘细行。阔气历来指"富贵豪奢"而言，富贵不可怕，可怕的是不去珍惜它。何谓"贵"呢？主要指人有品位、有涵养；"豪奢"是权、钱、势同在，但不要失去豪气和尊严。有了轿车或高档摩的，是人们生活向上的标志，无可厚非，但你在大街上风驰电掣般地飙车，放高分贝的音响，不顾自己和他人的烦躁、危险，图的是什么呢？勇敢、独特、刺激，还是更另类，实在说不清楚。古代就有"平生少年时，轻薄好弦歌"之说。《后汉书·班昭传》云："若夫动静轻脱，视听陕输……此为不能专心正色也。"

摆阔的另一种形式——豢养宠物。在城市楼房里的宠物狗、宠物猫比比皆是。若让人类与动物和谐相处，本无疑义，问题是花了不菲之钱买来的宠物却不按规定养护，夜间乱叫扰民，白天领着到小区或公园里到处拉屎撒尿，还成体统吗？这种向贵妇人或小姐之辈仿效的行为，到你这里就变得恶心、不安！实在让人痛心。更有甚者，养不起宠物了，就把它随便扔到大街上，结果流浪狗、流浪猫到处都是，真让人痛心不止。"民相轻佻，则欲心与争夺之心起也"（《尉缭子·治本》），到头来"轻佻果躁，损身自败"。"俗流知者谁，指注竞嘲慠"（韩愈语）。哀哉，悲哉！

攀鳞附翼，沽名钓誉。人的一生追求一定的名誉、地位，也算人之常情，若失去人格品位去攀附权势，最后得到的东西也是轻薄浅陋的，不会受到别人的赞赏和钦佩，到头来只能落个"仙梯难攀俗缘重，浪凭青鸟通丁宁"（唐·韩愈《华山女》）的小丑下场。攀比之风在民间也是愈演愈烈，一些老年人坐在一起主要的家长里短是自家的孩子当上了什么科级、处级了，或是什么公司的老总……有的比不过，就拿孙子辈人来说事，如考上什么名牌大学，或读什么博士，也有的干脆把去国外读书充当重要砝码等。作为中年人比旅游：去过中国港、澳、台地区，新、马、泰，欧洲和北美等。连一个外文字母都不认识，却谈得眉飞色舞，可当你问道：埃菲尔铁塔和美国自由女神像的来历及象征意义时，他们都哑口无言。在这些人心目中，只要看过就比别人高出一等。有些人比穿戴是否名牌，比美容是否昂贵，比家居是否高档，就是不比知识、内涵和人格。还是元代王恽说得好："烟霄未遂攀鳞去，葵藿空怀向日诚。"（《秋涧集·送王子初总管奉诏北上》诗）既不想鸣玉之义，也不走攀云之路最好。

"不论姚花和魏花，只供俗目陪妖姹。"（宋·韩琦《安阳集》诗）《荀子·儒效》云："不学问，无正义，以富利为隆，是俗人者也。"当前，我们社会中的俗气之风甚嚣尘上，网上的欺诈、传言到处都是，生活中的言语和行为也是俗不可耐，如在电脑中玩麻将、打扑克的群体中，他们的代号名称更是五花八门，十分低级，什么撞鬼、怪兽、狼爷、熊大吃等不堪入目。有时来到早市或公园内，手持手机或录音器高分贝听歌、听音乐的老年人，似乎一夜间都成了歌迷或"音乐家"了。平民如此，作为学校的知识分子怎么样呢？为了评职称，抄写别人论文，买论文、假文凭的比例很大，这对我国的教育会造成何等的麻烦与耻辱呢？当个小官就有秘书代笔，他们在大会、小会上的发言或报告一律照本宣科，更有意思的是，秘书们全是"形式主义学校"毕业的，一份发言稿从二十多岁写到四十多岁没怎么变样，可为数届领导使用。唐·韩愈《县斋诗书》云："哀狖醒俗耳，清泉洁尘襟。"若想"论至德者不和与俗"，不妨效法西门豹之性急，故佩韦以自缓；若性漫，则佩弦以自急吧！

事实告诉我们，若真的移风易俗，还需好长的路要走。民风民俗的好坏，只责怪老百姓是不公允的，应该从上到下一起治理，让那些"不懂"的官员们重新去党校学一学，如果还是"不懂"那就易人吧！还是韩昌黎说得好："杳然粹而清，可以镇浮躁。"

2014年7月25日　于齐齐哈尔

公共意识与散户心理

当国民经济30多年来，不断高速增长的同时，人们的公共道德观念与散居时的随意行为形成了鲜明的对比，也就是集聚与散户的矛盾日益突出。在高楼林立的城市环境中，总会遇到一些大煞风景的不良习气，真让人心烦意乱。西哲伊壁鸠鲁说过："幸福就是心灵的无纷扰。"这种文明的崛起，急需一种普世价值与制度的维系，也是人类历史演化中新的存在方式和意义系统的诞生。

在中国迅速崛起的今天，为了脱贫致富，农村人口大量移居城镇（包括打工人员），南来北往的"大军"席卷华夏大地及全世界。此种移居的境况对人生的演进大有裨益。正如《孟子·尽心上》所云："居移多，养移体，大哉居乎！"诚哉斯言。在不同的地方获得地气的资源越多，其视野就越开阔。但不要忘了，要随遇而安，主动地去适应当地的人文自然、风土人情，也叫入乡随俗嘛！我所居住的安居小区要进行封闭式管理，各家都买了出门卡和电子开门器，但就是实施不下去，不知是谁不是把外门的锁弄坏，就是把旁边的铁栏杆拆掉，真让人哭笑不得。对此，社区工作人员挨家挨户地征求意见。就以我居住的这个门洞14户人家为例吧，只有七楼的两户不同意（他们经常在楼顶上往下扔垃圾）。可见生活不仅是文化，是教育，还是需要思考的哲学。孟子肯定了人的尊严，他说："人人有贵于己者，弗思耳矣。"要养成思考的习惯，多听听别人的意见，并将自己置于"良知"的范畴，就不会到街上去"碰瓷"讹人了，也不会乱穿马路，到处张贴小广告，做一些损人利己或害人害己的蠢事。要不断提升自己的生活质量，经常充实自己的生命内涵，注重公共道德的价值取向，品味人生就从哲学的思考中开始吧！

《宝瓶同媒》里有个比喻："《古印度经》提过，因陀罗的天里有一面珍珠网，你只看一颗珍珠，就会看到其他每一颗珍珠都将反射到这颗珍珠上面……"由此联想到今天城市里的喧闹、嘈杂、不堪入目的怪现象，绝不是某一个体的尊容受到歪曲或损坏，而是打上千百年来的封建的、自私的、狭隘的时代烙印，也粘贴着近代那些暴力、抗争及压抑的标签，还带有一些农耕意识的自我陶醉、自我欣赏、自我封闭的浅陋习气。这些所谓"另类"，经常出现，只好见怪不怪了。也许在20年或30年之后，中国人真的从黑暗、逼仄和丑陋的蛹里，脱变成蝶时，我们就接近了现代文明，或者说是带有中国古老传统文化的中国式的世界文明。雨果说："善，是精神世界的太阳。"

　　从农村散居生活的一家一户的自治秩序被打破之后，来到城里居住在楼层中成为无依无靠仰望公共意识鼻息的"原子"。如何被城市群体所接纳，必须了解并理解公共意识的行为规范和道德筹码。必须记住，不能在公园里或僻静的地方大小便，不要随地吐痰和乱扔垃圾，更不能在自家的凉台外或房门外随便抖擞衣物。适应新秩序的重要条件，就是不要丧失中华文化中的优雅和斯文。它是人格修炼的一张名片。古人提倡"遥集乎文雅之囿，翱翔乎礼乐之场。"在任何聚集的场合都要表现出不妨碍他人的优雅之举，都要讲究礼乐的规范。因为优雅让我们在社会的舞台上演好自己的角色，不至于狼狈不堪，甚至丑态百出。

　　说起公共意识，其实是指在公共场所对自己的品质修养"自我建筑"和"自我修行"，与此同时，要把"自我"融入群体之中。如同树木与森林的关系，二者是相得益彰的，没有树木，怎能成为森林。所以说人的品德主宰着社会法规的纯度，也是人文精神的总体象征。公共道德意识必须回归个体的自我检验，而不是群体对个体的指责，对他人的批评不叫道德，对自己的行为反省才是。要做到这一点，我们还有很长的路要走，但提醒、注意、劝导还是必要的。

　　究其原因，从时间的拐点上，一些20世纪40年代和50年代出生的人，他们受"造反有理"思想的染指，认为只要不合我的利益的，我就可以"胡来"，天老大，地老二，我老三，这个世界应由我说了算。就文化教育层面来说，多数是文化教育思想浅薄，根本谈不上什么良好的家风、家教的陶冶，而接受的是"四大"（大鸣、大放、大字报、大辩论）的影响，多为我行我素，不计后果。最后一点，他们是散居在乡下或城市某一角落的人群，天生为"自由行家"，没受过聚集群体的规范与制约，从未想过自身的言行会对别人有什么影响，所以一直是任其所为，旁若无人，不知止，不知耻，不觉脸红。这在社会学上成为"破窗效应"，用经济学家的话说，叫作"劣币驱动良币"。明代学者王阳明讲了一个故事。有一次，他被盗贼所困。盗贼问："盗贼有良知吗？"他答："你们把衣服脱下来，我一层一层证明给你们看。"当脱到裤头时，盗贼不愿脱了。王阳明说："你看，这知耻就是你们的良知。"可见，人人都有"知耻"的知觉，知而不觉为大耻，知而有觉是良知。我们每个庶民都是有良知的，只是有的人表现得过于随意罢了。

2016年1月7日　于齐齐哈尔

克木人的"野性"温良

克木人（英文 khmus）主要分布在中国云南省、老挝、越南和泰国，同属于蒙古种南亚类型，使用克木语，隶属南亚语系，猛高棉语族。"克木"的意思是"人"或"人民"。克木人有克木、克比之分；克木内又分为克木泐（西双版纳土著人）、克木老（老挝迁入）、克木交（越南迁入）三个群体，到目前在我国境内约有一千多人。相传也曾是个王国，后来被傣族征服为奴隶。

2007年的夏天，我去西双版纳旅游，一天下午去热带雨林谷，最让人眼睛一亮的是：见到了"克木人"。据导游讲，克木人是一年前在大山深处发现的，仍过着原始部落的生活，以狩猎和吃野生草果为主，吃生肉，喝生血。这种"野人"可在树上搭窝，也可在地上搭起个竹木草房。他们没有文字，其语言也跟外界无法交流。

当我们步入雨林谷深处，有人"嗖"的从林荫小路的右侧树杈上飞跳到左侧的树上，嘴里号叫着莫名的声音。我们按事先导游教的，把手放在嘴上，"哇啦、哇啦"地回敬着。这时，看到右边的大树上有个茅草窝，据说是他们的前沿哨所，里边伸出"野人"的黑爪。心想，哇！这就是"野人"呀！又走一会儿，树木参天，只在树枝的缝隙中筛出一些光点，突然出现几个手持弓箭的赤身男子，"哇、哇"地叫着。（警备区）我们和导游一起"哇啦、哇啦"一阵就过去了。再过一个山谷间的小木桥，就来到克木人的版纳（部落）。几个中年妇女领着一群孩子，给我们每人编织一个草圈戴在头上。诚然，这就把我们视为朋友了，但我们每个人要付10元钱的小费。再往里走，就是一个简易的木制小舞台。先是一群女孩子表演比较原始的蹬踏舞和甩头舞；而后是一个男孩子用舌头舔烧红的铁板，还在玻璃碴上蹦跳着，好刺激人的。完毕后，就可以和他们一起合影留念。我坐在一个土台上，一群十岁左右的小女孩，身穿粗布围胸和一条灰色粗布围裙，虽有点脏兮兮的，但紧紧地依靠在你的身边，深感热乎乎、暖融融的，那种质朴、真实的情感让我不能自已。这时一个小女孩双手搂住我的腰，更有种像自己的女儿跟父亲如此亲近的感觉。照片第一次没有拍好，她好像生气一样，很是沮丧，又第二次搂着我拍照。此刻，我真的好热、好热的，似乎听到她的心跳。在返回的路上，一棵千年古柏映入我的眼帘。它的根须裸露在外面，盘根错节，虽有些沧桑，但体现出生命的绵长及旺盛。旁边的小木台上有一男一女，男的在边上拉着木琴，女的在台上跳舞。人们将这地方叫"恋爱亭"，只要二人配合默契，一对情侣也就梦想成真了。

克木人由于封闭和生活境遇所囿，迷信鬼神，祭祀祖先，崇拜图腾。他们的图腾如虎、鸟、花草等动植物，并以崇拜的图腾为自己的姓氏。在婚姻嫁娶上，虽说是"一夫一妻制"，但夫兄弟婚、妻姊妹婚相当普遍，保存母系氏族的残余，招婚风气盛行。女人生孩子后，把"衣裹"用竹筒装上挂在树上，有编号和日期，生男为红色标识，生女为灰蓝色标识，并且子随父姓，女随母姓。舅父在家中具有重要地位，个别地区还有群婚现象，打破一夫一妻制，有的长老可以有多个女人相伴。

婚宴形式挺特别，由男家到女家来办。男方要牵一头母猪，预示新娘多生育。男方人的到来，女方家不仅不给予什么方便，反而会将猪杀后烧猪毛的灶塘里的火一次次地浇灭，等猪褪好毛，开膛后，女方的家人还要拼命抢夺猪肉。如果在双方的"肉搏战"中，男方输了，得用钱将猪肉赎回来。虽说一场不是游戏的游戏，但会把婚宴的气氛抬高，并将克木人的习俗延续下去。

酒宴上，也是别出心裁的。大家用吸管饮酒水。酒水是用糯米酿成后，放在一个大坛子里封存，遇到喜庆的日子，就往坛子里注入清水抬到桌子上。喝酒时，每人一根金竹做成的吸管，大家围着酒坛子吸，不时往里注水，直到酒味皆无，方可离席回家，决不可中途走人。

著名的"水牛节"，也表现了他们的温良与敬畏。在水井旁或屋檐下，都手工绘制一些水牛图案，供人敬奉。每当栽完秧苗后，都要给水牛披红戴绿，杀鸡煮饭，将包好的米饭、鸡翅膀、盐巴和插秧后留下的秧苗一并给水牛吃，祝它无灾无病，更好地为人们耕作。

克木人虽在我国还不是一个独立民族，但他们的原始生活方式，仍延续着人与动物分离后，野性的一面，受到傣族的影响，夹杂着母系社会传统的习俗，后来也受到其他民族的制约，也有男权思想意识。从总体来看，受文明社会的洗濯和间接文化的不自觉渗透，其温良一面仍深深地扎在孩子及妇女的心中。

2015 年 8 月 3 日　于齐齐哈尔

傣族习俗与"精神百合"

2007年8月5日,我有幸飞抵云南省西双版纳游玩,至今记忆犹新、情绪亢奋,"西双版纳"为傣族语言:"西"为"十","双"为"二","版纳"是部落之意,合起来为"十二个部落"。

这里的人,主要是傣族人。傣族分为汗傣、花娇傣和水傣三种。到目前为止,仍维系着原始的母系社会的习俗形式。在家里女人为主,女人若生男孩叫"赔钱货",整个家族对这个女人都予以蔑视;而生女孩则会光宗耀祖,门庭若市。当男女到婚嫁时,男孩要向女孩示爱,当女方看好男方之后,女方的父亲要叫男孩(未来的女婿)做三年苦力:第一年是给你一把刀,到山里砍柴;第二年到田里耕作,或做些工匠活;第三年到河里去淘沙金。等三年完毕后,丈人家看好了男孩,将把他"娶"到家。男孩除了做一些体力活外,只能在家里做一些家务,如缝缝补补,或参加一些小型的工艺活动,搞点编织、修缮等。待孩子出生后,由男人带孩子,等孩子长大、上学,男人可看看家、打打牌什么的。总之,在傣族家庭里与汉族的风俗习惯正好相反。

奉行"男嫁女娶"的母系社会风俗,不仅在西双版纳,如墨西哥的胡奇坦族、印度的梅加拉亚邦,这些母系社会应该受到外界男权婚姻制度的影响,有所改变,但又保留母系尊女的特点,所以没有被彻底同化,也不完全女权化,于是派生出自己民族的特殊习惯。随着人类的进步,作为母系社会的母亲教育和母系文化的指引,懂得亲人不可乱伦,知道维护性隐私,恪守性害羞的传统。即使是男孩子,尽管没被别的家族女人招去,也可留在母亲、姐妹身边,在母系大家族里享受亲情,真的到了老年,也会有所依、有所乐的。

关于"精神百合",自认为是由母系社会的精神愉悦、精神超脱演变而来的。中国自古就讲究"精交接以往来兮,心凯康以乐欢"。(宋玉《神女赋》)但往往是指阴阳交替,平衡为宜。如有"阴平阳秘,精神乃治;阴阳离决,精气乃绝"(《素问·生气通天论》)之说。可是,傣族受母系社会的影响,仍把女权视为至高无上的。直到现代"百合"一词是指女性之间恋爱的隐语。说白了,就是指狭义的女同性恋,也指广义的两名以上女性间有暧昧不清,或难以分辨的情愫。例如泰国的"人妖"表演，在西双版纳很有市场。一方面，说明男人对女人的崇拜；另一方面，不能不让我们联系到女人与女人之间的情感宣泄，远远超出女人与男人的情感博弈。虽说此种行为不被现代社会看好，也不宜提倡，但它在泰国或其他国家已经被视为一种文化加以管理和存在。

　　此种"精神百合"说它是社会倒退，看来过于武断。虽有蒙昧、原始的一面，可就像女孩子在一起到河边洗浴，总会感到贴近、愉悦，无拘无束，疯狂至极。况且，有其自由与平等的因子在里边。作为男权社会视它为另类，也能说得过去；说它是社会进步，也未必使然。从中国的国情来说，自古强调阴阳调和说，否则就是精气决绝的象征，怎能让人接受呢？目前，只可算作一项"人性研究"的新课题，只能从源头去找滋生地，然后再在现代社会文化的高视野中寻求方向，最后沉积下来，方可真正地去品评"精神百合"的真滋真味。

2015 年 8 月 5 日　于齐齐哈尔

孩子的事　大人少管

孩子的事情应该顺其自然。它若能成为一棵参天大树，主要是自己长高的；若是一个小灌木丛，枝枝杈杈的，怎么修剪枝叶也高不到哪去。人各有志，三百六十行，行行出状元，做什么工作都会高高兴兴地把一生消耗掉，即在自己的兴趣内，完满地走好人生之旅。但在中国的历史上，父母对孩子的寄托或企盼，大大超过子女对父母的理解与孝敬。他们"望子成龙""视女为凤"的习俗，至今有增无减，结果导致一系列的负面效应，或造成孩子的逆反心理。

孩子的"赖床"心理，往往表现在假期。在大人看来，这是没出息的懒惰行为——是睡货。有时竟把还在梦乡的孩子揪起来，让他们起床、洗脸、吃饭，然后去参加各种补习班，或去看大人们（包括老师或家长等）所规定的书。然而，假期是法定的休息日。"赖床"是孩子们对假期最起码的尊重，甚至有的孩子辩解说，赖床是对床的尊重，你不多睡一会，它也不舒服的，况且这也是对床的充分利用呀！孩子说得很简单，似乎有点牵强，但作为成长期的孩子来说，睡眠好是保证健康发育、成长的重要环节，没必要大惊小怪的，更不能把"赖"字随便扣在孩子们的头上，那是不公平的。

孩子的"好玩"是一种天真本性的流露，或是开启智慧的一把钥匙，也是一种活泼而罕见的人格塑造。"玩"不仅锻炼身体，也会尝试交友的方式与方法。在他们应该玩的时间里，好好地玩耍没什么不对的。而我们的家长更多地去阻止孩子们玩耍，只想用些业余时间让孩子去弹钢琴、绘画、唱歌、学舞蹈、练书法等。这也没什么不好的，关键是根据孩子的兴趣来安排，并且不要把孩子自己的时间挤没。有些人成长及成功的背后，都记载着童年"好玩"给自己带来的益处。

孩子的"顽皮"比"羔羊"好。在中国传统的教育与文化中不看好"顽皮"的孩子。这跟封闭的教育有关，而今迈步从头越，对孩子的天性不能抹杀，因为"顽皮"的孩子中除去固有的愚妄、顽钝之外，都是追求一种好奇、新奇。这恰是未来创新、创造的良好心理根基。至于"叛逆"的心理，更是对自己父母说教的厌烦，或对学校教育的抗争表现，正如一位父亲问自己的孩子："清明节你去哪里?"孩子回答:"学校,因为那里埋葬了我的童年。"童年时孩子的花季过去了,再也不能回头。此中无奈和遗憾怎能不让孩子愤慨呢!谁曾从谁的童年里走过,留下笑靥;谁曾从谁的花季里停留,温暖思念;谁曾从谁的雨季里消失,泛滥成眼泪。(参考《三言两画》一书)所以说,顽皮一点的孩子是有理想、有抱负、有出息的,从小就非常珍惜生活,绝不是糟蹋自己或厌倦人生。

西方教育讲兴趣、重自由。家长和学校为孩子们提供了大量的选择空间,不强迫、不坚持自己的固有教育理念。他们反对填鸭式的教育方式与方法,更不提倡统一的"科举制"的考试方法。105岁的周有光老人认为,兴趣是自然产生的,现在的教育造成学生负担过重,孩子又没有自己的时间和空间,兴趣就没有生长的土壤。如一个孩子从小就喜欢小昆虫,而家长非让他去补习功课,那他就没有机会去培养自己爱昆虫的兴趣,很可能一个天才的生物学家没等问世就湮没在烦躁的升学考试之中。

当一个孩子整天关在家或学校这两个笼子里,久而久之,他会感到这两个笼子的外面,还有一个更大的笼子,一辈子也得不到自由飞翔的尝试,"自我"早就被蒸发掉了。连宋代苏轼都懂得让孩子时而放下书,去市场逛一圈的。他在《和子由蚕市》中曰:"忆昔与子皆童丱,年年废书走市观。"我们的父母为什么不可以领孩子出去旅游呢?

我所说的"大人少管",不是"放羊式"的不管。而是要管什么?怎么去管?家有家规,校有校纪,还是要严格遵守的。譬如说,"兴趣"必须靠纪律来培养。没有纪律的"兴趣"不会长久;没有纪律的自由,只是胡来。天下所有的孩子都易烦闷、厌旧、怕输及无序。小的时候不矫正,大时就改不了。纪律是良方。日本人将孩子送幼儿园时要带三双鞋和三套衣裤,即走路用的,进幼儿园用的,运动时用的。回到家里要求孩子把自己的鞋和衣裤分别放在指定的位置,到幼儿园也是这样。这无疑是培养孩子做事时要有秩序,绝不能随意。这对他们的成长该多么重要呀!再如要求孩子说话时,什么话该说,怎么说,什么话不该说;什么事该做,如何做,什么事不该做,都要讲清楚。做母亲不要整天唠叨没完,往往无声胜有声,一个眼神的作用远比说半天管用;做父亲更不能脱口就骂,举手就打,那种粗暴行为可能一时管用,但对孩子的伤害或负面影响是叠加的。所以,说教不如践行,打骂怎能堪比情感的诱导呢?

美国母亲安妮·斯通在《致世界一封信》中说:"(世界)教予她知道——每有恶人之地,必有豪杰存在;每有权诈小人,必有献身义士;每有一敌人,必有一友在侧。让他们看见天空中的飞鸟、日光里的蜜蜂、青山上的繁花,静思其亘古流传之奥秘。教予他,磊落的失败,远比欺骗换来的成功更荣耀;教予他,宁愿以最高价付出自己的精力和智慧,绝不能出卖良心和灵魂;教予他,置群氓

的喧嚣于不顾,在正确时要自觉挺身而战。(世界)请温柔地教予他,但是不要娇惯他。请尽你所能。"安妮·斯通把孩子交给"世界",让她的孩子们能按共有的法则去做人、做事,是何等的大气与无私呀!其实,每个孩子都是父母的宝贝,更是世界的希望。既然如此,父母在教育孩子时,应该要多些开明,少些功利。

记得有人说过:"一个孩子失去父亲,是失去世界的完整;而失去母亲,则失去整个世界。"可见,父母在孩子心目中的地位是何等重要。然而,我们中国的父母们能做到安妮·斯通母亲那样吗?应该说,没有,或者说在教育的方式、方法上还有很大的距离。

中国的父母往往在教育孩子上走极端:一种是对自己的孩子溺爱有加,严教不足。作为独生子女,孩子真的成为父母手心和手背上的肉,含在嘴里怕化,捧在手上怕摔,反正处处给孩子以无微不至的呵护。听说有位去美国读书的女孩,在使用公共洗衣机时,把自己的乳罩放在洗衣机里面,结果因乳罩上的铁丝将洗衣机弄坏,半层楼的学生无法使用。女孩哭着埋怨在家时母亲不让她自己洗衣服,出国后什么也不会做。可怜天下父母心!另一种是对自己的孩子严加管教,(多指学习)参加补习班不能比别的孩子少,学习名次不能比别的孩子低,穿的、用的也不能比别的孩子差。表面看合情合理,实质是父母用功利之心来管教自己的孩子,造成的结果是孩子懦弱、叛逆、精神压抑。

尊敬的"大人们",请您用宽厚、仁慈和无私去接纳自己的孩子,以及所有的孩子吧!既要保留孩子们自由成长的空间,也要有秩序地引导他们健康、纯正、善良地成长;既有强健的体魄,又有不断提升自己心灵的壮举。天下的老师及家长朋友们,携着你的学生或孩子:"向前走吧,沿着你的道路,鲜花将不断开放。"(印度泰戈尔语)

2015 年 7 月 29 日　于齐齐哈尔

白雪公主与七个小矮人

　　白雪公主是格林兄弟以童话形式，讲述了一位王后在一年冬天，坐在乌檀木框的窗前做针线活，一边望着外面的雪花，不小心，针扎破了手指，流了三滴血，落在雪地上。白雪衬着血红，她心里想："若是我有个孩子，像白雪那样纯白，像血那样鲜红，像乌檀木窗框那样乌黑，那该多好！"不久，她生了个女儿，果然肌肤白雪，双唇鲜红，头发乌黑，大家都称她为"白雪公主"。孩子出生后不久，王后去世了。

　　一年后，国王娶了个新王后。这个漂亮的女人，很骄横傲慢，不容忍别人比她美丽。她有一面魔镜。魔镜告诉她说："您是全国最漂亮的女人。"

　　当白雪公主长到 7 岁时，比继母漂亮多了。于是新王后问魔镜。魔镜说："您最美丽，但白雪公主比您美丽千百倍。"

　　接下来，新王后的嫉妒和傲慢之心像野草一样疯狂地长着，实在忍无可忍就让猎人把白雪公主弄到森林里要杀掉她，并将其肝和肺拿回来作证。猎人把白雪公主带到森林，当他抽刀要杀她时，公主哭着哀求。猎人有了恻隐之心，让孩子自己跑吧！可怎么向新王后交代呢！这时，来了一头小野猪，猎人把它射死，掏出肝和肺带回去给新王后看。

　　公主在森林里走了一天，又饥又累，见到一个小木屋，进去一看，小屋一切都小，但很精致、整洁。那里有张小桌子，桌上有 7 只小碟，每只小碟上配有小勺，另外还有 7 把小刀、7 把小叉和 7 只小酒杯。沿墙并排 7 张小床，都铺着雪白的床单。

　　公主在每个小碟里吃了一点东西，然后，选择较为适合自己的第 7 张床躺下，说了声"上帝保佑"就睡着了。

　　待 7 个小矮人挖矿回来后，发现自己的东西有些异样，就知道有人进来。第 7 张床的小矮人是个长者，看到自己的床上躺着一个小女孩，已经睡着。他们没有打扰她。第二天早晨，公主睁开眼睛一看 7 个小矮人感到有些害怕。小矮人们很和气地问她叫什么名字，怎么来到这里的。公主一五一十讲给他们听。小矮人非常善良地说:"你愿意就留在这里吧！帮我们做些家务。我们不会亏待你的。"一来二去，公主跟小矮人们相处得十分和睦、自然。小矮人就告诉她说:"要提防点外人，无论是谁，都不要让他们进来。"

果然不出所料，她的继母通过魔镜知道公主的住处，并且她还会巫术。第一次，她打扮成一位老太太，专卖腰带，公主抵挡不住诱惑，结果被她用腰带缠住昏死过去。等小矮人回来后得救。第二次，她继母用卖"毒梳子"，让公主再次失去知觉，又是小矮人回家后，将毒梳子拿下来，公主才一点点地苏醒过来。继母知道公主还没死，第三次制了个毒苹果，以一位农妇身份让公主尝一尝。这回公主彻底被毒死了。可小矮人们不忍心把她埋在地下，就制作了一口玻璃棺材，把她装在里面，运到山上，7个小矮人轮流守候。只见公主面色红润，永不腐烂。有一天一位邻国的王子遇见，把公主救活。就在举行婚礼那天，也把邻国的新王后请来。当新王后走近时，认出是白雪公主。这时摆在她面前的是一双烧得通红的铁鞋，要求她必须穿上，一直等到她死去。

这是"童话"的大概意思。但白雪公主与7个小矮人给我们的启示，还没有结束。格林兄弟未给这7个小矮人取名字，可由我们读者自由去想象！1937年，美国迪斯尼动画电影中，把7个小矮人分别称为害羞鬼、万事通、糊涂蛋、爱生气、开心果、瞌睡虫、喷嚏精。这7个类型的小矮人有男女、老少。又恰恰代表我们生活中普通人的生活境遇、人生理念、品性特质和兴趣爱好。

"害羞鬼"，一提到"鬼"有些不快之感，但此"害羞鬼"是贬中有褒的意思。晋·阮孚持一皂囊。游会稽（今浙江绍兴东南）。客问囊中何物，曰:"但有钱守囊，恐其羞涩。"后人谓身无钱财曰"阮囊羞涩"。后有诗云:"便妍不羞涩，遥艳工言语。"（隋·卢思道《后园宴》诗）此人在羞涩中显出高洁和雅致。当小矮人发现床上睡个小女孩时，忙说:"哎呀，我的上帝，这么漂亮的孩子。"既惊讶，又有点害羞之意。作为普通人知"害羞"，这正是在维护自身尊严的表征，应该是可尊敬、可喜爱的纯真好人吧！

"万事通"他是7个小矮人中的主管，应该是一位老者，一切事情都晓得的人。此人很机灵，注意观察身边的人和事，从生活经历到人情世故，都能拿得起、放得下。在群众里边，这样的人是"主心骨"和"参事王"。不仅对现实事物看得清楚，还能预知未来世态的走向。当白雪公主待在家里时，他告诫说:"要提防你的继母，她很快就会知道你在这里……"这是在经验中体验到的。所以，能把事物的发展变化规律装在心中、脑中，自然是群体的信任者、拥戴者。

"糊涂蛋"，不论是真糊涂，还是假糊涂，在人生中都是一种境界。郑板桥的"难得糊涂"是面对喧嚣人生、炎凉世态从内心迸发出的激愤之词。远离名利与争斗比什么都好。当公主被继母毒死后，小矮人为她哭了三天三夜，是糊涂还是重情，世人自有认可。若说白雪公主的到来打破了他们的沉寂，莫如说给他们的生活带来更多色彩，伤心与悲痛是情真意切的包容与珍惜。

"爱生气"的"气"，是人的七情六欲中不可或缺的一种气质体现。虽说生气对人的身体健康无益，但对某种不良言行的发泄，总在人性的情理之中。当白雪公主初到小木屋时，动用了他们的东西，于是小矮人都纷纷发出质疑，是合情合理的。虽有些抱怨，但将事情弄明白后，他们中最爱生气者，恰恰对公主最关心，也是小矮人中最勇敢的一个。某种意义上说，气大者，正义也。此人好打抱不平。

"开心果"的"开心"，是人们不沾染任何杂事、烦事和私事的一种内心平和、愉悦的心理反应。汉·王充《论衡·艺增》："经增非一，略举较著，令恍惑之人，观览采择，得以开心通意，晓解觉悟。"爱笑、乐观是种性情，也是种修养。白雪公主的到来，对小矮人们来说不是累赘，而是相互尊重、相互融合的开心元素在增大。所以他们一致表示：让她住下来，不会亏待她。这是潇洒的生活理念，也是将心比心的甘心情愿和心悦诚服。

"瞌睡虫"，打瞌睡有时是疲劳后的瞬间歇息，有时也是对万事有点不热衷、不关心的情绪处理，应该是逍遥自在的另一种表达形式。小矮人中不乏这方面的代表。表面上与人与世无争，其心里是最有数的。譬如，听说公主被继母伤害时，他会睁大眼睛想看个究竟。若能变成"瞌睡虫"可谓"满目覷不见，满耳听不闻。"（《景德传灯录》）当"小虫子"停歇后，让人目爽耳清，凡事都可心知肚明。

"喷嚏精"，传说中，某位神仙一打喷嚏就预知着灾难发生。其实，打喷嚏是受某种风寒或特殊气味刺激后的一种正常防卫性的生理反应。既然已成"喷嚏精"了，说明此人是很有神通、谋略的人，7个小矮人中也不乏此例。这种人很敏感，可从一般中推知特殊，又能从特殊里找到人们都可以接受的规律。这里边，更多的是知识与经验的积累，没有这个前提，任何谋士或神人的推断都是枉然不可信的。

从7个小矮人的名字来看，很符合"童话体"故事的表述，因为它是童心的召唤、童趣的写真、童年的揭示。然而，当我们离开童年岁月的时候，每时每刻都向往和流连着儿时的故事。那是纯真的心灵，没被世俗所污染；那是洁白的境地，没被名利所糟蹋；那是情趣的世界，没被私心所控制。可我们人类既不能总在"童年世界"里玩耍，世界要变化、要进步；也不能总让自己长不大，人随世界的变化而变化，随世界的进步而进步。至少，我们可以保留一部分"童心"

"童趣"，在大千世界里继续扮演一个"孩子"的角色，总还是有益于社会、自然和他人吧！就形象来说，我们距离白雪公主和7个小矮人已经很远了，但我们的心灵仍然没有脱离他（她）们的精神世界，愿此心境永恒！

2016年6月16日　于齐齐哈尔

人生情趣

人生雨丝　绵密无声

"我思故我在"（笛卡尔）

△笛卡尔的名言："我思故我在"。他一直感叹自己知识的不足。用他的话来说，知识范围越大，与周边外界空白的接触也就越大，因此未知部分也就更多了。俗话说，越有知识，越感到无知，而真正无知者却反而行之。

△书为伴，终身相随。它是人们的精神食粮，没有它的营养供给，人和行尸走肉还有区别吗？可有人说，我一生也没读过书，不是也活得很好吗？其实，"经验"和感知帮了你的大忙。

△知识和学问能在人们的精神和心灵中，人们的思想、想象、见解和信仰中，建立起统治和权威，就因它是人类经验的总和，也是认知世界的标尺，更是真理的信徒。

△《礼·学记》："是故，学然后知不足，教然后知困。知不足然后能自反也，知困然后能自强也，故曰教学相长也。"在教与学的过程中，教师与学生是相互促进、相互学习的。教师可以提问学生，学生更应该向老师发问，历来没有学生不如师的说法。

△"导师"的称呼很荣耀，也颇受人们的尊重。但小学生教小学生可视为天方夜谭，然而博士毕业导教博士就自然了吗？一般来讲，导师是某一专业领域的学术水平接近或达到本学科的世界前沿，可有几个能做到呢？没有几十年的学习与研究是不成的，可我们现在的研究生导师们自己知道自己的水平，那就不言而喻了。

△法国哲学家奥古斯特·孔德说："知识是为了预见，预见是为了权力。"掌权的人别太过多地预见未来，未来的变数很大，知识要"革命"，经验也不一定靠得住。所以说，"预见"就当小孩子猜猜谜语，也就可以了。

"现实的就是合理的"（黑格尔）

△事实并不一定合理，只有"事实当成全体的一个样本，并在改变它外在形式特征之后"，（黑格尔语）才能显现其合理的内核。例如一个人哭得很悲伤，只有弄清楚他哭的过程和全部内容，方可知道是真哭，还是假哭，或是半真半假地哭，真正悲伤是不流泪的。

△现在陪伴你的物件、物品和物器，无论多么平常、平淡或平凡，百年之后都是稀缺之物。在它身上会反射着当年的背景影像，也深深地镌刻着时代的烙印，还是一段记忆的沉积，有谁不去收藏和珍惜呢？

△真实、真诚、真切、真心、真知、真情等，"真"成为所有人的口号，又是极个别人的目标（参考贝克莱语）。原因很简单，受功利、名誉、权势、财富等私有心理的困扰，很难做到"真"，但又不能不挂在嘴上，冠冕堂皇总比骂人好听。

△"道法自然"是我们老祖宗遗留下来的。这个"法"是由万物本性衍生出来的必然规律，又是一种无法改变的自然关系。用哲学家孟德斯鸠的话来理解：一切运动都是按照质量与速度的关系取得的增加、减少或丧失；每一种特殊情况都有齐一性，每一种变化都有恒定性。例如鸟能飞翔，因有翅膀，这就是"齐一性"，而北极熊只能生活在冰天雪地里，这就是"恒定性"，人也亦然。

△"网络"带给人类的进步与发展是空前的。可"网络"太烦人、太阴险毒辣。有的人如同扎吗啡、吸大麻一样迷恋它。孩子们玩游戏竟达到不吃饭、不睡觉、不念书的程度；人们都在玩手机，哪还有人看书学习呢？打开电脑和手机，各种广告、八卦新闻、影视节目、黄色录像、微博、微信等，像一群绿头苍蝇向你飞来。悲观点说，未来会是什么样子呢？谁也不知道。

△《吕氏春秋·尽数》："流水不腐，户枢不蠹，动也。"比喻经常运动的事物不易受到侵蚀，可以保持很久不坏；也比喻人体经常活动，可以保持健康。此刻，让我联想到一个社会团体、一个党派是不是也会这样呢？台湾的国民党由到台湾时的三百万人，后来降到一百万人、三十万人，在近期竞选党主席时就剩下十万党员参加，也许真的"老"了。死水一潭，没有生机，有些腐臭之状；门轴少转，蛀虫所蚀，感知朽木难雕。

△钟摆滴答地走着，不慌不忙，不紧不慢，验证着时间的流动。从视觉上来讲，时间好像在原地踏步，因钟摆没有变化。可事实上时刻都在变化着。这个变化不是体现在时间上，而是体现在事物的变化，才感知时间也在变，没有变化就没有时间。人们总说，时间过得真快。这是事物的变化导致你心理上的一种"流失式"的感觉。变化在时间上的验证，更是心理特殊记录的反映。

"生存的痛苦与虚无"（叔本华）

△德国哲学家叔本华说："我们很少想到我们有什么，可是总想到我们缺什么。"一个人的欲望就像一条小溪，遇到阻碍时会卷起漩涡，感到不自在，而一直流下去又感到没啥意思。这就是他说的，"舒适与幸福是具有否定的性质，而痛苦则具有肯定的特性"。改革开放至今，人们生活富裕了，每天吃在碗里，还想到锅里，更让人匪夷所思的是：还想念20世纪六七十年代贫穷的"夜不闭户"好。

△候鸟因气候变化，总要南北迁徙，方可适应它们的生存、繁衍需要。然而，迁徙要自身具备其条件，那就是"飞翔"本领。近年来，国人冬天是北人南迁，夏天是南人北游。这无可厚非，但感到在北方生活一辈子的人，离开冰雪和寒冷，对人体或精神是一种莫名的伤害。我很敬佩"北极熊"。

△风是云的伴侣，没有风吹拂下的云，是不会飘逸、纯洁而美丽的，可风又可以让云荡然无存，飘忽不定。所以，云永远感谢风，又惧怕风。

△人的生命价值，不在于活了多大岁数，而在于活出点品位。这种"品位"不仅仅是他人对你如何评价，更主要的是自己总结一下，一生做了多少对自然、对社会、对他人有益的事，也就不至于虚生浪死。

△奥林匹克之父皮埃尔·德·顾拜旦在自己的《体育颂》一文中，赞美"体育"是"天神的快乐，生命的动力"，像"晨曦，照亮大地"。并中肯地说："生活中重要的不是凯旋，而是奋斗，其精髓不是为了获胜，而是使人变得更勇敢、更健壮、更谨慎和更落落大方。"可现在的体育竞赛把争第一、夺冠军、拿金牌当成唯一的目标，于是对运动员进行超出生理极限的训练，这样下去，体育不就成为灾难和坟墓了吗？

△自我是什么？尼采说："只有经过地狱磨难的人，才有建造天堂的力量。"至少可以理解为：要真的实现自己理想的人生，确实没那么容易。因为"小我"总该受"大我"的约束吧！约束多了，一个人的思想就很难碰撞出火花，没有火花照耀的人生，还谈什么自我，甘愿做一名"奴隶"好了。一个人实现"自我"的过程，另一个人可以是"助产士"，但"分娩"最终还是自己的事。（克尔凯郭尔语）

△快乐与痛苦是一对孪生兄弟。快乐作为情绪上的放松和精神上的愉悦，是好事，但不是每一种快乐都是可取的；痛苦是一种精神上的折磨，可过去后，就将是阳光出现，或者也是种意志的锤炼。人所以会遇到这样或那样的麻烦，多半是自酿苦酒自己喝。所以，与其说满怀忧愁地过富裕生活，不如无忧无虑地过简单生活。

"人的本性在于求知"（亚里士多德）

△古希腊哲学家亚里士多德说过："人的本性在于求知。"所谓知识无非是直接知识，人们从生活与实践中获得；还有间接知识，人们从书本中得到。人类求知时并没有单纯地去思考它的实用性，而是在寻求一种规律或者是原理，让自己的生存、生活更自然、更精彩、更和谐、更进步。

△每个人都给自己画个"圆"，其形状各异，大小不一，因为都想"圆满"；有的在圆中套着若干个小圆，可谓之"团圆"。但有谁会想到把自己的圆周扩大，半径拉长时，则会使人的心胸广大，涵养深厚地去修道养德呢？否则就是个空想主义者。

△科学的精神是很挑剔的，他最愿意与专心致志地献身于科学的人为伴。任何打着科学精神旗帜的人，往往都是科学骗子。"精神"是很虚无的东西，常常会被人所利用，被人践踏；再冠以"科学"二字，虽然体面得多，但不会理直气壮，因它知道自己被利用了。

△假话是戴着面具的人在说"真话"，大话是装腔作势的人在说"小话"，空话是扮演神灵的人在说"实话"。假、大、空实际都在说虚话、废话和鬼话。

△做人处世要谨慎而自省，《论语》曰："吾日三省吾身：为人谋而不忠乎？与朋友交而不信乎？传不习乎？"这里的意思是讲忠诚、守信和努力学习。希腊哲学家德谟克利特说："要留心，即使你独自一人，也不要说坏话或做坏事，而要学得在你自己面前比在别人面前更知耻。"可见，"自省"而"知耻"是人们追求的一种大修养、大境界。

△鸟飞到林子里感到很静，因为这里是它的家园；野牛跑到河边喝水，同时也发现了自我；非洲旱季来临时，各种动物拼命迁徙，是为了生命的延续。

△明智的选择、谨慎的行为是种生活阅历，也是走向成熟的重要标志。而狂热、骚动和妄想就显得无知和愚蠢很多。

"人生就如同一树花"（范缜）

△南北朝时期著名思想家范缜写了一本《神灭论》。他不相信因果报应，关于人生有贵贱、高低之分。他说："人生就如同一树花，虽然同在一根树枝上，但突然刮起了大风，有的花瓣就随风飘到富贵人家的坐垫上，有的就飘到人家的厕所里。"说白了，就是一种机遇，加上自身的道德、文化修养才决定一个人的命运。

△谷物的生长靠的是四季，虽说很短，但很充实；树木的辉煌依靠年轮，方感参天伟岸；人生可以百年为纪年，瞬间沧桑世变为多少，银发白须知历练。

△狐狸诡计多端，但它不敢轻易地触碰刺猬，不完全是狐狸怕受伤害，而是刺猬有一种愚痴技能，靠着它那幻想的幸福，以最低的代价换取最大的"自由"。

△人的自身价值是什么？简而言之，就是对他人、对社会、对自然做出了什么贡献，或者是发挥了多大作用。贡献和作用有大有小，只要不是白痴就可以了，没有人跟你争高低、比贵贱。

△少年不该"愚痴"，因为愚痴会降低你对新事物的敏感度；青年要少些"癫狂"，因为癫狂会淹没你对新知的理解，影响对传统文化的承传；壮年不能因为自己"老成"，而丢掉幻想和继续前行的方向，容易踏步不前；老年绝不可把经验和教训当成自己的最后"稻草"，陷入以老卖老的尴尬境地。故而，少年要活泼，青年要执着，壮年要仗义，老年要稳重。

△欲望是人们对某种理想的追求，有的很自然，如成长和学习；有的不自然，如升官发财；有的好徒劳，如想一夜暴富。在自然的欲望里有些是必需的，例如吃饭、睡觉；有些是巧合的，如某些婚姻与恋爱。在必需的欲望中，有些是幸福需要，有些是身体、生理的需要，还有些是为了维持生存和生活。

△在网上看到一条消息，说到2045年时，人就可以不死了。我好惊诧，到那时，人们不是在求生，而是在求死，要死得庄重，死得体面，而且自然。我永远也不相信有生没死是正道。

△仁慈爱人，是我们老祖宗留下的美德。汉·王符在《潜夫论·德化》中说："躬道德而敦慈爱，美教训而崇礼让"。即践行道德情操发扬慈爱，赞美训导崇尚礼让。从"让枣推梨"到"辞尊居卑"，都是此种仁爱的表现。而今有的官员贪污腐化、买官卖官、卡要勒索，挂着"为人民"的幌子，以自私图利为目的，百姓却无可奈何。

"没有两片相同的树叶"（莱布尼茨）

△人与人、物与物、天地之间都有差别，大地中的山峦与平原也有差别。总之，宇宙间的各种生物、非生物是在差别中存在、发展和延续，也在差别中消亡与再生。这就是亘古以来的自然法则，无可颠覆的真理。

△承认差别就应该承认矛盾。人类为什么战争频繁、相互迫害，内因是自我的欲望扩大化；外因有种族、地域、文化的交织与碰撞。生活中的矛盾也连绵不断，这就是矛盾的普遍性。而它的特殊性是在表面看不出异同的内里发生质的变化，如突如其来的"断交"和"冷战"。所以说，任何事物在历史与现实中都充满着"不一"的矛盾。这也是一种规律，或叫"哲学方法"。

△对生活的细节错过得较多，而珍惜和记录得较少，从而，总是抱怨生活对你不够公平，其实是你自己对自己不公平。

△近年来，南方的孩子愿意来北方上学，北方的孩子喜欢南方的景物名胜。这都出自一种"好奇"的心理支配。"好奇"会产生一种欲望美，也是人性发展到一定阶段时的必然追求。"不一样"的诱惑是创造美的基本条件。美就是如此的简单而易懂，别样、别趣、别地域、别风俗、别理念都是美的。

△真和假不是直接对立物。豆浆不是牛奶，这是肯定的。而假牛奶也是从牛身上挤出来的，所以也不完全是假。可说它"假"，因为牛吃的饲料有问题。这就是说，真牛奶也不一定是"真"的。可见，绝对的真理是不能把它简单地局限在孤立的知识，或纯粹的知识上，只有经过实践检验后，证明是符合规律的、科学的，才是真理，况且真理永远是相对的。

△过去、现在和未来都是个常数，也都是变数。它们都是永恒存在的。随着人们认识的提升，对宇宙观的充实和进一步的确立，对过去的看法总是在不断地演绎与发展，否则就形不成"历史观""历史学"等；纵观现实，一会清醒、一会茫然，犹如一个人天天照镜子，却发现不了自己容颜的变化，突然有一天说："啊，我真的老了！"至于未来更可在想象与虚幻中去体验，当你清醒时，一切都成了记忆的碎片。展望只是种心理安慰，或是文学虚构的升华版本，人们不要太在意的。经验也好，认知也罢，在时间这个玩骰子的孩童面前，我们只是个小小的丑角。

"万物是我朋友"（张载）

△北宋哲学家张载主张："为天地立心。"表示出尊天地的大宇宙观。既然如此，与人共存的万物应是我们的朋友，就必须如同手足一样的爱护。凡有生命的应该都有灵气，也会遵守互不侵犯的原则，各有各的领地，绝不能随意地侵夺，应该"民胞物与"，和谐相处。自然的法则虽没有文字告示，但谁违背谁会遭殃，信不信由你。

△当下即使到大山深处，狼嚎、狗吠之声听不到了，树林草丛中虽说还看到些飞鸟，可听不到那委婉动听的歌声。动物园里的飞禽野兽也都失去了自己的天性……人真的好厉害，把它们彻底的"洗脑"了，连本性都为之改变。

△南飞的燕子总是恋着北方的窝。这不是记忆，而是习性和习惯。这种惯例一旦被打破，生存的空间缩小了，生命就会受到威胁。这是不争的事实。

△麻雀可在人们身边觅食，是因为它们的惊厥基因（除四害）已经改变，愿意与人类和睦相处。

△城市里的绿树成荫、草坪整齐，田野里五谷碧绿，池塘里鱼虾成群（人工养殖），除了跟人共生存的麻雀、喜鹊、乌鸦还叽叽喳喳的存在，野生的没多少了。这还叫"原生态"吗？

△上帝造人时，让你好好管理万物，和谐相处，没让你飞扬跋扈，践踏无辜。山林砍光、野草杀绝、鸟兽虫鱼也被人连吃带玩，用得差不多了，到后来就只剩下人竞相残杀，因为战争是毁灭性的，"弱肉强食"这出"大戏"将在人类的舞台上演，但观众不是人类，而是幸存的动植物。

　△大雁迁徙时，不是先声夺人，而是在天空"一"字排开，或"人"字领航。"一"字是你中有我，我中有你，互不分离；"人"字更是一种秩序所显现的"人性"和智慧，表示对"头雁"的尊重与跟从。

　△自然界的动植物，或山川、河流，本身就是一幅或多幅动态或静态的画卷。它的精神力量展示着顽强不息的生存与繁衍能力，人类不可小觑，也是无法替代的；它的创造力量，不在于宏大或渺小，而是让整个世界更加绚丽多彩，生动而鲜活。如蚂蚁可以滚动比它大好多倍的粪球，蜜蜂可飞行数百公里采集花粉。它们没有人类那样发达的大脑，可创造了比人类更值得赞誉的生活奇迹。若说把"太一"看作是万物之源的大自然本身，那么人生的最高目的就是复返"太一"，与之合一。

2016 年 5 月 11 日　于齐齐哈尔

虚白人静　吉祥止止

记得唐·王维在《戏赠张五弟諲》诗中："云霞成伴侣，虚白侍衣巾。"我家虽少了人气，可物件还在静静地看着我。每次回家都感到是一种失误：屋里温度高，又少水分，好像它们也和我一样蒙上一层层灰尘，并干瘪了许多。最后一次回家，竟用几天时间把屋里大大小小的家什和物件全部擦洗一遍，做到窗明几净，铁器放光；将衣服、被罩、帘布及茶具、锅碗瓢盆等也全部洗涮干净。整个屋里又恢复了丰润、温馨和亮丽的氛围。

前段时间，夫人突然离世，无论从思想或情绪上都让我承受着巨大的伤痛，和无所事事的缺失与遗憾。七天后，我去了哈尔滨女儿家，用摘抄笔记来打发日子，过了一段时间又回家了，在家住了几天又出走，两个多月的时间里，我是出出进进家门，内心的滋味是酸甜苦辣咸什么都有，人也变瘦了，不时还有些小毛病让身体不适。时间是最考验人的，一路上都是儿女及亲友们照顾着，堪比清闲自在，但我还是不适应这种正常的生活。俗话说：七十岁有个妈，八十岁有个家，那是最幸福的。我虽然很早就失去了母爱，但这个"家"才是我一生中不可或缺的伴。家中的每件家什，特别是我的书、笔、纸与我有几十年的手足之情，怎么能与它们分离呢？

一天晚上，我似梦非梦地觉得家里又热闹起来。厨房里叮叮当当的锅碗瓢盆的交响曲奏起，就看到笤帚和撮子跳起交谊舞。扫帚不时地把腿扔出去，又收回来，想抱一下撮子，好甜蜜哟！沉稳的写字台与几把红木椅子竟舞起"踢踏"，更显得豪爽与仗义；还有那茶壶、茶碗及茶宠在玩着南美洲的"桑巴"，时而那茶宠的"小男孩"还蹿出一流儿尿，真把人逗死了。

乐曲完毕，就看到一位骑青牛跨溪谷的长者蹒跚而至。他仰首大笑，曰："天下万物生于有，有生于无。"这不是"尊天道"的老子——李耳吗？我诧异着……顷刻从南边来了位面赤须髯的老学究，手摇着蒲扇，边走边曰："克己复礼为仁。"见到老子坐在眼前，立刻拜揖施礼，奉天道而尊之。老子回敬曰："尚仁与天道不分，善也。"二人哈哈大笑，顿时拂袖而去。

不一会儿，又来一位瘦消而干练、穿着长衫的小老头。哇！那不是"横眉冷

对千夫指,俯首甘为孺子牛"的鲁迅先生吗?他坐在茶几旁。细细地品味着龙井茶,就听有人敲门,开门后,方知是一位西服革履、温文尔雅的大学者胡适先生。胡适先生双手抱拳,表示对鲁迅的敬佩之情。鲁迅笑逐颜开地说,没想到今天在这里见到你,看来有点迟了,请先生理解我们的境况吧!胡适说,您那"匕首"和"投枪"是直捣封建老巢。鲁迅也回敬说,还是你的哲学、史学功底深厚,才能创造出"舰艇"和"大炮"的。二人寒暄之后,携手而去。

庄子《人间世》记载:"虚室生白,吉祥止止。"《释文》:"司马云:'室喻心,心能生虚,则白独生也'。"而"吉祥止止"指喜庆好事不断出现。这就验证了《楚辞》屈原《九章·回悲风》中的那句话:"瞻彼阆者。氾滴滴其前今,伴张弛之信期。"

一阵干渴把我弄醒,打开灯,看看厨房依然故我,而书房书架上的《道德经》和《论语》其温热还在;鲁迅和胡适的画像还在烨烨生辉,不愧他们是中国新文化的开拓者。来到客厅,打开冰箱,首先拥抱我的是"橘子小姐",快吻我吧,我给你甜蜜;"香蕉老弟"弓着腰给我行九十度大礼,跳上我的肩头说,我会给你去火温润的;"苹果"更不示弱,它那圆圆的红润脸蛋温暖地贴在我的脸上说,我可是无公害的自然生果类……

我各拿了一只甜甜地吃到肚里,真感到好惬意、好舒坦啊!

2015 年 2 月 23 日　于齐齐哈尔

见素抱朴　少私寡欲

"见素抱朴，少私寡欲。"这是老子的一句至理名言。《庄子·刻意》中解释道："纯素之道，为神是守……能体纯素，谓之真人。"意思是那些具有一定信仰的人，才具备"迹去繁奢，情归素一"（江淹《江文通集》）的人生境界。岂不知，生活在底层的人，有多少是具备这种生活品质的啊！他们的一生平平淡淡，没有什么更高的奢望与追求，可从生到死体现着"感知素心"的愿景。如《管子·势》所提倡的那样："正静不争，动作不贰，素质不留，与地同极。"真可谓完美到家了。

清静无为的一生

我的祖母是19世纪末出生的，先后经历了辛亥革命、军阀混战及清政府垮台。17岁时嫁给了上有老下有小一家做童养媳，婚后不久丈夫不幸去世，她的父母因灾荒也相继离开了人世，在走投无路的情况下，她领着弟弟（我的舅爷）由河北省一路讨饭来到辽东半岛，后来又嫁给比她大二十几岁的穷"光棍"——我的爷爷。由于抗战期间经历了许许多多的事，让她改变了一些世俗规矩。

她曾经讲过，有一年夏天，暴雨如注，半夜里屋地上爬满了蚯蚓。奶奶跟爷爷说，地龙来报信了，必有大灾大难降临，赶紧叫孩子们起床，上山吧！当走到半山腰时，听见破损的堤坝被水冲垮，瞬间全村几百号人，生还的没有几个，可我们家平安无事。于是，奶奶经常挂在嘴边的一句话："什么都不重要，只要人平安就好。"

还有一件事是从辽东半岛举家北迁时，路过鞍山，正遇上小鬼子的飞机像下冰雹似的扔炸弹，只见一个小男孩被炸得七窍出血，躺在路边，一只小鸟飞出破损的鸟笼，在小孩身上跳来跳去。从此，她就更加相信动植物是有灵性的。

水清净净暖人心，梨花淡淡品人香。这些经历深深地埋藏在她的心灵深处，从而决定一生不杀生、不吃肉，成为典型的素食主义者，但她也从不敬香、拜佛，又不裹足，在当时的女性中可谓另类。在我的心目中从来没见过奶奶着过急，发过火。比如土改时，家里的所有东西都被拉走了。她总是安慰晚辈说："东西没有了，再挣钱买呗，只要人在，什么都会有的。"由于对物质如此的淡漠，没给儿孙留下任何值钱的东西，留下的是淡定无欲的清净情操。她活了八十几岁，没住过医院，有个头痛脑热的，吃点偏方就没事了。她离开人世的那天早晨，仍是坐在小板凳上在灶前拉风箱，不一会儿倒下来，就走了。没给后人带来任何麻烦，真是平坦然然，波澜不惊的一生。犹如湖边、河边的浮萍，根牢牢地扎在泥土里，任凭风吹浪打，胜似闲庭信步，认为生活没有亏待过她。

"窝囊"的总务主任

"文革"期间我认识了总务处的陶主任。他个子不高，瘦瘦的，两只眼睛塌陷在眼眶里，听说是得了肝炎，并且达到肝硬化的程度。在全校的教职员工的眼里视为"窝窝囊囊"的人。作为管理学生吃住，又管钱财物的人，应该有些权利的，可他从来没有风光过，纯属一个老老实实的"看堆人"，不被人"尊重"与信任。校领导批评他像损儿女似的，他从不反驳；下属也不拿他当回事，如报销差旅费，或买什么物品，他的责任就盖章，不需审查（工作人员审查过了）；工人骂他是个"窝囊废"，他自己也承认就是个"牌位"。但这个人可是新中国成立前参加工作的老干部，是从延安来到黑龙江任教育厅厅长的高衡创办的"萌芽学校"的首批毕业生，担任过校学生会主席，还是全国第一个女拖拉机手梁军的同班同学。1949年6月留校工作的。

所谓"窝囊"是此人过于素朴了。素，为生丝，自然天成；朴，为原始木材，从不被世俗所染。《庄子·马蹄》中云："同乎无知，其德不离；同乎无欲，是谓素朴；素朴而民性得也。"陶主任是个穷人家的孩子，其骨子里从未隐藏过高高在上、贪赃枉法的邪念。尤其在"大鸣大放"中，因向党交心，说领导有官僚主义、不求实际等言论，被划为"中右"（因家庭出身好免为"右派"），从此，他就一蹶不振，愿意"窝囊"下去了。

有一天，听说他的一个小儿子去室外露天厕所掉进粪坑淹死了。我们几个年轻人去看望他。方知陶主任家一贫如洗，自己坐在炕桌上写检查材料。"造反派"说他是校内"走资派"的爪牙，对此他怎么也认识不上去。我们说，你可是毛主席题词的"萌芽学校"的功臣呀！怎么不说这些呢？从此，"红卫兵"们也就不怎么纠缠他了。

"淡荡动天云，玲珑映墟曲。"（唐·王维《王右丞集》）一直到萌芽学校变成大专院校，他仍是个小科长。20世纪80年代中期就退休了，至今已经90多岁，这个"窝囊"的老主任，肝硬化患者还健在呢！真是老天饿不死瞎家雀——好人一生平安。

我的舅妈"好时尚"的

我的外祖父家在当年村子里是远近闻名的"姜家大院"。老爷他们哥五个，在一起生活，这样我的舅舅就有十几个，其中五舅是我唯一的亲舅舅。他的媳妇是个外乡人，中等个，圆脸，不黑也不白，属于素的底色上开出一朵淡淡的小花，特别是穿上那件浅灰色的连襟夹袄，两胳膊肘儿分别缝上圆形淡紫色补丁；前大襟错落有致地镶嵌着四五块同样颜色的长方形布块，犹如傲雪天窗上挂着淡紫色纱帘。雪的冷与帘的幽，相互映衬，越发清凛美好。虽说不像戴望舒雨巷里的月白清风的女孩，可以悄然进入男人的梦境，但在那贫穷落后的乡村，真可谓有种吸人眼球的时尚哟！

舅妈是位善良的女人，"素"是她身上特有的符号，生活中也习惯于淡雅与清秀，从不和别人攀比，孝敬公婆，管教子女也是当地出了名的，从来没跟任何人红过脸。她的"内功力"彰显着对自然的、原始本性的延续与继承。"清真寡欲，万物不能移也"。(《世说新语·赏誉》)

舅妈还有一手好的针线活。20世纪50年代就自创自做"裤衩裙"给她的女儿们穿，立刻引起村里村外多少妇女登门学习与仿效呀！更值得一提的是，她亲手炮制、设计、制作的大皮袄，当舅舅这个车老板穿上它，并戴上她亲自缝制的貂绒帽子，威风得不亚于舞台上的杨子荣。人人都夸舅舅有个心灵手巧的好媳妇。她今年已经90多岁，听说她仍活得挺有禅趣的，除了初一、十五上香敬佛外，每天是不温不火，慢悠悠地在儿女家打扫屋子，看看家门，坚持着老百姓的传统做事规矩。

除了陶主任念了两年半工半读班，她们都没有文化，纯属"草根"一族。其实，一些底层的人们，最懂"知足者常乐"这几个字。他们不知道市井中的喊喊喳喳，更不明白社会上的虚虚假假。只知道讲究"素心"。世味有浓有淡，素心无嗔喜。老子曾提醒人们："五色令人目盲，五音令人耳聋，五味令人口爽，驰骋畋猎令人心发狂，难得之货令人行妨。"意思是欲望会降解或削弱生命的价值和意义，物质的享受不仅消解生命、腐蚀德行，还会锈蚀、磨钝人们对生活的感觉。"见素抱朴，少私寡欲"应该作为我们的一种信仰。正如圣·奥古斯丁所言："信仰是去相信我们从未见过的，而这个信仰的回报，是看见我们的。"上述三人可谓是直接的见证者呀！

2015年6月19日　于齐齐哈尔

钓鱼时的心灵锱铢

我的钓鱼生涯是从童年下乡后开始的。钓游池塘小河边,童年岁月悠悠甜。麻绳为线针弯钩,心无所营守钓竿。到了 20 世纪 70 年代中期,每当节假日或星期天,都要乘坐火车去较远的江河钓鱼。那时的渔具虽为自制,但已有一定规模,不仅有手把竿,还有拴上铃铛的长线底钩和岸边的撅搭钩,每次下钩上百只,可谓谲狂而奔放吧!

一天一宿分为三个阶段,是钓鱼的佳时佳境,心灵慰藉,空幽振奋,既是享受,也很练达,为此终生难以忘怀。

晨曦水面平如镜,露珠附草拟天星。当你把钩上好鱼饵、数米长的垂纶甩入水中,只见鱼漂横躺在水面上,在水波的荡摇下左右摆动,多像一个熟睡的婴儿在悠车里晃荡着。此刻万籁俱寂,茫茫的河套里犹如凝固的蛋清,纯净而无声。突然间,"婴儿"从悠车里立起来。说时迟,那时快,顺手把鱼竿举起,手感好沉重,又有些左右拉动的张力。就在鱼儿将要离开水面时,使劲把渔线甩到岸上,一条二两来重的小鲫鱼还翘着尾巴,活蹦乱跳呢!把鱼钩从鱼嘴里摘出,换上新鱼饵,再次甩到水中,顺手再把鱼放进水中鱼篓里。这种静中求动,动了再静的氛围让我体会到灵心的震撼与欣慰,是收获,或是静养;是喜欢,还是神安,我真的说不清楚哟!

葵花面西叹日沉,蚊虫竞食多愚妄。远处的炊烟袅袅升起,鸟儿也在空中打着旋寻觅自己的巢,小草似乎扬起了头去迎接晚露对它的滋润。在这归去来兮的傍晚,所有的生命都在施展自己的天性捕获猎物。我自然是蚊虫叮咬的好对象,凡是有裸露之处都阵阵发痒,并起了一串串的小红包。就在我边啃馒头,边拍打蚊虫之际,我的鱼漂不见了,鱼竿蹭蹭地上下乱跳,嘴里的馒头还未咽下去,手持鱼竿上的渔线好像有个人在水里使劲地扯着,并且来回地甩动,瞬间我的意志没了,情感也消去。水中的活物就是我自己,可又不能合二而一。几十秒钟过去,它累了,我也好疲惫,理智一点点地恢复过来。当我把渔线从鱼竿的顶端拉下来,两手小心翼翼地拽到岸边时,发现一条黑脊背、红脊、红尾巴的大鲤鱼,顺手将操网拿起,在它将要露出水面时,把它安全地兜上来。还没等我处理完,另一只鱼漂也不见了踪影,鱼竿也被拽到水里。顾不得这些,顺势又把第二条大鱼拉上岸来。就在天黑之前,我一共钓了一斤多重的大鲤鱼5条。一天十几个小时的守候,终于有了大收获,还真的有点忘了一切。我似乎也成了"自然人",在"动"的自然界里和那些动植物一样,傍晚是最好的活动时间,让我的视觉消去了色彩分辨的能力,只在"动"中再求动,在"静"中被动的视域里,分享跌宕多姿的美感和审美情趣。

"水月通禅寂,鱼龙听梵声。"唯怜一小铃,竹梢盼震动。月亮沉到水中,仰着笑脸,在波纹的飘动下,好酷,好酷的!我是一口馒头,一口咸黄瓜地嚼着,感觉不到啥味道,手里忙着为底钩上鱼饵,把几十米的渔线拴在竹梢上,绑好自制的铃铛,完了把它抛向河心,一共甩到水里有十几把底钩吧!然后,再抓些小青蛙,用大号鱼钩钩在它的背上,渔线也就两米多长,也拴好小铃铛,用竹梢立插在岸边的草丛里,或崖下的壁上,几十把撅搭钩也下完了。此时,天已经好黑、好黑的,只能听到十几里远的村落还有轻微的狗吠声,其余的信息皆无。我占据的河崴子是胳膊肘儿形,大约有二百多米长。此时是静谧而现实的。我信步走到离我一里多远的另一个崴子去看同伴,他一天的收获也是颇丰的。闲聊片刻,我就转了回来,在离我的钓区还有二三百米的地方就听到:丁零、丁零……的铃铛声。赶紧跑过去,查看每个小竹梢上的铃铛,听不清哪个有动静,过了一会儿,铃声又响了,寻声过去,用手一摸,是一盘底钩的线拉得紧紧的,看来鱼咬钩了。把操网放在一边,双手把渔线拽上来,越到岸边,它越是拼命地挣扎,可是来不及了,一条二斤多重的三道鳞已经入网。夜深人静物无语,听风、听水、听铃声。就在我视无分晓,听德有聪的时候,不远处的撅搭钩又上鱼了。那可是个大动作,铃声不停地哗、哗、哗地响,岸边的水面泛起拍打的水花声。一条大脑袋的、黝黑滑亮的大鲶鱼上钩了。这天晚上我收获了十几条大鱼,好惬意的。灵降夜兮,泊静寂;夜钓江兮,我为鱼。《易坤·文言》曰:"坤至柔而动则刚,至静而德方。"

钓鱼有味,食无味。奔波疲劳无怨言,就图个清静、无忧,乃自然。真可谓:静者,修身养性,去烦恼,无争斗,心态怡然,平和超越;动者,视听共享,俗中求乐,动中求真,真感情,真趣味也。锱铢虽小,孰轻孰重;灵心无边,深广透明。

2014 年 8 月 21 日　于齐齐哈尔

江中独钓　虚壹而静

小时候看到一幅山水画,在绝壁悬崖底下有一条大河(或是江,或是湖泊),其中有一老者撑着一条小船,身披蓑衣,头戴一顶草帽,在水中独钓,深感静谧悠闲。长大后,读书多了,对此情此景更为敬慕和神往,翻开《老子·人世间》,便知"唯道集虚,虚者心斋也。"《庄子·刻意》也曰:"夫恬淡寂寞,虚无无为,此天地之平,而道德之质也。"很同意此种"清静无为"的养心修道之境界。

雨中垂钓,沐浴天地间,天地人归一。"乘虚亡(无)而上遐兮,超无有而独存"(《司马相如传·大人赋》)。独存的只是躯体,而心灵随着水滴上迎天宇之浩茫,下接雄浑之地气。"虚怀博约,幽关洞开。"(南朝梁·沈约《齐故安陆昭王碑文》)尘世间的"污俗"已经被风雨吹得无影无踪,心中的物欲、情欲也变得轻飘飘的,或许荡然无存了吧!

乌云低垂,水天一色;细雨蒙蒙,寂寥默默。物我两忘,幻影清澈。这哪里是钓鱼呀!分明在享受大自然赋予我们梦幻般的人间仙境。唐·白居易在《长庆集》里描绘到家了。他说:"幻世春如梦,浮生水上沤。"就连雨滴落到水面时掀起的小水泡,似乎都有灵动之感,世上还有什么尘埃不可洗濯,达到视听于神明之域呢?勇敢的人们,不妨您也撑着小船到江河湖泊中去独钓吧!它会清除你心灵中的污垢,让你在世俗的迷茫中再一次清醒,来一次彻底的新生,"奇幻儵忽,易貌分形"(汉·张衡《西京赋》),也算是对美的追寻与超脱。

水中独钓,如影随形;安闲清静,波澜不惊。性情安逸,耳聪目明;静思通透,神智轻盈。此时此刻,独钓者是"大知闲闲,小知閒閒"(《庄子·齐物论》)。敞开耳目之欲,远闻蚊虻之声;手握钓竿幽遐独邃,闲坐船头寥廓深通。至于水中的钓钩能否上鱼,对钓者来说,无所谓有,也无所谓无,因为他的灵犀已随某一根神经飘忽到浩渺的宇空之中。这种惰性已将形体和灵魂上升到唯美、至善的意境。在拥抱时空的刹那间,远离了浅薄的痕迹和愚妄的私情。在融入自然的同时,达到忘形而自得,其宁静、自由与和谐高出自己的生命。

思绪驰骋超忽,穿越时空变小;江面老叟安然,姜子牙在独钓。"虽有荣观,燕处超然"。(《老子》)究其所在逍遥渺渺。传说姜太公钓鱼——愿者上钩。他的钓钩是直的，又不上鱼饵，所以上钩的鱼儿是为了粘上一些仙气，自己好转化为人或仙。人不也是如此吗？我认为，更深层的寓意是：姜子牙看破红尘，纯属在"玩自己"，或者是"玩人生"。告诫后人，尘世的一切就那么回事，没有必然，也没有偶然，还是让它更自然些吧！奇迹不时地伴随着你，"想"的东西不一定得到，"不想"的东西也不一定得不到。客观的事物就是一个符号，表象反映的，和隐藏其后的有本质的差异，而我们必须以表象为意念的依据，深入其中，才会脱离简单化和幼稚病。

　　返回现实生活，万物是在优胜劣汰的情景中生存和发展，人也亦然。作为钓者和鱼是共存的生物体，能否像老子说的"和其光，同其尘"呢？王弼解释说："无所特显，则物无所偏争也；无所特贱，则物无所偏耻也。"把光荣与尘浊同等看待，和谐相处。摈弃烦躁与相互争斗，这个世界方能安宁。我所说的不是不去钓鱼，不去吃鱼，而是让这些野生物种也能在短促的生存空间里活得自在些、悠闲些，死得其所也。何必要把那些尾巴连着眼睛的小幼鱼也打捞或垂钓上来呢？如果我们是条鱼的话，又会怎么想呢？江河优哉，鱼为伴；净水流通，物长存。作为主宰世界的人类，应该常常反省自问：制定游戏规则时，可要贴近自然，热爱乾坤哟。

　　在虚静无为的观念支配下，静观天地自然、人世俗尘，方能做到江中垂钓时的所得所获。这就体现了荀子"虚壹而静"的思想认知，做到"万物可兼和也"。因为修炼之士必须入静。正如魏·曹植在《九咏》中曰："灵既降兮泊静默，登文阶兮坐紫房。"而此时的独钓者的所思所想就不止这些了。

2014 年 8 月 30 日　于齐齐哈尔

四季周庄　情致陶然

鸟啄灵雏恋余晖，庄情水趣总忘时。华灯初上，这个时候该去周庄看演出了。我们加快了脚步，在水乡小镇匆忙的人流中穿梭着，不一会儿来到露天看台坐下。演出是在静观画面徐徐启动中开始的，就像是2010年在上海"世博会"上，中国馆的《清明上河图》：水流了，船动了，人们也在各自生活的情境中真真切切地活动着，人们不自觉地置身于那独特的境域里。此刻，我们已经不是观众，而是他们中的一员，一切都在圆融的气氛中彰显着，在江南水乡的实景里温润着。"披心腹，见情素。"（《史记·邹阳传》）曲调悠长吻天星，舞姿飘逸动山容。美的享受，爱的温馨就这样开始了。

春的"雨巷"，属于撑着油纸伞的姑娘，在白墙黑瓦的雨巷里悠然自得地跳着、舞着，那蹁跹的舞姿如润泽的风，拂面而来，饱尝着春雨光顾时的甘美与清纯；那和谐的曲调似荡漾的云，悄然而至，点缀着小镇在细雨漫洒后的朦胧和羞涩。这时想起戴望舒的诗《雨巷》："太息般的眼光／丁香般的惆怅／撑着油纸伞，独自／彷徨在悠长，悠长／又寂寥的雨巷／我希望飘过／一个丁香一样的／结着愁怨的姑娘。"而今，雨巷中的姑娘们没有愁怨，春的笑靥红艳艳；没有彷徨，暖的心窝甘甜甜。寂寥的雨巷哟，由雨丝织就的"雨网"连接五洲四洋；由姑娘们的倩影连缀成的影像，在黑白人种的脑海里流连放浪。这就是周庄的雨巷，中国的雨巷，世界的雨巷……

夏的"采藕"，江南以藕乡著称，酷暑浸泡于水乡里打着盹儿，热浪托起池塘里的水花泛起粼粼波光。小鱼儿在莲叶上快活地滚动着，蜻蜓在莲蕊中缠绵地吮着芬芳。《采藕》是吴地民歌中，描述一个女孩与情郎采藕时的甜蜜向往。表现在视觉与触觉感观时：莲叶何田田，藕断又丝连；水中魂飞荡，污泥而不染。男女间的爱情在简单中释放出荷包添香，绵绵长长；在劳动里映衬着并蒂莲花，对对双双。这种爱情关系定会亘古清扬。犹如当年沈万三凭借周庄便利的水路交通出海通番，姑娘翘盼他归来的传奇故事那样。"藕肠纤缕抽青春，烟机漠漠娇娥顺。"（温庭筠《舞衣曲》）百结愁肠藕丝连，粉霞红绶手相牵。"云鬟应节低，莲步顺歌转"（宋·孔平仲《清江集抄观舞》诗）女孩们成熟了，希冀爱的召唤，感受情的美满。如藕靓丽、坚挺，似莲纯真、鲜活。

秋的"丰收"，老农扛着锄头，牵着水牛，挑着担子来到打谷场，一边脱谷、晒稻，一边开怀大笑，饱尝着丰收的果实，暗享着喜悦的心跳。江南的秋天，阳光温馨而恬静，秋风和煦又轻柔，白云在蓝天里飘逸升腾。一切美好的事物在秋天里找到归宿，怎能不呈现最佳的姿容：鸭子在河里嘎嘎地嬉戏，小牛犊到处乱跑，老农们蹲在场院边上，有的抽烟，有的吃饭，好不清闲呀！虽说没有春天那样温润、秀媚，也不像夏天那么火辣、露情，更难寻冬天那些寂寥、收敛，但秋天是在成熟中袒露着色彩斑斓、凝重，格调充实、坚挺。金黄的稻田，如金的海洋；白色的棉野，似银的世界。秋天是美酒一杯，浓而不醉；秋天是情诗一首，诵之壮美；秋天是甜歌一曲，滋润心扉。周庄的人文环境顺其民意，地理条件天地合成，故这片沃土才让人与物种共息共荣。"万家相庆喜秋成，处处楼台歌板声。"（唐·杜牧《樊川集》）秋毫末了秋色览，水榭亭阁挂心灯。周庄四季秋为上，春华秋实满心房。

冬的"过年"，周庄是在"爆竹声中一岁除，春风送暖入屠苏，千家万户瞳瞳日，总把新桃换旧符。"（王安石《元日》）喜气祥和的气氛中辞旧迎新。你看，大红灯笼高高挂，挑在桅杆上的，映得流水潺潺笑；挂在桥头上的，照得柳树弯弯腰；擎在门梁上的，喜盼新竹节节高。小孩子蹬着新鞋满街跑，妇女们忙里忙外不停脚，大姑娘穿着花棉袄。一位老者手持春联，墨香四溢，迹绣狼毫。上联"绿竹别其三分景"，下联"红梅正报万家春"，横批"春回大地"。真可谓：山河风霜尽，江南报春早；乾坤气象和，周庄迎新桃。打谷场上架起戏台，吴剧评弹越语，佳丽手持月琴，唱的是乾隆爷下江南的一段小调。千百年来，承传承载的吴地文化，至今仍是家喻户晓。就在此刻，迎亲车队路过，新郎披红戴花手牵大花轿，在锣鼓喇叭声中，见到了沈万三回乡娶亲，并答谢家乡父老。一时间有玩杂耍的空中飞人，还有媒婆大妈口叼烟袋手抓糖果乱抛，把"过年"推向高潮。这种生态、形态、情态浑然一体的东方农耕文明和乡土文化："过年了！"简单明了的话语，撼动心房。记得袁宏道《迎春歌》曰："采莲盘上玉作幢，歌童毛女白双双。梨园旧乐三千部，苏州新谱十三腔。"多么气派的民情、民俗啊！

一个多月的时间过去了，《四季周庄》不是四季的轮回，而是情致陶然视野的大旋转。它在我们记忆的底片上，流淌着串串珍珠般的小人物演绎的小故事，鲜活地注入我们血脉中超逸的真、善、美形象，让人不能自已。

星系空旷引鹊，微风夜阑蚕缺。歌舞升平庆丰年，水乡周庄焕然。锣鼓声震天外，笑容掬于池畔。水牛哞哞恋槽头，船泊溪桥重现。

2015年12月9日　于齐齐哈尔

一块石材印章坯料的"来历"

十月末的江南,温和度人绿水间,风不扰林自清闲。2015年10月31日在江苏省常熟市出席中国文章学研究会时,参观当地名人翁同龢先生陈列馆和黄公望墓地的当儿,我买下一块"石头"。卖者是位当地摆地摊的农民(或闲散人员),要价800元。我拿到手上感到有种温热,又飘逸着无法言说的古代墨香,从石材四周的这幅简单的雕刻画来看,应是出于一位文人或书画爱好者之手……没有说什么,就放回原处,继续参观了。待我们兜了一圈返回时,我的朋友小杰跟他砍价到50元,才心满意足地收入囊中。

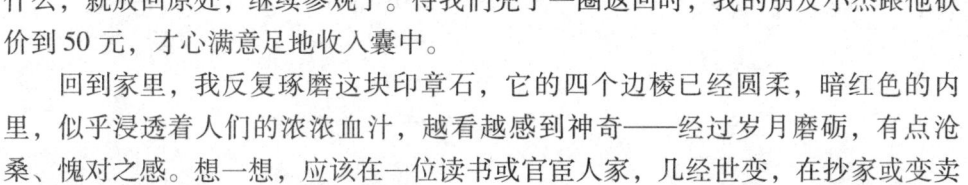

回到家里,我反复琢磨这块印章石,它的四个边棱已经圆柔,暗红色的内里,似乎浸透着人们的浓浓血汁,越看越感到神奇——经过岁月磨砺,有点沧桑、愧对之感。想一想,应该在一位读书或官宦人家,几经世变,在抄家或变卖的过程中(已经磨掉获章人的姓名),最后到了一个不懂文物的人之手,才产生上述不知价值的乱要价。

慢品香茗思沉沉,觑视章石心澜澜。"石头"四面的这幅画,地点是江南水乡的一个坡地上,植着高大的芭蕉树,已经果实累累,还圈着一个不大的竹编小栅栏;时间是一个日照云漫游的秋天上午;人物有一位古装打扮的老者抱着一把古琴,撅着胡子坐在芭蕉树下。

这奇妙的构图,不像近人之作,至少是明清时代的读书人或书法爱好者。从大写意的粗犷刀痕来看,雕刻者很有这方面的修养,见不到一处败笔,手法娴熟、精湛,深浅适度,轻重缓急有序,应该是个原作、真品,不存在假造、模仿之嫌。

闲来无事,走进书房偶然翻到刘墉先生的《萤窗小语》一书,上面记载明代画家沈周作的一幅扇画:画上一棵芭蕉树,下面坐着一位老人,老者抱着琴却没有弹,题诗是:"蕉下不生暑,坐生千古心。抱琴未须鼓,天地自知音。"大千世界无独有偶,为什么这个题诗及画跟这枚石材印章坯料的画面如此相近呢?

那么,沈周生于长洲(今江苏省吴县)与常熟比邻,又崇拜黄公望,而黄公望墓就在常熟(我的这块"石头"就是去黄公望墓参观时得到的)。沈周

（1427—1508）明代画家。字启南，号石田，晚号白石翁。擅画山水，初法得于父亲恒吉、伯父贞吉，兼师杜琼、赵同鲁，后学宋元于董源、巨然、黄公望、吴镇、王蒙等人尤有心得，并能融会变化，自成风格。40岁后始拓大幅，景物蓊郁深邃，笔墨坚实豪放，颇有沉着雄浑之致。也作细画，于缜密中仍具浑厚之势，人称"细沈"。兼工花鸟，浅色淡墨，老笔纷披，很有神采；偶写人物，也很洗练。画名甚大，影响所及，形成"吴门派"。与其学生文徵明、唐寅、仇英合称"明四家"。书法学黄庭坚；诗学白居易、苏轼、陆游，缘情随事，沉郁顿挫，为论者所重。有《石田集》《客座新闻》等著述。

我既不是古玩的鉴赏者，也不是收藏者。在此石材印章坯料中嗅出一点古代文化的气息，也就算是玩得有滋有味了；更不想炒作出什么名堂，或去提升一下"石材"的价值品位什么的，只是在自观自赏中觉得很有意思，不妨拿出来让读者跟我一起自娱自乐罢了。敬请见谅！

2016年4月20日　于齐齐哈尔

师者，慧目、雕琢、赏识也

一千多年前，韩愈在《师说》中提出："师者，传道、授业、解惑也。"被视为教书育人的基本原则，至今，我们延续和发展其思想精髓。然而，在当今教育的高速发展，科学文化的普及与提高方面，大大地增强师者职能、职责的内涵。为适应现代教育的发展需要，及受教育者的实际情况，对师者提出更高的要求。结合现代人文、科学的研究、实验、实践来看，师者既要慧目识"材"，也得懂对"材"的雕琢与赏识。

人的一生，在学校度过了自己的童年期（幼儿班和小学阶段）、青春期（中学阶段）、成长、成熟期（大学阶段）。此间是人生中的黄金时期。而培养、教导学生成长的是不同阶段的师长（包括家长）。

童年是孩提们最天真、最纯粹、最贪玩的时期。"蓓蕾枝梢向点乾，粉红腮颊露春寒"。（宋·林甫《杏花》）含苞欲放的花朵急切地需要阳光、水分和养料。我们的启蒙老师就是他们的"护花使者"。不仅要传授知识，规范生活习惯，答疑解难；更要用一双慧目捕捉孩子们学习、生活中的每一个细节，予以殷切的帮助和热情的关怀。对那些听话、懂事、善学的孩子教者自然喜欢有加，随之而来的奖赏、鼓励也会加快孩子们的成长步伐。但要记住，有些人从小"受性朴拙"，还未达到"测度"之程度，很难判定其未来，那种"一杯水看到底"的观测孩子们的人生，是很肤浅、很愚昧的教育方法，实在要不得。俗话说，"淘小子，更有出息"。必须给予发现，不可埋没和丢弃。这对师长们来说，甚为重要。

到了中学阶段，是对学生的理想、信念、知识、能力着重培养和打好基础的时期。尤其是初中时的孩子在迈向成年人前，有个惯性的"叛逆期"，原因很简单，之前受家庭和学校束缚较多，大人们总认为小孩子什么也不懂，于是就用自己的传统观念进行灌输，孩子一是不懂，二是不服。时而还遭到父母的打骂，老师的白眼，甚至周围的冷嘲热讽，待他们长大后对照一些知识理念和社会实际，就感到反差很大，于是开始痛恨父母，讨厌学校或老师。赏识学生不仅要发现他们的特长、专长，还要在习惯性调皮、嬉闹的孩子中发现他们的聪明和敏捷，更要在打架、斗殴的学生里肯定他们的仗义、刚直和果敢的前提下，增强他们的法制意识和文明礼貌修养。一句话，任何学生都有可称赞的地方。《左传》讲："善则赏之，过则匡之。"只要奖罚分明，以理服人，学生都会接受的。

宽泛地讲，每个学生都是一块玉石。《礼·学记》曰："玉不琢不成器。"其实，孩子们一直在两个作坊里被雕琢。一个是家庭。它是治玉成朴（未被加工的原材料），对孩子的影响是直接的，有的孩子的习惯、个性、天姿，除了基因的继承外，就是家长的言行、习惯的影响。天下父母心，谁都想让自己的孩子"成气候"，可你想过没有，你的孩子有那份天资吗？如学习音乐、美术或体育等特长生，绝不是父母逼出来的。对自己的孩子要先判断其"质性"，选好了再去"琢"吧！另一个作坊是学校。孩子们对学校老师的信任高于父母。教师犹如匠师"有匪君子，如切如磋，如琢如磨。"匠师们可以根据玉石的源质材料和原型结构，雕琢成可供观赏的绝代佳品。然而，人不同于玉石。他是个有机的生命体，尽管他需要分阶段地成为师者们哺育、培养、造就的可用之材，但他们自身的积极主动性、自由发挥性、自觉可控性及学习创造性，是每个学生所独有的。为此，师长们要像爱护自己眼睛一样来爱护他们、呵护他们。古语曰："一日为师，终身为父"可见一斑了。还要像和挚友那样相交、相处、相助，亲如手足，共度春秋。

作为高等院校的教师，当本科生或研究生（硕士、博士）即将毕业时，通过他们几年来的学习、实践、表现及毕业论文的水准，完全可以鉴赏到他们的才华、能力及后续发展。此刻，导师们必须把自己的学生从"后台"拉到"前台"，或把他们扶上自己的肩膀，举他一下，送其一程，让他们去采撷你想采撷而还未采到的"科学珍珠"。这就是教师应具备的"莫不严事招提，归仰慧觉，欲使法灯永存，胜因长久"（梁·刘孝绰《栖隐寺碑》）的赏识精神吧！

启蒙时的教育如"摇篮"，师长们的每首"摇篮曲"都会开启孩子们的心灵洞府，就像岸边的小松树初见阳光，暗暗地滋润着，默默地成长着，此时此刻，这棵嫩苗方可苗苗碧绿。有诗云："日借嫩黄初著柳，雨催新绿稍归田。"意思是嫩黄的柳叶在细雨的催助下才能碧绿映照田野。我们的孩子不正需要师长们多给些及时雨吗？从心理学来说，也叫"摇篮效应"。

中学期间，犹如"瑜伽室"里修行忙，无论是立品、修业，都是为以后学习、工作或生活打基础的关键阶段。《瑜伽焰口施食要集》记载："身与口协，口与意符，意与身会，三业相应，故曰瑜伽。"借其义，来解读中学生的学习生活，应该很有意义的。在这半封闭的校园里，每天学习、学习、再学习，做不完的作业，演不完的习题，背了又背的诗文。做到行言一致、言心相符、心行统一。这在传统的教育理念中是应该肯定的，特别在应试教育时更要严格守训。但是，它的负面作用太大，很难培养出创新、创造型人才，不能不说有些孩子们的天赋，在此期间给扼杀了。学生们的天赋往往蕴藏在他们的兴趣之中，而兴趣又是他们个性发展的沃土。所以，师者要从兴趣教学入手，在个性发展上扬长避短，从慧根上挖掘学生们的潜能。"慧眼见真，能见彼岸"。(《无量寿经》)

　　大学是驶向未来的一只"宝船"。大学的"大"，就因招引"大师"于府内。古语云：名师出高徒，一点也不假。这些"重量级"的学者、专家，他们学养深厚，理论高深，对学生的引领与发展起到跨时代的作用。作为高校，又"高"在什么地方呢？好比金字塔，应该在学术研究和理论造诣方面都是高峰部分，它可以在空中"揽月"，也可以在水中"捞鳖"。不愧对"上帝"在创世纪的第六天造人，并赋予他管理世界万物的使命。当学子们登上这艘"宝船"时，他们是幸福的，可责任与义务也非常繁重。人才对于一个国家或民族来说，都是不可或缺的宝贵财富。大师们用慧目发现了人才，然后进行有目的、有规则的精雕细刻，怎能不出"精品"和圣贤之辈呢？而学子们学习更为自由、自觉和努力，因为他们知道，肩负的重任不仅是为了自己，而还为了整个人类的事业与发展，最终驶向理想的彼岸。

2016 年 5 月 4 日　　于齐齐哈尔

书为伴，终生相随

在我的一生中，除了父母、师长、妻儿老小、亲戚朋友、同学同事是我的亲人之外，那就是每天陪伴我的各种书籍了。近几年，孤身一人在家，更显得"书"伴我走出寂寞。它们像倔强的"老人"指引我前行，像亭亭玉立的"贵妇人"让我趣味横生，更像一个个天真无邪的"孩童"伴我玩耍开心。这个"伴"是无价的、高品位的，永远也不会抛弃我的终生"伴侣"。我珍惜它、爱护它，虔诚地敬畏它。

从出生到现在，我真心地感谢我的亲人们对我的培育、帮助和提携，没有他们，我不会有什么作为。但书籍却进一步地教我如何做人、待人和认识人；教我如何做事、处世和探究事物的本质及真面目；教我认知自然、亲近自然、爱护自然、理解万物、保护万物；教我正确地面对社会和人生。让我在继承祖先遗留下来的文化、经典、理念的同时，还要信奉科学，学习先进知识，把视野拓展到世界及宇宙空间，让现代文明和古代传承相融合、相补充，使现代文明更健康、更时尚、更深邃地造福于人类。

我所以崇拜书籍，因为它给予我太多太多的益处，并一直支撑着我勇往直前。其实，古往今来，人们都是这样认识的，已成共识。

书让我真诚。"真"到我的心鲜红鲜红的，恒定地跳动着。它很纯，没有任何掩饰和故作姿态，不会让任何庸俗的液体渗入，也不会让浑浊的气体侵犯。"诚"使我的心每分钟跳动60次左右，不快不慢。遇到提升晋级、嘉奖荣耀、喜事临门，也不会因激越而加速；遇到灾难临头、挫折痛苦，也不会因悲伤而放慢。心房固若金汤，洗心向善，瑕不掩瑜，坦然互见。真诚守信，是书籍奖赏给我的；谎言不会沾边，那会让我脸红、心跳，落魄难堪。

书让我善良。上善若水，清澈见底，不畏高山屈服，不畏峡谷低头。善者要做到无味、无声、无形，归其真境界、真情景之中，舍弃身后名，不畏利益图谋，折断欲心之望。该得到的，你挥之不去；不该得到的，得到也会丧失。《孔子家语·六本》："故曰：'与善之居，如入芝兰之室，久而不闻其香，即与之化矣'"。在道德范畴中，"善"是做人处世的根本之道。善人有良心。善善从长，良心未泯。善心良知，静心可为。书之记载，文字清晰引领，让人善始善终修好。

书让我先行。先行者看破红尘也，预知天下事，步履轻盈自在。能做到不为事累，不为势攀，拨开眼前烟尘迷雾，展望未来。打破成见，不拘陋习，是在延续文化传承，踏着前人的足迹畅行，省略后顾之忧；也是拓展思维空间，站在先人的肩膀上，方能居高临下。书给我无穷的力量，在经验积累方面，后人只需接过接力棒，不需要从头做起，一辈总比一辈强。骄傲不是我们的心灵发现，希望才是不可熄灭的火把，照亮前进的航程，更晓得未来的发展规律，绝不做"蛀虫"而胡来。

书读多了，可以使人聪明。犹如鱼儿在大海里游弋，无边界地去追求畅怀、自由和无法言说的徜徉快乐；犹如鸟儿在天空中翱翔，无阻拦地在白云与蓝天间穿梭、潇洒和无法掩饰的从容自在。因为它们的慧根来自"海阔凭鱼跃，天高任鸟飞"的大环境。人的智慧不也来自知识海洋的高深和广阔吗？

书读多了，可以使人充实。犹如水涨船高。波浪摔打铮铮骨，历练辛苦后知甜。魔高一尺，道高一丈。矛和盾叠加方为实；犹如果实饱满、殷实，本色俱全，内不愧心，外不负俗。至此才会让人知道"问渠那得清如许，为有源头活水来"。（南宋·朱熹语）人们在精神上的饱满和行动上的坚实，都来自读书这一源头。

读书多了，可以使人敏捷。犹如乌云密布阴阳两极碰撞，旋即电闪雷鸣，大雨倾盆，雨落润万物，汇集江海流；犹如黑夜里的电灯开关，顷刻按下电钮，光亮一片，盲点不在，清晰明鉴。做到头脑灵敏方知"动静屈伸，唯变所适"。（魏晋·王弼语）人的哲思、情感、心灵在撞击的刹那间，产生思辨的火花，瞬间灵感闪现。这和一边读书，一边思考不无关系。

多读书，会使人们的智商大增，修养齐备，眼观六路，处处是风景，赏心悦目；耳听八方，曲曲是和声，心旷神怡。当然要注意，呆板而教条地去读书，去理解书中的释义，也会造成思想僵化，呆若木鸡；还会学些旁门左道，狡诈油滑，背离书的初衷，损害知识的本性。

古往今来，"万般皆下品，唯有读书高"的思想理念，虽说有些偏颇，但人们一直仰慕这个信条。原因很简单，人们所以尊重、信赖读书人、爱书人。相对来说，他们的品行端正，视野开阔，理念新颖，是"齐家、治国、平天下"，都是不可多得的人才；或者说这些贤士们代表着民族的脊梁，也是国家的希望，没有哪个群体或社会组织是在"文盲"或白痴的领导下强盛起来的。

尽管有些人把读书视为，"书中藏有黄金屋、颜如玉"予以奋斗。应该说，读书人会比一般人更有商业头脑，多些参政、议政的机会，也可能找到更理想的伴侣。但绝不能把这种品位高尚的情操给予简单化、庸俗化和符号化；更不能把读书进取当成攫取财富、争夺权势及获得美女的敲门砖。此种极端的心理和膨胀的欲望，使多少有识之士为此荒废学业，熬干精力，葬送青春。不能不让我们高度警惕，千万不可步入自私自利的误区。

　　　　　　　　书是文化遗产的最好传承载体；
　　　　　　　　书是情感交流的最佳认知媒介；
　　　　　　　　书是经验积累的最详记录方式；
　　　　　　　　书是生活背景的最忠实的助手；
　　　　　　　　书是文字承接的最可靠的朋友。

　　我爱书，更爱读书。书是我生命的一部分，也是我最骄傲的伴侣，终生不离、不弃。

　　　　　　　　　　　　　　　　2016年5月14日　于齐齐哈尔

茶、酒、烟与性格

喝茶、饮酒、吸烟是生活中人们不可或缺的交流、交往和交际的方式及习惯。三者都用口来品尝。"品"字很有讲究，如品茗三口，可知茶的产地是武夷，还是虎丘；品酒三巡，方觉"酒晕徐添玉颊红"（宋·陆游《剑南诗稿·宴西楼》）；品烟三斗（指烟斗），烟雾缭绕神气精。所以说，敏感人喜烟，诚挚人嗜酒，沉稳人品茶。

茶在我国历史悠久，从古代丝绸之路开始，就是向西域出口的重要商品之一，进而茶文化遍布世界各地。在我国旧时聘礼多用茶，称下茶；女家受礼，称受茶。也是小孩子的美称，"牙牙娇语总堪夸，学念新诗似小茶。"（金·元好问《遗山集》）文人墨客也大量地写诗著文而颂之，如"青裙玉面初相识，九月茶花满路开。"（宋·陈与义《初识茶》）把陌生的丽人，喻为茶花，并赋予既稀客又面熟的人。边品茶，边聊话更显清雅自在，"茶话略无尘土杂，荷香剩有水风兼。"（宋·方岳《秋崖小藁抄》）清淡伴有荷香，犹有水风相兼之气息，一下就把人与人的关系拉到纯洁、甘美之境界。

从茶的种植、栽培和采摘的"茶趣"，到制作，然后走向市场的"茶道"；再到茶肆、茶馆或家里去喝茶、品茶，又可观赏蕴含各种风土人情的茶具、茶宠的"茶话"；通过泡制、冲沏等工序的"茶功"；最后喝到嘴里的"茶味"和"茶情"，实在是费了一番好大的功夫。此时，人们一起谈经论道，诉说往事，或交朋经商等，都在细细品茶的间隙中进行。从性格来说，沉稳人品茶，雅士们爱茗。通过个人的举止、言谈显示出"沉重渊懿，道德博备"（《后汉书·刘恺传》）的高风亮节，再经过一番深深地体悟，道出茶情的表里和真滋味。

酒也是中国文化的一个重要"品牌"，历来把嗜酒者描绘为仗义、爽朗、真诚、守信的人。只有豪饮者才会称之为酒圣。李白在《月下独酌》中曰："所以知酒圣，酒酣心自开"。黄庭坚在《和舍弟中秋月》云："少年气与节物竞，诗豪难争锋。"李白谓之"酒仙"有诗云："李白一斗诗百篇，长安市上酒家眠；天子呼来不上船，自称臣是酒中仙。"（唐·杜甫《杜工部草堂诗笺》二）无论是酒之清者，还是酒之浊者，都归结为酒中见真情，酒后吐真言的豪迈性格。

相关酒的文化延续至今，因为酒在上层或庶民中都是不可多得的交际饮品，宴请时没有酒，何以面对父老乡亲；没有好酒怎能显现宴会的质量与价值；饮酒不醉又如何称得上朋友和挚诚呢！真可谓"酒酣耳熟忘头白，感君意气未所惜。"（唐·杜甫《杜工部草堂诗笺》三十六）以酗酒为德，《礼经》有云："瑕不掩瑜，未足韬其美也。"意为世上没有纯粹的人或事，而那些简单又平常之举也是很美的。就着咸菜条喝两盅，自斟自酌，不存在那些矫揉造作之态。"性情胜致，遇性弥高。文会酒德，抚际愈远。"（《梁书·何点传》）历来古人把饮酒看得很清淡，又会想得很高远。

吸烟虽说是一种普通又普遍的行为，但在我国的辞书里边，很难找到像样的记载。皇宫贵族不把它当回事，俗民百姓时有口叼大烟袋（特别是女人），或指间夹着废纸卷的烟卷，都视为寒酸、不雅、丑陋、粗俗。因它是"毒品"，自然上层人不愿理它。后来"香烟"传到我国后，烟斗和卷烟也就大行其道。足以说明"毒品"有其"毒"的好处。在高级的宴会、座谈等场合，拿出高档的香烟，似乎也是种品位与身价的象征。

近年来，国内不少烟厂推出一盒烟上百元，或几百元的高价，来刺激消费者，说明市场的空间还是很大的，其利润也很高，但吸烟对人体有害，毋庸置疑。可吸烟的人在寻找尼古丁对人大脑麻醉后的刺激，还是很有作用的。它是大脑思考问题时凝结后的清醒，默想事物时"后激素"的填充。所以说，吸烟人的性格比较敏捷、持久。将军们在谋划某场战役时，经常是在指挥部里边踱步、边吸烟；一些文人墨客伏案写书时，桌上烟灰盒里的烟蒂如一群小孩子的屁股朝天。这种习惯成自然，也就一切都无所谓了，即性情的使然。

说到这里，不免还要赘上几句。酒喝得酩酊大醉，不省人事的"酒徒"或"酒鬼"，闹出那么多"段子"和"笑话"，甚至喝得眼歪嘴斜，喝坏了身体，也破会了感情（尤其是夫妻感情）还有什么可以赞许的呢？另外，就是"吸烟有害健康"，每盒香烟的包装上都毫不掩饰地劝告着，也有明文规定："不许在公共场所吸烟"，甚至一些宣传片上把吸烟造成的肺癌的活标本映在屏幕上让人揪心、恶心、痛心。但市场上仍为名酒做广告，给予高级香烟的出品不遗余力地支持，怎么不禁止生产呢？有人说，这是商业利益所为，应该有一定道理。但从人的生命旅程来说，顺境与逆境参半，生活的幸福和痛苦兼有；生的途径唯一，而死的途径是多样的。在短暂的几十年里，不要盼望长寿，要活得洒脱、爽快，哪怕有那么一段时日，也就足矣！我从来不赞同"好死不如赖活着"这句俗语。人生一世只要不损害社会，不伤及他人，自己认为高兴的、愉悦的就去做吧！没什么可以后悔的。

"醉鬼"躺在壕沟里睡到天亮，看来也是他记忆中的最好"名片"。这就是生活，生活的多彩性表现在方方面面，只要自己认可就行。况且事物不能以"好"或"怀"来区分，人也亦然。能弄到"酒鬼""烟鬼"的名声与地步，还真是不容易的事，至少在他们的性格中有种"不怕鬼"的基因存在。

2016 年 5 月 27 日　于齐齐哈尔

岁月如烟　嘉会年华

十年前，受邀参加一次七七、七八、七九级毕业生的同学聚会，一共50多人。白天在国宾馆吃完午饭后，三五成群的留影和叙谈，好一番热闹。

七月的阳光，强烈得如同一场爱情。随着光线的西下，我们乘坐一台高级大巴车来到距市区一百多公里的"欢乐谷"。北方的峡谷是伴着潺潺的溪流，在茂密的森林里静静地沉睡着，时而可听见远处的蛙声。到达后，在半个足球场大小的草坪上席地而坐，开始晚餐。餐毕大家在乐曲声中，或唱歌，或跳舞，或调侃，都是那么的尽兴与浪漫。

正式晚会大约从晚上10点钟开始。主持人是七七级的班长，"文革"前天津市某中学高一的学生，也是1967年来黑龙江某农场的"知青"，此间做过小学教师，是一名不可多得的小号手，故称"长嘴号"。

"长嘴号"操起当年他参加乐队时的自备小号，先后由高、中、低三个音位发出截然不同的5个乐调。接着他说："岁月如烟，人生几何？我们今天就以7岁、17岁、27岁、37岁、47岁，这5个年龄段来回忆自己吧！"记得陶渊明曾说过："栖栖世中事，岁月共相疏。"那些不安的事情，随着岁月的离去而疏远了吗？

花蕾未绽青而涩，童子锐小黑白明。在叽、叽、叽……的童趣号声中，一个身穿白色超短裙，白色丝绸肩头蓬起的短衫，乌黑的头发上戴着一朵纯白的栀子花的小女孩，在欢呼声中，蹦蹦跳跳地上来。顷刻间，她从地上拾起一颗红色小石子，带着稚气正端详着，一位老奶奶腰系围裙，边抹手，边蹒跚地走来，上前一把将小女孩手中的小石子打掉在地上，还唠唠叨叨地埋怨着。小女孩一声不吱地站在一旁，两只水汪汪的大眼睛，在乌黑的睫毛扑闪下，落下两串晶莹的泪珠，被老奶奶拽了下去。

接着是一位中年男子揪着一个满脸、满身泥巴的小男孩上来了，还不时地打着小男孩的屁股说："弄得这么脏，像什么样子……"小男孩锁着双眉，丝毫没有认错的样子。这时，不知谁喊了一句："铮铮铁骨，好样的！"

在一片掌声中，情景剧落下帷幕。于是大家都三三两两地议论起自己的童年……一个字，不是酸，而是"酷"。

草木箐华皎如雪，半晗半闭芳月晴。在"长嘴号"嘟、嘟、嘟……清亮的号声里，请出A（"A"泛指某一男生）同学讲述他17岁那年，初三即将毕业时，春情荡漾，喜欢上前桌一女生的故事。在热烈的叫喊声中，他说，这位女同学高挑儿身材，白皙脸蛋中镶嵌着高挺的鼻子，一双勾魂闪亮的大眼睛，是人人都会心动的那类女孩。在她不注意时，我写了一张纸条夹在她的书里。结果在她回家展开书写作业时，一不小心被她老娘发现了。先是责怪自己的女儿，而后就拿着纸条向我父母"告状"，并且还谩骂起来，说我影响了他女儿的升学。我父亲不堪羞辱，当着她老娘的面，把我拉过来打个皮开肉绽。在叛逆和委屈的支配下，我带上仅有的20元钱，离家出走。半个月后，实在走投无路，被当地派出所给遣送回来。接着我升入高中，考上大学。

同学中，不知谁喊了一句："你的那位初恋情人在吗？是不是她呀？"指了指他的夫人。当年咱校七九级的校花B（"B"指某一女生）同学。B大方而又有点局促地站起来。她仍是那样美丽而清秀，既有现代女性的韵味，又不失传统女人的温雅。在同学们的簇拥下，和A同学手牵手来到场地中央。同学们已经狂热了，让他们现场表演求爱、拥抱和接吻。A是1978年考入这所大学的，而B在1979年为了他也来到这里。现在他们的三口之家幸福而美满，唯独A的老爹和B的老娘至今见面不说话。

青春丽草凝晖举，蝶舞花间乃钟情。"长嘴号"当、当、当……吹出三个响亮的音符。27岁的时光，对于每个青春靓丽的年轻人来说，豪放大于沉稳，理想伴着行动。他看了一下同学们说："现在请我们的才女——C同学登场。"

C同学是七七级的学委。高考前，1966年在复旦大学附中高三毕业，1967年来北大荒成为"知青"1977年恢复高考后，有幸成为首批大学生。她很沉稳地站起来说："我酷爱古诗词，后来考上复旦大学的古汉语研究生，一直跟古文字打交道，但我要声明：我不是一个'仿古人'。"大家报以热烈的掌声。

她略有所思地说："在27岁这个时间点上，既浪漫又现实。我想每位同学都会经历一段甜蜜而残酷的恋爱过程。哪个女生不想找到自己的'白马王子'，可'王子'在现实中难以圆梦。人长得酷的，品行不好保证；本人有才气的，家境又寒酸；会交际的，不会读书；对你热情、痴迷的，你又对他不怎么'感冒'。只能随遇而安，随缘而动吧！"她此刻心情有些沉重。有位同学提议说："C姐，能说说你自己的情况吗？"

此刻同学们有些骚动不安。她深深地吸口气说："我27岁那年跟当地农场的一位农工结婚了。我家很反对的，可我真是义无反顾呀！生了一个女儿。后来，因价值观念不同，十年后分手了。但我很珍惜那段感情。"环视一下大家说：

"再后来，我跟我的导师结婚，他比我大二十几岁，我很幸福，就像陈香梅爱上美国大兵陈纳德那样，至今甜蜜的爱情仍充溢在两人心间，这是生命的最大财富……"她的现身说法，征服了在座的所有人。

枝干挺拔竟妖娆，日过中天逢鸿业。"长嘴号"又嘎、嘎、嘎……吹了起来，并说："南有马云，北有牛云。他就是我们今天校友会的赞助者。"同学们高呼起来，"下边请D哥说说他的创业经历。"在长时间的掌声中，一身朴素的衣着，鼻梁上架一副普通的近视镜，看不出一点特殊的地方。据说他在自己读过的小学、中学和大学都设有他的助学基金、科研基金。这时他用不太流畅的普通话说："我虽学中文，可把那些知识忘得差不多了，但在理念上永远忘不了。毕业后不久就'下海'了，曾在俄罗斯待了10年，在加拿大居住6年，所以我说汉语时的舌头有些硬。"大家又一次呼叫与鼓掌。

他推一下眼镜框说："在国外很难，做生意更难。20世纪80年代后期，当时我37岁，在俄罗斯搞易货贸易，黑白两道都得交，红灯绿灯都要闯，人格要保留，尊严还得维护，钱更要理直气壮地去挣。但是在一个破损、动荡的俄罗斯很难摆平这些关系。每次回国都要带些钱，为了不被抢劫和避免海关的麻烦，都是混在农民工中间走俄海关，或花钱买通当地的黑社会，让他们陪我一起回中国。幸好没发生大事，小事就多得很了。"他停了停，继续说："创业之初赔进去几百万元，就在走投无路时，抓住一点商机，总还算坚持下来，虽说不算成功，还算可以吧。"他在掌声中结束了精彩演讲。

人到中年，上有老，下有小，事业要拼搏，家庭要维护，对于一个男人来说，不嫖不赌，真是一件不容易的事。

天命之年知长短，秋水荡漾映青莲。"长嘴号"吹出最后咕、咕、咕……三个沉闷的音符。情景剧《母亲》在欢快的小乐曲中拉开了帷幕。

第一幕：一个10岁的小男孩，拿着手机蹦跳着上来；然后趴在桌子上玩手机。母亲满头银丝，系着围裙上来说："惠儿，你该做作业了！……"话还没说完，小男孩就顺口骂了一句："放你的驴屁去吧！"并把桌上的书、本和水果打翻在地，跑了出去。母亲边收拾，边说："这可咋办呀！他得的是阿斯伯格综合征，情商为零。"母亲下。

第二幕：孩子已长到15岁了，即将面临中考，可是就不想做作业，也不愿意上学。一出场是孩子在桌前玩手机，母亲一边手持吊瓶走上来，一边对孩子劝导说："明年就要升高中了，不做作业哪行啊！"这时高出母亲半头的孩子，对她进行拳打脚踢，吊瓶也打翻在地。满眼泪花的母亲，无奈地走下去。

第三幕：为了"问题孩子"的病，母亲报考了"心理咨询师"。因在外省考试，曾三个夜晚坐在火车上，因劳累过度糖尿病和肾炎发作，每10分钟就得去一次卫生间。不幸的是装着书籍和准考证的小挎包在行李架上不见了。乘警给开了证明，勉强能参加考试。在返回的夜间因呕吐、昏迷，被列车长联系到就近医院住院。

第四幕：丈夫手提拉杆箱，身边挎着一个妙龄女孩返回故里。丈夫说："旅馆我已经在网上给你定好，我回家看看就回来。"女孩下。丈夫当、当、当地敲自家的门。"谁呀？"他妻子忙开门，一看是他就说："你也不打个招呼，亲爱的，让我给你准备点好吃的呀！"丈夫轻蔑地说："我来去不用你管。"妻子平和地向他诉苦……立刻转向前几天，因不让孩子玩手机，而把手机藏起来，惹怒孩子用菜刀摁在母亲的脖子上，幸亏邻居张姨报警才得救的场景。最后丈夫扬长而去。她说："为了孩子，为了孩子有个完整的家，我不知道要熬到什么时候。"（剧终）

情景剧结束了，同学们不是鼓掌，而是唏嘘……这时主持人上来说："这是一个真实的故事。她是我们七九级的 E 小妹，不知她 10 年后的今天会怎样，那年她将 47 岁。"在场的同学们高唱《母亲之歌》。大家深深地思索着，因为悲剧的美在让人品评人生时，更能揭示生活的底蕴。当我们一路走来时，美好的东西固然不少，可悲壮的情节或细节对于人们来说，像一面镜子从你背后照来，这是多么难能可贵啊！

主持人这时让我说两句。我没有准备，又不好推辞地说：古人对"7"即"柒"或"㭻"赋予很深的内涵。"㭻政，即日月五星"之意。作为人生的 5 个节点，同学们演绎得淋漓尽致，我很受教益。

7 岁的那一年，是抓住蚂蚱，以为能抓住夏天。其实，童年就是在纯真、幼稚和无邪中度过，什么时候都不要泯灭童玩。

17 岁的那一年，吻过他或她的脸，就以为和她或他能永远。这不是天方夜谭，也不是现实给我们的答案，但这种青涩、无知却显示端出美的端倪。

27 岁的那一年，谈情说爱或结婚生子，以为秋天果实会很饱满，岂不知"小夜曲"的 B 大调还在后面。

37 岁的那一年，事业有成，家庭美满，以为幸福离我们不远。然而，天有不测风云，灾难与祸福难算。旅途过半该清闲，怎会让你虚度华年。

47 岁的那一年，只感生活无忧，可以期盼幸福晚年。积劳成疾，体力和精力都不如从前，知足是经历和实践让你知晓人生之温暖。

57 岁的那一年，只想退下职场、官场，就可以什么都不管。然而，后段路还很长，不能随波逐流，为后人做些有益之事，比养生、保健更显出人生饱满。

67 岁的那一年，只获得"老爷子"称号，就以为境界高远。但是，人生品位的高下没有终点，你的言行楷模更应自觉和规范。

77岁的那一年，面对白发红颜，好像又回到童年。看破红尘知利弊，那只是一种经验，而不是锤炼，生活追求一个"淡"字，是最好的自我实现。

谢谢大家，也让我做个自我总结与展望。

同学们用一种敬重又喜欢的目光来看我。我无法辨别，经历告诉我，应该这样说。

一片掌声后，同学们开始夜宵吃烧烤。零点过后，大家又兴奋地歌呀、舞呀、说呀、笑呀。不知不觉东方已经鱼肚白，新的一天又开始了。

2016年6月23日　于齐齐哈尔

相知有素　睦乃四邻

《周礼·地官遂人》："五家为邻，五邻为里。"从居住的角度来说，邻里之间是一个社会中的小群体。这样的群体有着不同凡响的文化内涵和道德标准。概括起来是和谐、友善、互爱、互敬。在中国几千年的文化中，邻里文化是最值得赞颂和记载的优秀文化之一。那种和衷共济的和善之美，一直是中华民族团结友好的象征；那种邻里相恤的坦诚之品，更显示出亲如一家的厚重文化底蕴。正如人们常说的，"千金买宅，万金买邻"，"邻里好，赛金宝"，"好亲戚不如近邻居"等，这些脍炙人口的俗语，是一种基于地域文化关系而形成的人际交往之至理名言。

在整个社会变革及文化转型的大背景下，人们有些怀旧的观念。近年来，"游子们"怀着虔诚之心书写"乡愁"，怀念故里。这里边有一个重要"心结"，那就是对邻里的追思和想念。

北京人仍然留恋20世纪五六十年代老北京的"四合院"。夏天十几户人家，摇着大蒲扇，悠然自得地在院子里乘凉，时而喊几口西皮二六散板，说几句京韵大鼓，满有意思，如同一家人似的；冬天用煤炉取暖，热心的老人去邻里家查看通风情况，预防煤气中毒。那种不是责任的责任，温暖着几辈人。

在农村的小屯子里，几十户姓氏不同的人家，相互照应，"义则邻援"（唐·陆贽《赐吐蕃将书》）。西边狗叫，东边鸡鸣，各家各户都要出来伸着脖子看看，如有特殊情况发生，立刻群聚而至，相互帮助。平日里张爷爷、李奶奶、王伯伯、赵大婶地称呼着。孩子们吵架、互骂完了就好，从来没有什么大的纠纷。谁家有个红白喜事，老少爷们齐上阵，一起帮着忙活。从这里走出去的人，有谁不去思念和追忆呢？

而今，多数人家都住进了"高楼大厦"，每当夜晚来临，一家家的窗户亮着灯，多像一层层的"鸟笼"，有种"笼鸟无奈"之感。虽有小区公园，或休闲娱乐室，仍感到孤独与冷漠。实有"鸡犬之声相闻，老死不相往来"的气氛。就以我居住的那幢楼的那个单元为例吧！一共七层14户人家，除了顶层两个小户型的散户外，其余12家都是我们原单位的，在几年中，共去世四位老人，其中一位是原学校的总务副校长得了肝癌，据说临死前是用"120"救护车拉到二百多公里的老家祭礼的，我们根本不知道。还有一家死者都火化了，我才听别的楼人说的；另外两家的"殁者"出殡时，我没在家，据说邻里也都装着不知道。听起来惨不惨，哪来的人情味呢？我怀疑别人时，更怀疑自己。更可笑的是对门的小夫妻离婚三年，我却一点不知道，后来是听学校里的人说的。

就说我们这单元的两家散户吧，在楼上往下扔垃圾是司空见惯的常事。有一次午睡，有个中年妇女从七楼往下踢空塑料瓶和木板，那个响动让人烦死了，当她踢到四楼时，我推开门说了几句，从那以后好一点。还有，每个楼梯转角处都堆放各种箱子、酸菜缸、破木桶等杂物。物业几次贴出告示要求清理，仍无济于事。更有意思的是物业要把小区封闭起来管理，每家发了一个开门卡（还可以多买），至今快一年了，也实施不了。门锁按上，就被破坏掉，弄得啼笑皆非，没有办法（7楼那两个散户就不同意封闭）。这样的邻里怎能相处到一起呢？就如一个正常的群体中夹杂着两个不食烟火的人，很难与之相融。

更有甚者，是邻楼的一家五口人，老者是外县退休的小局长（科级），家养了一只藏獒，这只大狗可把楼里的大人、小孩吓苦了（听说各家下楼时要带刀子或木棍）。幸好这位"局长大人"两年前因贪污受贿判刑十年，这幢楼才得安静。

在这样的环境下，群体里边很难找到知音、知言和知心，不得"冷漠症"就怪了。只能把门关起来，两耳不闻门外事，两眼不窥窗前景。"房顶扒门，灶坑打井"，独居"凤凰山"吧！

就在我无限感慨，怀疑这种邻里的地缘理念时，前些日子去大庆参加一次同学聚会，晚上住在我表弟家时，找到了不同寻常的邻里关系特例。

下午三点钟聚会结束。我来到表弟家，敲门无人应答，下楼就问楼房门外的三位中年妇女。她们说，我们一起吃完午饭，他们夫妇开车跟外地朋友出去了。这时来了两个中年男子，把门对面的两口大铁锅（直径有一米大小）抬起来送走。我问，这是办喜事用的？她们说，不是，是你表弟河南省三口之家的朋友来了，我们集体给"接风"。哇，心想，还有这事。她们说，我们这个单元的12家就是这个规矩，谁家来人去客，若不愿意去饭店，就集体招待；若是过生日、外出或返回，都聚在一起表示庆贺、送行或洗尘的，相处二十多年，形成了不是规定的规定。

邻里之间没有高低、贵贱之分，只有平等相待，才能去掉无知与偏见；只有不讲身价和地位，"善气迎人，亲如兄弟"。(《管子·心术下》)此和谐家园就像草木那样在阳光和水分的滋润下，青翠茂盛；上下左右温暖协调，犹如一个大花园散发芬芳的气息和丰腴的形象。

晚上,在表弟家聊起此事,他说:这已成习惯,我家的粉条还未吃完,那是老宋回讷河老家带回来送给各家的;每家吃的腐乳和臭豆腐那是我从克东老家买的。去年我们去海南住了几个月,钥匙就给对门,让他们给我浇花;谁家来客人住不下,就到有空屋的家去住,兄弟姐妹也不过如此。把别人家的事当成自家的事来办,别人也自然把你当成自家人。若能达到不分彼此,共进酒餐,和睦安乐,多像音乐和声那样,"正声感人而气应之,顺气成像而和乐与焉。"(《礼记·乐记》)

你来我往,"施之金石,则音韵和谐"(《晋书·挚虞传》)的小环境,至今已不多见了,可"四海之内皆兄弟"的古训永远存活在我们的心中。

2016 年 6 月 27 日　于齐齐哈尔

洗妆·修容·革心

人是有尊严、讲礼仪、多情感、追求美的特殊物种。历来都讲究地位、身价与宅舍相配，面容、体态与修养、学识相谐。在经济发展的现代社会里，更要把人的依着、面目修饰得别具一格，使其超前或另类的不乏其人。尤其是年轻人在体现自我、追求时尚方面，不仅仅是适应潮流，而是打破惯例，不遗余力地把自己打扮得非典型化。现代人已经不局限于赶超奇装异服的外在美，而是在自身生理条件上下功夫，如男人的发型、文身美，在2016年法国欧洲足球杯的赛事中彰显得十分突出；女人在洗妆、修容上大打出手，让你的瞳孔不断放大，没有收缩的机会。

女人的化妆自古有之。唐·韩愈《昌黎集·华山女》诗："洗妆拭面著冠帔，白咽红颊长眉青。"作为良家女子有谁不把自己打扮得面如桃花，蛾眉曼只，秀发飘逸呢？男人也不例外。

现代人对自己的头发非常讲究，花上几百元、上千元，到高级理发店进行焗、烫、理等特殊技术或药物处理已成平常事。把染发剂抹在头发上，经过电蒸，就可以使白发变成黑发，使黑发成为红、黄、蓝、绿等各种颜色，充分展示多彩对人类美的呼唤。烫发使用热能或药水使头发卷曲变形显得格外美观。女人多在曲线美上找感觉，不论是"大波浪"，还是"小漩涡"，要根据本人的体型、脸型而定，可让你超凡脱俗，体察现代美的张力。理发不单单是剪短或修正头发，还要通过特殊的发膏使头发变软或增加弹性。这对女人来说，在柔美、飘逸的同时，头发的弹性与韧性也让人陶醉，有谁不追求呢？

平日里，女人对自己的头发（除烫的卷曲发外）一般用"束"，把头发卷扎在头顶上，显得干练、利索；用"扎"，把后面的头发扎个"马尾"，拖在脑后，燃烧着青春的活力；用"散"，使整个长发飘散如瀑布、雨帘之美，显得大气和柔滑。

在这方面，男人也不落后，往往在发型上与女性媲美。如剪成"鱼鳍型"（似鱼背鳍），流畅自如，朝气焕发；"山寨型"（头发焗成一个个尖型立在头上），坚固挺拔，自信有加；"荒漠型"（光头），光鲜坦荡，无私无畏；"仿古

型"（在头顶上盘个髻），贤士风度，古雅之美等。除此之外，在头的一侧或两侧剪剃出"太阳花""星月宿""波浪纹""云子卷"等自然图案。在模仿自然、亲近自然方面，揭示出男人的品行、品质和品位。

在日常生活中的洗妆，男人注重眉毛要厚重、沉稳，多为剑眉、蚕眉；胡须要不时剃光，以"小白脸"为主，修得纯净、白皙，也有留"八字"胡的，显示出倔强、潇洒的性格。

女人就要麻烦得多，如画眉毛，修成"月牙形""柳叶形"，然后再着粉黛，让面颊白嫩、清秀，在唇上涂抹口红，整张脸犹如野百合，白里透红，分外妖娆；像晨曦中的朝霞，光彩四射，有谁不喜欢呢？

修容与整容相切合。这是一项通过手术的形式让人彻底改变容貌，"丑的"可以变成"美的"，"美的"可以变得更完美（不一定如此，至少整容者是这样认为的）。目前，在韩国比较流行，中国人也加入其中。最简单的手术是割双眼皮、去眼袋、文眉；再复杂点的是"大嘴"可缝成"小嘴"；最让人惊心动魄的整形手术，如"鼻梁"可以架起，"颧骨"可以去除，"下颌"可以缩短等。这些伤筋动骨的大型手术，后遗症与危险同时并存。

说实在的，我不赞同这种修整容貌的方式。人的五官是承袭父母基因自然形成的，所以它有着血脉相连的自然美。这种美具有承袭性、广泛性和朴素性。对于美的内涵诠释历来都是各执一词。不同的面象、另类的结构，也是一种多样美的展示，何必趋同又要付出不应有的代价呢？

外表装饰与修理是美的重要形式之一，但作为人的内在美的确立与修炼就不是那么简单易行了。《汉书·严助传》："愿革心易行，身从使者入谢。"一个人的言行举止得当、雅正与心地的友善、淡泊、纯正是相一致的。所以说，洗妆与修容必须配以革除心中杂念为其宗旨。唐·孟浩然有诗云："物情多贵远，贤俊岂遥今。迟尔长江暮，澄清一洗心。"（《孟浩然集》）决不可为美而美。那种肤浅而幼稚的，也是庸俗的，伤害本色的简单实用主义行为，并不会被大多数人所摄取。

如何做到外表和心灵之美相统一，关键是治理学养，博览群书，打下厚重的文化底蕴，才会使自己的灵魂在善的土壤里根深叶茂；继承传统的优良品质，使其发扬光大，永远成为一名延续传承的使者，树立起良好的家风、家教。这不是只靠一张修容的面孔所能做到的；养正毓德、素朴归真是自然的法则，而单纯的修饰美，多少有点求全之嫌、求美之切的心理负担。

2016年6月29日　于齐齐哈尔

童真·童趣·童年

童真是一种天性，因为这种纯真、幼稚、聪慧及善良，都是在不知不觉中呈现出来的。一旦有自知、自觉，人的品质就会自动地下降。仿佛栀子花不知道自己有多香，兰花不知道自己有多幽静；小松鼠也不知道自己有多淘气，百灵鸟更不晓得自己会唱歌。其实，天分、天性从来都不需要发言和辩解，是自然天成的。

有一年，我从南方返回到大连女儿家。吃完早饭，女儿、外孙女和我去公园闲逛。外孙女（6岁）蹦跳着，好自然地去摸一个赤身雕像小男孩的"小鸡鸡"。我们谁也没有在意就过去了。后来，我看见一幅画（或是照片）上三个外国小孩，都四五岁样子，两个男孩和一个女孩，在海边站着，其中一个小男孩在撒尿，站在他旁边的小女孩歪着头去看，既自然，又平常。可想而知，孩子们的天真无邪达到了极点，太可爱啦。一些别样的事物、事情都让他（她）们好奇，这点纯真的心绝不能泯灭。

许多教育家认为让孩子早熟是种短视病，就像果子还未长大就让它红了，这种果实不会好吃的。童真是成年后抵御各种挫折、挑战的心灵之源，而小时候正是吸取营养的时候。这是大自然的法则，违背就要受到惩罚。

童年的趣事幼稚，趣味良多，一旦提起，不仅是回忆，更多的是留恋其单纯，向往其真切。《晋书·王羲之传》曰："恒恐儿辈觉，损其欢乐之趣。"连古人都非常介意童趣给孩子们带来的快乐与幸福。

小时候，我也玩过家家，假装着当一回夫妻。可是，当我长大到十几岁时，从外地读书返回家的路上碰见了她。她是我当年过家家时四舅妈的女儿，比我小两岁，人长得还精神，寒暄后就各自回家了。后来听我妹妹们说，她在家里哭了一天。于是，我想"青梅竹马"的事玩不得。如果后来真的恩恩爱爱，无嫌无猜，也算是好事。可如今不是李白想象的那样："郎骑竹马来，绕床弄青梅。"弄不好既伤害了别人的尊严，也会伤害自己的尊严，尽量不要弄假成真。

儿时做梦也非常有趣。有一次，我梦见自己成了一头小猪在田里拱豆吃。清晨起床跟妈妈讲完后，妈妈说："梦见青龙多好呀！不过小猪也不错，老实厚道。"等我长大了，翻看带插图的线装《西游记》，猪八戒背媳妇挺好玩的。心想，虽然"老猪"有点花心，但还算是顾家的憨直汉子。而今，现代女性都喜欢傻乎乎的"八戒哥"，不愿嫁给猴精猴精的孙悟空。

还有一次，是我五六岁时，妈妈一早就穿戴好，要领我到庙里"跳墙"，其实就是用"摸顶"的形式，祈福、祷告孩子无病无灾。我不知道那么简单呀，说啥也不去。心想：我跳不过墙，即使跳过去，也得把腿摔断。孩子的想法不无道理，可大人们哪顾得上你的想法，只按他们的意图去做。孩子的心是一张白纸，就怕乱涂乱画。可怜天下父母心与孩子的相去甚远。

英国《心理学报告》发表一篇学术论文称，家长让年幼子女相信"圣诞老人"的存在，有助于培养孩子的道德观。而英国伦敦的赫莫医院心理学顾问马克·索尔特则在同一本杂志上撰文说："创造出'圣诞老人'的想象力，正在被理智困扰的现代社会所毁灭。"说明孩子们的想象空间越来越逼仄了，因为现在的人们太崇尚调查事物的真相，而一些童话故事创作也显得乏力。这种特有的传递着人类智慧和道德的形式被那些暴力游戏、色情故事所代替，真可谓悲哀呀！

童年时代是金子时代，也是最阳光、最珍贵的时代。每年四季是那样的分明，记忆悠然神往。春天，在自家的小园子里捉蚂蚁，总感到它一天到晚地忙碌着，太累了。把它放在瓶子里养起来，可它不习惯，只好把它放回原来的地方；夏天来了，阳光暖暖的，过了一会儿，一块云彩翻过来，哗、哗、哗地下起雨。我站在外面任雨水浇着，从头到脚全淋湿了，像个落汤鸡。奶奶把我拽到屋里，衣服扒光。我睁着大大的眼睛扑闪着没有吱声。秋天好失落的，为什么绿叶变黄了？它也会老吗？尽管我咬着香瓜，满嘴流甜水；啃着玉米棒，特别香甜，还是不愿意离开春草绿油油，夏花满地开呀！冬天是萧瑟寒冷的，可跟冰雪玩耍太着迷了，让我忘掉了一切的一切。

童年的我，曾躺在院子的空地上，望着杨树顶端的喜鹊窝，几只黄嘴丫未退的小雏鸟张着大嘴待哺，好可爱哟，不知它妈妈为什么不给它奶水喝呢？晚上望着天空中的星星，一闪一闪的美极了。心想，什么时候能掉下来一颗在我怀里，我会好好爱惜它的，绝不惹它生气。白天看到窗前的各种花开了，好艳好艳的，还有蝴蝶姐姐和蜜蜂老弟（奶奶让我称呼的）快乐地玩耍。我能像它们那样也长着两个小翅膀飞来飞去吗？

幼儿心理学家刘东平提出，孩子好比一块白布，他周围的环境，他接触的人，好比装满染料的染缸，对孩子的成长有着决定性的影响。过量地注入成人的观念和世俗风情，会使孩子老于世故。在当今浮躁的社会环境中，让孩子们远离

"尘埃",是家长的责任,更是社会和国家的责任。如何让"金童擎紫药,玉女献青莲"(唐·徐彦伯《幸白鹿观应制》)的环境多一些,不能不让我们好好地思考了。

2016 年 7 月 15 日　于齐齐哈尔

物种呼唤

与天象交谈

宇宙中的日、月、星辰是天象的主体，任何宇宙和地面的变化都离不开日、月、星辰有规律地运动。尽管科学发展到今天，有好多天象仍是个谜。我所说的与日、月、星辰的交谈，主要出于对大自然的保护和热爱，并从中受到一些哲理性的启示。

太阳与影子

自古以来，人们就对太阳予以敬慕和歌颂，如汉·枚乘《七发》记载："流揽无穷，归神日母。"所谓"日母者，阳德之母"。它以无穷无尽的光普照宇宙，更为受益的乃为地球上的万物了。太阳光永恒地存在，方能做到"乾健坤顺，群生首资。日常月升，四时叶熙"（《宋史·乐志》）。就拿"影子"来说吧！没有光，哪来的影。可作为影子的无意识存在，却给人们留下非意识的意识启示。

有一天，阳光照在我的头顶，听到我的影子埋怨地说，我从早上就跟着我的主人来见您，可万万没有想到您越来越高大，可我却越来越渺小，直至消失了。太阳说，我不完全为你而来的。我的使命是："上反盖戴，激日景而纳光。"（班固《西都赋》）影子无可奈何地说，我的命运真的不好，除了您之外，火也可照出我来，但是我会和我的"主人"一起葬送火海；还有灯光也会映出我的，但是一闭灯我就无影无踪了……太阳说，人世间有好多好多赞美你的诗句和话语，如北宋词人张先的"三个影子句"："云破月来花弄影"，"娇柔懒起，帘压卷花影"，"柳絮无人，堕飞絮无影"。作者以影藏形，用虚写形，描绘出人们的心绪。故心无挂碍，则能心境如真，远离尘世的颠倒梦想也。

这时小溪流哗哗地流淌过来，阳光把颤动的水影投射到云杉树上和青草野花中，水影在它上面飘逸忽闪。水在颤动中发出潺潺声，树和花草仿佛在欢乐中生长，而阳光和水影是那样的调和、自如……

月亮与潮汐

在中国的民俗中,阳魂月魄,互为室宅的理念一直延续至今。就在"月白天净水暗流,深夜无声好自求"的晚间,若到大海边,其景色就不像陆地那样安静了。晋·郭璞在《江赋》中曰:"呼吸万里,吐纳灵潮。"海水受太阳和月亮的引力影响,产生水位涨落的潮汐现象。所以说"夜阑雷破梦,欹枕听潮音。"(宋·范成大诗)可不是人们的单纯想象,而是日复一日、年复一年的不生不灭,因为海水的本性为之涅槃。

有一天晚上,月亮弯弯地在天空中笑着,映到水中仍是那样的愉悦。海水像孕育着宝宝似的,慢慢地涨着,不时问月亮,您每天晚上出没,跟我们的潮汐涨退有关系吗?月亮甜甜地说,我的升降与太阳的出没是有规律的,你没有感受到吗?这时涌动的潮汐说,海水的波浪起灭是潮汐涨退的标志,水的本性是不带知性的,无感无惑、不生不灭呀!月亮说,我虽受地球的制约,福祉于阳光,可我的回报是亘古不变的,不生不灭,不垢不净,不增不减,空空如也。潮汐听了月亮姐姐的一席话,瞬间回归大海,并扔了一句话,您的月亏月圆跟我的起落是相互感应的呀……

每年秋分时节,有好多的人聚集到钱塘江岸边去观大潮的来临,那种水卷云团如虎狼之势,及震天摄海的涛声,不仅让人们感到无比的震撼,更让人们增加了多少回味与思考。波浪的起落是生死,水的本性是涅槃,不生不死。人生的起落是生死,人生波浪的起落是运气的起伏。大海每天两次起潮,海水不增加;两次退潮,海水不减少。人的一生,如果以一个甲子为轮回的话(即使超出这个盘点),回忆起来有多少是增的,又有多少是减的呢?(我不排除社会的进步及科学的发展,是指人体的总量来说的)那种有所得或无所得,不都是空之无色也,岂不也在涅槃中不生不灭吗?何不去欣赏云淡空寂月牙弯,潮汐涨落月自闲呢?

星辰与露珠

晋·成功绥在《天地赋》中记载:"玄龟匿首于女虚,朱鸟奋翼于星张。"说出地上万物与星辰的关系。古人说,每个人下界都顶着一颗属于自己的星星。此话虽有些玄,说明人与星界是遥相望而不可知也,但我感到草木枝叶上的露珠还真有缘与星辰相望,并且是随星而凝聚,星没则散落,其景象让世间的人们既羡慕,又有点伤感。不妨听听它们之间的交谈吧!

每当夜深人静,就会在夏日的某一天晚上草木的枝叶披上一串串的露珠,晶晶莹莹,闪闪烁烁,像刚刚抹泪的孩子,幼稚地跟星辰说,存在就意味着失去,而失去后能预知未来的所得吗?"桂露对仙娥,星星下云逗"(唐·李贺《歌诗

论》)。命运就是如此公道，又不公道。童话天边，在想象中"色不异空，空不异色"，点滴积累终将汇聚梦中海洋。露珠点点头微笑道，我的心是透明的。俗话说，心晴相映，就会望见你们群星，这话对吗？星辰敬慕地说，晨光照耀你纤弱的身躯，发出夺目的光芒。虽说你踏着轻柔的脚步在方寸的舞台间将灵魂升华了，世间凝视的感悟，可能落地，也可能升空，而献出的是无怨无悔的一生。露珠晶晶地对星辰说，露珠不应老，夜间满从容，昼里微躯尽，晶莹如繁星，呵呵……

露珠虽小，可把星辰映衬得光亮不凡。它是"色即是空，空即是色"。出现于谢幕乃是法相之自然。没落是空灵的纯美，再现时乃为真性情。

2015 年 4 月 26 日　于齐齐哈尔

风·云·雨·雪·雾

宇宙间的自然现象是很奇妙的，它的大美、大爱永恒而无疆。人类不仅享受它的恩泽与福祉，还需要适应它的自然规律，保证它的完美存在。只有懂得"变化代兴，谓之天德。"（《荀子·不苟》）方能做到听任自然，"神顺物而动，天随理而行"（《庄子·在宥》注）。本文主要是与风、云、雨、雪、雾的对话，听听它们的心声，及局外人的一点体察。

风

晋·张景阳《咏史诗》云："清风激万代，名与天壤俱。"把"风"与天地并存。谷雨刚过，春风暖洋洋地扑面而来。它温馨而细腻地说，从大海那边很骄傲的一路走来，吹拂着大地一片翠绿，那是何等的愉悦与欢乐呀！我说，真的很盼望您的，连我的玩梦都没有谁可以带走了……它又好俏皮地说，你不怕我狂风大作：风卷残云、风声鹤唳、风雨如晦、风行草偃吗？我说，万物有生就有死，这种轮回也有您的功劳。

我钻进一条鱼的鳃里，鳃是由多片层叶组成的灵动和有张力的鳃。而我就是我自己，江海里的水也是它们自己。那一刻，我的右肺呼唤着左肺，我的左肺正连着鱼鳃，鳃过滤着水中微小的氧分子，还要吸纳着奔跑的风。

风鼓动着小鸟的翅膀，让它在宇宙中自由地翱翔；风吹拂着水面，筛下万顷粼光；风席卷大海，掀起惊涛骇浪，展示海的威严、浩瀚和倔强……

云

《后汉书·逸民传赞》曰："江海冥城，山林长往，远性风疏，逸情云上。"春天的云像一堆堆棉花团似的，轻飘飘地在宇宙里好温馨自在呀！它甜甜地说，何堪万里外，凤驾升天行。这是我性格的大写意，也是"小女子"的任性恣情。我说，没有您的存在，地球上的万物将会混沌无序呀！它突然飘走了，扔下一句话说，这都是我们的缘分。我望着它飘忽不定的身影蓦然相对。

我匍匐在一只硕大的风筝上，风筝是人工制作，牵着线的风筝。而我就是我自己，天空的飞鸟也是它们自己。那一刻，我的右眼看着左眼，我的左眼瞄着风筝。风筝上下游动得既快活，又僵硬，云只是摆摆手走远了。

云是风的伴侣，两者默契方能体现云雨之渥泽；云是雨雪的胚珠，没有云的孕育，哪有雨雪的降临；云是祥和的象征，有诗云："芒砀云瑞抱天回，咸阳王气清如水。"（唐·李贺诗）白云如轻幔薄纱的少女盈盈舞步；乌云似辣妹"千乘雷动，万骑云屯"（北周·庾信诗）；晚云像锦绣的神女，嫭彩郁于夕阳……

雨

唐·孟浩然《大禹寺义公禅》曰："夕阳连雨足，空翠落庭阴。"春雷一声响，兴雨祈祈注。它慢条斯理地说，从云层翻转的宇空降落，见到地面与江河湖泊拍手迎接我是多么兴奋与快乐，一旦真的落在万物身上又会产生新的快乐与欣慰。我说，您散发出铁的信息，让万物得到润泽，那是生命的延续。它很实际也很浪漫地说，一落地我就不存在了，只有向往的梦。我说，江河湖海一族亲，上天入地乃从容，这是您的本性。

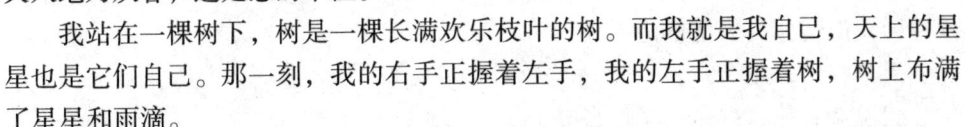

我站在一棵树下，树是一棵长满欢乐枝叶的树。而我就是我自己，天上的星星也是它们自己。那一刻，我的右手正握着左手，我的左手正握着树，树上布满了星星和雨滴。

雨滋润着草木菁菁绿，使其活得有滋有味、蓬勃向上；雨沐浴着动物洁身自好，为它们创造了生存、生长的境域；我是"阶楯诸郎空雨立，故应惭悔不儒冠。"（宋·苏轼《分类东坡诗》）多想在倾盆大雨中浇个透心凉爽呀！

雪

宋·杨万里《观雪》诗云："落尽琼花天不惜，封它梅蕊玉无香。"北方的春天乍寒乍暖，雪花却嫌春色晚，常来观顾飘飘下。它轻轻地说，寒暖交流生育我，撒向人间作飞花，那种企盼只靠六角晶体映庭霞。我说，天之骄子驻人间，哪怕瞬间也会让万物怀念与赏心啊！它满自信地说，雪泥指爪往事遗留痕迹，雪窖冰天乃为宇天另景，岂不乐乎！于是我想起金代元好问的词，吟给它听："云子酒，雪儿歌，流连风月共婆娑。"您是好幸运的。

我立在一座山峰的顶上，峰是磨砺得俊朗并洒脱的峰，而我就是我自己，夜间市井的灯也是它们自己。那一刻，我的右脚正踏着左脚，我的左脚正踏着峰，峰上飘着盏盏灯光和温纯的雪花。

雪花像一群小天使从天而降，任意东西，它自由且俊美，玲珑剔透，玉洁其身；雪花漫洒山川与大地，洗濯尘埃如净土，净化空气更新鲜；雪花对大海念念不忘，因为它会融化成水滴，梦想从这里开始……

雾

唐·苏味道《咏雾》中云："氤氲起洞壑，还疑映蜃楼。"古人一直把雾的到来当作天外天来描写。当入冬或初春时节，雾悄悄地走来。它羞涩而腼腆地细声说，我凝聚着水的气息悠然自在地游走在低空，真是喜兴极了。我说，天公给您巧打扮，"拂树浓疏碧，萦花薄蔽红"（唐·李世民《赋得花庭雾》），好羡慕您的。它又吐了吐气，飘忽地说，肃穆与恍惚是我的内在美，会给万物创造一种神秘的境界。我说，记得唐代白居易这样描写您："来如春梦几时多，去似朝云无觅处"，多么形象呀！

我坐在一辆小汽车里，汽车是现代化工业的重要标志。而我就是我自己，所有的行车道路也是它们自己。那一刻，我的右脑问我的左脑，我的左脑问方向盘，在白蒙蒙的世界里究竟去哪里，我只能默然，道路与雾连在一起了。

雾来的时候悄无声息，不知不觉地浸入到一种梦境，带给物种的是湿漉漉的爱，若隐若现的朦胧美；去的时候漫不经心，无影无踪地离开了，留下的是消失的倩影，似幻似真的倜傥情……

天象曰：你是谁？

我说：我什么都是，又什么都不是！

天象曰：哟！明白了。

2015 年 4 月 17 日　于齐齐哈尔

秋云、秋雨和秋风

立秋一到，秋天就像小孩子的脸说变就变：今天是"秋老虎"咆哮的热，明天则有"夜狼嚎"阴沉的冷。天飘银浪，秋云淡淡；轻敲荷叶，秋雨潇潇；草木摇落，秋风瑟瑟。这就是秋天的特点、秋天的习惯。一年一度的秋天哟，永远镶嵌在人们的记忆中，亘古流长，延绵不息。我爱你——秋天，更爱秋云、秋水和秋风。

秋天的云

秋天的云，游走在蔚蓝的天宇里，图状羔羊群，"万里抟风，莫测云程之远。"（宋·陆游诗）色如棉花包，千顷原野，难晓云影蹁跹。洁白的云啊！你从春季绵绵地走来，云气漫过山顶，大山焕发了生机，一夜间变得轻盈翠绿，裹挟着、流淌着乳汁的山峦；到了夏季，云涌如涛，漫洒四野。狂风大作烟雨连连。你化作水滴滋润着大地万物，把整个身躯捐献。到了秋天人们不是不需要你，而是让你歇息一下。因为任何事物的现实存在，都将得到时间的检验，你也不应该例外的。自由自在地飘在天空，静静地回忆起你的奋斗史，也饱尝一下老天给予你的奖赏——仰望天空博大而深远，俯视大地的真实与悠闲。每天一首"云之歌"在唱响的同时，别忘了节奏的快慢；每季一幅"云之画"，在色彩盒里自选色调去涂抹蓝天，也算是一种点缀，更显宇宙的斑斓齐全。一切都属自然之道，秋云在验证"道"的理念。

秋天的雨

秋天的雨，急匆匆地来，又急匆匆地走。俗话说，一场秋雨一场凉，树叶翻背耀阳光。秋雨入池水不惊，鱼儿僵挺深水中。秋天的河水稳稳的好比成熟的女子，妥当、踏实，不慌不忙，绵柔清静。一旦秋雨降临，河水更加闪亮晶莹。雨过天深，波平浪轻，泰然自若，安稳如镜。犹如秋雨照蹉跎，然而光阴无痕，物象纷呈。其实，秋天的雨，不再有青草和花朵的味道，也没有稻穗扬花的倩影和青蛙鸣噪的憨声，却带来阵阵的清凉和鸟儿弃窝南飞的掠影。雨滴玲珑剔透，像一只只闪亮的小甲虫从天空或树梢、屋檐滴下，经过立秋、白露和寒露等节令，钻入大地的怀抱，开始冬眠玄梦。秋雨也是过客，但它无偏见、无功利，没有任何特殊。一切取法自然，轮回往复地润泽大地，滋养万物。它没有偏私，对万物一视同仁，也要求万物之间（包括人类）和谐相处。这样它会笑看五洲四海、万类共职的缤纷殊途。

秋天的风

秋天的风，既没有春风那样温润委婉，也没有寒风那样刺骨严寒。它爽爽的、直直的。从炎热的酷暑到寒冷的冬天，需要一个过渡，这就是秋天。而秋天的风是"报信子"，时不时由北方吹转。跟南来的暖风拥抱一下，接个吻，表示一点爱意，留给人间与自然。阴与阳之调和，在春秋两季表现得既活跃又腼腆，表面看秋天更显阳气渐衰，阴气超前。其实，秋风历来被视为善风，在凉爽怡人时，向人们低语告诫："天气澄和，风物闲美"（晋·陶渊明诗）的时日不多了。我喜欢秋风，它不温不火。出于自身的性情特点，又往往是温中带凉，凉中趋热。树叶靠它飘落，一曲秋之弦歌；昆虫依它劝告，撰写冬眠传说；小草听信它话，在泥土里偷乐。一切有生命的物种，怎不感谢秋风的褒奖呢？初程风信好，回望乃收获。

秋云是成熟的，天高云淡，望断南飞雁，标志着天赐云雾，云雾祭天。秋雨是高傲的，雨水应时，万物润心田，抒发着雨娇气定，秋色满园。秋风是不朽的，风和阳艳，天地人和满，表达了阴阳互补，季节变迁。

2015 年 9 月 17 日　于齐齐哈尔

草木春秋

《书·禹贡》："蕨草唯繇，撅木唯长。"所以生长茂盛，是因为吸收天地间精气的结果。一岁一枯荣，春秋留遗踪。记忆深处那些寻常细微之物，跳动着草木春秋的音符，正是这些事才把有限的空间延伸到无限之中，呈现着生命的价值及高贵，也算是一种文化底蕴的承传承载吧！

"悠 悠"

小时候在园地边上，总是长着几棵"悠悠"（北方人都这么叫），每当夏季，那结着一嘟噜、一嘟噜的紫黑色果实，煞是好吃。果粒约大豆粒大小，里边含有果汁和种子，酸甜、酸甜的。一晃几十年过去了，从去外地上学到工作基本上再也没享受到童年的那种乐趣。2011年朋友给我一颗仙人掌（供夫人医治类风湿用），买一个小花盆和两袋花土把它栽到盆里。第二年春天，仙人掌因浇水过多已经烂掉，可在花盆中长出两只小叶片，看它不像是草，就把它养大。待它长到一米多高时就开着小白花结果了。原来是我童年见到的野生"悠悠"，好喜欢它哟！第三年又长出两棵。我换了新土后，长得更茂盛，就在它结果成熟之际，夫人在哈尔滨女儿家因脑出血住院。我听说后急忙赶赴省城。离家前把一大盆水放在"悠悠"旁边，并用一个小布条将盆水和花盆连在一起。十天后返回时，"悠悠"已经枯死。我想，这回可就绝种了。没想到在今年春天竟长出一棵新芽来。我精心地呵护它，又换了新土，每天浇点水，长得十分茁壮，足有一米多高，八个枝杈，结了一百来个嘟噜，每个嘟噜4~6个粒，那就是四五百粒呀！每当我吃一粒"悠悠"时，自己默诵着："每一粒会延长我一天的生命"。其实哪有那样的神丹妙药哇！只是对"悠悠"生命的敬畏和祈祷罢了。

洋 槐

1971年春天植树造林季节，学校为了点缀校园的美丽，竟买来几棵开黄花的洋槐树苗。我带领班级学生负责栽种。同学们都说，待他们工作后十年返校时来看自己亲手栽种的洋槐。我说，那我们就留个记号吧，记住是我们栽植的！于是就找一块不大的石头，凿成个"木"字，埋在树根下。十年后的一天，有30来名同学返校时，与洋槐合影留念。又过5年后，一位姓韩的同学外出开会，绕路来学校看看，一进校门就直奔洋槐去了。这时洋槐长得像有模有样的大姑娘，枝繁叶茂，丰盈秀丽。他还在树枝上系上黄丝带，表示对它的怀念和景仰。1997年校庆50周年时，同学们又回来了。当他们去找洋槐时，已经物是人非。见到我后，那位50多岁的韩同学流着泪说："老师，那洋槐可是我们走上工作岗位后最珍贵的学生时期的记忆呀！它跟我的老师、教室、宿舍一样，几回梦里又重逢。"我说："没有办法保留的，当我知道时，建筑工人已经把它锯成多段拉走了。后来，我用铁锨把那块石头挖了出来。""那石头呢？在哪里？"同学们异口同声地问。"在我家里"我说。"您能不能把它给我呀？当我死后让它伴我骨灰共存。"韩同学急切地表示。我答应了他的请求。可谓"昔游再到，记忆宛然。"（《关尹子五鑑》）那几棵洋槐深深地扎在我们师生心里的沃土上。

君子兰

在20世纪80年代，君子兰可是名花中的佼佼者哟！1988年我受北方五省区（辽吉黑内蒙陕西）教委之聘，主编师范院校的写作教材。当我去沈阳辽宁大学出版社交稿时，顺便乘火车去阜新师专看望参编人员之一的杨彪先生。他比我长几岁，自然是我兄长了。临别时他赠送我一棵君子兰，在当地是最好的品种。我爱不释手地把它捧回了家。买一个漂亮的瓷花盆，还特意去长春背回一大袋专养君子兰的花土。在我精心地侍弄下，刚到新年花就开了，是那种红黄色的花，一开就是十几朵。花姿高雅，色彩绚丽，芬芳妩媚，赏心悦目。为我的新年增添不少雅兴。朋友们都想方设法找理由登门赏花。我更是乐此不疲。十年后，我去南方任教，夫人去哈尔滨的女儿家，没有办法，只好把所有的花寄放到一位朋友家。当我春节返回时，朋友把花送给了别人，有的干涸死去。对此，我十分难过，又听说给我花的杨彪兄也已溘然过世。中国有句古话：观物思人。连观看的物都没了，人又何能思得？真是痛彻心扉啊！君子兰呀！你高傲不失素雅虔诚，你甜美又包容恋人的风采。独特的生活境遇，展现不同的美学观念，我欣赏你，因为你大气、超凡；我敬重你，因为你高贵、前瞻；我更爱恋你，因为你把自己奉献给人类。于是作了一首小诗以自慰：

君子高雅文静，花姿纯美自然；
人生能聚几回，念花斯人不还。

家倭瓜

北方人把南瓜称作倭瓜，那么家倭瓜是什么呢？据早已过世的老祖母讲，家倭瓜是纯野生的物种，长得像倭瓜，但比倭瓜小得多，一棵秧下只能生长一两个，而且籽粒很少，不能食用，对消炎、消肿颇有疗效。为什么叫"家倭瓜"？至少我是无法考证的。下乡后，我才几岁，由于对农村的习惯不熟悉，曾经被狗咬过，也被马的后腿踢过，受伤后腿部、腰部红肿或溃烂，都是奶奶将刚刚长大的家倭瓜从藤上扭下来，放在小缸子里捣成黏糊状，摊在伤口上，绑好，不过几天就痊愈了。哪家人若是生疮、长脓包，都去找奶奶讨偏方的。这种神奇的草药是否失传，我实在说不明白。但至今已有几十年过去了，再也没听说过哪家种植家倭瓜。一个物种消失对整个生物链来说是一次灾难性的打击，因为它会导致多个物种的灭绝。作为整个生物界来说，都是相生相克的，相互依存。由无机物变成有机物，再由有机物化为无机物，亘古不变，轮回永生啊！人类膨胀一天，其他生物就会减少一天。到那时，不仅水是稀有的，空气也会像矿泉水一样装进瓶子里进行出卖。我真的为我们的子孙后代担忧呀！

山丹花

每年的六七月份，都是北方草木葱茏、鸟语花香的好季节。1982年6月某个星期日，我带领中文八一一班的同学进行了一次野游。早晨天空一放白就乘着汽车出发了，奔驰了几个小时就来到小兴安岭的南侧，那可是渺无人烟的原始森林地带。高高的树木，从它的枝叶缝隙间筛下点点阳光，让人感到好清静、温馨和畅快。此刻，每个人的心既轻松又绷得紧紧的，如一支探险队员向前试探着。走着走着，发现一个小山谷的西坡上有一片灌木丛，草地青绿、青绿的，突然一只野兔窜出，把前面的女生吓得尖叫起来，顺着野兔奔跑的方向一望，还有些许的小红点。当要临近时，有的同学说，那不是山丹花（野百合的俗称）吗？是呀！在寂寞的山谷里，这些旷世之花，以它的纯洁、明丽展示着大自然对自己的青睐；以它的清灵、忠贞保持着原始生态的多样性。花瓣上除殷红处还泛着点点雀斑，更显高洁与不俗。剑形的叶片守卫着花蕾，镌刻着与狂飙和风沙搏斗的经历，多有阳刚之气呀！山丹花不尚奢华和虚名，在深山老林里守护着一片温存与宁静；山丹花不恋富足和佳境，在原始的荒郊野外吸纳天地之灵气，倾吐芬芳，显示超凡的靓丽。一天的野游结束了，同学们手捧着山丹花返回学校。三十年后他们再次相聚时，仍不忘山丹花的纯洁、高雅、独立和无瑕。人非草木，可又缺少草木的自然性情，何时能把草木的芳魂注入自己的憧憬、自己的爱，或自己的心中，也就算真的与草木共生了。

风云变幻，春去秋来，草木枯荣乃自然；天灾人祸，酷暑严冬，生命有长也有短。万物生在天地间，延续物种的起源。将我们的灵魂浸润到草木的灵心之中，崇敬它们洁身自好的神圣，谛听它们顽强生存的心愿。如此一贯的晶莹、一

贯的清淡、一贯的挺拔，一贯的繁衍。装点着大自然的多姿多彩，也是人生不息的伙伴。孔子曰：逝者如斯夫。自然在凄美中反射着壮美，人生何尝不是如此呢？

2014 年 8 月 26 日　于齐齐哈尔

岁寒三友　刚正风雅

《鱼樵闲话》四记载："那松柏、翠竹，皆比岁寒君子，到深秋之后，百花皆谢，唯有松、竹、梅花，岁寒三友。"寒冬瑞雪飘，大地僵硬直。"春荣谁不慕，岁寒良独希。"（晋·潘岳《金谷集作》）然而，在浊世的困境中，"三友"却清高不畏寒，昂首挺立，傲视苍穹。其人不也如此吗？贫富乃自然，保持节操不变；贵贱如风走，品性灌注脊梁。三十年河东，三十年河西，唯有松、竹、梅依然，因为它们是刚正风雅的典范。

松贞玉则

唐·韩愈《祭张给事文》："松贞玉则，千夫之业。"松树高大挺拔，冬夏常青。可谓"长松落落，卉木蒙蒙。"（汉·杜笃《首阳山赋》）山脉连绵松蔽日，直插云端笑碧空。它是树木的佼佼者，也是万物求生的象征。于是人们把松柏植于墓地，用年轮记载故人的德行；古松站立山道旁，让大山释放出仙气与精灵。迎客松哟，千年伴侠客出征；万年柏哟，亘古的历史印证。

松树说它伟岸也好，雄伟也罢，可它从不挑剔自身生长的环境，更适应与万物相处、共融的礼让尊崇。"郁郁涧底松，离离山上草，以彼径寸茎，荫此百丈条。"（晋·左思《咏史》）它既不会牵强附会，自我膨胀；也不会花言巧语，阿谀奉迎；更不会倚强凌弱，欺压同类。可谓"君不见拂云百丈青松柯，纵使秋风无奈何"。（唐·岑参《感遇》）

翠竹高洁

人们对翠竹的爱戴、钦佩，赞许有加，情怀激荡。唐·李贺《竹》诗云："入水文光动，抽空绿影春。露华生笋径，苔绿拂霜根。""岂非直谅多闻，古之益友与"翠竹是笔直坚挺，内空置而坚实，外翠绿且雅正。直道立身，益友多闻。三国末期有阮籍、嵇康、山涛、向秀、阮咸、王戎、刘伶七君子因性格相投，爱好一致，相与友善，常宴集于竹林之下，时人号为"竹林七贤"。唐代开元末年，有李白与孔巢父、韩准、裴政、张叔明、陶沔居泰安徂徕山下之竹溪，日纵酒酣歌，时号"竹溪六逸"。足见一些文人雅士是何等的钦佩翠竹，向往翠竹，把自己置身于竹林之间与它们同栖共勉呀！

　　古时人们把竹萌（竹笋）赠给远方的朋友，表示诚挚的敬意。如宋·苏轼《分类东坡诗》云："故人知我意，千里寄竹萌。"由于竹的品格高洁，形象高雅，每年五月十三的龙生日，谓之"醉竹日"，即栽竹之日。宋·刘延世有诗为证："梅蒸方过有余润，竹醉由来自古云。掘地聊栽数竿竹，开帘还当一溪云。"更有甚者，有人梦想乘竹叶舟还乡团聚。据说江南陈季卿，游长安十年不归。一日于青龙寺访僧不遇，见壁上有寰瀛图，叹曰："此得径归，不悔无成。"一旁有一山翁笑曰："此何难。"乃折堦前竹叶，置图上渭水中，并对陈说："注目于此，如顺矣"，陈熟视之，恍然登舟，至家团圆。待复返青龙寺时，山翁尚拥褐而坐。宋·范成大诗云："故人竹叶舟，岁晚梦漂泊。"竹与人们已经生活在一起，牢不可分。后来元代范子安以此传说撰写《竹叶舟》杂剧供人赏评。

梅花清韵

　　梅是"四君子"之首。剪雪裁冰，耐寒傲冷之梅，于老干嫩枝间开着诱人的小花，疏影潇洒，梅香四溢，煞是清韵风雅，给人以脱俗之念，生恋梅之心。"曲池苔色冰前液，上苑梅香雪里娇。"（崔日用《奉和人日重宴大明宫恩赐彩缕人胜应制》）此等描绘都不过。

　　"梅花三弄"根据《太音补遗》和《蕉庵琴谱》所载，相传原本是晋朝桓伊所作的一首笛曲，后来改编为古琴曲。乐曲通过梅花的洁净芬芳和耐寒等特征，借物抒怀，歌颂具有高尚情操的人。如苏轼描绘的那样："罗浮山下梅花村，玉雪为骨冰为魂。"（《分类东坡诗》十四《松风亭下梅花盛开再用前韵》）此时把它喻为女人爱情的三度曲：一度开花稀少，欲露又藏，有"冷美人"之称的少女，外冷内热，真诚可信。"遥知不足雪，为有暗香来。"（宋·王安石诗）二度开花绽放，满树白里透红，可谓"娇人"之称的爱妻，相爱芬芳，炽热有度。"冰雪林中著此身，不同桃李混芳尘。"（元·王冕诗）三度花开稀落，有绿芽相伴，象征冬去春来，相敬如宾的伴侣，相濡以沫又一春。"雪疟风寒愈凛然，花中气节最高坚。"（宋·陆游诗）人世间就是如此的"梅花三弄"吧！

　　把梅花视为女人来赞颂也是有根据的。她不仅具有"岁寒三友"的良好品质，还有女人淡雅可人的一面，洒风弄月，不无轻盈幽娴之致。故有"梅妻鹤子"的典故：宋代林逋，杭州钱塘人，在西湖孤山隐居。他终生未娶，在其住所附近多植梅蓄鹤，常年与梅、鹤为伴。客人来访时，只要把鹤放出去，他就会立刻赶回居所，在梅树下促膝交谈，把酒吟诗。后来，人们称他"梅妻鹤子"，以其赞扬。

梅花还是人与人交往的信物和使者。相传南朝宋陆凯与范晔交善，自江南寄梅花一枝至长安赠范晔，并予诗曰："折梅逢驿使，寄与陇头人，江南无所有，聊赠一枝春。"后来将梅花喻为驿使。元·王实甫《西厢记》："不闻黄犬音，难得红叶诗，驿长不遇梅使。"可见，梅花在君子与友人之间的地位就如管中窥豹——可见一斑了。

三种交友之道。《论语·季氏》："益者三友，损者三友。友直、友谅、友多闻，益矣。友便辟、友善柔、友便佞，损矣。"孔子的意思是：交朋友要交正直、诚信和博学的人，才会有益处；反之与那些巧为言说、阿谀奉迎、花言巧语的小人交朋友就会受到伤害。物以类聚，人以群分。松、竹、梅都能在寒冬里彰显自己耐寒、潇洒、刚正和风雅的情操，所以人们把它们喻为"岁寒三友"那是再恰当不过的了。但话又说回来，作为朋友相处自然在趋同存异方面找到相交点，才会做到相互协调、互尊互让、真诚友善、取长补短。这样形成的合力就像小溪汇聚成大川大河一样，势不可摧，无法阻挡，何乐而不为呢？请问您有几个真正的朋友？不妨温习一下孔老夫子的话吧！

2014 年 10 月 12 日　于齐齐哈尔

赞美你——"忘忧草"

"忘忧草"是我从网上见到某君的笔名。初见这个名字的时候感到很新鲜，从字面理解，无非是忘却过去的忧愁、忧愤、忧惧、忧戚等不安的心态，而像一棵无名的小草一样，恭谨而顽强地生活着。其实，不完全是这个意思。白朴的曲子《广东原》里提到："忘忧草，含笑花，劝君闻早宜冠挂。"只有"忘忧"，才能含笑生活，笑傲大千世界里林林总总的忧愁与烦恼。此间，我突然翻到欧阳修的《归田录》中讲到："丁晋公在海南，篇咏尤多，如'草解忘忧忧底事，花名含笑笑何人？'尤为人所传诵"。可以看出"忘忧草"的含义是多方面的，若把"忧"和"笑"合二而一是某种境界或情操，因为"忘忧"才有含笑，故"忘忧草"和"含笑花"在不对称中找到了相切点，多有悖论的反叛意味呀！

闻早紫萱蠲烦恼，仰慕青山领风骚。"忘忧草"是指萱草，也叫紫萱，见之可以"忘忧"。梁武帝《古意》诗："云是忘忧物，生在北堂陲。"《文选》魏·嵇康《养生论》记载："合欢蠲忿，萱草忘忧。"为什么萱草会"忘忧"呢？我的理解是：它生长的环境很简单，只要有水分即可，不惧炎热与寒冷，孜孜不倦地生长在属于它的那片乐土上；它属于草本科植物，叶子细长，花色不艳，又无香气，在单纯与朴素的习性中赢得人们的青睐。故看到它的存在，也就将一切苦闷与惆怅忘到脑后。

节操乐人忘忧草，游荡尘间自逍遥。"忧忘草"还可以宽泛地诠释为所有不够名贵，又很常见，或能生存在特殊气候条件下和地理环境中的草科植物。如车前草可在土路的车辙里生存，任其碾压，百折不挠，想起它的存在，我们还有什么困难不能克服呢！蒲公英，俗称婆婆丁。它可以生长在任何有土壤的地方，如田埂、地头、水渠边、山冈上，大树底下或草丛之中。因为它的种子像个小精灵似的，每年秋天就随风飘向各处，哪里都是它的家。这种无可挑剔的适应性和悠悠然的生活境况，多像一首无痕迹的诗，让我们在人生的旅途中找到了榜样，积攒了生存的能量。当下的我们，再抑郁、再纠结、再忧愁，想到蒲公英那样悠然自生的情境，也就荡然无存了。"离离原上草，一岁一枯荣。野火烧不尽，春风吹又生。"（唐·白居易诗）此精神永驻心田，可忘忧一切了。

草根一族沧桑道，筚路蓝缕任抛锚。"忘忧草"也可以视为"草根人"的族群。他们是社会的底层人，如沙石遍地，草木遍野。其人生的坐标是——自食其力。不去追求，也很少懊恼；生活平静，吃饱睡足小棉袄。见到满脸褶皱的大妈坐在地上淡然卖菜，丝毫无损于她那敞亮的胸怀，韶光华照；看到披着晨星扫大街的城市卫士，笑迎初升的太阳，清扫着垃圾和尘埃，在他们的身影里倒映着"大写人"的光环与敬畏。还有什么不快乐的心思和惆怅呢！还有那些工匠们细致入微地制作各种部件让机器轰鸣转动，及菜农、果农精心栽培着果蔬，怎能不激起我们的良知发烧、发烫呢！他们那"大我"把我们的"小我"裹挟着、融化着，是何等的欣慰与自豪啊！

　　我愿全心全意地做一棵"忘忧草"，无忧无虑、无怨无悔地生活在世界上。走进大山会使自己心怀坦白，私念无存；游向大海让海水洗濯污垢，洁净身心；来到平常百姓中，注入"防腐"良药，诠释人生真谛。我也愿与一切有生命的物种为伴，仿效他们的求生本领，学习他们平淡无为的习性，敬慕他们洁身自好的品格。因为我不比虫蚁大多少，更不如草木岁岁年年的辉煌。这不是自卑，而是精神上的参照对比，更是有思想的人的再次醒悟与认知。

　　　　冷月无声胜有声，清夜孤光绕坤行。
　　　　紫萱低眉勿忘我，自恃清雅含笑中。

2015 年 10 月 16 日　于齐齐哈尔

梅花润色不了情

步入校园，柳枝婆娑，松柏苍翠，梅花竞红，好一派北国春的景象、春的情趣、春的格调啊！使人陶醉而又流连的是"梅花三弄"之美。林荫树下梅花弄，簇簇梅花煽恋情。广场红梅串串笑，楼阁堂前添狂兴。

春寒料峭的东北，已经度过半年之久的树枝干枯、原野漫无声息的日子，某天夜里只听咔嚓、咔嚓的冰裂声，江河湖泊解冻了！流水的欢笑声伴着暖和的小风，飘着喜悦，准备迎接春的艳阳。哇！校内灌木丛的胸前戴上了一小朵、一小朵的浅粉色梅花。它的到来，是对冬的奖赏，对春的呼唤。

悄然来到人间，多像天外的小使者，向人们诉说春的期盼，也给生命注入琼浆；犹如小小的号角，宣告万物的复苏、四季的轮回。不几天，梅花仙子就聚在一起，紧紧地、密密地挂在树枝上。正如宋代陆游把自己喻成梅花那样："何方可化身千亿，一树梅花一放翁"。

校园深处梅花树，绿意味浓花先吐。它是报春的使者，高标逸韵君知了，共享欣慰与幽香；它以素装登临同类旁，无意争春占群芳。雪虐风号凛凛然，蕊寒枝瘦伴冰霜。赏梅、爱梅，情有独钟。学子难能梅花妆，折枝梅花插小瓶；夜间映入明月里，晨曦漫洒小榭亭。学友相逢赠梅一枝，略表人间且深情，荡入心扉，象征玉雪为骨冰为魂。这就是北方人的性格，大写的北方人。

惜梅、颂梅，古今诗文奇表，文人骚客尽显风流。唐人林和靖喜梅暗表："霜禽欲下先偷眼，粉蝶如知合断魂。"清代大家曹雪芹赏梅吐蕊："疏是枝条艳是花，春妆儿女竞奢华"。宋朝词人卢梅坡赞梅到家："梅须逊雪三分白，雪却输梅一段香"。梅树、梅枝、梅花，"檀口粉助含笑语，春风拂拂为开怀"。（明·李日华诗）

丹鹤扎龙相嬉戏，香枝素园舞蹁跹。箫声荡漾泡波起，梅花绽放艳艳香。素淡静雅，长作去年花，疏影意阑独清浅，云飘空宇花色寒。刹那问世，枝丫连串，一夜红透，一朝零散，飘洒大地化为泥，碾作尘中魂，只有香如故。它的一生虽短暂，春台幽静，气节高坚。"一朵忽先发，百花皆后春"（宋·陈亮诗）。先来报春早，莫唱春曲熬煎人；退后绿叶鲜，不向花神乞吻怜。小花的姿容，大爱的芳心。

寒夜疏影潇潇落,春掩殊香漠漠沉。风过花散枝摇曳,粉瓣无影念来人。梅花一生风姿潇洒,住进史册,片片浸染淡墨香。一日春风一束花,影落池边野人家,闲庭曲径无白雪,流水空山竟落霞。喜盼梅花,共赏梅花,赞颂梅花。梅花仙子年年来,报晓春天就回家。

它完成了季节的呼唤,生命的轮回,以其简单、执着的方式展示自己特有的品格,留下真实的体验;以其深刻、烂漫的情调表达自身惯性的姿容,传递物种生息的固有密码……它不是诗人,却用诗人无法比肩的笔触,描绘自然大美的情怀;它不是画家,却以画家无法调制的色彩,装扮人间共享的温情。

2014年5月1日 于齐齐哈尔

醉了丁香，醉了人

徜徉在布满甬道两旁的丁香花丛中，吸纳着诱人的清香，陶醉在花的海洋里。一对一对的年轻情侣，挽着胳膊浸染着春的温馨和爱的甜蜜。既有古典的诗意之美，又传递着现代观念的惬意。

在唯美的春季，百花摇曳点头笑，百鸟抖翅枝头迷。清晨起来，走在种植簇簇丁香树的湖畔边，倒映在水里的丁香呀！它那心形叶片上附有一只红头小苍蝇，抖动着半透明的羽翼，时而还扬起毛茸茸的细长腿，在镜面似的湖水上显得清闲自在，有谁不去享受大自然赋予我们的知性美呢？不一会儿，一阵微风吹过，那一排排的丁香树啊，忽而向左，忽而向右，多像音乐会场的啦啦队，是那样的欢愉、神往和激越，为春的乐章鼓与呼。那些丁香花呀！扮演着春之使者的形象，可谓醉了丁香，醉了人！

自古以来，对丁香花的欣赏与赞誉主要来自它的气味可人，辛郁芳香；形象醉人，斯文清雅。宋·沈括《梦溪笔谈》的"三省故事"："郎官日含鸡舌香，欲其奏事对答，其气芬芳。"当我们真的来到丁香树旁，那种沉香堪比多年陈酿的老酒，吸入肺腑顿感神智清爽、气宇清纯、精气健旺。看似"丁子"的小花蕾一旦绽放，一串串紫色的、浅紫色的或白色的丁香花啊，也把各种昆虫唤醒。蜜蜂在花枝上爬上爬下，醉得久久不肯离去；各种颜色的蝴蝶在花蕊里吸吮清芬的香味，感受自然对其灵魂的洗涤。动植物间的和谐相生、相处，乃为天地的造化，大自然的衍生与延续吧！故而丁香醉了，万物岂能不醉乎！

丁香树并不伟岸，丁香花也欠瑰丽，在树中属灌木类，而花也没有什么名气，是再普通不过的小花了。可人们真真切切地喜欢它、爱护它、欣赏它，更是久仰后的珍贵与稀有啊！有人说，花是天空的眼睛，大地的精灵。我认为丁香花是天空繁星中最不耀眼的那一颗，是大地上最普通的物种。然而，它的平凡却让人们钟爱和喜欢，因为它无须言语的辩白，更不要舞台的展现，只要离得太阳近些，能有水的滋润，空气的呼出吸入，就会恣情舒展，含香微笑。在同类中从不攀附与比肩，只去展示生的绚烂和死的庄严；奉献给人类的不是花的艳丽多姿，而是本能的情怀与思念。正如南朝·李环《浣溪沙》描绘的那样："青鸟不传云外信，丁香空结雨中愁。"

　　所爱"鸡舌"者，清芬逾众芳。唐宋诗人多用来比喻愁思固结不解。如唐·李商隐《代赠》诗云："芭蕉不展丁香结，同向春风各自愁。"其实，丁香的花蕾小结，哪有愁肠之意。它来得自然，开得随意，"落木萧萧，玻璃叶下琼葩吐"（南宋·王十朋诗），不为什么意愿或目的；去得从容，谢得凛然，"素香柔树，雅称幽人趣"（南宋·王十朋诗），归隐时的片刻，虽有凋零之形骸，却显涅槃后的淡定。

　　天地之间，万物永恒。从无到有，由有到无，是生命的轮回，衍生物质的不灭。花开花谢犹如人生的沧桑、起伏，是选择，也是历练，没有一番寒彻骨，哪有丁香花儿扑鼻香？所以要把"凋谢"当成美丽的重生、精神的再造、因果的推演。这样方能点化万物的性灵，创造生物肯定与否定的超然境界。丁香花做到了，人也依然。这就是醉了丁香，醉了人！

2014 年 5 月 3 日　于齐齐哈尔

碧草涕泣　青树悲伤

每当夏季来临，草木葱茏，多姿多彩；百花吐蕊，抿嘴微笑。蜂蝶更衣掠无影，雨露轻漫静悄悄。正如《诗·小雅·巷伯》所曰："骄人好好，劳人草草。"此时此刻，有谁不去敬畏这大千世界的每个生命，以及大自然奖赏给我们的美好景象呢！

一天，去社区公园散步，立刻听到草坪上的马达声。几位园艺工人用剪草机和弯刀，给碧草瘦身（剪掉它的头），给青树修理枝杈，其目的是让小草只能长到几厘米高，不能任意长下去，那将有损"尊容"；一些小树也只能长成馒头形，或剪成平顶成为护墙，那种不修边幅的乱长是不"文明"的。在人类主宰的这个世界里，对草木的管制与要求也在情理之中。那些野生动物不都驯化成"良民"了吗？老虎变成了"老猫"，野猪变为圈养，一些鸟类放在笼子里成为餐桌上的美味，或观赏之物。它们都已经丧失了野性，有什么大不了的呢！

当嗅到小草发出那青涩的味道，我真的鼻子酸酸。深深地感到它们似乎在涕泣，或是滴血啊！树木长得枝繁叶茂去翘首蓝天，在天地之间舞与呼，突然把它们修成人为的模样，能不让它们难熬与悲伤吗？在天地初开的混沌时期，"草昧英雄起，讴歌历数归"。（杜甫诗句）可我们不是那个时期，怎么会出现这种情景呢？草木莫非感情之物吗？是也。

有天晚上，我做了个梦。梦见那些剪掉头的小草在涕泪，一些昆虫在草丛或池沼边爬出来，把那些草尖抬起来，给小草的头复位，就听小草喁喁说着，并不断地点头致谢。而被剪掉树枝和树叶的那些树啊，还在闷着心思哀伤。然而，一群树懒连蹦带跳地跑过来，把那些发蔫的树枝扛过去，一一地也给它们复了位。于是一棵棵青枝绿叶的树，都像打了强心剂一样，精神头爽爽的。真如晋·成公子安在《啸赋》中描述的那样，"玄妙足以通神悟灵，精微足以穷幽测深"。可见，万物是有灵气的。"精亦神也，爽亦明也，精是神之未著，爽是明之未昭。"（《左传》用物精多，则魂魄强，是以为精爽，至于神明《疏》）梦虽说是潜意识中的错乱对接，没什么可神秘的，但至少说明我是真真切切地关注着那些不幸的小草和树木哟！

俗话说，留名不如种树，爱物不如护草。树木的精灵是存在的，如宋·范成大在《风止》中说："柳魂花魄都无恙，依旧商量作好春。"春天是草木生长的最佳时期，相互配合去打扮春天的明媚和艳丽，是每个有生命个体的义务，因为他们的心灵是通天地的呀！唐·许敬宗《谢敕书表》说："引领天庭，望丹霄而结恋，驰魂魏阙，惧黄落而长远。"当今世界高科技突飞猛进地发展，通过嫁接、变种、温室培育，或人工孵化，让一些动植物直接为人类服务，也无可厚非。可人类的链条拉长、拓宽，就必然挤压其他生物的空间。如不能尽早认识这一点，对人类的报应还在后边。我们要回归自然、崇尚自然，可不能只说在口头上，必须人人付出行动才行。据说，佛在世的时候，有个跋蹉国人比丘以草系之，恐怕弄坏生草，不敢解缚，自待饿死，后愚国王为之解缚。《大涅槃红》记载："宁舍生命，不毁禁戒，如草系比丘。"我们未必如此效仿，但怜爱草木的精神是值得学习的。我们为什么不可以多些与草木对话，和睦相处呢！白居易在《长庆集》中曰："五年生死隔，一夕魂梦通。"珍惜草木的生命吧，还来得及。

草木春秋，四季轮回。形枯神驻，灵秀常在。借助风和鸟的神威，把你的种子撒向荒郊野外，让大地母亲去哺育它吧！让太阳的光辉把它染得又青又绿，在雨露的滋润下茁壮成长。可以根茎作为繁衍的草木，虽离不开公园住地，那就把自己视为"花瓶"，也是一种生活方式。祝你好运！

2014 年 9 月 6 日　于齐齐哈尔

树木的叹息与无奈

20世纪60年代末，我去过大兴安岭的原始森林，当你走进那遮天蔽日的林木之中，犹如到了另一个世界。一种寂静而森严的感觉在别处是无法想象的，特别是空气中有种湿润又带有生涩的味道，吸到肺腑里舒坦极了。一天下来，不但没有丝毫疲劳之意，而且让你身体特别劲道，有种无法言说的内在力使你轻松、愉悦和强大。原来这里就是个大氧吧，给了你足够的"空气维生素"，让机体瞬间活跃起来。可想而知，一个原生态的地理环境，怎能不让人延年益寿呢！

说到这里，我想起广西的巴马百寿村。这里的老人都能长寿，其中主要秘诀是那片山林、土壤、空气和水流，相互释放形成更多的负氧离子造就了得天独厚的自然环境，予人们以厚爱！

北方的春天，虽来得晚，但在每年4月中旬，所有的树木经过漫长的冬眠，似乎已经开始苏醒，枝条在春风的吹拂下跳着摇摆舞。有一天，我走在校园里的一条约有50米长的人行道上，两边的老榆树不时地向人们点头示意。突然开来一辆吊车，一个工人模样的人手持电锯，在吊篮上把一棵50多年的老榆树的大枝杈（直径约20厘米）锯掉。看见后，我顺便问了一句："也不碍事，干嘛将它锯下来呀？"站在路旁的一位管事人说："小孩子还得不断修理呢！"我立刻顶了一句："你们家的孩子都把胳膊腿剪掉，进行如此的修理吗？况且它已经不是孩子了……"我的话等于白说，结果光树枝就拉出两卡车，实在让我难咽下这口气，只感到老榆树在悲哀中默默地流着泪。

树木，不仅使用，也意味着福佑、恩泽和时光的演进，还传递着亲情和美德。它伴着年轮的涟漪和虬枝皱肤，在岁月的流逝中，记载着时代的脉络。那些荫泽、荫蔽、荫佑之说，皆缘于树木。《楚辞》屈原《九歌·山鬼》云："山中人兮芳杜若，饮石泉兮荫松柏。"没有树木的荫藉，哪来的山美、水美、人更美的环境啊！

在安居小区的两幢楼之间种植不少花草灌木，还有高大的榆树、松树和槐树。花树属于灌木类，让人糟蹋得不像样子；更可惜的是槐树，它生长得比较快。从2005年入住以来，没有被剪枝的只有一棵（在中间）已经达三层楼高，直径有二碗口粗，而那些成排的槐树只有两米高，没有任何枝杈，只有树干，顶端秃秃的。每到春季，剪树工人手持电锯把上一年长成的枝杈全部锯掉。当春天真的来了，这些槐树拼着劲地生出一堆细枝嫩叶，犹如鸡尾巴，难看极了。真不明白，这些树既不遮光，也不碍事，为啥要把它们糟蹋得如此丑陋呢？它们被肢解成没有树的样子，还能顽强地活着，可敬可畏，我只能与它们一起叹息。

在城市的道路两旁，或公园、绿地，可以看到那些齐刷刷的平顶榆树墙，还有将一簇簇的低矮灌木剪成圆形、方形等，看似很整齐划一，还带有一定的形状美，但是，原汁原味的树木清香，花蕾绽放时的婀娜多姿不见了，没有蝶儿飞，蜂儿舞。连鸟儿的影都找不到。只可作为人的"奴隶"，在那好不情愿地瘦身，每隔一段时间就会遭到电锯的削剪。如果说它是城市里的点缀，不如说是在城市里判刑服役。内心的憋闷和痛楚有谁能理解呢！无可奈何花落去，春来了，又去了。它的命运不也如此吗！

梭罗说："每一枝小松针都赋予同情心地长大起来，成了我们的朋友。"然而，丁香花不能开花，你见过吗？在我遛弯儿的社区公园就是这样，大片大片的丁香树都剪成圆形，在上一年冰冻之前把一些嫩枝剪掉。春天来了，哪有开花的"母体"呀！又见不到"朋友"的庇护，我跟它们一起呻吟……

一座城市的建设不仅要看它的楼房有多少，道路有多宽，汽车的档次有多高，更要看它的原生态程度。什么是"原生态"呢？主要看负氧离子的释放量。因为它有利于人体的身心健康，通过人的神经系统和血液循环，对人的肌体生理活动产生重要影响。

负氧离子产生的机理，其中很重要的是许多植物的茎、皮、叶等器官或组织分化成针状结构，而较小的针状结构会发出"尖端放电"，从而诱发产生负氧离子；同时作为树木或花草所分泌出的萜状烯类和芳香类物质能促使电离产生丰富的负氧离子。

在城市这狭小的空间里，把生产负离子的树木、花草给人为地破坏掉，可想而知，这个城市还算"文明城市"吗？生活在这样的人工刻板的城市中，人们怎么会感到幸福呢？

人是万物的一分子，千万不要自作多情，妄自尊大。要知道，凡是有生命的物种都知道回报和感恩，蹂躏别的物种本身就在蹂躏自己。如此下去，人类总有一天会毁掉地球这个殷实、美丽的家园，只能作为化石去贡献给后代去考证吧！

2016年6月5日　于齐齐哈尔

树与风、露、鸟、藤的故事

树是人类忠实的朋友，如果没有树的存在，人类也许还在爬行，过着洞穴的生活；树是万物依附的伙伴，没有树的生长环境，万物的灵动也只能处于更低级的休眠状态。它为我们创造了舒适的生存、生长空间，释放出供动植物（包括人类）吸收无穷无尽的负氧离子。我们方可在地球上生存、生长和发育。可想而知，若没有树的地球，恐怕跟月球同类，无法维持万物生命的存在与进化。为此，我们智慧的人类何不像爱护自己眼睛一样来珍爱树木呢！那种只要求树木为自己服务，造成乱砍、滥伐的恶习快快终止吧，否则将会给人类以无情的报复。那种毁树种田的举止是何等愚蠢和无知呀！那些把树当成摆设的行为，也是十分幼稚和可笑的。回头是岸，苍天有眼，我们该到悬崖勒马、真心爱护树的时候了。

树渴望风

在阳光炽烈的日子里，高温把树灼烫得低下高昂的头，蔫头耷脑地打不起精神来，多想风伯伯快点来啊，摇摇他的身子，锤炼一下腰杆。更要紧的是带几片云来吧！树默默地祈祷着。突然见到叶子有些颤动，树从心里往外地喜悦着，渐渐地树枝也开始摇动了。树情不自禁地有些手舞足蹈。刹那间，听到远方一声霹雷炸响，云彩翻着花似的向森林地带滚来，一阵强风掠过，尽管把细小的枝杈、树叶刮掉。树仍是双手合十，哀哉、哀哉地呼唤着。

大雨过后，树祈求"风伯伯"别走了。风说："我要为万物报信、洗尘，因为他们时刻都在'接风庆贺'呀！"树说："我们的生命有您的一部分，因为您不吹来云，就没有雨，我们就无法生存。"树停了一下，"您还是我的启蒙教练、保健医师呢，否则，我就长不高，也难得有苗壮的体魄。"风沉稳地说："我是无形胜有形，而你是有形胜无形。"树问："怎讲?"风深深地吹了一口气说："世间万物自出生起就离不开你树木，而你又默默无闻地为他们服务，早已忘记了自己的形体。"树啧啧称谢，摇动着枝干和叶子与风吻别……

《易经·系辞上》曰："动静有常，则柔断矣。方以类聚，物以群分，吉凶

生矣。在天成象，在地成形，变化见矣。"风和树乃见其相聚之奥妙，情缘之偶合。

树企盼露

每当清晨，树叶、树枝、树干都挂着一层晶莹透明的"白霜"，那就是露珠小妹。她来自大海、沼泽、湖泊及河流，接受风伯伯的呼唤，在天空中裹挟着尘埃游走，来到茂密而翠绿的森林，她就不想飘忽了，随着阳光的逝去，慢慢地、轻轻地落在树爷爷的身上，为他老人家沐浴、净尘。

其实，树是能呼吸的，也会呼吸。在露珠的陪伴下，净化大森林里的环境，吸收二氧化碳，释放氧离子，哺育万物生存与生长。因为树在有求的当下，就要回报给大自然，这是该物种的天然风格。

露珠一部分给予树的滋润与成长，一部分被太阳召回，在天空中集聚成云，化为雨水，又去哺育大地中的所有生灵。虽说她的身体很小、很小，但集体的凝聚力很强。树望着那乖巧而又灵透的气体，不时给力于她。让她腾飞，助她聚合，盼她晚间再来，露犹如仙女下凡，人见人爱。树说："露小妹，这里就是你的家，愿什么时候来就来吧！"露小妹腼腆地张着小嘴亲吻一下树爷爷就不见了。

树爱恋鸟

在高俊的山林里，片片苍松翠柏等树木高傲地坚挺在天地之间，仰头觑天盼白云，俯首望水闻溪声。每当春天到来，它们都披上新的绿装，显示出物种的豪迈气派和季节更替的时空无限和永恒。游走在森林之中，第一感觉是静谧、磅礴，让你心旷神怡，宠辱皆忘；神采飞扬，劳乏顿消。

鸟是森林里的精灵，是树的陪伴。树最爱听它们的鸣叫：叽叽、啾啾、叽叽叽，啾啾啾……似乎向你报春问好，在寂静中展现着清脆的乐曲小调；咕咕、嗒嗒，咕咕咕……嘹亮的歌喉，犹如琴键，随着微风传递给树的是温馨和自傲。

树静静地享受着天籁之音，不时点头相邀："在我的枝杈上筑巢吧！我会让你安全自在的。"小鸟展开翅膀扑棱到树枝上，左思右想，还是不错的地方，就说："不怕我的粪便玷污您的枝叶吗？"树说："不会的。我一抖动就会落在地上化为肥料。"树用叶子抚摸小鸟的身躯。鸟儿陶醉了，就忙着在树杈上筑巢。

这时飞来一只啄木鸟，发现树干或叶子上爬些小虫子，就一条一条地啄吃掉；又发现有的树皮变了颜色，就用尖嘴将树皮底下的吉丁虫和天牛挖出来填在嘴里。树感恩地说："鸟儿，您是我的保健医，若愿意就在我同伴腐烂的躯体掘洞生活吧！"啄木鸟激动地说："树爷爷您不用担心，有我在，什么虫子都害不了您。"从此，鸟儿就成了树的好邻居、好伙伴，共生、共存在这片碧绿苍翠的

浩瀚林海里。

树喜欢藤

一棵沧桑的老树在山坡上被风早已吹弯了腰。它很孤独，也有些寂寞。一天，看到自己脚下爬来一株藤，感到她有些忧伤和无奈，自己也是离群之马，无助以求吗？

树良心发现地说："如果愿意就爬上来吧！我会做你终身的依靠。"藤嫣然一笑："我愿意攀附，但对你名声不好啊！"树毫不犹豫地说："我是被风吹到这里来的，多么感谢阳光和水分给了我生命。夜晚月亮姐姐给我讲故事，清晨露珠小妹帮我洗脸，还有鸟儿给我唱歌，风伯伯帮我伴舞。"

藤还是不明白："我给不了你什么，可为什么你要为我付出呢？"树深情地望着娇弱的藤一眼，叹了口气说："我做不了什么大事，只想用伟大的爱做一些微不足道的小事呀！"藤感动得满脸泪花，试着把一根蔓条伸了过去。树激动不已，他弯下最长的一根枝条拉住藤的小手，柔情似水地看着她："别怕，来吧，我的藤，顺着我的枝干爬上去。"

藤蔓一条、两条……一圈又一圈地缠着树。树快乐极了，藤也暗暗自喜。就这样他们度过了春夏秋冬，一年又一年。在树的精心护理下，藤焕发了青春的靓丽，变得更加婀娜妩媚、婉丽清秀。老树也感到神清气爽，豪情四射，他要为自己的所爱付出一切。

平日里，他们拥抱着、支撑着、鼓励着、依赖着。一个热情如火，一个柔情似水；一个挺拔而坚强，一个缠绵而柔弱。缠与抱是他们共同喜爱的动作，附与挺是他们快乐无声的语言。他们的心愿是过缠缠绵绵的日子，而对爱是不求回报的，只注重过程。

树具有朴实、大气、真诚、施报的品格。他的一生是光明磊落、知恩图报、安分守理、自强不息的一生。他给予人类的福祉应该是天道酬勤必有好报。

狂风大作，可以把树连根拔起，或枝断叶碎。但他从无怨言，仍感谢风对他有恩有德，并视其为亲密的好友；露珠虽小，但树仍视露珠对自己的恩泽重于泰山，敬畏中抱有真爱；小鸟的鸣叫，让他在寂寞里感受到欣慰和自豪，宁愿为小鸟遮风挡雨，成为难得的挚友和兄弟；藤蔓只有依附于树，没别的本事，但树把爱无私地奉献给她。

这种似"暗物质"的友情、亲情和爱情，有谁会全然做到呢！唯有树，能。

2016 年 7 月 4 日　于齐齐哈尔

朱雀祥瑞　浴火重生

每年入冬时节，虽说北方有些寒意，可天是蓝蓝的，阳光也好暖和。在早市密集的人群中见到一位老者用塑料网兜装着两只小苏雀（北方人对家朱雀的俗称）。看到小鸟那挣扎和难受的样子。我顺便问了一句："哪买的？""前边不远处有人卖。"老者爽快地回答。我紧走了几步，来到卖小苏雀的地摊旁。笼子里只有四只，问了一下价格，说："我都买了。"卖鸟人打量我一下，"那两只有主了，就剩两只了。"我付了钱，把一雄一雌两只小苏雀很爱惜地捧在手里，感到小鸟的心蹦蹦地跳着，那雄的额头上的红羽毛都竖立起来，煞是好看。雌鸟显得好乖、好温顺的。走了一段路，见到有片杨树林，就一松手把它们放飞了。可那只雄苏雀怎么也飞不高，飞不远。雌苏雀飞了一圈，落在树枝上望着它。此时，一个小青年把那只受伤的雄苏雀抓住了，经过一番交涉，他很不情愿地给了我。我继续放飞它……后来的情况就不知道了。

冰天雪地苏雀迁，蓝天白云映火鸟。回到家里，对那只受伤的小苏雀总有些怜悯和后悔，为什么不把它放到家里养好伤再放飞呢！万一被别人抓住定死无疑。出于一种不平与好奇的心理，晚饭后来到书房查找有关"苏雀"的资料，但怎么也查不到这个词，于是在网上搜索到了，原来它叫"家朱雀"，属于朱鸟的一种。

中国古代，称之为"四灵朱雀"。沈括《梦溪笔谈》卷七记载："四方取象，苍龙、白虎、朱雀、龟蛇。唯朱雀莫知何物，但鸟谓朱者，羽族赤而翔上，集必附木，此火之象也，谓之长禽……或云，鸟即凤也。"《楚辞·惜誓》云："飞朱鸟使先驱兮。"王逸注："朱雀神鸟，为我先导。"朱雀是二十八宿中南方七宿（井、鬼、柳、星、张、翼、轸）的总称。七宿连起来像鸟形；朱，赤色，像火，南方属火，所以叫朱雀。朱雀又取于丹鹑，即凤凰鸟。它有觅火里重生的特点，和西方的不死鸟一样，故又叫火凤凰。

首文为德观世情，翼文为义展雄风，膺文曰仁正气歌，背文曰礼斯文静，腹文曰信好包容。饮食自然，自娱自乐，天下安然，浴火重生。

它性情温顺，鸣叫简单，但声音鲜亮、悦耳。红眉、红额、红胸、褐头盖；

歌声、仪态、美丽，祥瑞来。它是人们幸福的灵物，也是南方"七星"的总称。如《道门通教必用集》卷七云："南方朱雀，从禽之长，丹穴化身，碧雷流响，奇彩五色，神仪六象，来导吾前。"《古经》："六神之丹"称："朱雀者，南方丙丁火朱砂也，刨液成龙，结气成鸟，其气腾而为天，其质阵而为地，所以为大丹之本也，见火即飞，故得朱雀之称也。"这些记载和描述虽有些神化，却足见人们自古以来就把希望与梦想寄托于一种神灵的祈祷上，这是善良民族心地纯洁之映照，说明人与自然生物为一体的精神世界永存。

　　晚上躺在床上，辗转反侧，夜不能寐，两只娇小、可爱的小苏雀不时出现在眼前。想起儿时来到乡下，第一次看到小苏雀的情景。一晃几十年过去了，在不同时间、不同地域见到它们，像是缘分，犹如回到童年。时间不停地过去、过去，人变老了，可小苏雀还是那样鲜亮、可亲，正如君子似的存活在这个世界上。不知什么时间已经进入梦乡，就看到那两只小苏雀活活地被穿在一只长竹扦上，虽在拼命地挣扎着，不一会就在火中烤成人们想吃的肉疙瘩了。突然一股青烟直冲云霄，好像是一双小苏雀，刹那间就合成一只美丽的凤凰南飞……

　　"重明合璧，无纬连珠"（唐·杨炯《浑天赋》）。减度重生，超度四流。"或倒景重冥，或匿峰于千岭"（晋·孙兴公《游天台山赋序》）。传说中的朱雀是"羽虫"之长，和以"鳞虫"之长的龙，是一对阴阳之象（龙为阳，凤为阴）。所谓的龙凤呈祥就出于这里吧！而凤凰涅槃更有自然轮回的特殊意义，其神圣、美好、幸福都孕育其中。

2014 年 5 月 8 日　于齐齐哈尔

为小小蜜蜂唱挽歌

据说在1.5亿万年以前，蜜蜂就出现在地球上，与人类相处已经4 000多年，在地球上所有昆虫物种中与人类关系最密切，因为人类利用的1 300多种植物，有1 000多种是经过蜜蜂授粉后，才完好地留存下来。

蜜蜂从形体和职能上区分：有终生采集花粉酿造蜂蜜的"工蜂"，即受精卵发育后，生殖器官发育不完全的雌蜂；为婚礼和葬礼同时举行，勇于牺牲自我繁衍后代的蜜蜂爸爸，唯一的"男主角"，即未受精卵，体壮貌丑的大雄蜂；还有日理万机，为了繁殖大量蜜蜂宝宝的蜜蜂妈妈，是群体里的"王者"，即受精卵，生殖器官相当发达，体大、貌美的雌蜂。

在蜜蜂群体中，每个群体大约有6~7万只工蜂。它们的任务是：从太阳出来到夕阳西下，每天劳作十几个小时，飞往无数朵花蕊中，要采集400~500毫克花蜜；一只工蜂一次飞行能给瓜果类带来48 000粒花粉。它的劳动成果无私地奉献给群体，也默不作声地奉献给世界，而自己只吃些边角废料，维持生命，遇上冬天，宁可自己饿死、冻死，也不去争夺有限的蜂蜜。

它们的生命是短暂而辉煌的，一生平均出去采集花粉32次，也就是平均在空中飞行210个小时，之后拖着疲惫的身体，跌跌撞撞地飞到蜂巢外死去。死前把所有的活干完，从不连累其他蜜蜂。要知道，工蜂不仅仅是采集花粉，还要反复吞吞吐吐在蜜胃里调制100~240次，最后把香甜的蜂蜜酿造出来，吐在蜂巢里，用蜡封好，才离开蜂的世界。歌云：

勤劳一生终不累，生命短暂又辉煌。

每一群蜜蜂中，只有一个蜜蜂妈妈，并成为"蜂王"。它是雌性受精卵蜜蜂，生殖器官不仅健全，而且发达，体大、强壮、貌美，发出比别的雌性蜜蜂更强烈的"信息素"，于是所有工蜂就知道这个是它们的蜜蜂妈妈，并供给它吃上等的蜂王浆，由此，它的发育就更加完美、强壮，最多每天可产卵1 500~2 000多粒，日理万机生宝宝是它的使命，其寿命长达5~7年，比普通工蜂平均寿命高出16~24倍。

蜂王是蜜蜂群体的最高统治者，一旦失去蜂王，整个群体就会解散消失。蜂

王的诞生除了天生的生殖器官发达，可以生育宝宝外，也要过五关斩六将，战胜同类雌蜂，并得到公众推荐和默认。一经执掌权柄，就要在蜂巢上方飞行"巡逻"。它的上颚腺分泌出一种液体，称为"母蜂物质"，由它传给工蜂，工蜂间相互交流。此种"秘密信号"就成为它传递信息，统领蜂群的最高指令。歌云：

　　日理万机生宝宝，王者尊严和风范。

　　蜜蜂爸爸，就是特别具有战斗力且与蜂王交配成功的雄蜂。在数量较少的雄蜂中，它们的体型粗壮，颜色比工蜂深暗，头近圆形，复眼比蜂王大，翅膀宽厚、脚腿粗短，在所有雄蜂中，只有极少数特别强壮、凶猛的雄蜂，飞上很高的天空，不断与对手追赶蜂王，在拼打撕咬过程中的获胜者与蜂王交配成功，并瞬间死去的雄峰，才称得上蜜蜂爸爸。

　　雄蜂的婚飞半径为2～4千米，飞行高度在30米以上，诸多雄蜂在一起形成个"雄峰圈"，别的蜂群的蜂王为避免与自己蜂群的雄蜂交配（也许它们知道近亲婚配不好），特来到"雄蜂圈"自由择偶。而雄蜂一看见别的蜂群的蜂王来招亲，就不顾一切地追赶上去，把别的雄蜂打下去，凭借自己的能力获得交配权。可这样一场浪漫的婚礼，竟成为死亡的葬礼。因为在交媾时，它把自己的生殖器，连同500～700万个精子全部留在蜂王的体内，造成自己肚子破裂而死亡。这种可歌可泣的壮举，也是生物链中最浪漫的雄者范儿，不能不为之叫绝。歌云：

　　献出生命为后代，浪漫之举映彩虹。

　　大千世界里，人类是主宰一切的高智能"动物"，可以堂而皇之地说，我们要亲近自然，万物是我们的朋友。可细细想来，就连这小小的蜜蜂，我们有诸多的地方对不起它。人们一边喝着蜂蜜，吃着蜂王浆，还在自觉不自觉地伤害它们，如喷洒农药，砍伐森林，让它们大批的、莫名的无影无踪；一边嘴里振振有词地为蜜蜂评功摆好，歌颂它们的伟大和奉献精神，但又忽略对它们施行真诚的保护，如能多给它们一些生存空间，恢复些原生态，那该多好啊！所以说，不能在口口违心、声声伪言中去唱赞歌，况且，蜜蜂群体的规矩、法则，也是物种存在的必然方式，有何大惊小怪。只有默默地静下心来，唱几句"挽词"吧！也好让小小蜜蜂在忙碌的一生中死去，而感到安慰。我们自己的良知也好寄予些抚慰和宽怀，真不想再用小小蜜蜂的有限心灵来装扮我们人类的什么精神，或道德假说……

2016年5月24日　于齐齐哈尔

小小蚂蚁　趣事多多

蚂蚁也叫蚍蜉（大蚂蚁）结群居于四方。自古以来，对小小蚂蚁人们褒贬相间。因它在昆虫类还是享有盛名的。唐·韩愈在《调张籍》诗曰："蚍蜉撼大树，可笑不自量。"可谓贬之又贬。但一些辞书里，如"蚂蚁搬泰山""蚂蚁啃骨头""蚂蚁缘槐"等词条，又赋予其正面、积极的意蕴。《礼·学记》："蛾子时术之，其此之谓乎？"《疏》："蛾子小虫，蚍蜉之子，时时术学衔土之事而成大垤（垤谓土堆），犹如学者时时学问而成大道。"褒奖有加，称之蚁虫有坚持不懈的精神。褒也好，贬也好，由蚂蚁导演的寓言故事，串联的成语典故，或辞义赏析中的趣闻、趣事，还真的不少。

就说"蚂蚁搬泰山"吧！虽说是不自量力，可不自量力的事多着呢。听过"蚂蚁和大象的故事"吗？

一只蚂蚁在路边见一只大象过来，就钻到土里，只有一只脚露在外面。小兔子看见后问蚂蚁："这是干什么呀？"蚂蚁说："别出声，老子绊他一跤！"第二天，小兔子看见整窝的蚂蚁排着队急匆匆地赶路，忙问："何故？"一只蚂蚁说："昨天有头大象被一兄弟绊倒了，已摔成重伤，给他献血去。"没多久，小兔子见到大批蚂蚁又回来了，就问："怎么回事？"一只蚂蚁说："我们只有一个兄弟跟大象血型一致，留下它一个抽血就足够了。"第三天，小兔子赶来问蚂蚁："大象活了吗？"蚂蚁说："我们把他抬回去了，好重好重……"

大象病好后，上告蚂蚁。法庭判蚂蚁绊倒大象属恶意伤害罪，监禁6个月。肇事蚂蚁不服，去找法官理论："伤害罪最多监禁两个月，为啥判我半年。"法官说："是两个月，可你绊倒大象还属种族歧视罪，再追加4个月……"于是，蚂蚁向高等法院提出诉状："我等与大象本来平等，何来'歧视'，请高院还我清白。"另诉法官诬陷罪。

一段时间过去了……小兔子发现一头大象躲在树后，将一只脚伸到外面，就问："你在干什么？"大象说："别出声，等那只蚂蚁过来，绊它一下，为我哥哥报仇。"小兔子刚离开，就听一声惨叫，跑回来一看，只见一只蚂蚁气喘吁吁地说："真爽，想整老子，没门！结果我把他的脚踩断了，哈哈！"大象被送到医

院。几天后，因流血过多死掉。当大家跑去看时，发现一只母蚂蚁挺着大肚子在旁边哭，就问她："大象是怎么死的？"母蚂蚁说："我告诉他说，我怀了他的孩子，结果他就……"后来听说母蚂蚁产了一堆卵，结果孵出一群鸵鸟。哇！大象死得真惨啊。

这种荒诞的故事，细细想来，在荒诞中蕴涵着不荒诞。

"南柯一梦"这个成语典故人们都晓得，但它和"蚂蚁缘槐"是什么关系呢？

"缘"释，顺着。此意为蚂蚁顺着槐树上上下下地爬着。唐·李公佐《南柯太守传》载：广陵人淳于棼酒醉后，靠着房前的大槐树睡着了。梦中进入古槐穴，见一城楼题："大槐安国"四个字，进去后被国王招为驸马爷，当了二十年南柯太守，十分显耀，后因与敌人作战失败，公主也死去，国王罢了他的官，被遣送回来。他从梦中惊醒后，发现梦里的"大安国"，原是槐树下的一个大蚂蚁穴，而"南柯郡"则是槐树上的另一个小蚂蚁窝。古人为什么会想做"槐安梦"呢？应该来源于对槐树的崇拜和对小小蚂蚁的向往吧。周时，朝廷种三槐九棘，公卿大夫分坐其下，象征着地位的高低。作为淳于棼怎能不去朝思暮想呢！另有小小蚂蚁都能"天国""地府"地住着，况且人乎！所以说，上述情景是淳于棼做梦的心理基础，而不是瞎掰。梦境也是一种"游戏"，何不刻骨铭心。

小小蚂蚁也会享受如此的荣华富贵吗？是也。蚁穴的规模，乃至修造的精致，都与任何动物无法比拟。《法苑珠林》唐·李俨《序》："亦犹蚁垤（蚁穴外隆起的小土堆）之小，比峻嵩（嵩山）华（华山）；牛涔之微，争长于江汉。"也就是说，这种蚁穴既防水，也易于抵挡别的动物侵袭。反之，如果地上的"宫穴"保不住了，还有"南柯郡"，如此看来，蚂蚁虽小，可招数不少。据法国昆虫学家、动物行为学家法布尔在他的著作《昆虫记》里曾介绍"红蚂蚁"的事。

作者把红蚂蚁称为"亚马孙人"似的强盗，专门寻找同类黑蚂蚁的窝，咬住蛹就跑。不仅如此，还会利用卑微加上霸道的手段，骗取并占领蚕在树皮底下挖掘的佳酿井。蚕在没有办法的情况下离开这里，让包括蚂蚁在内的一帮蠢货来享用。有时蚕干死在树枝上后，落在地上。蚂蚁们见到这送上门的"战利品"，就把蚕撕扯成一些碎片，拉回自己的贮藏室。从而，我们联想到"强盗们"是多么卑鄙而渺小。作为一个族群来说，为了自己的利益绝对不会顾及别人的死活，要想侵略你、掠夺你，什么理由都是理由。有时感到小小蚂蚁竟敢兴风作浪，那就是他们的团队精神和锲而不舍的生存本性。

对于小小蚂蚁来说，不必平价它的好与坏、优与劣，因为任何物种给予我们的启迪是多方面的。"蚁孔溃河，流（溜）穴倾山。"（晋·傅玄《口诫》）是一种教训的获得；"得时则蚁行，失时则鹊起。蚁行逶迤有序，需而不速，故君子

之得时，其兼于进如此。"（宋·陆佃《埤雅·释虫蚁》）是警戒之相劝；相传有以九曲宝珠欲穿而不得，问孔子，孔子教以涂脂于线，使蚁通之。这种"蚁穿九曲"乃成人类学习之道。故对物种的保护与呼唤，永远是人类一项神圣的使命。

2016 年 5 月 29 日　于齐齐哈尔

化蝶入梦蝴蝶侠

蝴蝶色彩斑斓，形态美丽，是自然界最受文人骚客瞩目的昆虫，也是人们青睐与赞美的"小飞蛾"。从"庄周梦蝶"到"梁祝化蝶"，有关蝴蝶的典故、传说比比皆是。以蝴蝶的名字纳入戏剧的，如元代关汉卿写的杂剧名曰:《包待制三勘蝴蝶梦》；以蝴蝶的名字创作的词调有《花间词》，即张泌词，取词中的起句"蝴蝶儿"为词调；还有唐代教坊曲中"转调蝶恋花"等别称。后来"蝶恋花"成为一词牌名。宋代诗人谢逸，一生撰写"咏蝶诗"逾三百首。被后人称为"谢蝴蝶"。他的诗是"狂随柳絮有时见，舞入梨花何处寻"。

《庄子·齐物论》记载的《庄生蝶梦》，意思是：庄周梦中发现自己变成一只蝴蝶，在空中翩翩起舞，心旷神怡，不知道谁是庄周了。他突然醒来，又回到一个实实在在的庄周。庄周也搞不明白，是庄周自己梦化为蝴蝶呢，还是蝴蝶梦化为庄周呢？

唐·李白《古风》诗云："庄周梦蝴蝶，蝴蝶梦庄周。一体更变易，万事良悠悠。"即好事无穷尽的意思。唐·李商隐《无题》诗曰："庄生晓梦迷蝴蝶，望帝春山托杜鹃。"更是赞誉有加。

蝴蝶入梦，不管是艳事来临，还是喜事撞怀，都显现出人与蝴蝶在物化的过程中，人们都向往新生，迷醉未来，也是在不安与憧憬的矛盾里，体现人生的变幻莫测。

"梁祝化蝶"是人们对纯真、美好爱情的追求、赞美和敬重的传颂与铺垫，早已搬上舞台，登上文学殿堂，家喻户晓，深情景仰，已成中国版不朽的爱情经典。

后来又有"蝴蝶泉"的传说。古时候，云弄峰下有个叫羊角村的地方，住着一位如花似玉的姑娘叫雯姑。她勤劳而美丽，是小伙子们非常关注和朝思暮想的。村子里有位白族小伙子，英俊、潇洒而善猎，名叫霞郎。有一年三月初三在朝山会上二人相遇，一见钟情，互定终身。苍山下住着一个凶恶残暴的俞王。他看中了雯姑，就决定娶她为第八个妃子，于是派人把雯姑抢到宫中。霞郎知道后，拼死救出雯姑。俞王发现后，派兵穷追，一直追到无底潭，两人实在跑不动了，眼看追兵赶到，二人义无反顾地跳入潭水中。次日，乡亲们打捞二人的尸体，只见潭中央翻起的一个巨大气泡内飞出两只色彩绚丽的蝴蝶。蝴蝶在水面上形影不离，翩翩起舞，并引来好多蝴蝶在潭水上嬉戏盘旋。从此，人们便把无底潭更名为"蝴蝶泉"，而且每年四月都有成千上万只蝴蝶到泉边聚会。

这则美丽的传说，再次验证了人们对美好爱情的渴望，对忠贞情感的赞许，让人们沿着这期许的愿景去牢记良辰吉日。

自古以来，为什么人们把优美的爱情或壮烈的情操寓意为蝴蝶呢？因由很简单，有人说，蝴蝶为花醉，蝶飞花落泪；蝶舞伴花开，花谢蝴蝶悲。二者相依为命，都是美好事物的象征，一旦悲剧来临，人们最为理想的寄托就是那沉稳、美丽、飘逸的小精灵——蝴蝶。唐·郑谷有诗云："朝醉暮吟看不足，羡他蝴蝶宿深枝。""留恋戏蝶时时舞，自在娇莺恰恰啼。"（杜甫《江畔独步寻花》）有谁不期望自己的生活如蝶舞花开似的顺心顺意呢！

从昆虫的角度来看，法国昆虫学家法布尔在他的《昆虫记》一书中证实，一些传统的蝶蛾在婚恋期都有特别的表现。把一只雌性小阔条纹蝶困在城市里，但它的孵卵之事还能传递给远离城市的森林里或草坪间的相关者。雄性的纹蝶不知靠什么引领，就会从遥远的方向飞来，飞到雌性纹蝶的小盒子跟前，谛听、盘旋。看来，蝴蝶的恋爱、结婚是非常执着、热烈，而且忠贞不渝。

平时，我们只知道蝴蝶柔弱美的一面，岂不知蝴蝶还具有"生从命子游，死闻侠骨香"（《乐府诗集》）的气概，它仗义、豁达、忠贞，体现出功见言信，侠客之义气；急人之难，出言必信，勇为之精神。

相传很久、很久以前，蝴蝶只知道玩。有一次，她看到沧海，感到沧海无边无际，真的令她着迷，于是她终日流连在沧海身边。沧海并没有在意她，因她太小。后来，沧海也许太寂寞了，就开始慢慢地注意蝴蝶。

那时，蝴蝶只有黑白两色比较素雅。蝴蝶告诉沧海关于春天花是怎么装扮的，夏夜里虫是如何呢喃的，深秋的晨光里落叶身上的眼泪，冬日那明媚而温暖的阳光。蝴蝶轻轻地说，沧海静静地听。不知不觉沧海开始喜欢上蝴蝶，而蝴蝶早就迷恋上沧海的沉稳和沧桑。蝴蝶只在沧海旁边停留着，在她心里，怎么也装不下沧海的博大，但只要沧海给她一点点爱，她就足矣。况且沧海留给她"给我一刹那，对你的宠爱，给我一辈子，送你离去"的誓言。

时间一天天逝去，蝴蝶越来越爱沧海，迷恋得无力自拔，甚而觉得这是命里注定，前世姻缘的延续。在沧海眼里，蝴蝶的那一点爱是微不足道的，渐渐地开始改变态度。沧海对什么都不感兴趣。蝴蝶知道无法挽回曾经享受过的宠爱。一天晚上，蝴蝶伤心地哭着，因为她永远也飞不到沧海的心中，只因她的单薄与他的丰厚差别太大。

爱情失去了，她说："因为爱你，所以才要离开你。"她的眼泪落在沧海的怀里，沧海沉默着。沧海爱过她，对她而言只是一个美梦。当天亮时，沧海依旧是沧海，他的内涵更加丰富了；蝴蝶依旧是蝴蝶，只是失去了她的心，她把心放到沧海的无垠里。

当心被融化时，才知道蝴蝶飞不过沧海，但蝴蝶是敢仗义执言的，她知道自己与沧海的差距太大了。"因为爱你，所以才要离开你。"这是多么坦荡与豪气呀，可歌可泣！

元代有个叫王和卿的人，写过一首词叫《咏大蝴蝶》：

> 弹破庄周梦，两翅驾东风。
> 三百座名园，一采一个空。
> 难道风流种？唬煞寻芳的蜜蜂。
> 轻轻地飞动，把卖花人扇过桥东。

这个"大蝴蝶"不仅风流倜傥，而且还霸道十足，不允许蜜蜂和采花人来采花弄粉，差点把蜜蜂吓死，一抖动翅膀，竟把卖花人扇过桥东，估计摔个半死。

别的不说，只是不许随便"采花盗柳"的环保意识，我们还真得好好地学习。

网络上相传"蝴蝶效应"，或叫"连锁反应"。说明世界万物中的任何一个物种，若有变动或消失，都会给整个世界和人类带来无法弥补的损失，乃至灾难。如果在中国某个山区有成千上万的蝴蝶聚在一起，同时扇动一下翅膀，美国就会有龙卷风出现。可见，"蝴蝶侠"来自东方，来自东方的中国，来自中国的蝴蝶群。它的小小精灵，可以震撼整个世界。真理就在"小人物"手里，就在平常事物中显现出来，已成为世人公认的事实。

2016 年 7 月 7 日　于齐齐哈尔

小小"诸葛亮" 八卦军中帐

2014年,我家唯一的一盆仙人掌中,生出两棵"悠悠",因浇水过多,仙人掌被浇死了,只好侍弄两棵"悠悠"。它们长得很快,又纯属野生的。巧的是在后凉台的东扇玻璃窗外,来了个不速之客——黑蜘蛛。它织起八卦网,一个夏天在那里爬上爬下的,好像非常青睐那两棵绿叶挺拔的"悠悠",一直到秋后把"悠悠"拔掉,它也不见了。

时隔一年后,我把花盆浇上水,疯狂长出好多棵"悠悠"的幼苗。最后换了个大花盆,把留下的4棵幼苗移栽到里面,在一个多月的时间里,"悠悠"长到1.5米高,甚是让人喜爱。一天晚上,突然发现像似前年的那个小蜘蛛又过来了,还在原地织网观看。这就是我要写《小小"诸葛亮",八卦军中帐》一文的初衷吧!

就以蟹蛛为例。它不会织网捕猎,经常是埋伏在花丛中窥视着,一旦猎物出现,会飞快地掐住对方的脖子。它尤其喜爱捕捉家蜂。

蟹蛛肚子里的丝是用来筑巢和编织孵化袋用的。一旦巢穴修好,就把卵产在自编的袋子里。从此,它就在这个隐蔽所里休假,不吃也不喝;同时还是一个负责的监视哨,时刻提防别的动物侵袭。一直守候到自己的孩子们出世。蟹蛛母亲拖着瘦弱的身体坚持着,就想等到用牙将卵室咬开,小蟹蛛欢跳地出来。母亲的天职完成后,它便欣慰坦然地逝去,并紧紧地贴在自己的窝上变成干尸。

而迷宫蛛的网如同八卦迷宫,呈漏斗形,会让小昆虫无法逃脱。它是每年8月中旬产卵,细心呵护,寸步不离,但它还要吃喝的。等到9月中旬,小蜘蛛孵化出来,还不能离开那只孵化袋,需要在此过冬的。所以,它的母亲仍要继续编织袋子,并不时地守候着孩子们。可它的工作节奏放慢,直到不再编织。大约10月末,它终于抓住孩子们酣睡的卧床,幸福地死去。

也有的蜘蛛并不在意自己孵化的卵是否是自己生育的,它都会按着本性去呵护。尽管多数蜘蛛会孵出后代而死去,也有继续产卵孵化者。但它们的基本习性和本能不变。正如清代女诗人席佩兰云:"蜘蛛也解留春住,婉转抽丝网落红。"

有这样一个寓言故事。一只绿头苍蝇哼着小曲，一不小心撞到蜘蛛网上。小蜘蛛高兴极了，可有了战利品，能饱餐一顿。正在这时，一只麻雀飞过来，把蜘蛛网撞个窟窿，那只绿头苍蝇趁机逃跑了……

小蜘蛛一边伤心，一边补网。当晚霞映红天边时，它修好了网。因太累、太饿，就睡着了。等它醒来，看见一只大蜻蜓在网上挣扎，并怒视着小蜘蛛说："我若不是专心追逐蚊子，怎会撞到你的网呢？没想到你会用这种手段来暗算我……"小蜘蛛打断大蜻蜓的话说："我织的网，也是要捕捉蚊子和苍蝇，并没想捉你……"大蜻蜓眼睛一亮说："看来，你准备放我了？""嗯"，小蜘蛛点点头说，"我早就听妈妈说过，你是捕捉蚊子和苍蝇的能手，总盼有一天能跟你做朋友。"说罢，将银丝一点点扯开，让大蜻蜓飞走了。

小蜘蛛又饿又累，昏了过去……"小蜘蛛，小蜘蛛……"不知什么时候，小蜘蛛耳边响起大蜻蜓的声音。小蜘蛛慢慢睁开眼睛一看，大蜻蜓和它的伙伴们在围着那张残破的网边来回飞着，而自己的网上粘着不少蚊蝇。小蜘蛛明白了，原来是大蜻蜓和它的伙伴们驱赶过来的蚊蝇，让我饱餐一顿。为有这样的朋友太高兴了。

宋代洪咨夔有诗曰："纵横笼罩大围网，首尾经纶浑是丝。"它的"丝"是赋有诗意的、情趣的、理念的。

还有一个故事更让人们敬佩它的精神和毅力。在一个茂密的森林里，住着一只漂亮的小蜘蛛。它圆圆的脑袋，黑溜溜转的大眼睛，穿着一件即传统又时尚的黑底红点子的外套，显出它的俊俏和灵气。

有一天，它吃过午饭，悠闲地躺在网中央看书，时不时地发出点笑声，不一会儿就睡着了。瞬间狂风大作，树叶乱飞，可它睡得太死了，什么也不知道。忽然一阵疼痛把它惊醒，原来是四仰八叉地摔在地上。揉揉屁股，望着自己的网，无奈地说："真倒霉，这网花了几天工夫刚织成就破损不堪了。"这时一只蚂蚁过来安慰说："风太大了，没把你摔坏就行了。"它如梦初醒，决定重新去织网。

它选好了位置，就辛苦地一边吐丝，一边绕圈，终于织成了一只大网。过了几天，朋友邀它做客。在席间，当兴致正浓时，乌云密布，瓢泼大雨倾盆而下。它不顾朋友们的劝阻，顶风冒雨回来一看，它的网已经破烂不堪。心灰意冷，有点自暴自弃地说："这么破下去，我怎么活呀……"但又一想，还是自己的网不结实，经不起风吹雨淋。决定再织一张又密又牢固的网，说干就干，终于大功告成，就在上面怎么蹦跳都没事，用书去摔打也不破损。于是它自言自语地总结说："只要坚持不懈，不气馁，不放弃，有股韧劲，还有什么事做不成呢？"

唐代诗人元稹由衷地感叹说："檐前袅袅游丝上，只有蜘蛛巧来往。羡它虫寥解天缘，能向虚空织罗网。"

据说从前，在圆音寺的横梁上有个蜘蛛在结网，由于受香火的熏修，蜘蛛也渐渐有了灵性。一千多年过去了，它还是那样执着地熏陶着。有一天，佛祖光临圆音寺，看见蜘蛛还在，便问："你我相见便是缘分，你在这里已经修炼一千多年了，有何真知灼见？"蜘蛛非常高兴地想了想说："世间最珍贵的是得不到和已失去。"佛祖点了点头，离开了。

又过了一千多年的光景，佛祖又来圆音寺，顺便又问蜘蛛："你又有什么更深的认识吗？"蜘蛛又重复了以前说的那句话。佛祖说："你好好想想，我还会来的。"

又过去了一千年，有一天，刮起大风，风将一滴甘露吹到蜘蛛网上。蜘蛛见到甘露晶莹剔透，纯净甘美，甚为喜爱。蜘蛛每天看着它，感到这是三千多年来最开心的几天。突然一阵风把甘露吹走了。蜘蛛非常失落，实感寂寞难熬。这时，佛祖来了，问蜘蛛："又过一千年，你可好好地想过这个问题吗？"这时蜘蛛想到甘露，又重复了它的那句话。佛祖说："既然你有如此坚定的认识，我让你到人间走一趟吧。"

就这样，蜘蛛投胎一个官宦家庭，成为一位千金小姐，取名为蛛儿，当她长到16岁时，竟成为婀娜多姿、楚楚动人的漂亮少女。

有一天新科状元郎甘鹿中士，皇帝决定在后花园举办庆功宴席。来了好多妙龄少女，包括蛛儿，还有皇帝的小公主——长风公主。状元郎席间吟诗作赋，在场的少女都被折服，唯独蛛儿既不紧张，也不吃醋，知道这是佛祖赐予她的姻缘。

过几天，蛛儿与母亲到寺内上香拜佛，正好遇见甘鹿也陪着母亲而来。此间，蛛儿和甘鹿在走廊上聊天。蛛儿很开心，终于可以和自己喜欢的人在一起了，可甘鹿有点不以为然。蛛儿问："你不知道16年前，圆音寺内蜘蛛网的事情吗？"甘鹿说："蛛儿你很漂亮，也讨人喜欢，就是想象力太丰富了。"说罢，和母亲离开了。

几天后，皇帝下诏：命新科状元甘鹿和长风公主完婚；蛛儿和太子芝草完婚。这一消息对蛛儿如同晴天霹雳，怎么也想不通，由于寝食难安，灵魂将要出壳。太子芝草知道后，扑到她的床边，跪地苦苦哀求，说着就要拿起宝剑准备自刎。

此时，佛祖来了。他对蛛儿说："你可想过，甘露（甘鹿）是由谁带到这里来的吗？是风（长风公主）带来的，最后还得由风带走。他不过是你生命中的一段插曲。而太子芝草是当年圆音寺门前的一棵小草，他看了你三千多年，爱慕

你三千多年，但你却没有低下头看过它。蜘蛛我再问你，'世间什么最珍贵？'"蛛儿得知真相后，一下子大彻大悟地说："世间最珍贵的不是'得不到'和'已失去'，而是现在能把握的幸福"。

　　自古以来，小小蜘蛛所以有那么多的传说、寓言和童话，就因为它是人类的朋友。人们不仅敬畏它，还不时地仿效它、学习它。

2016 年 7 月 23 日　于齐齐哈尔

后　　记

　　树影摇曳窗前，月光相许花间。孤灯饼饵，醉墨书案，默念往事，寂寞难眠；打开书页，字花闪现；难以动容，心绪繁乱。书伴笑迎心怀暖，召唤"先贤"暖心田。

　　春香逗人醉，绿意润心肝；夏花蜂儿转，蝶儿舞蹁跹；秋高云飘逸，果瓜色儿鲜；肃穆寒冬雪，纯洁又一年。沧海桑田人变小，摈弃龌龊已焕然。伏案疾书静如水，汩汩气泡泛江面。岁岁年年犹忘我，篇章款款凝笔端。《况味》将付梓问世，抒写笔者德行篇。

　　经典沉浮，古籍精览。求证历史真谛，唤醒文明起源。《诗经》古训，《论语》致远，教诲后人，上善蔚然；敬畏天地，养正求廉；忠孝为本，温良恭俭。遗篇珍品著华章，献给人类相承传。

　　情感礼赞，爱心如兰。乡愁如一鞠黄土，铭记故里和童年。悼念故人，敬祈魂恋；执手相依，爱似盘山；鲜花送暖，百年合欢；情感如丝，缠缠绵绵。红颜知己情未了，感悟真情似水连。

　　世间拷问，人性温暖。世情名网轻如土，世路荣枯心性宽。厚德载物，品学谦谦；上下和合，世俗通连；礼义修明，体味明鉴；与世无争，体轻心远。豁达开朗一世人，操履闲适而一贯。

　　生活辣味，烂漫坦然。一世春秋百日红，酸甜苦辣涩腥咸。阿谀逢迎，软骨不坚；颓废无形，稻人卑贱；固体健身，神清体宽；精神契合，闲事少管。世道渐新朗日明，细雨漫洒厚淳源。

　　人生情趣，虚白俱全。岁月如烟生世短，年华似水漫青山。趣味多多，雨丝绵绵；淡泊私欲，不见经传；静养身心，独钓安然；把握寸心，嗜好莫贪。人生舞台角色多，品出情趣自欢颜。

　　物种呼唤，天象交谈。日月星辰亘古在，敬畏天地乃诚然。风云雨雪，草木生变；鸟兽虫鱼，与人为伴；岁寒三友，刚正风范；朱雀祥瑞，浴火升天。自然物种原生态，人与万物永相伴。

在书的结尾处，把我的写作背景及本书的内容，用不成形的赋体以飨读者，求其雅正。

2016 年 12 月 10 日　于齐齐哈尔